ETERNA

GUILLERMO DEL TORO

Y

CHUCK HOGAN

ETERNA

Libro III

de la
Trilogía de la Oscuridad

Título original: *The Night Eternal*
© 2011, Guillermo del Toro y Chuck Hogan
Publicado por acuerdo con William Morrow, editorial de HarperCollins Publishers
© De la traducción: 2011, Santiago Ochoa

© De esta edición:
Santillana Ediciones Generales, SA DE CV
Av. Río Mixcoac 274 col. Acacias
CP 03240, México, D.F. Teléfono 5420 7530

www.sumadeletras.com/mx

Primera edición: diciembre de 2011
ISBN: 978-607-11- 1654-3

Diseño de cubierta: Paso de Zebra
Diseño de interiores: Shubhani Sarkar

Impreso en México

A mis padres. Ahora sé el trabajo tan difícil
que tuvieron...
GDT

Para Charlotte, eternamente.
CH

ETERNA

LLUVIA DE
CENIZAS

Extracto del diario de Ephraim Goodweather

E n el segundo día de la oscuridad hicieron una reda-da. Se llevaron a los mejores y los más brillantes. A todos los que estaban en el poder, a los millonarios y los influyentes.

Los legisladores y presidentes ejecutivos, los magnates e intelectuales, los rebeldes y las figuras de alta estima popular. Ni uno solo fue convertido: todos fueron destruidos. Su ejecución fue rápida, pública; brutal.

A excepción de unos pocos expertos en cada disciplina, todos los líderes fueron eliminados. Los condenados salieron de los edificios River House, Dakota, Beresford y otros similares. Fueron detenidos y conducidos a los principales centros de reunión en las metrópolis de todo el mundo: el National Mall de Washington DC, Nanjing Road en Shanghái, la Plaza Roja de Moscú, el estadio de Ciudad del Cabo o Central Park en Nueva York. Allí fueron eliminados en medio de una carnicería horrenda.

Se dijo que más de mil strigoi corrieron enloquecidos por Lexington e invadieron todos los edificios que rodeaban Gramercy Park. Ni los ofrecimientos de dinero ni las súplicas fueron atendidos. Manos suaves y manicuradas gesticulaban implorando auxilio. Sus cuerpos temblaban, colgando de las farolas a lo largo de Madison Avenue. En Times Square, pilas funerarias de siete metros de altura calcinaban los cuerpos bronceados y acostumbrados al lujo. Despidiendo un olor similar al de la carne asándose en una parrilla, la élite de Manhattan iluminaba las calles vacías, las tiendas cerradas —«Liquidación total»— y las megapantallas LED, ahora silenciosas y oscuras.

Aparentemente, el Amo había calculado el número preciso, el equilibrio exacto de vampiros para imponer su dominio sin comprometer el suministro de sangre; su enfoque tenía un rigor matemático. Los viejos y los enfermos también fueron capturados y eliminados. Fue una purga y a la vez un golpe de Estado. Aproximadamente un tercio de la población humana fue exterminada durante ese periodo de setenta y dos horas, conocido desde entonces como la Noche Cero.

Las hordas tomaron el control de las calles. La policía antidisturbios, los comandos SWAT, el ejército de los Estados Unidos: la marea de monstruos los dominó a todos. Los que se rindieron y entregaron sus armas se convirtieron en guardianes y esbirros.

El plan del Amo tuvo un éxito rotundo. Con un método brutalmente darwiniano, el Amo eligió a los supervivientes según su sumisión y maleabilidad. Su creciente poder era poco menos que aterrador. Con los Ancianos destruidos, su control sobre la horda —y a través de esta, del mundo— se había ampliado, volviéndose cada vez más eficaz. Los strigoi ya no vagaban por las calles como zombis delirantes, asaltando y alimentándose aleatoriamente. Sus movimientos ahora eran sistemáticos. Como abejas en una colmena u hormigas en un hormiguero, cada uno parecía tener un rol y responsabilidades claramente definidas. Eran los ojos del Amo en las calles.

En un principio, la luz del día desapareció por completo. Cuando el sol estaba en su cénit, podía vislumbrarse una exigua luz durante unos cuantos segundos; aparte de eso, la oscuridad nunca cesaba. Ahora, dos años después, la luz del sol brilla un par de horas a través de la atmósfera enrarecida, pero su luminosidad apenas puede compararse con la que en otro tiempo iluminó la Tierra.

Los strigoi estaban por todas partes, como las arañas o las hormigas, asegurándose de que quienes quedaban con vida estuvieran en condiciones de reemprender una rutina...

Y sin embargo, lo más sorprendente de todo era... lo poco que había cambiado la vida realmente. El Amo aprovechó el caos social de los primeros meses. La escasez de alimentos, de agua potable, de saneamiento y de la aplicación de la ley aterrorizaron a la población de tal forma que, cuando la infraestructura básica fue restaurada, y se emprendió un programa de racionamiento de alimentos y la red eléctrica reconstruida expulsó la oscuridad de la noche eterna, ésta respondió con gratitud y obediencia. El ganado necesita la recompensa del orden y la rutina —de la arbitraria disposición del poder— para someterse.

En menos de dos semanas, la mayoría de los sistemas públicos volvieron a ponerse en funcionamiento. El agua, la energía eléctrica... La televisión por cable empezó a retransmitir antiguas series sin anuncios. Los deportes, las noticias: todo era repetido. No se producía nada nuevo y... la gente se sentía a gusto.

El tráfico fluido era una prioridad en el Nuevo Mundo porque los vehículos privados eran sumamente escasos. Los coches eran bombas potenciales, y como tales no tenían cabida en el nuevo estado policial. Todos fueron confiscados y destruidos. Los pocos vehículos que se veían en las calles pertenecían a las agencias oficiales: a la policía, al departamento de bomberos, a los cuerpos sanitarios. Todos cumplían funciones oficiales conducidos por esclavos humanos.

Los aviones corrieron la misma suerte. La única flota activa estaba en manos de Stoneheart, la empresa multinacional cuyo control de la distribución de alimentos, la energía y las industrias militares había explotado el Amo al tomar posesión del planeta. Su flota constituía casi el siete por ciento de los aviones que en otro tiempo habían surcado los cielos terrestres.

La plata fue prohibida y se convirtió en la moneda de intercambio, altamente codiciada y canjeable por cupones o bonos de alimentos. Una buena cantidad incluso te permitía comprar, a ti o a un ser querido, un salvoconducto para escapar de las granjas.

Las granjas eran lo único realmente distinto en este Nuevo Mundo. Eso, y el hecho de que ya no existía un *sistema educativo. No había educación ni lectura ni se pensaba en nada noble o elevado.*

Los corrales y los mataderos funcionaban veinticuatro horas al día, siete días a la semana. Los guardias entrenados y los encargados de transportar el ganado suministraban a los strigoi *el alimento que necesitaban. No tardó en implantarse un nuevo sistema de clases: las castas biológicas. Los* strigoi *favorecían el tipo de sangre B positivo. Servía de cualquier tipo, pero el B positivo ofrecía beneficios adicionales —como ocurre con los diferentes tipos de leche—, o quizá mantenía mejor sus propiedades o el sabor fuera del cuerpo. Además, era más fácil de conservar y almacenar. Los obreros, los agricultores —«los de abajo»— no tenían este tipo de sangre; solo los* kobe: *el corte de carne más selecto. Eran mimados, y recibían beneficios y nutrientes. Tenían incluso el privilegio de doble exposición de rayos ultravioleta, para asegurar que su vitamina D prosperara. Su rutina diaria, su equilibrio hormonal e incluso su sistema reproductivo eran regulados de manera sistemática para satisfacer la demanda.*

Y así transcurrían las cosas. La gente iba a trabajar, veía la televisión, comía y se iba a la cama. Pero en la oscuridad y en el silencio, gemía y se agitaba, sabiendo muy bien que los que estaban junto a ellos —incluso quien compartía su misma cama— podían desaparecer súbitamente, devorados por la mole de hormigón de la granja más cercana. Se mordían los labios y sollozaban, porque no tenían más alternativa que someterse. Siempre había alguien (padres, hermanos o hijos) que dependía de ellos. Siempre ha-

bía alguien que les daba licencia para tener miedo, que les daba la bendición de la cobardía.

Quién habría imaginado que habríamos de mirar con tanta nostalgia hacia atrás, a la tumultuosa década de los noventa y los primeros años del siglo XXI; los tiempos de crisis, de mezquindad política y de fraude financiero que precedieron al colapso del orden mundial... En comparación, había sido una época dorada. Todo lo que éramos había desaparecido: todas las formas sociales y el orden tal como nuestros padres y antepasados lo entendieron. Nos convertimos en un rebaño. Nos convertimos en ganado.

Aquellos de nosotros que aún estamos vivos pero que no nos hemos integrado en el sistema nos hemos convertido en la anomalía... Somos las alimañas, los carroñeros, las presas furtivas.

Y no hay manera de oponer resistencia...

Calle Kelton. Woodside, Queens

Un grito sonó en la lejanía, y el doctor Ephraim Goodweather se despertó con un sobresalto. Se agitó en el sofá, se puso de espaldas y se sentó, y —con un movimiento violento y rápido— agarró la desgastada empuñadura de cuero de la espada que sobresalía de la mochila que tenía a su lado, en el suelo, y cortó el aire con el canto de la hoja de plata.

Su grito de batalla, ronco y distorsionado, se detuvo en seco como si hubiera salido de sus pesadillas. La hoja se estremeció en el vacío.

Estaba solo.

En casa de Kelly. En su sofá; rodeado de objetos familiares.

Se encontraba en la sala de su ex esposa. El aullido era el de una sirena lejana, transformado por su mente somnolienta en un grito humano.

Había soñado nuevamente con el fuego y con unas formas —indefinibles pero vagamente humanoides— de luz cegadora. Una linterna: estaba en el sueño y las formas luchaban con él justo antes de que la luz lo consumiera todo. Siempre se despertaba agitado y exhausto, como si hubiera combatido toda la noche contra algún adversario. El sueño surgía de la nada. Ephraim podía estar soñando algo de lo más normal —un picnic, un atasco de tráfico, un día en la oficina— y entonces la luz crecía y lo consumía todo, y las incandescentes figuras de plata emergían.

Buscó a tientas su bolsa de armas, una bolsa de béisbol modificada que había cogido hacía muchos meses de un estante alto de Modell's, una tienda en la avenida Flatbush saqueada recientemente.

Él estaba en Queens. Bien. «Bien»; todo le estaba llegando de nuevo, como las primeras punzadas de una resaca descomunal. Guardó la espada en la bolsa y se dio la vuelta, sosteniéndose la cabeza con las manos como si fuera una bola de cristal resquebrajada que acabara de recoger del suelo. La cabeza le palpitaba y sentía el cabello erizado y extraño.

«El infierno en la tierra. Así era. La tierra de los condenados.»

La realidad era una zorra irascible. Había despertado a otra pesadilla. Aún estaba vivo —todavía era humano—, lo cual no era mucho decir, pero era lo mejor que cabía esperar en las actuales circunstancias.

«Otro día en el infierno.»

Lo último que recordaba del sueño, el fragmento que se aferraba a su conciencia como una placenta en el momento del parto, era una imagen de Zack bañado por una luz de plata incandescente.

«Papá», había dicho Zack, y sus ojos se encontraron con los de Eph, pero la luz lo consumió todo.

Aquel recuerdo le daba escalofríos. ¿Por qué no podía liberarse de esos sueños infernales? ¿No era así como debían ser los sueños? ¿Por qué tenía que llevar una existencia horrible soñando que huía y escapaba? ¿Qué no habría dado por un ensueño de sentimentalismo puro, por una cucharadita de azúcar para su mente?

Eph y Kelly recién salidos de la universidad, cogidos de la mano y recorriendo un mercadillo en busca de muebles baratos y cachivaches para su primer apartamento... El pequeño Zack caminando descalzo por toda la casa, un pequeño jefe indio en pañales... Eph, Kelly y Zack sentados a la mesa del comedor, con las manos frente a los platos de la cena, esperando a que Z comenzara con su forma obsesiva de bendecir la mesa...

Los sueños de Eph eran como películas *snuff* de bajo presupuesto. Veía los viejos rostros familiares —enemigos, amigos y conocidos— siendo acosados sin que él pudiera hacer nada, ni siquiera escapar.

Se incorporó y se levantó con dificultad, apoyando la mano en el respaldo del sofá. Abandonó la sala y se acercó a la ventana que daba al patio trasero. El aeropuerto LaGuardia no estaba lejos. La vista de un avión, el sonido distante del motor de un jet eran ahora motivos de asombro. Ninguna luz surcaba el cielo. Recordó el 11 de septiembre de 2001, cómo la vacuidad del firmamento le había parecido tan irreal en aquel momento, y el extraño alivio que experimentó cuando los aviones volaron de nuevo ocho días después. Pero ahora... no había vuelta a la normalidad.

Eph se preguntó qué hora sería. Supuso que ya había amanecido, a juzgar por su precario ritmo circadiano. Era verano —al menos según el antiguo calendario— y el sol ya debía de estar en lo alto del firmamento.

Pero ahora prevalecía la oscuridad. El orden natural del día y de la noche había sido trastocado, tal vez para siempre. El sol había sido eliminado por un manto de cenizas que flotaba en el cielo. La nueva atmósfera estaba compuesta por residuos radiactivos de las explosiones nucleares y polvo volcánico de las erupciones que habían estallado en todo el mundo; era como una bola de dulce de color verde azulado cubierta de chocolate venenoso. Se había condensado hasta formar una envoltura aislante, sellando la oscuridad en su interior y bloqueando el paso de los rayos del sol.

Un oscurecimiento perpetuo. El planeta convertido en un inframundo macilento y putrefacto de escarcha y sufrimiento.

Un ecosistema perfecto para los vampiros.

Según las últimas noticias que habían sido transmitidas en directo, censuradas desde hacía tiempo pero tan intercambiadas como la pornografía a través de los foros de internet, estas condiciones postcataclísmicas eran muy similares en todo el mundo. Los relatos de los testigos hablaban del cielo oscuro, de la lluvia negra, de las nubes ominosas que se amalgamaban sin dispersarse nunca. Dada la rotación del planeta y el patrón de los vientos, los polos

—el norte y el sur congelados— eran, en teoría, los únicos lugares de la Tierra que seguían recibiendo la luz solar..., aunque nadie podía confirmarlo.

El peligro de la radiación residual de las explosiones nucleares y el colapso de las plantas de energía atómica fue intenso al principio, y devastador en sus epicentros. Eph y el resto del grupo permanecieron casi dos meses bajo tierra, en un túnel del metro debajo del río Hudson, por lo cual pudieron librarse de las consecuencias a corto plazo. Las condiciones meteorológicas extremas y los vientos atmosféricos propagaron el daño en grandes áreas, lo que contribuyó a dispersar la radioactividad. Los efectos disminuyeron exponencialmente, y, a corto plazo, las zonas que no sufrieron exposición directa fueron seguras para viajar, pues apenas tardaron seis semanas en descontaminarse.

Los efectos a largo plazo todavía están por verse. Las cuestiones relacionadas con la fertilidad humana, las mutaciones genéticas y el aumento de la carcinogénesis no podrían ser respondidas durante algún tiempo. Sin embargo, estas preocupaciones inmediatas se vieron ensombrecidas por la realidad: dos años después de los desastres nucleares y de la toma vampírica del mundo, los motivos de alarma no se hicieron esperar.

El toque de las sirenas se silenció. Los sistemas de alerta, instalados para disuadir a los intrusos humanos y dar la alarma, aún se activaban de vez en cuando, aunque con una frecuencia mucho menor que en los primeros meses, cuando sonaban de manera persistente, como gritos agónicos de una raza en extinción. Era otro vestigio de una civilización moribunda.

A falta de alarmas, Eph aguzó el oído para detectar la presencia de intrusos. Los vampiros entraban por las ventanas, salían de bodegas húmedas, descendían de áticos polvorientos; pasaban por cualquier abertura, y ningún lugar era seguro para estar a salvo de ellos. Incluso las pocas horas de luz solar —una luz tenue y crepuscular que había adquirido un color ámbar enfermizo— encerraban muchos peligros. La luz diurna marcaba el toque de queda para los humanos. Era el momento más propicio para que Eph y sus compañeros se pusieran en movimiento —y evitar así que los *strigoi* se enfrentaran a ellos directamente—, pero también uno de los más peligrosos, debido a la vigilancia y a las miradas indiscretas de los simpatizantes humanos que buscaban mejorar su suerte.

Eph apoyó la frente contra la ventana. La frescura del cristal producía una sensación agradable en su piel escocida y en su cráneo palpitante.

Lo peor de todo era saber. Tener conciencia de la locura no hace que alguien esté menos loco. Ser consciente del peligro de ahogarse no exime a nadie de morir ahogado; al contrario, solo añade otro peso a la carga del pánico. El miedo al futuro y el recuerdo de un pasado mejor y más brillante hacían sufrir tanto a Eph como la plaga de los vampiros.

Eph necesitaba alimentos y proteínas. No quedaba nada en la alacena; la había vaciado de alimentos —y de alcohol— muchos meses atrás. Incluso había encontrado un alijo de Butterfingers oculto en el armario de Matt.

Se apartó de la ventana, mirando la sala y la cocina. Intentó recordar cómo había llegado hasta allí y por qué. Vio las señales de la punta del cuchillo de cocina sobre la pared, en el mismo lugar donde había liberado al novio de su ex esposa tras decapitar a la criatura recién convertida. Eso fue en los primeros días de la matanza, cuando liquidar vampiros era casi tan aterrador como la posibilidad de convertirse en uno, por mucho que el vampiro hubiera sido el novio de su ex esposa, un hombre a punto de ocupar el puesto de Eph como la referencia masculina más importante en la vida de Zack.

Pero ese destello de moralidad había desaparecido hacía mucho. Este era un mundo transformado, y el doctor Ephraim Goodweather, que había sido en otro tiempo un eminente epidemiólogo en el Centro para el Control y Prevención de Enfermedades, también había cambiado. El virus del vampirismo había colonizado la raza humana. Después de que tal peste derrotara a la civilización con un golpe de Estado de una contundencia y violencia inusitadas, los insurgentes —los más obstinados, fuertes y enérgicos— fueron aniquilados o convertidos; los vampiros solo dejaron con vida a los mansos, a los vencidos y a los temerosos, para que cumplieran las órdenes del Amo.

Eph se acercó al sofá y agarró su bolsa de las armas. Sacó su arrugado cuaderno Moleskine del pequeño bolsillo destinado a los guantes, la cinta para el pelo o una muñequera. Últimamente no recordaba nada si no lo anotaba en su diario. Apuntaba todo en él, desde lo más trascendental a lo más banal. Todo debía ser consignado por escrito; ésa era su obsesión. Su diario era básicamente una larga carta a su hijo Zack, donde dejaba constancia de todos sus esfuerzos por encontrarlo. Tomaba nota de sus observaciones y teorías relativas a la amenaza de los vampiros. Y como científico que era, también registraba datos y fenómenos.

Al mismo tiempo, era un ejercicio útil para mantener cierta cordura.

Su escritura se había vuelto muy confusa en los dos últimos años, y casi no podía entender su propia letra. Registraba la fecha de cada día porque era el único método seguro de llevar la cuenta del tiempo, pues no tenía un calendario fiable. No es que importara mucho..., excepto hoy.

Garabateó la fecha, y sintió algo en su corazón. ¡Claro! ¡Claro! ¡Era eso! Por eso estaba allí otra vez.

Era el decimotercer cumpleaños de Zack.

E s probable que no vivas más allá de este punto», advertía el letrero en la puerta del segundo piso, escrito con Magic Marker e ilustrado con lápidas, esqueletos y cruces. Era el dibujo de un niño, realizado cuando Zack tenía siete u ocho años. Su habitación permanecía tal como la había dejado, al igual que las de todos los niños desaparecidos, como un símbolo para detener el tiempo en los corazones de sus padres.

Eph iba continuamente a la habitación, como un buzo que regresa una y otra vez a un buque hundido. Era un museo secreto; un mundo conservado tal como había sido en otro tiempo. Una ventana abierta al pasado.

Se sentó en la cama, sintiendo de nuevo cómo se hundía el colchón, sosegado por su crujido reconfortante. Repasó todos los juguetes, cada figura, moneda y cordón de zapatos, cada camiseta y cada libro de esa habitación que conocía de memoria. Los objetos que formaban parte de la vida de Zack. Negó la posibilidad de estar regodeándose. Las personas no asisten a la iglesia, a la sinagoga o a la mezquita para autocomplacerse; lo hacen como un acto de fe. El cuarto de Zack era un templo. Allí, únicamente allí, Eph había experimentado una sensación de paz y la afirmación de una certeza interior.

Zack todavía estaba vivo.

No era una especulación. Y mucho menos una esperanza ciega.

Eph sabía que Zack estaba vivo y que no había sido convertido todavía.

En otros tiempos —cuando el mundo todavía funcionaba— el padre de un hijo desaparecido contaba con ciertos recursos. Tenía el consuelo de la investigación policial, y la certeza de que cientos, si no miles, de personas se identificaban y solidarizaban con su situación y colaboraban activamente en la búsqueda.

El secuestro se había producido en un mundo sin policía y sin leyes humanas. Y Eph conocía la identidad del ser que había raptado a su hijo; sí, era la criatura que en algún momento había sido su madre. Ella perpetró el secuestro. Pero lo hizo obligada por una entidad mayor. El rey vampiro: el Amo.

Sin embargo, no sabía por qué se habían llevado a Zack. Obviamente, para hacerle daño a Eph. Y para satisfacer el deseo de su madre de visitar de nuevo a los «Seres Queridos» que había amado en vida. Una de las características insidiosas del virus se había propagado en una perversión vampírica del amor humano. Los convertidos en *strigoi* se aferraban a sus seres queridos, a una existencia más allá de las pruebas y tribulaciones del ser humano, que derivaba en las necesidades primarias de la alimentación, la propagación y la supervivencia.

Por esta razón, Kelly —la cosa que una vez fue Kelly— tenía una conexión física tan fuerte con su hijo que logró llevárselo, a pesar de los denodados esfuerzos de Eph.

Y era precisamente este síndrome, la pasión obsesiva por convertir a su seres más cercanos, lo que le confirmaba a Eph que su hijo no había sido convertido; porque si el Amo o Kelly hubieran bebido hasta la última gota de sangre del niño, su hijo seguramente habría regresado a Eph convertido en vampiro. La angustia de Eph ante esta posibilidad —la de enfrentarse a su hijo transformado en muerto viviente— lo había acosado durante todo este tiempo, sumiéndolo en una espiral de desesperación.

Pero ¿cuál era el motivo oculto de todo esto? ¿Por qué el Amo no había convertido a Zack? ¿Para qué lo estaba reservando? ¿Lo tenía como una carta potencial para jugar en contra de Eph y de la resistencia de la cual formaba parte? ¿O acaso había otra razón más siniestra que no podía ni se atrevía a descifrar?

Eph se estremeció ante el dilema que esto suponía para él. Todo lo que estuviera relacionado con su hijo lo hacía vulnerable. La debilidad de Eph era proporcional a su fortaleza: no podía olvidar a su retoño.

¿Dónde estaría Zack en aquel mismo instante? ¿Estaría detenido en algún lugar? ¿Estaría sufriendo torturas por ser hijo suyo? Este tipo de pensamientos desgarraba la mente de Eph.

Lo que más le inquietaba era el hecho de no conocer el paradero de su hijo. Los demás —Fet, Nora y Gus— podían comprometerse plenamente con la resistencia y dedicarle toda su energía y concentración precisamente porque no tenían ningún ser querido retenido en esta guerra.

Visitar aquella habitación hacía que Eph se sintiera menos solo en este mundo atroz. Pero esta vez el efecto fue el contrario. Nunca se había sentido tan desamparado como en ese momento, allí de pie en el centro de la habitación.

Eph pensó una y otra vez en Matt, el novio de su ex esposa —a quien había matado en la planta baja—, y recordó cómo solía obsesionarle la influencia que aquel hombre ejercía en la educación de Zack. Ahora tenía que pensar —cada día, cada hora— en qué infierno estaría viviendo su hijo, bajo el gobierno de aquel monstruo...

Abrumado por la incertidumbre, con el sudor resbalando por su espalda y sintiendo su olor nauseabundo,

Eph escribió la misma pregunta que se repetía en todo el cuaderno, como si fuera un koan:

«¿Dónde está Zack?».

Repasó las entradas más recientes, tal como acostumbraba hacerlo. Vio una nota sobre Nora y procuró descifrar la letra.

«Morgue.» «Cita.» «Desplazamiento a la luz del sol.» Eph entrecerró los ojos tratando de recordar, y una sensación de ansiedad lo invadió.

Se suponía que debía encontrarse con Nora y con la señora Martínez en la vieja Oficina del Jefe de Medicina Forense. En Manhattan; hoy.

«¡Mierda!»

Eph agarró la bolsa y la hoja de plata vibró con un ruido metálico; pasó las correas por sus hombros, con las espadas como si fueran antenas recubiertas de cuero. Echó un vistazo a su alrededor antes de salir, reparando en el Transformer que estaba sobre el escritorio, al lado del reproductor de CD. Era Sideswipe; si es que Eph había leído correctamente la información de los Autobots en los libros de Zack. Se lo había regalado por su cumpleaños un par de años atrás. Una de las piernas del muñeco estaba separada del cuerpo a fuerza de tanto usarlo. Eph le movió los brazos, recordando la destreza con la que Zack transformaba el juguete de coche a robot y viceversa, como si fuese un maestro alineando las caras de un cubo Rubik.

«Feliz cumpleaños, Z», susurró Eph antes de meter el juguete en su bolsa de armas y encaminarse hacia la puerta.

Woodside

LA QUE HABÍA SIDO KELLY GOODWEATHER llegó a su antigua
residencia apenas unos minutos después de que Eph saliera. Venía siguiéndole el rastro —a su Ser Querido—
desde que había detectado su pulso sanguíneo, quince
horas atrás. Pero al aclararse el cielo en el meridiano —las
dos horas de sol exiguo filtrándose a través del manto de
ceniza durante cada rotación planetaria—, tuvo que refugiarse bajo tierra, perdiendo un tiempo precioso. Sin embargo, ahora estaba cerca.

Dos exploradores de ojos negros —niños cegados
por la oclusión solar que coincidió con la llegada del Amo
a la ciudad de Nueva York, convertidos posteriormente
por él y ahora dotados de una percepción amplificada gracias a una segunda visión—, pequeños y rápidos, inspec-
cionaron la acera y los vehículos abandonados como arañas hambrientas, sin notar nada extraño.

En circunstancias normales, la atracción innata de
Kelly por su Ser Querido habría sido suficiente para rastrear y localizar a su ex marido. Pero la señal de Eph estaba debilitada y distorsionada por los efectos del alcohol
etílico, los sedantes y los estimulantes en sus sistemas circulatorio y nervioso. La intoxicación alteraba la sinapsis
del cerebro humano, ralentizando su ritmo de transferencia y ocultando sus señales, a semejanza de una interferencia
en un canal de radio.

El Amo tenía un interés particular en Ephraim Goodweather, concretamente en vigilar sus movimientos diur-

nos. Por eso los exploradores —en otro tiempo hermano y hermana, y ahora idénticos: desprovistos de vello corporal, genitales y otros rasgos de la especie humana— fueron enviados por el Amo para ayudar a Kelly en su persecución. Comenzaron a correr por delante y por detrás, y a lo largo de la valla del jardín delantero de la casa, esperando a que Kelly los alcanzara.

Abrió la puerta y entró en la propiedad. Dio una vuelta alrededor de la casa, alerta ante posibles trampas. Una vez que comprobó que no había peligro, pasó la palma de su mano por la ventana de guillotina, rompiendo el cristal. Entonces abrió el cierre y levantó el marco de la ventana.

Los exploradores saltaron al interior, seguidos por Kelly, que levantó una de sus piernas sucias y desnudas, para deslizarse por la abertura de un metro cuadrado. Los exploradores treparon al sofá, olfateándolo como perros entrenados por la policía. Kelly permaneció completamente inmóvil, percibiendo con sus sentidos cada rincón de la vivienda. Confirmó que estaban solos, que ya era demasiado tarde. No obstante, sintió la presencia reciente de Eph. Tal vez había otras cosas que descubrir.

Los exploradores se deslizaron por el suelo hacia una ventana que daba al norte. Tocaron el cristal, como si estuvieran absorbiendo una sensación reciente y persistente, y acto seguido subieron las escaleras. Kelly los siguió, permitiéndoles que escudriñaran a su antojo. Cuando llegó junto a ellos, las criaturas saltaban alrededor del dormitorio con sus sentidos psíquicos agitados por la reciente presencia de Eph, como un par de animales salvajes azuzados por un impulso alienante.

Kelly se detuvo en el centro de la estancia con los brazos extendidos. El calor que emanaba de su cuerpo vampírico, con su metabolismo en llamas, hizo que la temperatura de la habitación aumentara de inmediato. A diferencia de Eph, Kelly no sentía ningún tipo de nostalgia humana. No sentía afinidad por su antiguo hogar, ningún remordimiento ni sensación de pérdida mientras permanecía allí, en la habitación de su hijo. Ya no sentía ninguna conexión con ese lugar ni tampoco con su «lamentable» pasado humano. La mariposa no mira hacia atrás a la oruga que fue con cariño ni nostalgia: simplemente continúa volando.

Un zumbido penetró en su ser; era una presencia dentro de su cabeza seguida de una brusca aceleración a lo largo de su cuerpo. Era el Amo, mirando a través de ella. Viendo con sus ojos. Observando lo que había estado a un paso de ser un triunfo.

Un momento privilegiado...

Y luego, de manera igualmente súbita, la presencia zumbadora desapareció. Kelly no sintió ningún reproche del Amo por haber fallado por unos pocos minutos en capturar a Eph. Ella sólo se sentía útil. Entre todos cuantos le servían de este lado del mundo, Kelly tenía dos cosas que el Amo valoraba en sumo grado. La primera era su vínculo directo con Ephraim Goodweather.

La segunda era Zachary.

Sin embargo, Kelly sentía el dolor de querer —de necesitar— convertir a su hijo amado. El impulso se había atenuado, sin desaparecer del todo. Lo notaba a cada momento, como si fuera una parte incompleta de sí misma, un vacío que iba en contra de su naturaleza vampírica. Pero ella vivía esa agonía únicamente por una razón: porque el Amo lo exigía. Su sola voluntad inmaculada mantenía a raya la añoranza de Kelly, y por tanto, el chico seguía siendo humano. La exigencia del Amo debía de tener un propósito definido. Kelly confiaba en ello sin el menor asomo de duda, aunque el motivo no le hubiera sido revelado todavía.

Por ahora era suficiente con ver al niño sentado al lado del Amo.

Los exploradores saltaron a su alrededor mientras Kelly bajaba por la escalera. Salió por la ventana tal y como había entrado, casi sin interrumpir la marcha. Comenzaba a llover otra vez; las gotas gruesas y negras chocaban contra su cabeza y sus hombros, evaporándose en volutas de vapor. Cuando estuvo en la línea amarilla dibujada en el centro de la calle, percibió de nuevo la pista de Eph, su pulso sanguíneo cada vez más fuerte a medida que recuperaba la sobriedad.

Avanzó en medio de la lluvia acompañada por las criaturas frenéticas, dejando una estela de vapor a su paso. Se acercó a una estación de transporte público y sintió que su conexión psíquica con Eph empezaba a desvanecerse. Esto se debía a la distancia que los separaba. Él se había subido al metro.

Ni el menor vestigio de decepción nubló sus pensamientos. Kelly seguiría persiguiéndolo hasta que se reunieran de una vez para siempre. Le comunicó su informe al Amo y se dirigió a la estación en compañía de las criaturas.

Eph iba camino de regreso a Manhattan.

El *Farrell*

EL CABALLO EMBISTIÓ, dejando una espesa columna de humo negro y llamas de color naranja a su paso.

El caballo estaba en llamas.

Totalmente consumida, la bestia orgullosa galopaba con una urgencia que no nacía del dolor, sino del deseo. En la noche, visible a varios kilómetros de distancia, el caballo sin jinete ni montura corría a través de un paisaje llano y árido hacia la aldea. Hacia el observador.

Fet se quedó paralizado al ver aquello; sabía que vendría por él. Lo presentía.

Al alcanzar las afueras de la aldea, con la velocidad de una flecha en llamas, el caballo galopante habló —en un sueño, naturalmente— y dijo: «Yo vivo».

Fet dormía en la litera de la cubierta inferior de un navío que se balanceaba una y otra vez. Las otras camas estaban plegadas a la pared. Era el único que ocupaba una litera.

El sueño —esencialmente el mismo— lo acosaba desde su juventud. Un caballo llameante corriendo hacia él con sus cascos flamígeros en medio de la noche oscura, que le despertaba justo antes de embestirlo. El desasosiego que sentía al despertar era fuerte y profundo; era el miedo de un niño.

Tanteó con una mano el paquete debajo de la litera. Estaba húmedo —todo en el barco lo estaba—, pero el nudo seguía apretado y el contenido intacto.

Iba a bordo del *Farrell,* un barco grande de pesca utilizado para el contrabando de marihuana, que seguía siendo un negocio rentable en el mercado negro. Era el último tramo de un viaje de regreso desde Islandia. Fet había concertado el precio del flete a cambio de una docena de armas pequeñas y munición suficiente para varios años. El mar era una de las pocas zonas del planeta que estaba fuera del alcance de los vampiros. Las drogas ilegales se habían vuelto muy escasas bajo la nueva prohibición, y el comercio estaba limitado a la cosecha individual de marihuana y a la elaboración casera de narcóticos como las metanfetaminas. Tenían montado un pequeño negocio paralelo comerciando con licor destilado ilegalmente, y en ese viaje llevaban algunas cajas de vodka islandés y ruso de buena calidad.

La misión de Fet en Islandia era doble. Su primera tarea consistió en ir a la Universidad de Reikiavik. En los meses siguientes al cataclismo vampírico, mientras aguardaba en un túnel bajo el río Hudson a que el aire de la superficie volviera a ser respirable, Fet había estado leyendo el libro por el que el profesor Abraham Setrakian había dado su vida. El mismo libro que el superviviente del Holocausto convertido en cazador de vampiros le había confiado única y exclusivamente a él.

Era el *Occido lumen,* traducido libremente como *La luz derrotada.* Un manuscrito de cuatrocientos ochenta y nueve folios en pergamino, con veinte páginas ilustradas, encuadernado en cuero y cubierto con placas de plata pura para repeler a los vampiros. El *Lumen* era un relato del surgimiento de los *strigoi,* basado en una colección de tablillas de arcilla que databan de la antigua Mesopotamia, y que habían sido descubiertas en el interior de una cueva en las montañas de Zagros en 1508. Escritas en sumerio y extremadamente frágiles, las tablillas sobrevivieron más de un siglo hasta caer en manos de un rabino francés que se dedicó a descifrarlas en secreto, más de dos siglos antes de que el sumerio fuera ampliamente traducido. Posteriormente, el rabino le presentó su manuscrito iluminado al rey Luis XIV como regalo, y fue encarcelado de inmediato por ello.

Las tablillas originales fueron pulverizadas por orden real y el manuscrito se dio por perdido. La amante del rey, aficionada a las ciencias ocultas, recuperó el *Lumen* de un sótano del palacio en 1671, y desde entonces, el volumen cambió muchas veces de manos en la oscuridad, adquiriendo su reputación de ser un texto maldito. El *Lumen* reapareció brevemente en 1823, y de nuevo en 1911, coincidiendo cada vez con misteriosos brotes de enfermedades, antes de desaparecer de nuevo. El texto salió a subasta en el Sotheby's de Manhattan unos diez días después de la llegada del Amo y del comienzo de la plaga vampírica, y tras una fuerte puja fue adquirido por Setrakian, quien contaba con el respaldo de los Ancianos y de toda su riqueza acumulada.

Setrakian, el profesor universitario que rehuyó la vida en sociedad después de la conversión de su amada esposa, obsesionado con cazar y destruir a los *strigoi* engendrados por el virus, consideraba el *Lumen* el único texto autorizado sobre la conspiración de los vampiros que habían invadido la Tierra durante la mayor parte de la historia de la humanidad. A la luz pública, la posición del anciano se reducía a la de propietario de una modesta casa de empeños en un sector pobre de Manhattan; sin embargo, en la trastienda escondía un arsenal de armas para combatir a los vampiros, así como una biblioteca de relatos antiguos y manuales sobre esta temible estirpe que había adquirido en todos los rincones del planeta tras varias décadas de búsqueda. Pero era tal su deseo de revelar los secretos contenidos en el interior del *Occido lumen* que dio su vida para que el libro se quedara en manos de Fet.

Durante esas largas y oscuras noches en el túnel debajo del río Hudson, a Fet se le había ocurrido que el *Lumen* tenía que haber sido subastado por alguien. Alguien había poseído el libro maldito, pero ¿quién? Fet pensó que quizá el vendedor tuviese algún conocimiento adicional de su poder y contenido. En el tiempo transcurrido desde la aparición del volumen, Fet lo había traducido diligentemente con la ayuda de un diccionario de latín. En una inspección del interior del edificio abandonado de Sotheby's en el Upper East Side, Fet descubrió que la Universidad de Reikiavik era la beneficiaria anónima de la venta de aquel incunable. Sopesó con Nora las ventajas y desventajas de realizar este viaje, y decidieron que el largo periplo a Islandia era su única oportunidad de descubrir quién había puesto el libro en subasta.

Sin embargo, la universidad —tal como el exterminador descubrió a su llegada— era una madriguera de vampiros. Fet tenía la esperanza de que Islandia hubiera seguido el ejemplo del Reino Unido, que reaccionó con rapidez a la peste, volando el Eurotúnel y cazando a los *strigoi* tras el brote inicial. Las islas británicas permanecieron casi libres de vampiros, y sus habitantes, completamente aislados del resto del mundo invadido por el virus, lograron preservar su condición de humanos.

Fet había esperado hasta el amanecer para inspeccionar las oficinas saqueadas, con la esperanza de localizar la procedencia del libro. Se enteró de que había sido la fundación universitaria, y no un erudito o benefactor específico como se esperaba, la que había decidido subastar el libro. Y como el campus estaba abandonado, era un camino muy largo para encontrarse finalmente en un callejón sin salida. Pero no fue una pérdida de tiempo, porque en un estante del departamento de Egiptología, Fet encontró un texto muy curioso: un antiguo libro en francés encuadernado en cuero, impreso en 1920. La portada contenía las palabras *Sadum et Amurah:* exactamente las últimas palabras que Setrakian le había pedido que recordara.

Fet no dudó en apropiarse del texto, aunque no sabía ni una sola palabra de francés.

La segunda parte de su misión fue mucho más productiva. En algún momento, al comienzo de su asociación con los traficantes de marihuana, tras enterarse de la magnitud de sus operaciones, Fet los desafió a que le consiguieran un arma nuclear. Esta petición no era tan descabellada como podría parecer inicialmente. En la antigua Unión Soviética, donde los *strigoi* tenían el dominio absoluto, muchas de las llamadas «maletas nucleares» habían sido robadas por ex agentes de la KGB, y se rumoreaba que estaban disponibles en el mercado negro de Europa oriental. El apremio del Amo por erradicarlas de la faz de la Tierra, de modo que no pudieran ser utilizadas para destruir su lugar de origen —tal como él había hecho con los de los seis Ancianos—, les había demostrado a Fet y al resto del grupo que el Amo era realmente vulnerable. Al igual que en el caso de los Ancianos, el sitio de origen del Amo, la clave misma de su destrucción, estaba cifrado en las páginas del *Lumen*.

Los traficantes contaron con la complicidad de un grupo de marineros, a los que prometieron una recompensa en plata. Fet se mostró escéptico cuando le informaron de que tenían una sorpresa para él, pero lo cierto es que los desesperados creen casi en cualquier cosa que les digan. Se reunieron en una pequeña isla volcánica al sur de Islandia con una tripulación de siete ucranianos a bordo de un yate destartalado, provisto de seis motores fueraborda. El capitán de la tripulación tendría unos veinticuatro años, y tenía una sola mano, pues su brazo izquierdo estaba marchito y terminaba en una especie de garra con un aspecto desagradable.

El dispositivo no era una maleta. Parecía un pequeño barril o un cubo de basura, envuelto en una lona negra y cubierto con una malla metálica; los laterales estaban asegurados con correas verdes. Medía casi un metro de alto por setenta centímetros de diámetro. Fet intentó levantarlo con suavidad: pesaba más de cincuenta kilos.

—¿Estás seguro de que esto funciona? —preguntó.

El capitán se rascó la barba cobriza con la mano derecha. Hablaba un inglés deficiente con fuerte acento ruso:

—Me dicen que sí. Sólo una forma de saberlo. Le falta una parte.

—¿Le falta una parte? —preguntó Fet—. Déjame adivinar: plutonio U-233.

—No. El combustible está en el núcleo. Un kilotón de capacidad. Le falta el detonador. —Señaló un manojo de cables en la parte superior y se encogió de hombros—. Todo lo demás es bueno.

La fuerza explosiva de una bomba nuclear de un kilotón equivalía a mil toneladas de TNT; una onda expansiva de más de trescientos metros que podía quebrar el acero como si se tratara de una astilla.

—Me encantaría saber cómo conseguiste esto —dijo Fet.

—Me gustaría saber para qué lo quieres —replicó el capitán.

—Es mejor que todos guardemos nuestros secretos.

—Me parece justo.

El capitán estaba acompañado por otro tripulante que ayudó a Fet a cargar la bomba en el barco de los traficantes. Fet abrió la bodega debajo del suelo de acero, donde estaba la plata. Los *strigoi* se empeñaban en apoderarse de todas las piezas de plata del mismo modo en que decomisaban y desmantelaban armas nucleares. Por lo tanto, el valor de ese metal para matar vampiros había aumentado de forma gradual.

Una vez hecho el trato, incluyendo una transacción de cajas de vodka por bolsas de tabaco de liar, se sirvieron dos tragos de vodka.

—¿Tú eres de Ucrania? —le preguntó el capitán a Fet después de beber el líquido ardiente.

Fet asintió.

—¿Se me nota?

—Te pareces a la gente de mi aldea antes de desaparecer.

—¿Desaparecer? —preguntó Fet.

El joven capitán asintió.

—Chernóbil —explicó, levantando su brazo encogido.

Fet miró la bomba, atada a la pared con una gruesa soga. No brillaba, no hacía tictac. Era una bomba adormecida esperando a ser activada. ¿Habría adquirido un barril lleno de basura? Fet creía que no. Confiaba en que el traficante ucraniano se hubiera cerciorado de la fiabilidad de sus proveedores, y también estaba el hecho de que tenía que seguir haciendo negocios con los traficantes de marihuana.

Fet se sentía emocionado, e incluso seguro. Era como sostener un arma cargada, sólo que sin el gatillo. Lo único que necesitaba era un detonador.

Fet había visto con sus propios ojos a un grupo de vampiros excavar en la zona geotérmica situada en las afueras de Reikiavik conocida como el Estanque Negro. Esto demostraba que el Amo no conocía la localización exacta de su lugar de origen ni su fecha de nacimiento, sino el sitio en donde apareció en forma de vampiro. El secreto estaba contenido en el *Occido lumen*. Lo único que Fet debía hacer era algo que no había logrado todavía: descifrar el texto y descubrir por sí mismo la localización del lugar de origen. Si el *Lumen* fuera un manual práctico para exterminar vampiros, Fet habría podido seguir sus instrucciones, pero el libro estaba lleno de imágenes irracionales, alegorías extrañas y afirmaciones dudosas. Trazaba un camino retrospectivo a lo largo de la historia humana, la cual no estaba regida por la mano del destino, sino por el dominio sobrenatural de los Ancianos. Ese texto le resultaba tan confuso a él como a muchos otros en el pasado. Fet no confiaba en su erudición y echaba mucho de menos la seguridad que entrañaban los grandes conocimientos del viejo profesor. Sin él, el *Lumen* era tan útil para ellos como la bomba nuclear sin el detonador.

Sin embargo, esto suponía un progreso. Su inquieto entusiasmo lo hizo encaminarse hasta la cubierta. Se agarró a la barandilla y miró el océano turbulento. Esa noche se cernía una niebla espesa y salobre que no amenazaba tormenta. Los cambios atmosféricos hacían más peligrosa la navegación, y más impredecible el clima del mar. El barco avanzaba a través de un banco de medusas, una especie que se había extendido por gran parte del mar abierto, alimentándose de huevos de peces y bloqueando la escasa luz solar que llegaba al océano. Las medusas flotaban en parches de varios kilómetros de extensión, cubriendo la superficie acuática como si se tratara de un pudín. Estaban a diez millas de la costa de New Bedford, Massachusetts, lo cual le recordó a Fet uno de los relatos más interesantes que había encontrado en los apuntes de Setrakian; eran las notas que había compilado para acompañar al *Lumen*. En ellas, el viejo profesor daba cuenta de la flota de Winthrop de 1630, que cruzó el Atlántico diez años después del *Mayflower*, llevando una segunda oleada de colonizadores al Nuevo Mundo. El *Hopewell*, uno de los barcos de la flota, transportaba tres piezas de carga no identificada en el interior de unos hermosos cajones de madera tallada. Desembarcaron en Salem, Massachusetts, y se trasladaron a Boston (debido a la abundancia de agua dulce), pero las condiciones de los colonos se hicieron brutales a partir de entonces. Doscientos colonos desaparecieron el primer año, y sus muertes se atribuyeron a las enfermedades en vez de a su verdadera causa: habían sido presa de los Ancianos, pues habían llevado —sin saberlo— a los *strigoi* al Nuevo Mundo.

La muerte de Setrakian había dejado un gran vacío en Fet, que echaba de menos profundamente los consejos del sabio, tanto como su compañía, pero lo que más le faltaba era su intelecto. La desaparición del anciano representaba no sólo una muerte, sino —y no era una exageración— un golpe letal para el futuro de la humanidad. El anciano le había entregado aquel libro sagrado, el *Occido lumen*, corriendo un gran riesgo, aunque no le había facilitado los medios para descifrarlo. Fet también había estudiado los cuadernos de cuero que contenían las reflexiones herméticas y profundas del anciano, entreveradas con pequeñas observaciones domésticas, listas de compras y cálculos financieros. Abrió el libro en francés y, como era de esperar, no entendía lo que decía. Sin embargo, algunos de sus hermosos grabados resultaron ser muy reveladores: en una ilustración a toda página, Fet vio la imagen de un anciano huyendo con su esposa de una ciudad devorada por un fuego divino, y a la esposa convertida en sal. Él conocía esa historia... «Lot...», murmuró. Unas cuantas páginas atrás se detuvo en otra ilustración: el anciano protegiendo a dos criaturas aladas increíblemente hermosas; eran los arcángeles enviados por Dios. Fet cerró el libro bruscamente y miró la portada: *Sadum et Amurah*.

—¡Sodoma y Gomorra! —exclamó—. ¡Sadum y Amurah son Sodoma y Gomorra...! —Y súbitamente sintió que sabía francés. Recordó una ilustración del *Lumen* casi idéntica a la del libro en francés; no en su estilo ni en la sofisticación de los grabados, pero sí en el contenido: Lot protegiendo a los arcángeles de los hombres que querían hablar con él.

Las claves estaban allí, pero Fet era incapaz de interpretarlas correctamente. Incluso sus manos, grandes y toscas como manoplas de béisbol, parecían impropias para manipular el *Lumen*. ¿Por qué Setrakian lo había escogido a él y no a Eph para guardar el libro? Eph era más inteligente —de eso no cabía duda— y mucho más instruido. ¡Diablos, y seguramente hasta sabía francés! Setrakian sabía que Fet moriría antes de permitir que el libro cayera en las manos del Amo; conocía bien a Fet. Y también lo quería mucho: con la paciencia y la delicadeza de un padre anciano. Setrakian, que era firme pero compasivo, nunca le había acusado de ser demasiado lento o estar poco instruido; al contrario, le explicaba todos los asuntos con gran diligencia, haciendo que Fet se sintiera incluido. Le había dado un sentido de pertenencia.

El vacío emocional en la vida de Fet fue llenado por la fuente más insospechada. Cuando Eph se volvió cada vez más errático y obsesivo tras los primeros días transcurridos en el túnel del metro bajo el río Hudson —un trastorno que aumentó una vez salieron a la superficie—, Nora comenzó a confiar y apoyarse más en Fet, en busca de consuelo. Con el paso del tiempo, Fet aprendió a corresponder a esa deferencia. Admiraba la tenacidad de Nora frente a la desesperación tan abrumadora, cuando tantos otros habían sucumbido a la desesperanza o a la locura; o como en el caso de Eph, habían permitido que su desesperación los cambiara. Era evidente que Nora Martínez —al igual que el anciano profesor— había visto algo en Fet, tal vez una nobleza primitiva más parecida a la de una bestia de carga que a la de un hombre, algo de lo que el propio Fet no había sido consciente hasta hacía muy poco. Y si esa cualidad suya —constancia, determinación, ferocidad o lo que fuera— hizo posible que a ella le pareciera más atractivo bajo estas circunstancias extremas, entonces es que él era el más indicado para asumir la misión encomendada por el anciano.

Fet se había resistido a aquella situación por respeto a Eph, negando sus propios sentimientos, así como los de Nora. Pero su atracción mutua era más evidente ahora. El último día antes de su partida, Fet había apoyado su pierna contra la de Nora. Era un gesto casual en sentido estricto, excepto para alguien como Fet. Él era un hombre grande pero increíblemente consciente de su espacio personal, y nunca buscaba ni permitía que fuera transgredido de ninguna manera. Establecía distancias y se sentía incómodo con casi todo contacto humano, pero tenía la rodilla de Nora presionada contra la suya, y su corazón latía acelerado. Latía de esperanza mientras caía en la cuenta: «Ella es consciente de esto. No se está alejando...».

Nora le había pedido que fuera cauteloso, que se cuidara, y al hacerlo, las lágrimas asomaron en sus ojos. Lágrimas que se deslizaron por sus mejillas mientras lo veía marcharse.

Nadie había llorado nunca por él antes.

Manhattan

EPH SUBIÓ AL TREN EXPRESO número 7, aferrándose rápidamente al exterior del vagón. Se agarró del lateral posterior del último vagón, encaramando su bota derecha en el último peldaño de la escalera, con las yemas de los dedos clavadas al marco de la ventana, y meciéndose con el movimiento del tren sobre la vía elevada. El viento y la lluvia negra azotaban los bordes de su impermeable gris y su rostro encapuchado, inclinado hacia las asas de su bolsa de las armas.

Anteriormente, los vampiros debían viajar en la parte exterior de los trenes, yendo y viniendo a través de las profundidades de Manhattan para no ser descubiertos. Por la ventana, a cuyo marco abollado se había aferrado con los dedos, Eph vio a los pasajeros sentados mecerse con el movimiento del tren. Sus miradas distantes, los rostros carentes de expresión: una escena perfectamente ordenada y obediente. No los miró durante mucho tiempo, pues si había *strigoi,* su visión nocturna sensible al calor les permitiría detectarlo, y no tendría un recibimiento precisamente agradable en la próxima parada. Eph todavía era un fugitivo, su imagen estaba en las oficinas de correos y comisarías de policía en toda la ciudad, y la noticia sobre el exitoso asesinato de Eldricht Palmer —hábilmente tergiversado tras su primer intento fallido— aún se transmitía por la televisión cada semana, haciendo que su nombre y su rostro estuvieran presentes en las mentes de los ciudadanos vigilantes.

Subir en los trenes exigía habilidades que Eph había desarrollado con el tiempo y la necesidad. Los túneles siempre estaban húmedos —con olor a ozono quemado y a grasa rancia— y las ropas manchadas y harapientas de Eph servían como camuflaje perfecto, tanto a nivel visual como olfativo. Permanecer colgado de la parte trasera del tren era algo que requería precisión y sincronización. Pero Eph lo había logrado. Cuando pasó su infancia en San

Francisco, viajaba en la parte posterior de los tranvías para hacer el trayecto hasta la escuela. Y había que abordarlos a tiempo: si lo hacía demasiado pronto, corría el riesgo de ser descubierto. Y si lo hacía demasiado tarde, sería arrastrado y sufriría un fuerte golpe.

Eph había recibido varios golpes en el metro. En una ocasión, cuando el tren daba una curva debajo de la avenida Tremont, había perdido el equilibrio al calcular mal su salto de aterrizaje y no logró llegar al tren. Movió frenéticamente las piernas y rebotó contra las vías hasta rodar de costado, rompiéndose dos costillas y dislocándose el hombro derecho; el hueso asomó suavemente mientras él daba tumbos por los raíles de acero al otro lado de la vía. Estuvo a punto de ser embestido por el tren que venía en sentido contrario. Buscó refugio en una sala de mantenimiento saturada de orina humana y periódicos viejos; se colocó de nuevo el hueso del hombro, pero el dolor le resultó insoportable durante algunas noches. Si se movía, el intenso dolor bastaba para despertarlo.

Pero ahora, gracias a la práctica, había aprendido a buscar los puntos de apoyo y los resquicios en la estructura posterior de los vagones. Conocía todos los trenes y vagones, y había diseñado incluso dos ganchos cortos para agarrarse de los paneles de acero en cuestión de segundos. Los había fabricado con la cubertería de plata de su casa, y de vez en cuando le servían como arma de corto alcance contra los *strigoi*.

Los ganchos estaban incrustados en dos soportes de madera construidos con las patas de una mesa de caoba que la madre de Kelly les había regalado por su boda. Si ella supiera... Eph nunca le había gustado —no era lo suficientemente bueno para su Kelly—, y ahora aún le gustaría menos.

Eph giró la cabeza, sacudiéndose la humedad de su rostro para mirar las calles a ambos lados del viaducto de Queens Boulevard a través de la lluvia negra. Algunas calles seguían devastadas, destruidas en los incendios durante la toma, deshabitadas y saqueadas desde entonces. Varios sectores de la ciudad parecían haber sido destruidos en una guerra, y de hecho, eso era lo que había ocurrido.

Otros estaban iluminados con luz artificial, zonas de la ciudad reconstruidas por los seres humanos supervisados por la Fundación Stoneheart, bajo la dirección del Amo. La luz era crítica para poder trabajar en un mundo que permanecía en la oscuridad hasta veintidós horas al día. Las redes de energía eléctrica se habían venido abajo en todo el mundo tras las oscilaciones electromagnéticas que siguieron a las detonaciones nucleares. Los excesos de voltaje habían quemado los conductos eléctricos, sumiendo a gran parte del mundo en una oscuridad favorable para los vampiros. Las personas no tardaron en comprender —aterradora y brutalmente— que una raza de criaturas con una fuerza superior había tomado el control del planeta, y que el hombre había sido suplantado en la cúspide de la cadena alimenticia por seres cuyas necesidades biológicas les exigían una dieta de sangre humana. El pánico y la desesperación arrasaron los continentes. Los ejércitos infectados se silenciaron.

En la época de la consolidación que siguió a la Noche Cero, mientras la nueva atmósfera venenosa continuaba enturbiándose y asentándose en el aire, los vampiros establecieron un nuevo orden.

El tren subterráneo redujo la velocidad mientras se aproximaba a la estación Queensboro Plaza. Eph levantó el pie del escalón trasero, y se quedó colgando del lado oculto del vagón para no ser visto desde el andén. La lluvia persistente tenía un solo beneficio: resguardarlo de los ojos sangrientos y vigilantes de los vampiros.

Escuchó que se abrían las puertas, y que los pasajeros entraban y salían. Los anuncios zumbaban en los altavoces. Las puertas se cerraron y el tren continuó su marcha. Eph se agarró una vez más del marco de la ventana con sus dedos doloridos y vio el tenue andén deslizándose a lo lejos como el mundo antes de la hecatombe, devorado por la noche y la lluvia contaminada.

El tren subterráneo se sumergió bajo tierra, a salvo de la lluvia. Después de dos paradas, entró en el túnel Steinway, debajo del East River. Comodidades modernas como ésta, la asombrosa capacidad de viajar por debajo de un río a gran velocidad, eran las que habían contribuido a la desgracia de la raza humana. Los vampiros, impedidos por su naturaleza para cruzar el agua en movimiento por sus propios medios, pudieron sortear estos obstáculos mediante el uso de túneles, aviones transcontinentales y otras alternativas de transporte rápido.

El tren aminoró la marcha al acercarse a la estación Grand Central justo a tiempo. Eph ajustó sus manos en la ventana, luchando contra la fatiga y aferrándose con tenacidad a sus ganchos de fabricación casera. Estaba desnutrido y tan delgado como en su primer año de instituto. Se había acostumbrado al vacío persistente y corrosivo en el fondo de su estómago; no ignoraba que la carencia de proteínas y vitaminas afectaba no sólo a sus huesos y músculos, sino también a su mente.

Giró el hombro izquierdo y saltó antes de que el tren se detuviera, cayendo al lecho de grava entre los raíles como todo un experto. Flexionó los dedos, desbloqueando la parálisis de sus nudillos similar a la artritis, y retiró los ganchos. La luz trasera del tren se desvaneció, y oyó el chirriar de las ruedas de acero al frenar sobre los raíles, un chillido metálico al que sus oídos no se habían acostumbrado nunca.

Dobló y salió cojeando al otro lado de los raíles, internándose en el túnel. Había recorrido tantas veces esta ruta que ya no necesitaba su binocular de visión nocturna para llegar al siguiente andén. El tercer rail no era una preocupación, pues estaba cubierto con una carcasa de madera, convirtiéndolo en un paso adecuado hacia el andén abandonado.

Los materiales de construcción permanecían amontonados sobre el suelo de baldosas; una remodelación interrumpida en su fase más temprana: un andamio, varias secciones de tubería, fardos de tubos cubiertos de plástico. Eph se echó hacia atrás la capucha mojada y sacó su monocular de visión nocturna de la bolsa, sujetándolo sobre su cabeza, con la lente delante de su ojo derecho. Se dirigió a la puerta sin marcar, satisfecho de que nada hubiera sido alterado desde la última vez que estuvo allí. Antes de la llegada de los vampiros, en la hora punta, medio millón de personas cruzaba diariamente el pulido mármol Tennessee del Grand Concourse que estaba encima de él. Eph no podía arriesgarse a entrar en la estación principal —la explanada de media hectárea ofrecía pocos lugares para esconderse—, aunque sí se había aventurado a las pasarelas del techo. Desde allí había observado los monumentos de una época extinta: rascacielos emblemáticos como el edificio de MetLife y de la Chrysler, oscuros y silenciosos en medio de la noche. Escalaba las unidades de aire acondicionado de dos pisos de altura que coronaban el techo de la terminal, y se detenía en el frontón que daba a la calle 42 y a Park Avenue, entre las colosales estatuas de Minerva, Hércules y Mercurio —los dioses romanos—, por encima del gran reloj de cristal de Tiffany. En la sección central del techo, miraba hacia el Grand Concourse, semejante a una catedral, situado unos treinta metros más abajo. Era lo más lejos que había llegado.

Eph abrió la puerta y observó con su binocular la oscuridad total que se extendía en la distancia. Subió dos largos tramos de escaleras, y pasó por otra puerta que conducía a un largo pasillo rodeado de tuberías de vapor que gemían por el calor. Cuando llegó a la puerta lateral, estaba bañado en sudor.

Sacó un cuchillo de plata de su mochila; debía andar con cuidado. Las paredes de cemento de la salida de emergencia no eran el lugar más adecuado para ser acorralado. El agua subterránea y negra se filtraba hasta el suelo, mientras que la contaminación del cielo ya formaba parte del ecosistema. Este tramo del metro era patrullado regularmente por los empleados de mantenimiento, que expulsaban a los desahuciados, a los curiosos y a los vándalos. Pero luego los *strigoi* asumieron temporalmente el control del inframundo urbano, escondiéndose, alimentándose y propagándose. Ahora que el Amo había reconfigurado la atmósfera del planeta para liberar a los vampiros de la amenaza de los rayos ultravioletas que mataban los virus, se habían levantado de este inframundo reclamando para sí la superficie de la Tierra.

En la última puerta sobresalía un letrero blanco y rojo: «Salida de emergencia únicamente: si cruza, activará la alarma». Eph guardó su cuchillo y sus lentes de visión nocturna en la mochila, y empujó la barra de presión, pues los cables de la alarma habían sido cortados mucho tiempo atrás.

La brisa fétida de la lluvia negra y grasienta sopló en su cara. Se subió la capucha húmeda y empezó a caminar hacia el este, en dirección a la calle 45. Vio sus pies chapoteando sobre la acera, pues caminaba con la cabeza gacha. Muchos de los coches destrozados o abandonados en los primeros días de la debacle permanecían junto a los bordillos, por lo que la mayoría de las calles era de una sola dirección para furgonetas o camiones de suministro conducidos por los vampiros y los humanos de Stoneheart. Eph seguía mirando hacia abajo, pero observaba atentamente a ambos lados de la calle. Había aprendido a no mirar de una manera muy evidente; la ciudad tenía demasiadas ventanas y ojos de vampiros. Si parecías sospechoso, eras sospechoso.

Eph dio un rodeo para evitar toparse con los *strigoi*. En las calles, al igual que en cualquier otro lugar, los humanos eran ciudadanos de segunda categoría, y estaban sujetos a registros y a todo tipo de abusos. Existía una especie de apartheid de criaturas y podía correr el riesgo de exponerse.

Se apresuró a la Primera Avenida, a la Oficina del Forense, agachándose rápidamente por la rampa reservada para ambulancias y coches fúnebres. Se parapetó detrás de unas camillas y un armario móvil, puestos allí para ocultar la entrada del sótano, y entró por la puerta abierta a la morgue de la ciudad.

Una vez dentro, permaneció inmóvil en medio de la oscuridad. La sala de autopsias, con sus mesas y fregaderos de acero inoxidable, era el lugar donde, dos años atrás, fue conducido el primer grupo de pasajeros del funesto vuelo 753 de Regis Air. Fue allí donde Eph examinó por primera vez aquella incisión del grosor de una aguja en el cuello de los pasajeros —al parecer muertos—, una herida punzante que se extendía hasta la arteria carótida y que no tardarían en asociar con los aguijones de los vampiros. Era allí también donde había detectado el extraño aumento de los pliegues vestibulares alrededor de las cuerdas vocales, la primera etapa del desarrollo de los aguijones cavernosos de las criaturas. Y allí mismo había sido testigo de la primera transformación de la sangre de las víctimas, que pasó de un rojo saludable a un aspecto lechoso.

Además, fue en la acera de enfrente donde Eph y Nora conocieron a Abraham Setrakian, el anciano prestamista. Todo lo que Eph sabía sobre la cepa vampírica —desde los efectos letales de la plata y de la luz ultravioleta hasta la existencia de los Ancianos y su papel en el origen y formación de la civilización humana, y la historia del Anciano descarriado (el Amo), cuya llegada al Nuevo Mundo a bordo del vuelo 753 marcó el comienzo del fin— lo había aprendido de aquel anciano inquebrantable.

Desde la toma del poder, el edificio permanecía desierto. La morgue no formaba parte de la infraestructura de una ciudad administrada por vampiros..., la muerte ya no era el término de la existencia humana. Por tal motivo, las ceremonias fúnebres, así como la preparación y la sepultura del cadáver, rara vez se realizaban.

Para Eph, aquel edificio llegó a convertirse en la sede de sus operaciones extraoficiales. Comenzó a subir por las escaleras y le pareció estar a punto de oírlo en boca de Nora: que la ausencia de Zack estaba interfiriendo en su labor como miembro de la resistencia. La doctora Nora Martínez había sido la número dos de Eph en el proyecto Canary del CDC: en medio de todo el estrés y el caos desatado por la aparición de los vampiros, su antigua relación pasó del campo profesional al personal. Eph había intentado poner a salvo a Nora y a Zack llevándolos fuera de la ciudad, en la época en que los trenes todavía circulaban en la estación Penn. Pero los peores temores de Eph se vieron confirmados cuando Kelly, atraída hacia su Ser Querido, llegó con un enjambre de *strigoi* a los túneles bajo el río Hudson, donde descarrilló el tren y acabó con los pasajeros. Y como si aquello fuera poco, Kelly atacó a Nora y se llevó a Zack.

El secuestro de Zack —y Eph no responsabilizaba a Nora por eso— había creado una fisura entre ellos, abriendo también una brecha entre Eph y todo lo demás. Eph se sentía desconectado de sí mismo, fragmentado y dividido, y sabía que no tenía nada más que ofrecerle a Nora en ese momento.

Por su parte, Nora tenía sus propias preocupaciones, especialmente su madre; la señora Mariela Martínez tenía la mente paralizada por el Alzheimer. El edificio de la OCME era lo suficientemente grande para que ella pudiera vagar por las plantas superiores en su silla de ruedas, desplazarse por el pasillo con sus calcetines antideslizantes y conversar con muertos o ausentes. Era una vida miserable. Aunque, en realidad, no tan alejada de la del resto de la raza humana superviviente. O tal vez mejor: la mente de la señora Martínez se había refugiado en el pasado, y por lo tanto podía evitar el horror del presente.

La primera señal de que algo iba mal fue la silla de ruedas volcada al lado de la puerta de la escalera del cuarto piso. Y el inconfundible olor a amoniaco de los vampiros. Eph desenfundó su espada, y aceleró el paso con una sensación de malestar creciendo en sus entrañas. El suministro eléctrico era poco menos que exiguo, pero Eph no podía utilizar su linterna para evitar ser visto desde la calle; así que atravesó el oscuro pasillo en cuclillas, deteniéndose en las puertas y las esquinas, alerta ante cualquier posible escondite.

Sobrepasó un panel divisorio caído, un cubículo saqueado y una silla volcada. «¡Nora!», exclamó. Fue un acto imprudente, pero él solo pretendía hacer salir a los vampiros que estuvieran allí.

Vio la mochila de viaje de Nora en el rincón de una oficina. Estaba rota, con su ropa y artículos personales desparramados por el suelo. La lámpara Luma aún permanecía enchufada al cargador. Una cosa era dejar tirada su ropa, y otra muy distinta abandonar su lámpara ultravioleta. Nora nunca salía sin ella a menos que no le quedara otra opción. Sus armas tampoco se veían por ningún lado.

Desconectó la lámpara y la encendió. Advirtió de inmediato los parches de colores brillantes en la alfombra y manchas de excrementos a un lado del escritorio.

Los *strigoi* habían merodeado por allí, eso era evidente. Eph intentó mantener la calma y la concentración. Pensaba que estaba solo, al menos en ese piso; no había vampiros, lo cual era bueno, pero ni Nora ni su madre estaban allí, lo cual era muy preocupante.

¿Habría habido un enfrentamiento? No lo creía. Intentó constatarlo en las instalaciones, en las manchas y en la silla volcada. Recorrió el pasillo en busca de pruebas de violencia sin hallar ninguna. Combatir habría sido el último recurso de Nora, y si ella hubiera opuesto resistencia, el edificio ya estaría bajo el control de los vampiros. Eph concluyó que se había tratado de una especie de redada. Regresó a la oficina e inspeccionó el escritorio; allí estaban la bolsa de las armas de Nora y su espada. Estaba claro que la habían agarrado desprevenida. Si no había habido ninguna batalla —si los vampiros no habían sido repelidos por la plata—, sus posibilidades de sufrir una muerte violenta disminuían sensiblemente. Los *strigoi* ya no estaban interesados en víctimas; más bien buscaban llenar sus granjas.

¿La habían capturado? Era una posibilidad, pero Eph conocía bien a Nora: nunca se entregaría sin oponer resistencia, y él no había encontrado pruebas de lucha. A menos que... ¿Y si hubieran capturado a la señora Martínez? En tal caso, Nora podría haberse entregado para salvarle la vida.

De ser así, era poco probable que Nora hubiera sido convertida. Los *strigoi*, bajo el mando del Amo, eran reacios a aumentar sus filas: beber la sangre de un ser humano y contagiarlo con la cepa viral vampírica solo producía otra boca necesitada de sangre. No, lo más probable es que Nora hubiera sido conducida a un centro de detención en las afueras de la ciudad, donde le asignarían un oficio, o un castigo. No era mucho lo que se sabía acerca de esos campamentos; la mayoría de los que ingresaban allí no volvía a aparecer. La señora Martínez, que había sobrepasado su edad productiva, tendría un final más seguro.

Eph miró a su alrededor. Se sintió inquieto, tratando de averiguar qué hacer. Aquello parecía ser un incidente casual, pero ¿lo era? A veces, Eph tenía que mantenerse lejos de los demás y vigilar su camino de ida y vuelta a la OCME, pues Kelly lo buscaba de manera incansable. Ser descubierto podría conducir al Amo al corazón de la resistencia. ¿Algo había salido mal? ¿Fet también había sido hecho prisionero? ¿El Amo habría conseguido neutralizar a toda la célula?

Eph levantó la tapa de la computadora portátil sobre el escritorio. Estaba encendido, y oprimió la barra espaciadora para activar la pantalla. Todas las computadoras del edificio estaban conectadas a un servidor de red todavía en funcionamiento. El servicio de internet había sufrido graves daños, y en términos generales era poco fiable. Era más probable recibir spam que poder abrir una página web. Las direcciones poco conocidas y con protocolo no autorizado eran particularmente susceptibles a virus y gusanos, y muchos ordenadores del edificio habían sido encriptados debido a los daños causados por el malware en los sistemas operativos, o iban tan lentos que ya no eran utilizables. La telefonía móvil ya no funcionaba, ni para telecomunicaciones ni para el acceso a internet. ¿Por qué permitirle a la clase inferior humana acceder a una red de comunicaciones capaz de abarcar el mundo, algo que los vampiros poseían por vía telepática?

Eph y el resto operaban bajo el supuesto de que toda la actividad en internet era controlada por los vampiros. La página que estaba viendo en ese momento —de la que Nora parecía haber salido súbitamente, sin tiempo para apagar el disco duro— era una especie de messenger, un chat en lenguaje taquigráfico.

«NMart» era obviamente Nora Martínez. Su compañero de conversación, «VFet», era Vasiliy Fet, el antiguo exterminador de la ciudad de Nueva York. Fet se había unido a la causa tras la invasión de ratas provocada por la llegada de los *strigoi*. Había demostrado un valor excepcional para la lucha, tanto por sus técnicas para matar bichos como por su conocimiento de la ciudad, particularmente de los túneles subterráneos de los diferentes distritos de Nueva York. Al igual que Eph, se había convertido en discípulo del difunto Abraham Setrakian, asumiendo el papel de cazador de vampiros del Nuevo Mundo. Actualmente, se encontraba en un buque de carga en algún lugar del océano Atlántico, regresando de Islandia de una misión muy importante.

El chat, poblado con las marcas gramaticales de Fet, había empezado el día anterior, y giraba principalmente en torno a Eph, que no podía dejar de leer esas palabras dolorosamente reveladoras:

NMart: E. no está aquí. No ha venido a la cita. Tenías razón. No debería haber confiado en él. Ahora lo único que puedo hacer es esperar...

VFet: No esperes ahí. Mantente en movimiento. Vuelve a Roosvlt.

NMart: No puedo. Mi madre está peor. Intentaré quedarme un día más como máximo. REALMENTE no puedo más. Él es peligroso. Se está convirtiendo en un riesgo para todos nosotros. Es sólo cuestión de tiempo antes de que la zorra-vamp de Kelly le dé alcance o que él la traiga aquí.

VFet: Tienes razón. Pero lo necesitamos. Haz que esté cerca de ti.

NMart: Él actúa por su cuenta. No le importa nada más.

VFet: Él es muy importante. Para ellos. Para el A. Para nosotros.

NMart: Lo sé... Es sólo que ya no puedo confiar en él. Ni siquiera sé quién es realmente...

VFet: Tenemos que evitar que toque fondo. Especialmente tú. Mantenlo a flote. Él no sabe dónde está el libro. Ése es nuestro doble ciego. Así no podrá hacernos daño.

NMart: Está de nuevo en casa de K. Lo sé. Buscando recuerdos de Z. Como un ladrón en medio de un sueño.

Y luego:

NMart: Sabes que te echo de menos. ¿Hasta cuándo?

VFet: Estoy volviendo. También te echo de menos.

Eph se quitó la bolsa de las armas, guardó de nuevo su espada, y se dejó caer en la silla.

Se quedó mirando los últimos mensajes, leyéndolos una y otra vez, escuchando la voz de Nora y el acento de Brooklyn de Fet.

También te echo de menos.

Se sintió sin peso al leerlo, como si su cuerpo no estuviera sujeto a la ley de la gravedad. Y sin embargo, aún seguía allí.

Debería haber sentido más rabia. Más ira justificada. ¡Traición! Un arrebato de celos. Sintió todo eso, pero no de una manera profunda ni aguda. Los sentimientos estaban ahí, y los reconoció, pero realmente eran... más de lo mismo. Su malestar era tan abrumador que ningún otro sabor, sin importar lo amargo que fuese, podría alterar su paladar emocional.

¿Cómo había sucedido eso? A veces, durante estos últimos dos años, Eph había mantenido las distancias frente a Nora de manera deliberada. Lo había hecho para protegerla a ella, a todos..., o al menos eso se decía a sí mismo, justificando su abandono.

Sin embargo, no alcanzaba a comprender. Volvió a leer el otro fragmento. Así que él era un «riesgo». Era «peligroso» y poco fiable. Ellos parecían creer que estaban cargando con él. Casi sintió alivio. Alivio por Nora —«bien por ella...»—, pero la mayor parte de su ser palpitó con furia creciente. ¿Qué era eso? ¿Se sentía celoso porque ya no podía estar con ella? Dios sabía que él no estaba alimentando esos sentimientos; ¿estaba enfadado porque alguien había encontrado su juguete olvidado y ahora quería que se lo devolviera? Él mismo sabía tan poco... La madre de Kelly solía decirle que siempre llegaba con diez minutos de retraso a todos los acontecimientos importantes de su vida. Llegó tarde a su boda, al nacimiento de Zack, e incluso cuando intentaron evitar que su matrimonio se desmoronara. Dios sabía que ya era tarde para salvar a Zack o al mundo; y ahora... esto.

¿Nora con Fet?

Ella se había ido. ¿Por qué él no había hecho algo antes? Curiosamente, en medio del dolor y de la sensación de pérdida, Eph también sintió alivio. Ya no necesitaba preocuparse más, no necesitaba compensar sus deficiencias, explicar su ausencia, ni apaciguar a Nora. Pero cuando la tenue ola de alivio estaba a punto de surgir, se dio la vuelta y se miró en el espejo.

Se vio más viejo. Y casi tan sucio como un vagabundo. Tenía el cabello adherido a la frente sudorosa y sus ropas tenían capas de mugre de varios meses. Sus ojos estaban hundidos y sus mejillas sobresalían, tirando de su piel tensa y delgada. «No es de extrañar —pensó—. No es de extrañar.»

Se apartó del espejo, aturdido. Bajó cuatro tramos de escaleras y salió del edificio del forense en medio de la lluvia negra en dirección al Hospital Bellevue, que estaba cerca. Entró por una ventana rota y atravesó los pasillos oscuros y desiertos, guiándose por los letreros de la sala de urgencias. Esa zona había sido un centro traumatológico de nivel 1, lo cual significaba que había albergado a una amplia gama de especialistas que tenían acceso a las mejores instalaciones.

Y a las mejores drogas.

Llegó al control de enfermería: al armario de los medicamentos le habían arrancado la puerta. La nevera también había sido saqueada. Automedicándose, se embolsó un frasco de oxicodona y otros medicamentos contra la ansiedad envasados al vacío, y arrojó los envoltorios por encima del hombro. Se metió dos oxis blancas en la boca, las tragó con saliva y se quedó paralizado.

Se había desplazado con tanta rapidez y con tanto ruido que no oyó los pies descalzos acercándose. Vio sus movimientos con el rabillo del ojo y se incorporó.

Dos *strigoi* lo observaban fijamente. Eran vampiros completamente formados, pálidos y sin pelo ni ropa. Vio las arterias hinchadas sobresaliendo en sus cuellos y descendiendo por la clavícula hasta el pecho, como hiedras palpitantes. Uno de ellos había sido un hombre (el del cuerpo más grande) y el otro una mujer (con pechos arrugados y exangües).

Otro rasgo característico de estos vampiros maduros era su carúncula fungosa. Era una carnosidad dilatada y sumamente desagradable que colgaba como el cuello de un pavo, de un rojo pálido cuando necesitaban alimentarse y con un rubor carmesí cuando terminaban de hacerlo. Las barbillas de estos *strigoi* colgaban flácidas como escrotos y se balanceaban cuando movían la cabeza. Era una señal de rango, la marca de un cazador experimentado.

¿Eran los mismos que habían atacado a Nora y a su madre, o que las habían sacado de la OCME? No había manera de confirmarlo, pero algo le dijo a Eph que así era, lo cual, en caso de ser cierto, significaba que Nora podría haber escapado ilesa.

A Eph le pareció advertir un destello de reconocimiento en las pupilas rojas y ausentes. La mirada de un vampiro no solía denotar ninguna chispa o señal de actividad cerebral, pero Eph ya estaba familiarizado con esa mirada, y sabía que éstos lo habían identificado. Los ojos sustitutos de esas criaturas le habían confirmado su hallazgo al Amo, cuya presencia inundaba sus cerebros con la fuerza de la posesión. La horda estaría allí en cuestión de minutos.

Doctor Goodweather..., dijeron ambas criaturas con voz cantarina en una sincronía escalofriante. Sus cuerpos se irguieron como dos marionetas controladas por una cuerda invisible. Era el Amo.

Eph observó, fascinado y asqueado al mismo tiempo, la forma en que las pupilas vacías daban paso a la inteligencia y a la compostura de esas criaturas superiores, ondulándose, ahora atentas, como cuando un guante de cuero adquiere forma al introducir las manos, confiriéndole un aspecto y un propósito.

Los rostros pálidos y alargados de las criaturas se transformaron a medida que la voluntad del Amo se apoderaba de sus bocas flácidas y sus miradas ausentes...

Tienes... aspecto de cansado... —modularon las dos marionetas, moviendo sus cuerpos al unísono—. *Creo que deberías descansar..., ¿no te parece? Únete a nosotros. Ríndete. Te daré lo que quieras...*

A Eph se le llenaron los ojos de lágrimas. El monstruo tenía razón: estaba cansado, ¡ah, muy cansado!; y sí, le hubiera gustado entregarse. «¿Puedo hacerlo? —pensó—. ¿Puedo entregarme? ¡Por favor!»

Sintió que sus rodillas se doblaban —sólo un poco— como si se dispusiera a sentarse.

Las personas que amas (las que echas de menos) viven en mis brazos, expresaron los gemelos, transmitiendo el mensaje con sumo cuidado. Tan sugerente y ambiguo al mismo tiempo... A Eph le temblaron las manos mientras agarraba las gastadas empuñaduras de cuero de sus dos espadas. Las sacó en línea recta para no cortar la bolsa. Tal vez el opiáceo estaba surtiendo efecto; lo cierto es que algo hizo clic en su cerebro, y asoció a aquellas dos monstruosidades con Nora y con Fet. Su amante y su amigo de confianza estaban conspirando contra él. Era como si ambos le hubieran sorprendido buscando en el armario como un drogadicto, viéndolo en su peor momento, del cual ellos eran directamente responsables.

—No —respondió, rechazando al Amo con un gemido entrecortado y la voz rota incluso en esa única sílaba. Y en lugar de dejar sus emociones a un lado, Eph las trajo a un primer plano y las revistió de ira.

Como quieras —susurró el Amo—. *Te volveré a ver... muy pronto...*

Y luego, la voluntad dio paso a los cazadores. Las bestias resoplaron y jadearon; abandonando su postura erguida, se pusieron a cuatro patas, listas para rodear a su presa. Eph no les dio la oportunidad de flanquearlo. Se abalanzó sobre el macho blandiendo las dos espadas. El vampiro se apartó de él en el último instante —eran ágiles y rápidos—, pero sin llegar a evitar que la punta de la espada se hundiera en su torso. El corte fue lo suficientemente profundo para que el vampiro perdiera el equilibrio, y su herida destiló sangre blanca. Los *strigoi* casi nunca sentían dolor en el cuerpo, salvo cuando el arma era de plata. La criatura se retorció y se cubrió la herida con las manos.

En ese lapso de indefensión, Eph giró y levantó la otra espada a la altura del hombro. Le arrancó la cabeza de un tajo, justo debajo de la mandíbula. El vampiro alzó los brazos en un acto reflejo de autoprotección antes de rodar por el suelo.

Eph se volvió justo cuando la hembra saltaba sobre él desde el mostrador, abalanzándose con sus dedos y garras para arañarle la cara. Eph logró desviar los brazos del vampiro con los suyos, logrando que la criatura chocara estrepitosamente contra la pared. Eph soltó las espadas. Sus manos estaban muy débiles. «Ah, sí, sí, por favor..., quiero rendirme.»

El *strigoi* se incorporó rápidamente a cuatro patas, mirando a Eph sentado en cuclillas. Sus ojos se clavaron en él; eran los ojos sustitutos del Amo, la presencia maligna que se lo había arrebatado todo. La furia de Eph volvió a aparecer. Sacó rápidamente sus ganchos y se dispuso a lanzarlos. El vampiro arremetió contra él, y Eph fue a su encuentro; la carúncula que colgaba de la mandíbula de la criatura era un blanco perfecto. Había hecho eso cientos de veces, como un trabajador en una planta de pescado pesando un atún grande. Un gancho se incrustó en la garganta del espectro, detrás de la carúncula, hundiéndose con rapidez y alojándose detrás del tubo cartilaginoso que albergaba la laringe y el aguijón. Tiró hacia abajo con fuerza, bloqueando el aguijón y obligando a la criatura a arrodillarse mientras chillaba como un cerdo. El otro gancho se incrustó en la cuenca del ojo, y Eph le apretó la mandíbula con el pulgar, impidiéndole abrir la boca. Muchos años atrás, durante un verano, su padre le había enseñado esta combinación mientras capturaban serpientes en un pequeño río al norte del Estado. «Sujétale la mandíbula —le había dicho—, bloquéale la boca para que no te pueda morder.» No todas las serpientes eran venenosas, pero sí tenían una mordedura repugnante y suficientes bacterias en su lengua bífida para causarle mucho dolor. Eph —el chico de ciudad— era bueno atrapando serpientes. Era algo que hacía con naturalidad. Un buen día incluso consiguió lucirse, cuando capturó una serpiente a la entrada de su casa siendo todavía un niño. Se había sentido superior: un héroe. Pero eso ocurrió hacía mucho tiempo. Un trillón de años antes de Cristo.

Y ahora Eph, casi al límite de sus fuerzas, neutralizaba a una criatura poderosa, a una muerta viviente inflamada al tacto, sedienta y llena de furia. Él no estaba en un arroyo fresco de California con el agua por las rodillas ni bajando de su furgoneta para atrapar una serpiente urbana. Él corría un peligro real. Podía sentir la forma en que cedían sus músculos. Su fuerza se desvanecía. «Sí..., sí..., quisiera rendirme...»

Su debilidad le irritó. Pensó en todo lo que había perdido —a Kelly, a Nora, a Zack, el mundo— y golpeó con fuerza a la criatura maldita, lanzando un grito primigenio, rasgándole la tráquea y rompiendo en dos el cartílago tenso. La mandíbula se fracturó bajo su pulgar roñoso. Un chorro de sangre y gusanos brotó y Eph retrocedió de un salto, esquivándolo, zigzagueando como un boxeador fuera del alcance de su oponente.

El vampiro se puso en pie, deslizándose por la pared, aullando, con la carúncula y el cuello rotos, palpitando en un miasma lechoso. Eph fingió un ataque, y el vampiro retrocedió unos pocos pasos, resollando y lamentándose con un sonido gutural y húmedo semejante a la llamada de un pato. Simuló una finta de nuevo y el vampiro no se lo creyó esta vez. Eph volvió a insistir, pero el vampiro se puso rígido y luego echó a correr por el pasillo.

Si Eph pudiera hacer una lista de reglas a seguir, en la parte superior habría figurado «Nunca sigas a un vampiro cuando huye». Nada bueno resultaba de eso. No existía ninguna ventaja estratégica en perseguir a un *strigoi,* pues su nivel de alerta clarividente se hallaba activado. Los vampiros habían desarrollado estrategias coordinadas de ataque en los dos últimos años. Correr era una táctica dilatoria, o un ardid sin ambages.

Y sin embargo, en medio de su ira, Eph hizo aquello que sabía que no debía hacer. Recogió sus espadas y corrió hasta una puerta que decía: «Escaleras». La rabia y un extraño deseo de venganza le hicieron derribar la puerta y subir las escaleras. La hembra huyó, y Eph la siguió mientras esta daba grandes zancadas por el corredor del piso superior. Eph la persiguió con una espada en cada mano. El vampiro giró a la derecha y luego a la izquierda, y subió otra escalera.

El cansancio de Eph le devolvió al principio de realidad. Vio a la hembra al final del corredor; había aminorado la marcha y lo estaba esperando, asegurándose de que Eph pudiera verla doblar la esquina.

Se detuvo. No podía ser una trampa, pues acababa de entrar en el hospital. Así que la única razón para que el vampiro lo atrajera a una búsqueda inútil era...

Eph entró en la primera habitación que vio, y se acercó a las ventanas. El cristal estaba manchado con la lluvia negra y aceitosa, y la ciudad se veía oscurecida por las mismas ondas de agua sucia que se deslizaban por el cristal. Eph apoyó la frente contra el cristal, haciendo un esfuerzo para observar lo que había abajo.

Vio formas oscuras, cuerpos apresurándose por las aceras desde los edificios de enfrente, amontonándose en la calle. Cada vez eran más, como si fueran bomberos atendiendo la llamada de seis alarmas simultáneas. Se dirigían hacia la entrada del hospital.

Eph retrocedió. La llamada psíquica había sido realizada. El doctor Ephraim Goodweather, uno de los líderes y artífices de la resistencia, se encontraba atrapado en el interior del Hospital Bellevue.

Estación del metro, calle 28

Nora estaba en la esquina de Park Avenue y la calle 28, expuesta a la lluvia que golpeaba su impermeable. Sabía que necesitaba mantenerse en movimiento, pero nadie la seguía en ese momento. Y buscar refugio en el sistema subterráneo del metro equivalía a meterse en una trampa. Los vampiros vigilaban toda la ciudad. Por eso debía esforzarse en aparentar que era otra humana de camino al trabajo o a su casa. Sin embargo, había un problema: su madre.

—¡Te dije que llamaras al casero! —exclamó Mariela, retirándose la capucha para sentir la lluvia en su cara.

—Mamá... —le reprochó Nora, tapándola de nuevo.

—¡Arregla esa ducha!

—¡Shhh! ¡Silencio!

Nora debía seguir avanzando. Aunque su madre tenía dificultades para caminar, se calmaba al hacerlo. Al llegar junto al bordillo, Nora le rodeó la cintura, apretándola contra su cuerpo justo cuando un camión del ejército cruzaba la intersección. Nora retrocedió con la cabeza gacha y observó de soslayo el paso del camión, conducido por un *strigoi*. Nora sostuvo con firmeza a su madre para evitar que cruzara la calle.

—Cuando vea a ese casero, lamentará habernos conocido.

La lluvia resultaba propicia: significaba impermeables, y los impermeables tenían capuchas. Los ancianos y los débiles eran perseguidos; no había sitio para los improductivos en la nueva sociedad. Nora jamás habría corrido un riesgo como éste —aventurarse en las calles con su madre— si hubiera tenido otra opción.

—Mamá, ¿puedes guardar silencio? No podemos llamar la atención.

—Estoy cansada de todo esto. No soporto este maldito techo con goteras.

—¿Quién puede permanecer más tiempo callada, tú o yo? —la retó Nora.

Cruzaron la calzada. Enfrente, colgando del poste con el nombre de la calle y una señal de tráfico, un cadáver se mecía al viento. La exhibición de cadáveres era muy común, especialmente a lo largo de Park Avenue. Sobre el hombro de la víctima, una ardilla se disputaba las mejillas con un par de palomas.

Nora habría alejado a su madre de un espectáculo como ése, pero Mariela ni siquiera estaba mirando. Comenzaron a bajar las escaleras de la estación del metro, con los escalones resbaladizos a causa de la lluvia grasienta e inmunda. Cuando estuvieron abajo, Mariela intentó quitarse de nuevo la capucha, y Nora la reprendió y se la puso de nuevo.

Los torniquetes brillaban por su ausencia. Una máquina dispensadora de boletos continuaba allí sin función aparente, con los ominosos letreros «Si ves algo, di algo» a su alrededor. Nora tuvo un respiro: los dos únicos vampiros que vio estaban al otro extremo de la entrada y no miraban en su dirección. Bajaron al andén, esperando que el tren 4, 5 o 6 llegara pronto. Se esforzaba en mantener los brazos de su madre quietos, para que el abrazo no despertara sospechas.

Los viajeros se aglomeraban a su alrededor, tal como en los viejos tiempos. Algunos leían libros. Unos pocos escuchaban música en reproductores portátiles. Lo único que no había eran teléfonos móviles y periódicos.

De uno de los postes de la estación colgaba un viejo cartel de la policía con la imagen de Eph: una copia de la fotografía de su antiguo carné de trabajo. Nora cerró los ojos y lo maldijo en silencio. Era a él a quien habían estado esperando en la morgue. A Nora no le gustaba ese lugar, y no porque fuera delicada —pues no lo era en absoluto—, sino porque era un espacio demasiado abierto. Gus, el ex pandillero transformado tras su encuentro con Setrakian, se había sumado a la resistencia, convirtiéndose en un compañero de armas más que fiable. Fet había ocupado la isla Roosevelt, hacia donde ella se dirigía en este momento.

«Un rasgo característico de Eph», pensó Nora. Un genio y un buen hombre, pero siempre retrasado algunos minutos, siempre corriendo para ponerse al día a última hora.

Ella se había quedado allí un día más por él, por una lealtad que no tenía mucho sentido, y sí, tal vez por la culpa. Quería contactar con Eph, y asegurarse de que estaba bien. Los *strigoi* entraron por la puerta principal: Nora estaba escribiendo en una de las computadoras cuando escuchó el estrépito de los cristales rotos. Apenas tuvo el tiempo suficiente para ir a buscar a su madre, que dormitaba en la silla de ruedas. Podía haber matado a los vampiros, pero eso le habría revelado al Amo su paradero, así como el escondite de Eph. Y a diferencia de él, Nora era demasiado prudente como para arriesgar una traición a su alianza.

Es decir, traicionar a la alianza delatándose ante el Amo. Ya era suficiente con traicionar a Eph liándose con Fet. Y aunque se sentía particularmente culpable, de nuevo Eph aparecía con cinco minutos de retraso. Ésa era otra prueba más que confirmaba la regla. Ella había sido muy paciente con él —demasiado— y ahora simplemente se ocupaba de sí misma.

Y de su madre... De pronto notó que la anciana se soltaba de sus manos y abría los ojos.

—Tengo un pelo en la cara —dijo Mariela, tratando de quitárselo.

Nora la examinó rápidamente. No tenía nada. Pero fingió ver un pelo y levantó el índice para retirárselo.

—Ya está —dijo—. Todo en orden.

Sin embargo, la inquietud de su madre le hizo concluir que su estratagema no había funcionado. Mariela intentó soplarse el pelo.

—Noto cosquillas. ¡Suéltame!

Nora sintió que la observaban. Soltó a su madre, que se frotó la cara e intentó quitarse la capucha.

Nora se la puso de nuevo, después de advertir que tenía un mechón despeinado.

Escuchó que alguien resoplaba muy cerca de ella. Nora luchó contra el impulso de mirar, tratando de ser lo más discreta posible. Le pareció oír un susurro, o al menos lo imaginó.

Se acercó a la línea amarilla, con la esperanza de ver aproximarse las luces del tren.

—¡Ahí está! —gritó su madre—. ¡Rodrigo, te estoy viendo! ¡No finjas!

Estaba increpando al casero de la época en que Nora todavía era una niña. Recordó la delgadez del hombre, su mata de pelo negro y aquellas caderas tan estrechas que la correa de herramientas parecía a punto de caérsele. El hombre al que su madre llamaba tenía el pelo oscuro —aunque no se parecía al casero de treinta años atrás— y ahora la miraba atónito.

Nora se alejó, para ver si su madre se callaba. Pero Mariela insistía en dar vueltas en su sitio con la capucha caída, mientras intentaba llamar al casero fantasma.

—Mamá —suplicó Nora—. Por favor. Mírame. Cállate.

—Siempre está coqueteando conmigo, pero cuando hay trabajo por hacer...

Nora sintió deseos de taparle la boca con la mano. Le puso de nuevo la capucha y caminó con ella por el andén, lo que solo contribuyó a llamar más la atención.

—Mamá, por favor. Nos van a descubrir.

—Un desgraciado perezoso. ¡Eso es lo que es!

Aunque atribuyeran a la embriaguez el extraño comportamiento de su madre, se verían igualmente en serios problemas. El alcohol estaba prohibido porque afectaba a la sangre y favorecía el comportamiento antisocial.

Nora se dio la vuelta, pensando en huir de la estación, y entonces vio las luces que iluminaban el túnel.

—Mamá, nuestro tren. Shhh... Vamos.

El tren se aproximó. Nora esperó el primer vagón. Unos cuantos pasajeros se bajaron antes de que Nora se apresurara con su madre y encontrara dos asientos libres. El tren 6 las llevaría a la calle 59 en cuestión de minutos. Le puso de nuevo la capucha a su madre y esperó a que las puertas se cerraran.

Nora se percató de que nadie se sentaba cerca de ellas. Le echó un vistazo al vagón y comprobó que los pasajeros desviaban rápidamente sus miradas. Entonces vio a una pareja de jóvenes al lado de dos policías de la Autoridad de Tránsito —humanos— señalando al primer vagón desde el andén: sus índices apuntaban directamente hacia ella.

«Que se cierren las puertas», suplicó en silencio.

Y así fue. Las puertas se cerraron con la característica eficiencia aleatoria del sistema de transporte de Nueva York. Nora esperó el bandazo habitual, ansiosa por regresar a la isla Roosevelt —un territorio libre de vampiros—, mientras Fet volvía de su viaje. Pero el tren no se movió.

Nora esperó a que lo hiciera, mirando con un ojo a los pasajeros al otro extremo del vagón y con el otro a los dos policías de tránsito que se aproximaban hacia las puertas. Detrás de ellos venían dos vampiros, con sus ojos enrojecidos fijos en Nora. También estaba la pareja que había denunciado a Nora y a su madre.

La pareja pensó que hacía lo correcto al acatar las nuevas leyes. O tal vez eran rencorosos: todos se habían visto obligados a entregar a los ancianos a la raza dominante.

Las puertas se abrieron y los policías fueron los primeros en entrar. Aunque ella lograse asesinar a sus dos congéneres, zafarse de los dos *strigoi* y escapar de la estación subterránea, tendría que hacerlo sola. Pero eso supondría sacrificar a su madre, tanto si la arrestaban como si la ejecutaban allí mismo.

Uno de los policías se acercó y le retiró la capucha a Mariela, dejando su cabeza al descubierto. —Señoras —dijo—, tendrán que acompañarnos. —Nora no se levantó de inmediato, y el agente le apretó el hombro con fuerza—. ¡Ahora!

Hospital Bellevue

EPH SE ALEJÓ DE LA VENTANA mientras los vampiros confluían en el Hospital Bellevue desde las calles adyacentes. Había metido la pata... El pánico le quemaba la boca del estómago. Todo estaba perdido.

Su primer impulso fue seguir subiendo y ganar tiempo mientras llegaba hasta el tejado, pero era obvio que se trataba de un callejón sin salida. La única ventaja de estar en el tejado era que podría lanzarse al vacío si tuviera que escoger entre la muerte y una vida vampiresca en el más allá.

Descender significaba abrirse paso entre los *strigoi,* pero eso sería como correr hacia un enjambre de abejas asesinas: era casi seguro que sería picado al menos una vez, y con eso bastaría.

Así que correr no era una opción, ni tampoco lo era resistir de manera suicida. Pero él había pasado suficiente tiempo en los hospitales como para ignorar que ése era su territorio. Él tenía ventaja; sólo le faltaba encontrarla.

Pasó raudo frente a los ascensores de los pacientes y de repente se detuvo, dándose la vuelta ante el panel de control de la tubería del gas. Era el control de emergencia de toda la planta. Retiró la cubierta de plástico, abrió el regulador y apuñaló el mecanismo hasta escuchar un silbido agudo.

Corrió hacia las escaleras, salvando el tramo que lo separaba del panel de control del siguiente piso, y repitió la misma operación otra vez. Luego regresó a las escaleras y escuchó el pesado chapoteo de los pies muertos y descalzos de los chupasangres empujándose desde las plantas inferiores.

Se arriesgó a subir otro piso, y se ocupó del panel con rapidez. Apretó el botón del ascensor, pero decidió buscar los ascensores de servicio, los que se utilizaban para transportar los carros de material y las camillas de los pacientes. Los encontró, y presionó el botón.

La adrenalina producto de la supervivencia y de la persecución le suministró una descarga sanguínea más dulce que la de cualquier estimulante artificial que pudiera encontrar. Ése, comprendió, era el efecto que buscaba con las drogas farmacéuticas. Después de tantas batallas a vida o muerte, sus receptores del placer se habían alterado. Demasiados altos y muy pocos bajos.

La puerta del ascensor se abrió y él pulsó la «S» del sótano. Los letreros de las paredes le recordaban la importancia de conservar las manos limpias y la confidencialidad en el tratamiento de los pacientes. Un niño le sonreía desde un cartel sucio, guiñándole el ojo mientras chupaba una piruleta, con el pulgar levantado. «Todo irá bien», decía el estúpido cartel, que también contenía horarios y fechas de una exposición de pediatría celebrada hacía un millón de años. Eph guardó una de las espadas en la bolsa que llevaba a la espalda mientras veía descender el número de los pisos en el panel. El ascensor dio una sacudida y se detuvo en medio de la oscuridad. Estaba atascado entre dos plantas. Era un escenario de pesadilla, pero el ascensor se tambaleó y siguió bajando. Como con todo lo que requería mantenimiento, no te podías fiar de estos artefactos mecánicos..., si tenías otra opción mejor, claro.

La puerta abollada del ascensor se abrió finalmente, y Eph salió al área de servicio del sótano, donde las camillas se amontonaban contra la pared como carritos de supermercado en espera de clientes, con sus colchones desnudos. Unos metros más allá, había un carrito de lavandería bajo una rampa para la ropa sucia.

En un rincón, una docena de tanques de oxígeno yacía sobre unas carretillas de largas asas. Eph actuó tan rápido como se lo permitía su cansancio crónico, y acomodó cuatro tanques en cada ascensor. Retiró los tapones metálicos, y golpeó con ellos las válvulas de las boquillas hasta escuchar el silbido tranquilizador del escape de gas. Apretó el botón de la planta superior y las tres puertas se cerraron de inmediato.

Sacó de su mochila una lata de líquido inflamable a medio llenar. Su caja de cerillas estaba en algún sitio en el bolsillo de su chaqueta. Con manos temblorosas, volcó el carro de la lavandería, vaciando la ropa de cama delante de los ascensores; luego apretó la lata del combustible con un regocijo perverso, y roció el líquido sobre la pila de algodón. Encendió un par de cerillas y las dejó caer sobre la pila, que crepitó con un *whumph* flamígero. Eph oprimió el botón de llamada de los tres ascensores —que se manejaban individualmente desde el sótano de servicio— y corrió como un loco en busca de una salida.

Vio el enorme panel de control con tubos de colores de la planta de servicio, protegido con barrotes. Sacó un hacha de una vitrina, y pudo levantarla con dificultad. Cortó los empalmes de las válvulas de salida, utilizando más el peso del hacha que sus menguadas fuerzas, y el gas comenzó a silbar. Eph cruzó la puerta de salida y se encontró en medio de la lluvia, de pie en una zona de bancos y aceras agrietadas llenas de fango de un parque, desde el cual se veía la autopista Franklin D. Roosevelt y el East River, azotado por la lluvia. Y por alguna razón, en lo único que atinó a pensar fue en la frase de una vieja película, *El jovencito Frankenstein*: «Podría ser peor: podría estar lloviendo». Eph se rio entre dientes; la había visto con Zack y durante varias semanas habían intercambiado citas del final: «Allá lobo... Allá castillo».

Eph se encontraba justo detrás del hospital. No tenía tiempo para correr hacia la calle. Se apresuró entonces a través del pequeño parque, pues necesitaba alejarse todo lo que pudiera del edificio.

Cuando llegó al otro lado, vio otra horda de vampiros trepar por el muro que daba a la autopista Roosevelt. Más asesinos enviados por el Amo, con el metabolismo exacerbado de sus cuerpos despidiendo un vaho de vapor bajo la lluvia.

Eph corrió hacia ellos, esperando que el edificio explotara y se derrumbara en cualquier momento. Dio patadas a los primeros vampiros, obligándolos a soltarse del muro y caer a la alameda, donde aterrizaron con manos y pies; se irguieron de inmediato, como personajes indestructibles de un videojuego. Eph avanzó a toda velocidad por el borde superior del muro, hacia los edificios del centro médico de la universidad, intentando alejarse del Bellevue. La garra de un vampiro se aferró a la parte superior del muro, y una cabeza calva asomó con las pupilas dilatadas y enrojecidas. Eph se arrodilló e introdujo la punta de su espada en la boca del vampiro, alojándola en la parte posterior de su garganta caliente. Pero no lo traspasó ni lo destruyó. La punta de plata lo quemó, evitando que su mandíbula se desencajara y sacara su aguijón.

El vampiro no podía moverse. Sus ojos enrojecidos miraban a Eph en medio de la confusión y el dolor.

—¿Me ves? —preguntó Eph.

Las pupilas del vampiro no denotaban ninguna expresión. Eph no se dirigía a él, sino al Amo que observaba a través de los ojos de la criatura.

—¿Ves esto? —le espetó.

Giró la punta de la espada, haciendo que el vampiro mirara hacia el Bellevue. Otras criaturas trepaban por la pared, y algunas abandonaban el hospital, con la intención de atrapar a Eph. Le quedaban pocos minutos. Temía que su acto de sabotaje hubiera fracasado, y que la fuga de gas se evaporara fuera del hospital.

Eph volvió a interpelar al vampiro, como si estuviera en presencia del Amo:

— ¡Devuélveme a mi hijo!

Apenas pronunció la última palabra, el edificio explotó a su espalda, lanzándolo hacia delante, de forma que atravesó con su espada la garganta del vampiro. Eph sujetó la empuñadura y la hoja salió de la cara del vampiro en medio de la onda explosiva.

Eph aterrizó en el techo de un coche abandonado, como tantos otros, en el carril interior de la calzada. El vampiro se estrelló en la calle, junto a él.

Las caderas de Eph recibieron la peor parte del impacto. Aunque los oídos le zumbaban, escuchó un sonido agudo y sibilante y dirigió su mirada hacia la lluvia negra. Vio algo semejante a un misil describir una trayectoria en arco y sumergirse en el río. Era una de las bombonas de oxígeno.

Los pesados ladrillos de mortero caían sobre la calzada. Millones de fragmentos de cristal brillaron como diamantes en la lluvia, antes de chocar contra el pavimento. Eph se protegió la cabeza con su impermeable mientras se deslizaba por el techo abollado, haciendo caso omiso del dolor en sus caderas.

Mientras se ponía en pie notó dos fragmentos de cristal que tenía clavados en la pantorrilla. Se los sacó y la sangre manó de las heridas. Oyó un chirrido húmedo y agitado...

Excitado y hambriento, el vampiro se agitaba tendido sobre la mancha de sangre blanca que manaba de su nuca. La sangre de Eph era el anuncio de la cena.

Eph se acercó, le apretó la mandíbula dislocada y rota, y vio que sus ojos rojos lo escrutaban, antes de reparar en la punta de plata de su espada.

—¡Quiero a mi hijo, hijo de puta! —le gritó Eph.

Entonces liberó al *strigoi* con un sablazo feroz en la garganta, cercenándole la cabeza e interrumpiendo la comunicación con el Amo.

Eph se levantó, cojeando y cubierto de sangre.

—Zack... —murmuró—, ¿dónde estás...?

Y entonces emprendió el peligroso viaje de regreso a casa.

Central Park

EL CASTILLO BELVEDERE, situado en el extremo norte del lago de Central Park a lo largo de la calle 79 Transverse Road, era una «extravagancia» gótica y victoriana construida en 1869 por Jacob Wray Mould y Calbert Vaux, los diseñadores del parque. Lo único que Zachary Goodweather conocía era su aspecto tenebroso y *cool*, lo cual siempre le había atraído: un castillo medieval (para su mente fantasiosa) en el centro del parque, en el corazón de la ciudad. De niño, solía imaginar que el castillo era una fortaleza gigantesca construida por los trolls para el arquitecto originario de la ciudad, un señor sombrío llamado Belvedere que vivía en las catacumbas excavadas en las profundidades rocosas del castillo, e imaginaba que por la noche se transformaba en una ciudadela inquietante y oscura donde éste se ocupaba de sus criaturas, que rondaban por todo el parque.

Esto era cuando Zack aún recurría a la fantasía de los cuentos de hadas, grotescos y sobrenaturales, para soñar despierto y escapar al aburrimiento del mundo moderno. Ahora sus sueños eran reales. Todas sus fantasías eran posibles. Sus deseos se habían materializado.

Permaneció en la entrada abierta del castillo —era ya un adolescente—, viendo la lluvia negra azotar el parque y anegar el Estanque de la Tortuga, en otro tiempo rico en algas y rodeado de una vegetación verde y exuberante, y ahora reducido a un agujero negro cubierto de lodo. El cielo lucía amenazador y sombrío, como siempre. La ausencia del azul en el cielo significaba que las superficies de agua tampoco eran de este color. Durante dos horas al día, una escasa luz cenital se filtraba entre la cubierta de turbulentas nubes, lo que aumentaba la visibilidad, y fue en ese lapso cuando vio los tejados de la ciudad a su alrededor, y el pantano semejante a Dagobah en el que se había convertido el parque. Las lámparas de energía solar circundantes no podían absorber la suficiente energía para iluminar las veintidós horas de oscuridad, y su luz se desvanecía tan pronto como los vampiros regresaban de su retiro subterráneo oculto en las sombras.

Zack había crecido mucho en el último año; su voz era un poco más grave y sus facciones se estaban definiendo, mientras que su torso parecía alargarse durante el transcurso de la noche. Sus piernas eran fuertes, y subió por las escaleras de caracol de fino hierro que conducían al Observatorio Natural Henry Luce, situado en el segundo piso. A lo largo de las paredes y debajo de las mesas de cristal había una muestra de esqueletos de animales, plumas de aves y pájaros de papel maché, así como árboles de madera contrachapada. Central Park era una de las zonas con mayor población de aves de los Estados Unidos, pero habían desaparecido con el cambio climático, tal vez para siempre. En las semanas siguientes a los terremotos y a las erupciones volcánicas desencadenadas por las detonaciones de las cabezas nucleares y las fisiones en las centrales que producían este tipo de energía, el cielo oscuro se había convertido en un cementerio de aves. Toda la noche se escuchaban graznidos y chillidos. Muertes masivas de pájaros, cadáveres alados cayendo del cielo en compañía del granizo negro y plomizo. El firmamento resultaba tan desesperanzador como la Tierra para los seres humanos. Ya no había cielos meridionales a los cuales emigrar en busca de aires más cálidos. Durante varios días, el suelo permaneció literalmente cubierto con el aleteo de miles de alas negras, mientras las ratas voraces se daban un festín con las aves moribundas. Los graznidos agónicos y el ulular del viento marcaban el ritmo del granizo funesto.

Ahora el parque permanecía inmóvil y en silencio, y en sus lagos vacíos no había aves acuáticas. Unos cuantos huesos sucios y restos de plumas se hundían entre el fango del suelo y el pavimento. Ardillas macilentas y sarnosas trepaban de vez en cuando por los árboles, pero su población había disminuido considerablemente en el parque.

Zack miró a través de uno de los telescopios —después de deslizar en la ranura una piedra del tamaño de una moneda de veinticinco centavos— y su campo de visión desapareció entre la niebla y la lluvia turbia. El castillo albergaba también una estación meteorológica antes de que los vampiros llegaran. La mayoría de los equipos aún se encontraban en el tejado puntiagudo de la torre, así como dentro del recinto amurallado al sur del castillo. Anteriormente, las emisoras de la ciudad solían anunciar el estado del tiempo con las palabras «La temperatura en Central Park es...», que era tomada del termómetro de la torre de observación. Ahora era julio, o tal vez agosto, una época que solía ser conocida como «los días de perros» del verano. Sin embargo, la temperatura más alta que Zack había sentido en una noche particularmente suave fue de sesenta y un grados Fahrenheit, dieciséis grados centígrados.

El cumpleaños de Zack era en agosto. Hubiera querido llevar con más cuidado la cuenta del tiempo en el calendario abandonado en la trastienda de la oficina. Creía que tenía trece años. O al menos eso le parecía. Oficialmente, ya era un adolescente.

Zack aún podía recordar —levemente— el momento en que su padre lo llevó al zoológico de Central Park, en una tarde soleada. Habían visitado una exposición natural en el interior del castillo y luego comieron helados italianos junto al muro de piedra, desde donde se veían los instrumentos meteorológicos. Zack recordó haberle confiado a su padre que sus compañeros de escuela a veces bromeaban sobre su apellido, Goodweather,* anticipando que sería meteorólogo cuando fuera mayor.

—¿Y a ti qué te gustaría ser? —le había preguntado su padre.

—Cuidador de animales en el zoológico —había respondido Zack—. Y seguramente corredor de motocross.

—Suena bien —admitió su padre, mientras tiraban los vasos de papel al cubo de reciclaje. Y al final de ese día, después de una tarde espléndida que también incluyó una película en la función vespertina, padre e hijo prometieron repetir la excursión. Pero nunca lo hicieron. Como tantas otras promesas incumplidas en la historia de Zack y el doctor Goodweather.

Recordar aquello era como rememorar un sueño, si es que había sucedido. Su padre había desaparecido, o había muerto junto con el profesor Setrakian y el resto. De vez en cuando, escuchaba una explosión en algún lugar de la ciudad, o veía una columna de humo o de polvo levantándose bajo la lluvia, y conjeturaba que debía de haber algunos seres humanos que seguían resistiéndose a lo inevitable. Esto hizo que Zack recordara aquellos mapaches que los fastidiaron durante unas vacaciones de Navidad, revolviendo en la basura sin importarles lo que su padre hiciera para impedirlo. Zack supuso que lo mismo sucedía con la resistencia. Representaban una molestia, pero poco más que eso.

Salió de aquel sitio húmedo donde estaban las vitrinas y bajó las escaleras. El Amo le había habilitado un espa-

---

* «Buen tiempo». (N. del T.)

cio dentro del castillo, y Zack lo había acondicionado al estilo de su antiguo dormitorio. Salvo que su antiguo cuarto no contaba con una pantalla de video del tamaño de una pared, sustraída del ESPN Zone de Times Square. Ni con la máquina dispensadora de Pepsi ni con los diferentes estantes de cómics. Zack encendió un videojuego con un control que había dejado en el suelo, y se sentó en una de las lujosas sillas de mil dólares forradas de cuero que estaban colocadas detrás de la zona de los bateadores, en el estadio de los Yankees. Ocasionalmente, Zack jugaba con otros chicos, o también *on line* gracias a un servidor especial, y casi siempre les ganaba. Todos sus contrincantes habían perdido la práctica. Además, el triunfo solía ser aburrido, especialmente porque no salían videojuegos nuevos.

Al principio, vivir en el castillo fue una experiencia aterradora. Había oído historias de todo tipo sobre el Amo. Pensaba que le convertirían en un vampiro al igual que su madre, pero eso nunca sucedió. ¿Por qué? Nunca le dieron una explicación, y él tampoco la pidió. Estaba allí en calidad de huésped, y como era el único humano, tenía casi el estatus de una celebridad. Durante los dos años transcurridos desde que se convirtió en huésped del Amo, ningún otro ser que no fuera vampiro había sido admitido en el Castillo Belvedere ni en ningún lugar cercano. Lo que en un principio parecía ser un secuestro, con el paso del tiempo adquirió visos de ser una selección, una llamada. Como si en este Nuevo Mundo le hubiera sido reservado un lugar especial para él.

Zack había sido elegido entre todos los demás. Y él desconocía el motivo. Lo único cierto era que el ser que le había otorgado esta condición de privilegio era el gobernante absoluto del Nuevo Mundo. Y por alguna razón, quería que Zack estuviera a su lado.

Las historias que le habían contado al chico —de un gigante temible, de un asesino despiadado o del mal encarnado— eran obvias exageraciones. En primer lugar, el Amo tenía la estatura de un adulto medio. Y para ser tan anciano, parecía casi juvenil. Sus ojos negros eran penetrantes. Zack podía entender que alguien sintiera horror ante él si caía en desgracia. Pero detrás de esos ojos, para alguien tan afortunado que pudiera verlos directamente, como era el caso de Zack, había una profundidad y una oscuridad que trascendían la humanidad, una sabiduría que se remontaba en el tiempo, una inteligencia conectada con un ámbito más elevado. El Amo era un líder, al mando de un inmenso clan de vampiros desperdigados por la ciudad y por el mundo, un ejército de seres que respondían a su llamada telepática, efectuada desde ese trono palaciego en el centro pantanoso de la ciudad de Nueva York.

El Amo era un ser poseído por la magia. Una magia diabólica, sí, pero la única magia real que había conocido Zack. El bien y el mal resultaban ahora términos maleables. El mundo había cambiado. La noche era el día. Las profundidades eran la nueva cima. Allí, en el Amo, se encontraba la prueba de la existencia de un ser superior. De un superhombre. De una divinidad. Su poder era extraordinario.

Un ejemplo de ello era el asma de Zack. La calidad del aire bajo el nuevo clima era sumamente precaria debido a su estancamiento, a los altos niveles de ozono y a la circulación de partículas. Con una gruesa capa de nubes que lo presionaban todo hacia abajo como si se tratara de una manta sucia, los patrones climáticos habían resultado afectados y la brisa del mar no lograba refrescar el flujo de aire de la ciudad. El moho crecía y las esporas volaban con inusitada profusión.

Sin embargo, Zack estaba bien. Más que bien: sus pulmones estaban limpios y respiraba sin jadear ni emitir silbidos. De hecho, en todo el tiempo que llevaba con el Amo no había sufrido un solo ataque de asma. Habían transcurrido casi dos años desde la última vez que usó un inhalador, porque ya no lo necesitaba.

Su sistema respiratorio dependía ahora de una sustancia aún más eficaz que el albuterol o la prednisona. Una fina gota de la blanca sangre del Amo administrada por vía oral una vez por semana, desde el dedo pinchado del Amo a la lengua expectante de Zack, había despejado sus pulmones, permitiéndole respirar con libertad.

Lo que al principio resultaba extraño y desagradable ahora era casi un regalo: la sangre blanca y lechosa del Amo, con su débil carga eléctrica y su sabor a cobre y alcanfor. Una medicina amarga, pero su efecto era poco menos que milagroso. Cualquier paciente crónico daría casi cualquier cosa para no sentir nunca el pánico producido por un ataque de asma.

Esta absorción sanguínea no hacía de Zack un vampiro. El Amo impedía que los gusanos de sangre llegaran a la boca del muchacho. El único deseo del Amo era ver a Zack sano y confortable. No obstante, la verdadera causa de la afinidad y de la admiración del muchacho hacia el Amo no residía en el poder que este ejercía, sino en el poder que le concedía. Parecía evidente que Zack era especial de algún modo. Era diferente, privilegiado entre los humanos. El Amo lo había elegido para ser el centro de sus atenciones. A falta de un término más apropiado, el Amo le había ofrecido su amistad.

Como lo del zoológico: cuando Zack se enteró de que el Amo iba a clausurarlo, protestó. El Amo le ofreció conservarlo y dárselo con una condición: tendría que cuidarlo; tendría que alimentar personalmente a los animales y limpiar las jaulas. Zack aceptó el reto, y el zoológico de Central Park fue suyo. Así de simple. (También le ofrecieron el carrusel, pero ésa era una atracción para niños; el propio Zack ayudó a desmantelarlo). El Amo concedía deseos como si fuera el genio de la lámpara maravillosa.

Evidentemente, Zack no era consciente de todo el trabajo que le esperaba, pero lo hizo lo mejor que pudo. La atmósfera alterada no tardó en llevarse la vida de algunos animales, incluidos el panda rojo y la mayoría de las aves, lo que facilitó su trabajo. Como nadie lo supervisaba, Zack fue espaciando cada vez más las horas de la comida. Le fascinaba ver cómo se volvían los animales los unos contra los otros, tanto los mamíferos como los reptiles. El gran leopardo de las nieves era su favorito, y también al que más temía; por eso lo alimentaba con mayor regularidad: en un principio le daba grandes trozos de carne fresca que llegaban en camión cada dos días. Y un buen día le dio una cabra viva. Zack la llevó a la jaula y observó desde detrás de un árbol al leopardo acechar a su presa. Luego le llevó una oveja y después un ciervo pequeño. Pero con el tiempo, el zoológico fue declinando, y las jaulas se contaminaron con los desperdicios animales que Zack estaba harto de limpiar. Muchos meses después, llegó a odiar el zoológico, y cada vez abandonaba más sus responsabilidades. Algunas noches oía los gruñidos de los animales, pero nunca el del leopardo de las nieves.

Cuando había pasado casi un año, Zack acudió al Amo y se quejó de que era demasiado trabajo para él.

Se abandonará entonces. Y los animales serán sacrificados.

—No quiero que ninguno sea sacrificado. Solo que... ya no quiero cuidarlos. Podrías hacer que cualquiera de los tuyos lo hiciera; nunca se quejaría.

Quieres que lo mantenga abierto únicamente para tu disfrute.

—Sí. —Zack había pedido cosas más extravagantes y siempre se las concedía—. ¿Por qué no?

Con una condición...

—De acuerdo.

Te he visto con el leopardo.

—¿En serio?

He visto cómo le das animales vivos para que los cace y los devore. Su agilidad y belleza te atraen, pero su poder te espanta.

—Supongo que sí.

También he visto cómo dejas morir de hambre a otros animales.

—Hay demasiados para cuidarlos... —protestó Zack.

Te he visto enfrentarlos entre sí. Tu curiosidad es bastante natural: observar cómo las especies inferiores reaccionan bajo el estrés. Es fascinante, ¿verdad? Verlos pelear para sobrevivir...

Zack no sabía si debía admitir eso.

Los animales son tuyos y puedes hacer lo que quieras con ellos. Y eso incluye al leopardo. Eres tú quien controla su hábitat y su horario de alimentación. No deberías tenerle miedo.

—Bueno..., no es eso realmente.

Entonces... ¿por qué no lo matas?

—¿Qué?

¿No has pensado cómo sería matar a un animal como ése?

—¿Matarlo? ¿Al leopardo?

Te has aburrido de cuidar el zoológico porque te parece artificial y poco natural. Tus instintos son correctos, pero tu método está equivocado. Quieres ser el dueño de estas criaturas primitivas, pero no están destinadas a vivir en cautiverio. Demasiado poder, demasiado orgullo. Sólo existe una manera de poseer a un animal salvaje: hacerlo tuyo.

—Matarlo...

Demuéstrame que estás a la altura de esa tarea, y te recompensaré haciendo que tu zoológico permanezca abierto y los animales alimentados y bien cuidados, eximiéndote de tus deberes.

—Yo... no puedo.

¿Por su belleza o porque le tienes miedo?

—No, es sólo... porque sí...

¿Te he negado algo? ¿Me has pedido alguna cosa que no te haya permitido tener?

—Un arma cargada.

Bien: haré que tengas un rifle para que lo uses dentro del zoológico. La decisión es tuya..., quiero que tomes partido...

Zack fue al zoológico al día siguiente porque quería probar el nuevo rifle. Lo encontró en la entrada, sobre una mesa donde se guardaban los paraguas. Era nuevo, de pequeño tamaño, con su culata reluciente de nogal con la cantonera protegida y el punto de mira en la parte superior. Solo pesaba unos tres kilos. Recorrió el zoológico con su rifle, avistando varios objetivos. Quería disparar, pero no sabía cuántos perdigones tenía. Era un rifle semiautomático, pero no estaba completamente seguro de saber recargarlo, aunque consiguiera más munición. Le apuntó a un letrero que decía: «Aseos», puso el dedo en el gatillo sin apretarlo demasiado, y el arma saltó en sus manos. La culata del fusil se estrelló contra su hombro, y el golpe lo empujó hacia atrás. La detonación produjo un fuerte estallido. Zack jadeó y vio el hilo de humo saliendo de la boca del cañón, y también que el letrero tenía un agujero sobre la «e».

Durante los días siguientes, Zack afinó su puntería con las exquisitas y caprichosas figuras en bronce de animales que adornaban el reloj Delacorte, en el que aún sonaba música cada media hora. Mientras las figuras se movían a lo largo de su trayectoria circular, Zack le apuntó a un hipopótamo que tocaba el violín. Erró los dos primeros tiros, y el tercero rozó a la cabra que tocaba la gaita. Frustrado, recargó el arma y esperó en un banco cercano a que el reloj volviera a dar la hora. Se adormeció con el sonido de las sirenas lejanas, y media hora después las campanas lo despertaron. Esta vez apuntó a su objetivo antes de que pasara, en lugar de seguir su movimiento. Le disparó tres veces al hipopótamo y escuchó con claridad el impacto de la bala sobre la figura de bronce. Dos días después, la cabra había perdido la punta de una de sus dos gaitas y el pingüino la mitad de su baqueta. Zack ya podía disparar a las figuras con velocidad y precisión. Pensó que estaba preparado.

El hábitat del leopardo consistía en una cascada y un bosque de abedules y bambúes, rodeados por una alta carpa de lona y una malla de acero inoxidable. El interior del terreno era escarpado y en su ladera unos tubos semejantes a túneles conducían al área de observación rodeada de ventanas.

El leopardo de las nieves descansaba sobre una roca y miró a Zack, asociando su llegada con la hora de comer. La lluvia negra le había manchado el pelaje, pero aun así el animal tenía un aspecto majestuoso. Medía más de un metro de alto, y podía saltar doce o quince metros si estaba motivado, como por ejemplo, cuando se lanzaba sobre una presa.

Saltó de la roca y comenzó a rondar en círculos. La explosión del rifle había contrariado al felino. ¿Por qué el

Amo quería que Zack lo matara? ¿Cuál era su propósito? Exigirle ejecutar al animal más valiente para que los demás pudieran sobrevivir parecía un sacrificio.

Se asustó cuando el leopardo saltó hacia la malla que los separaba, enseñándole los colmillos afilados. Estaba hambriento y decepcionado al no oler ningún alimento, y a la vez inquieto por el disparo, aunque no fue eso lo que Zack interpretó. Saltó hacia atrás antes de recobrar la compostura, y apuntó al animal para responder a su gruñido intimidante. La hembra describió un círculo cerrado sin apartar sus ojos de él. Su apetito era voraz, y Zack se dio cuenta de que necesitaba comer continuamente, y si la comida se acababa, se alimentaría de la mano que le daba de comer sin dudarlo un solo instante. Le atacaría si tenía que comer. Así de simple.

El Amo estaba en lo cierto: Zack sentía miedo del leopardo, y con razón. Pero ¿quién era el guardián y quién el mantenido? ¿Acaso la hembra no tenía a Zack trabajando para ella, alimentándola durante todos estos meses? Él era su mascota tanto como ella lo era de él. Y ahora que tenía el fusil en la mano, le pareció que aquello no estaba bien.

Zack detestó la arrogancia y la fiereza del felino. Caminó alrededor del recinto, seguido por el leopardo al otro lado de la malla. El muchacho entró en la zona restringida —«Sólo para empleados»—, y miró a través de la rejilla de la puerta por la que introducía la carne o los animales vivos. La respiración agitada de Zack parecía llenar todo el recinto. Levantó la puerta vertical, sostenida por unas bisagras, que se cerró de golpe tras él.

Zack nunca había entrado en la jaula del leopardo. Miró la carpa de lona. Varios huesos de diferentes tamaños, restos de comidas anteriores, aparecían esparcidos amenazadoramente por el suelo.

Cuando lo había mirado a los ojos, antes de decidir si apretaba o no el gatillo, se había imaginado en un pequeño bosque persiguiendo al felino. El ruido de la puerta al cerrarse equivalía a una campana que avisaba de la cena, y de inmediato el leopardo se deslizó alrededor de una roca que le permitía comer sin ser visto por los visitantes del zoológico. El felino se detuvo en seco, sorprendido al ver a Zack. Era la primera vez que no había una malla entre ellos. Bajó la cabeza como si tratara de entender este extraño giro de los acontecimientos, y Zack vio que había cometido un grave error. Apoyó la culata del fusil contra el hombro y apretó el gatillo sin apuntar al animal. No pasó nada. Volvió a presionar el gatillo, en vano.

Tanteó la palanca del cerrojo y tiró hacia atrás y luego lo deslizó hacia delante. Apretó el gatillo y el rifle saltó en sus manos. Corrió el cerrojo de nuevo, frenéticamente, y apretó el gatillo; los oídos le zumbaban a causa de la detonación. Corrió el cerrojo otra vez y volvió a apretar el gatillo, apoyándose en sus piernas para contrarrestar la fuerza del impacto. Repitió el procedimiento pero el cargador estaba vacío.

Entonces vio al leopardo de las nieves tendido a su lado. Se acercó tras advertir las manchas de sangre en el pelaje. Tenía los ojos cerrados, y sus poderosas extremidades estaban inertes.

Zack trepó a la roca y permaneció sentado allí con el rifle descargado en su regazo. Se estremeció y gritó, sobrecogido por la emoción. Se sintió triunfante y perdido al mismo tiempo. Contempló el zoológico desde la altura de la roca. Había comenzado a llover.

A partir de ese momento las cosas empezaron a cambiar para Zack. Su rifle sólo era de cuatro cargas, y durante un tiempo afinó su puntería eligiendo como blancos los letreros, bancos y ramas del zoológico. Luego empezó a correr más riesgos. Recorría los antiguos senderos y las calles vacías de Central Park en una bicicleta desvencijada, alrededor del Great Lawn, entre los restos de los cadáveres colgados o de las cenizas de las piras funerarias. Cuando se aventuraba a salir por la noche, apagaba los faros de la bicicleta. Era un momento emocionante y mágico. Zack no sentía miedo, pues estaba protegido por el Amo.

Pero lo que sí sentía era la presencia de su madre. Su vínculo, que aún era fuerte incluso después de que ella se hubiera convertido, se había desvanecido con el tiempo. La criatura que en otro tiempo fuera Kelly Goodweather guardaba ahora un remoto parecido con la imagen de su madre. Estaba calva, con el cuero cabelludo completamente sucio, y sus labios no tenían el más mínimo asomo de brillo. El cartílago blando de la nariz y las orejas se descolgaba en unas excrecencias residuales, igual que la piel roja y andrajosa del cuello, su carúncula ondulante cuando movía la cabeza. Tenía el pecho plano, con los senos arrugados, mientras que los brazos y las piernas permanecían cubiertos con una suciedad tan espesa que ni la lluvia constante podía limpiarlos. Sus ojos eran dos esferas negras suspendidas en lechos de un rojo oscuro, esencialmente inertes, salvo en las contadas ocasiones en que Zack —tal vez sólo en su imaginación— creía advertir en ellos un atisbo de reconocimiento. No era tanto una emoción o una expresión, sino la forma en que cierta sombra caía sobre su rostro, más propia de la oscuridad de su naturaleza vampírica que de su antigua condición humana. Eran momentos fugaces, cada vez más escasos, pero suficientes para él. En términos más psicológicos que físicos, su madre permanecía en la periferia de su nueva vida.

Aburrido, Zack apretó el émbolo de la máquina expendedora, y una barra de Milky Way cayó al cajón. Se la comió mientras bajaba a la primera planta y salía en busca de alguna aventurilla. Justo en ese momento llegó Kelly, tanteando la superficie rocosa en la que se asentaba el castillo. Lo hizo con agilidad felina, escalando el esquisto húmedo aparentemente sin esfuerzo, moviendo sus pies descalzos y las garras de sus manos de una protuberancia a otra como si hubiera recorrido mil veces ese mismo camino. Cuando alcanzó la parte superior, saltó rápidamente sobre la pasarela, y los exploradores, semejantes a arañas, la siguieron, brincando a cuatro patas.

Mientras se le acercaba, bajo el dintel de la puerta donde escasamente se resguardaba de la lluvia, Zack vio que ella tenía la carúncula enrojecida e hinchada a pesar del polvo y la suciedad acumulada. Eso significaba que acababa de alimentarse.

—¿Satisfecha con tu comida, mamá? —preguntó él, asqueado. Aquel espantapájaros que una vez había sido su madre lo miró con ojos vacíos. Cada vez que él la miraba, sentía los mismos impulsos contradictorios: repugnancia y amor. Ella lo seguía durante varias horas, manteniendo ocasionalmente las distancias como una loba alerta. Y en cierta ocasión, Zack había sentido deseos de acariciarle la cabeza, pero terminó llorando.

Entró en el castillo sin mirar a Zack. Las pisadas húmedas de sus pies y el barro que los exploradores traían en las manos y en los pies aumentaban la capa de mugre que recubría las losas de piedra. Zack pensó en lo que sentía por Kelly, y quiso albergar un cariño real hacia ella o algo cercano a la veneración, una emoción que estuviera más allá del amor filial.

Zack sintió que una oleada de calor penetraba en el castillo húmedo, como la estela de un ser moviéndose con suma rapidez. El Amo acababa de regresar y un murmullo leve se coló en la mente de Zack. Vio a su madre subir las escaleras hacia las plantas superiores y decidió seguirla, pues quería conocer cuál era el motivo de tanta conmoción.

El Amo

El Amo había entendido en otro tiempo la voz de Dios. Al llevarla en su interior, conservó en cierto modo una pálida imitación de aquel estado de gracia. Después de todo, era un ser que podía verlo todo al mismo tiempo, y procesar en su mente las múltiples voces de sus súbditos. Al igual que Dios, la voz del Amo era un concierto de flujo y de contradicción; contenía la brisa y el huracán, la calma y el trueno, apareciendo y desapareciendo con el atardecer y el amanecer...

Pero la escala de la voz de Dios era omnipotente; no solo abarcaba a la Tierra y a los continentes, sino a todo el orbe. Y el Amo en cambio sólo podía ser testigo de ella, pero ya no era capaz de asignarle un sentido, como tal vez pudo hacer al comienzo de los tiempos.

Esto es —pensó por millonésima vez— *lo que significa perder el estado de gracia...*

Y sin embargo, el Amo permanecía allí: controlando el planeta por medio de las observaciones de su progenie. Múltiples fuentes de entrada y una sola central de inteligencia. La mente del Amo tendía una red de vigilancia, oprimiendo al planeta Tierra en un puño trenzado con mil dedos.

Goodweather acababa de liberar a diecisiete siervos en la explosión del hospital. Diecisiete bajas, pero no tardarían en ser reemplazados; la aritmética de la infección era de vital importancia para el Amo.

Los exploradores buscaron afanosamente al prófugo en las calles circundantes, persiguiendo la esencia psíquica del epidemiólogo. Hasta el momento, no habían tenido suerte. La victoria del Amo estaba asegurada; la partida de ajedrez podía darse por concluida, salvo por la obstinada negativa de su rival a reconocer la derrota, lo que dejaba al Amo la monotonía de acorralar a la última pieza que quedaba sobre el tablero.

Esa pieza no era Goodweather, sino el *Occido lumen*, el único ejemplar existente del texto maldito. Al detallar el origen misterioso del Amo y de los Ancianos, el libro también contenía una indicación para liquidar al Amo: la localización exacta de su lugar de origen; si es que alguien podía encontrarlo.

Por fortuna, los actuales poseedores del libro eran «reses analfabetas». El volumen había sido robado durante la subasta por el viejo profesor Abraham Setrakian, quien en ese momento era el único ser humano sobre la faz de la Tierra con el conocimiento necesario para descifrar sus arcanos. Sin embargo, había tenido poco tiempo para estudiar el *Lumen* antes de su muerte. Y durante el breve lapso en que el Amo y Setrakian estuvieron vinculados a través de la posesión —aquellos momentos entre la conversión del profesor y su posterior aniquilación—, el Amo había aprendido, gracias al poder de su inteligencia compartida, cada fragmento de los conocimientos obtenidos por el profesor en el volumen con tapas de plata.

Todo, y sin embargo no era suficiente. La localización del origen del Amo —el mentado Sitio Negro— aún era desconocida para Setrakian en el momento de su conversión. Esto era frustrante, pero también demostró que su grupo de fieles simpatizantes tampoco conocían la ubicación. El conocimiento que el anciano tenía del folclore y de la historia de los clanes oscuros no tenía parangón entre sus congéneres, y todo eso había muerto con él como una llama que se apaga.

El Amo estaba seguro de que los partidarios de Setrakian serían incapaces de descifrar el misterio del libro aunque lo tuvieran en sus manos. Pero el Amo necesitaba las coordenadas con el fin de garantizar su seguridad para toda la eternidad. Sólo un tonto dejaría algo de tanta importancia en manos del azar.

En el momento de la posesión, de una perfecta intimidad psicológica con Setrakian, el Amo conoció las identidades de los cómplices del anciano. La de Vasiliy Fet, el ucraniano, la de Nora Martínez y la de Agustín Elizalde.

Sin embargo, para el Amo ninguna resultaba tan irresistible como la que ya conocía: la del doctor Ephraim Goodweather. Lo que el Amo no sospechaba, y constituyó una sorpresa, era que Setrakian consideraba al epidemiólogo como el vínculo más fuerte entre ellos. A pesar de las debilidades obvias del galeno —su temperamento e inclinación a la bebida, sumados a la pérdida de su ex esposa y de su hijo—, el anciano creía que era absolutamente incorruptible.

El Amo no era un ser propenso a las sorpresas. Existir durante tantos siglos convertía las sorpresas en algo aburrido, pero ésta le molestó particularmente. ¿Cómo era posible? El Amo había reconocido a regañadientes la sabiduría de Setrakian, aun tratándose de un ser humano; y al igual que con el *Lumen*, su interés por Goodweather comenzó como un simple entretenimiento.

Y el entretenimiento dio paso a una persecución.

Y ahora esa persecución se había transformado en obsesión. Todos los seres humanos se desmoronaban al final. A veces tardaban sólo unos minutos, a veces días, a veces décadas, pero el Amo siempre salía triunfante. Éste era un ajedrez de resistencia. Disponía de mucho más tiempo que ellos, y su mente era mucho más aguda y estaba desprovista de ilusiones y esperanzas.

Esto fue lo que llevó al Amo a la progenie del médico. Éste fue el motivo principal para no convertir al chico. La razón por la cual calmaba el malestar en los pulmones del muchacho con una gota de su preciada sangre cada semana, lo cual le permitía asomarse a la mente cálida y flexible de Zack.

Zack había respondido al poder del Amo. Y el Amo se valió de ello, involucrando al niño en los meandros de su mente; perturbando sus ideas ingenuas sobre la divinidad. Después de un periodo de miedo y de disgusto, el muchacho, con la ayuda del Amo, había llegado a sentir admiración y respeto por él. Las emociones empalagosas que alguna vez había sentido por su padre se habían reducido como un tumor irradiado con quimioterapia. La mente del muchacho era una masa hojaldrada que el Amo seguía amasando...

Normalmente, el Amo se encargaba de estos asuntos al final del proceso de transformación vampírica. En este caso tuvo la oportunidad inusual de participar en la degradación del hijo y sustituir lo supuestamente incorruptible. El Amo pudo experimentar esta pérdida gracias al vínculo de la alimentación sanguínea. Sintió el conflicto del chico al enfrentarse al leopardo de las nieves, percibiendo su miedo y su alegría. El Amo nunca había retenido antes a alguien con vida; nunca había querido que alguien conservara su condición humana. Ya lo había decidido: ése era el cuerpo que habitaría a continuación. Con esto en mente, básicamente el Amo estaba preparando al joven Zachary como anfitrión. Sabía que no debía ocupar el cuerpo de un chico menor de trece años. Entre las ventajas físicas estaban una energía ilimitada, articulaciones frescas y músculos flexibles que requerían poco mantenimiento. Pero eran más los inconvenientes derivados de tomar un cuerpo en pleno desarrollo, estructuralmente frágil y con una fuerza limitada. Y aunque el Amo ya no necesitaba una fuerza ni un tamaño descomunal —como le ocurrió con el cuerpo de Sardú, el anfitrión en el que viajó a Nueva York y que tuvo que abandonar después de ser envenenado por Setrakian—, tampoco requería unos atributos físicos ni una seducción extraordinaria, como cuando ocupó el cuerpo de Bolívar. Esperaría... Lo que el Amo buscaba era un cuerpo apto para sentirse cómodo en el futuro.

El Amo podía verse a sí mismo a través de los ojos de Zachary, bastante luminosos por naturaleza. El cuerpo de Bolívar le había sido muy útil, pues le pareció interesante notar la reacción del chico ante su presencia hipnótica. Después de todo, Bolívar era una presencia magnética. Una estrella del rock. Eso, combinado con la oscura agudeza del Amo, resultó irresistible para el muchacho.

Y lo mismo podría decirse en sentido contrario. El Amo se vio a sí mismo aconsejando a Zachary, no por afecto, sino como una persona adulta lo haría con su ser juvenil. Un diálogo como ése era insólito dentro de su prolongada existencia. A fin de cuentas, había convivido durante varios siglos con algunas de las almas más duras y despiadadas. Se había alineado con ellas, moldeándolas a su antojo. En materia de brutalidad, el Amo no tenía igual.

Sin embargo, la energía de Zack era pura, y su esencia similar a la de su padre. Una reserva perfecta para estudiar e infectar. Todo esto contribuía a la curiosidad del Amo hacia el joven Goodweather. A través de los siglos, el Amo había perfeccionado la técnica de interpretar a los humanos, no sólo la comunicación no verbal, conocida como «saber», sino incluso sus omisiones. Un conductista puede anticipar o detectar una mentira por el concierto de microgestos que la transmiten. El Amo podía adivinarla dos segundos antes de oírla. No es que le importara que tuviera un sentido moral o de otro tipo. Pero detectar la verdad o la mentira en una alianza era vital para el Amo. Eso significaba tener acceso o no tenerlo: cooperación o peligro. Los humanos eran insectos para el Amo, que era un aplicado entomólogo. Esta disciplina había perdido todo encanto para él hacía unos mil años..., hasta ahora. Cuanto más se esforzaba Zachary Goodweather en ocultarle algo, más lograba el Amo penetrar en su mente, sin que el joven supiera que le decía al Amo todo lo que éste necesitaba saber. Y por medio del joven Goodweather, el Amo estaba recopilando información sobre Ephraim. Era un nombre curioso. El segundo hijo de José y de Asenat, una mujer que fue visitada por un ángel. Ephraim, conocido únicamente por su descendencia, perdido en la Biblia, sin identidad ni propósito. El Amo sonrió.

La búsqueda continuó en dos frentes: el *Lumen,* que contenía el secreto del Sitio Negro en sus páginas con sobrecubierta de plata, y Ephraim Goodweather.

El Amo pensó en muchas ocasiones que podría llevarse ambos premios de manera simultánea.

Estaba convencido de que el Sitio Negro se encontraba muy cerca. Todas las pistas así lo indicaban: eran las mismas que lo habían conducido hasta allí. La profecía que lo obligó a cruzar el océano. A pesar de ello, en un exceso de precaución, sus esclavos continuaron sus excavaciones en zonas remotas del planeta para ver si podían hallarlo.

Los Acantilados Negros de Negril. La cordillera de las Colinas Negras en Dakota del Sur. Los pozos petrolíferos en Point Noire, en la costa occidental de la República del Congo.

Mientras tanto, el Amo había logrado un desarme nuclear casi total en todo el mundo. Después de tomar el control inmediato de todas las fuerzas militares por medio de la propagación del virus entre la tropa y los oficiales al mando, ahora tenía acceso a gran parte del armamento mundial. Inspeccionar y desmantelar el armamento de las naciones rebeldes del mundo le llevaría más tiempo, pero el final estaba cerca. Observó cada rincón de su finca terrenal y se sintió satisfecho.

Aferró el bastón con cabeza de lobo, aquel que había utilizado Setrakian, el cazador de vampiros. El mismo cayado que había pertenecido alguna vez a Sardú, reacondicionado con una hoja de plata que se abría al darle la vuelta. Ahora no era más que un trofeo, un símbolo de la victoria del Amo. La empuñadura de plata era simbólica y no alcanzaba a afectarle. Sin embargo, tenía mucho cuidado de no tocar la cabeza de lobo.

Lo llevó al torreón del castillo, el punto más alto del parque, y salió bajo la lluvia aceitosa. Más allá del desnudo dosel de los árboles, a través de la espesa niebla y el aire contaminado, se extendían los edificios grises del East Side y el West Side. En el registro luminoso de su visión térmica, miles y miles de ventanas lucían como cuencas vacías. Arriba, el cielo oscuro y turbio excretaba su suciedad y pestilencia sobre la ciudad vencida.

Debajo del Amo, formando un arco alrededor de la base del elevado lecho rocoso, permanecían los guardianes del castillo; eran veinte. Más allá, como respuesta a su llamada psíquica, un mar de vampiros se congregaba en las cincuenta y cinco hectáreas del Great Lawn, mirando hacia arriba con sus ojos fantasmales y oscuros.

No había señales de alegría. Tampoco de celebración ni júbilo. Solo un ejército silencioso a la espera de sus órdenes.

La orden del Amo resonó en la mente de todos los vampiros.

Goodweather.

No hubo respuesta a la llamada del Amo. La única reacción era la acción. Él mataría a Goodweather a su debido tiempo, primero su alma y luego su cuerpo. El médico tendría que padecer un sufrimiento insoportable.

Él se encargaría de eso.

Isla Roosevelt

Antes de su reforma, casi a finales del siglo xx, la isla Roosevelt era la sede de la penitenciaría de la ciudad, del manicomio y del hospital para pacientes con viruela, y era conocida con el nombre de isla Weltfare (isla «de la Asistencia Social»).

Siempre había sido un hogar para los marginados de Nueva York. Y ahora Fet era uno de ellos.

Él prefería vivir aislado en aquella estrecha isla de dos kilómetros y medio de largo en medio del East River antes que vivir en una ciudad en ruinas y en manos de los vampiros, o en sus distritos infectados. No soportaba vivir en una ciudad ocupada. Al parecer, los *strigoi* —que le tenían fobia a los ríos— no podían encontrarle un uso adecuado a esta pequeña isla satélite de Manhattan, y por lo tanto, poco después de la invasión, limpiaron la isla de toda presencia humana y la incendiaron. Los cables eléctricos del tranvía de la calle 59 fueron cortados y el puente de la isla Roosevelt dinamitado a la altura de Queens. La línea F del metro aún atravesaba la isla por debajo del río, pero la estación Roosevelt Island había sido sellada para siempre.

Sin embargo, Fet conocía otra ruta de entrada, desde el túnel subacuático que llevaba al centro geográfico de la isla. Se trataba de un túnel de acceso integrado en el servicio del inusual sistema tubular neumático de recogida y eliminación de basuras para la comunidad de la isla. La gran mayoría de los edificios, incluyendo aquellos imponentes de apartamentos con sus vistas magníficas de Manhattan, estaban en ruinas. Pero Fet encontró algunos en buen estado en las unidades subterráneas del complejo de lujosos apartamentos construido alrededor del Octágono, que anteriormente era el edificio principal del antiguo manicomio. Allí, escondido en medio de las ruinas, Fet había sellado los pisos calcinados de arriba y unido cuatro unidades de la planta baja. Las tuberías subterráneas de agua y de energía eléctrica no habían sufrido daños, y cuando las redes de suministros de la ciudad fueron reparadas, Fet tuvo agua potable y energía eléctrica.

Al amparo de la luz diurna, los traficantes dejaron a Fet con su arma nuclear de fabricación rusa en el extremo norte de la isla. Él sacó un gato eléctrico para transportar palés que tenía oculto en un cobertizo de la lavandería del hospital, cerca de los acantilados, y llevó el arma y su equipaje, así como una pequeña nevera de poliestireno, a su escondite en medio de la lluvia.

Se sentía emocionado porque iba a ver a Nora, incluso un poco mareado. Los viajes de vuelta le producían esa sensación. Además, ella era la única persona al tanto de sus tratos con los rusos, y ahora él llegaba con su «premio», igual que un niño con un trofeo escolar. Su satisfacción por el éxito de la misión se vio incrementada por la emoción y el entusiasmo que sabía que ella le demostraría.

Sin embargo, cuando llegó a la puerta carbonizada que conducía al interior de la recámara subterránea, la encontró ligeramente entreabierta. No se trataba de un descuido de la doctora Nora Martínez. Sacó rápidamente la espada de su bolsa. Tendría que llevar el carrito al interior para resguardarlo de la lluvia. Lo dejó en el pasillo calcinado por el fuego y bajó por las escaleras parcialmente derretidas.

Entró por la puerta entreabierta. Su escondrijo no requería mucha seguridad, porque, aparte de los escasos traficantes marítimos que arriesgaban un viaje por el interior de Manhattan, casi nadie había vuelto a poner un pie en la isla.

La cocina de repuesto estaba vacía. Fet se alimentaba básicamente de bocadillos robados y almacenados después de los primeros meses del asedio; galletas y barras de granola, pasteles Little Debbie y Twinkies muy cerca de caducar o que ya lo habían hecho. A pesar de la creencia popular, ahora eran incomibles. Había intentado pescar, pero el agua turbia del río estaba tan infestada de hongos que le preocupaba que ni el fuego pudiera eliminar los residuos contaminantes.

Recorrió la habitación después de revisar rápidamente los armarios. El colchón que tenía en el suelo no le disgustaba, hasta que surgió la posibilidad de que Nora pudiera pasar la noche allí, lo cual le hizo buscar una cama adecuada. El cuarto de baño alternativo —donde Fet guardaba los equipos para cazar ratas que rescató de su antigua tienda de Flatlands, unos cuantos instrumentos de su antigua vocación de los que fue incapaz de desprenderse— estaba vacío.

Fet pasó a la unidad contigua, que utilizaba como estudio, a través de un hueco que había abierto a martillazos. El espacio estaba equipado con estanterías y cajas de cartón que contenían los libros y escritos de Setrakian, en torno a un sofá de cuero con una lámpara baja de lectura.

A eso de las dos en punto, apareció en la habitación circular una figura encapuchada, de complexión musculosa y más de un metro ochenta de estatura. Su rostro estaba oculto por una capucha negra de algodón, pero sus ojos eran visibles, rojos y penetrantes. En sus manos pálidas sostenía un libro con anotaciones de Setrakian.

Era un *strigoi,* pero estaba vestido. Además de la sudadera con capucha, llevaba pantalones y botas.

Echó un vistazo al resto de la habitación, pensando en una posible emboscada.

Estoy solo.

El *strigoi* envió su voz directamente a la mente de Fet, quien miró de nuevo el cuaderno. Ese lugar era un santuario para él, y aquel vampiro lo había invadido. De haberlo querido, podría haberlo destruido. La pérdida habría sido catastrófica.

—¿Dónde está Nora? —preguntó Fet, avanzando hacia el *strigoi* y desenfundando su espada tan rápido como podía hacerlo un hombre de su tamaño. Pero el vampiro lo esquivó y lo arrojó al suelo. Fet rugió con furia e intentó luchar contra su oponente, pero sin importar lo que hiciera, el *strigoi* respondía con golpes contundentes, hasta que inmovilizó a Fet, haciéndole daño.

Solo he estado yo aquí. ¿Recuerdas por casualidad quién soy, señor Fet?

Fet lo recordaba vagamente. Recordaba haberlo visto con un clavo de hierro en el cuello, en un apartamento antiguo en Central Park.

—Eras uno de esos cazadores. De los guardias personales de los Ancianos.

Correcto.

—Pero no te esfumaste con el resto.

Obviamente, no.

—Eres Q... O algo parecido.

Quinlan.

Fet se soltó el brazo derecho e intentó golpear a la criatura en la mejilla, pero su muñeca fue sujetada y retorcida en un pestañeo. Esta vez le dolió. Y mucho.

Puedo dislocarte el brazo o rompértelo. Tú eliges. Pero piensa en ello. Si te quisiera ver muerto, ya lo estarías. A lo largo de los siglos he servido a muchos amos y combatido en muchas guerras. He servido a emperadores, a reinas y mercenarios. He matado a miles de tu clase y a cientos de vampiros renegados. Sólo necesito que me atiendas un momento. Necesito que me escuches. Si me atacas de nuevo, te mataré de inmediato. ¿De acuerdo?

Fet asintió y el señor Quinlan lo soltó.

—No moriste con los Ancianos. Entonces debes de pertenecer a la cepa del Amo...

Sí y no.

—Ajá. Ésa es una respuesta cómoda. ¿Te importa si te pregunto cómo has llegado hasta aquí?

Por tu amigo Gus... Los Ancianos me pidieron que lo reclutara para la cacería solar.

—Lo recuerdo. Fue durante un tiempo muy breve, y demasiado tarde, como se vio después.

Fet permanecía en guardia. Esto no tenía sentido. La astucia del Amo le producía paranoia, pero era precisamente esta reacción la que lo había mantenido vivo a lo largo de los dos últimos años sin ser convertido.

Quiero examinar el Occido lumen. *Gus me dijo que podrías indicarme dónde encontrarlo.*

—Vete a la mierda —gruñó Fet—. Tendrás que pasar sobre mi cadáver para conseguirlo.

El señor Quinlan pareció sonreír.

Perseguimos el mismo objetivo. Y tengo más ventaja cuando de descifrar el libro y las notas de Setrakian se trata.

El *strigoi* cerró el cuaderno de Setrakian, que Fet había leído muchas veces.

—¿Ha sido una lectura provechosa? —le preguntó Fet con ironía.

Así es. Asombrosamente precisa. El profesor Setrakian era tan erudito como astuto.

—Sí, él era lo máximo —afirmó el antiguo exterminador de ratas, con un tono de nostalgia.

Él y yo estuvimos a punto de encontrarnos una vez. A poco más de treinta kilómetros al norte de Kotka, en Finlandia. No sé cómo, pero logró seguirme hasta allí. En esa época yo no me fiaba de sus intenciones, como podrás imaginar. Visto retrospectivamente, hubiera sido un interesante compañero de cena.

—Y no una cena propiamente dicha —comentó Fet, recelando de algún test improvisado, antes de señalar el texto en las manos de Quinlan—. Oziriel, ¿verdad? ¿Ése es el nombre del Amo? —inquirió.

Fet había viajado con unas páginas transcritas del *Lumen* para estudiarlas en cuanto pudiera, incluyendo la imagen en la que se había concentrado Setrakian después de apoderarse del libro. Era el arcángel a quien el profesor llamaba Oziriel. El anciano había alineado esta página ilustrada con el símbolo alquímico de tres medias lunas combinadas para formar una señal rudimentaria de riesgo biológico, de modo que las imágenes hermanadas lograran una especie de simetría geométrica.

—El anciano llamaba a Ozi «el Ángel de la Muerte».

A Oziriel, ¿verdad?

—Lo siento, sí. Es el apodo. Entonces, ¿Oziriel se convirtió en el Amo?

Parcialmente correcto.

—¿Parcialmente?

Fet bajó su espada y la apoyó como un bastón, estampando una muesca en el suelo con la punta de plata.

—Mira, Setrakian habría tenido mil preguntas para ti. Pero yo no sé por dónde empezar.

Ya lo has hecho.

—Supongo que sí. Mierda, ¿dónde estabas hace dos años?

Tenía mucho trabajo que hacer. Preparativos.

—¿Preparativos para qué?

Cenizas.

—Entiendo —dijo Fet—. Algo relacionado con los Ancianos; recogiendo sus restos, seguramente. Había tres Ancianos del Viejo Mundo.

Sabes más de lo que crees.

—Pero no basta con eso. Mira, acabo de regresar de un viaje. Estaba tratando de rastrear la procedencia del *Lumen*. Es un callejón sin salida..., pero algo se cruzó en mi camino. Algo que puede ser verdaderamente grande.

Fet pensó en el arma nuclear, lo cual le hizo recordar su entusiasmo al regresar a casa, y también a Nora. Abrió la computadora portátil, dando por terminada su hibernación de una semana. Leyó el cuadro de mensajes cifrados. No había mensajes de Nora desde hacía dos días.

—Me tengo que ir —le dijo al señor Quinlan—. Tengo muchas preguntas, pero creo que me ha surgido un problema, y además debo encontrarme con alguien. No creo que sea posible que me esperes aquí.

No. Debo tener acceso al Lumen. *Al igual que el firmamento, el libro está escrito en un lenguaje que escapa a tu comprensión. Si pudieras conseguírmelo... la próxima vez que nos encontremos, puedo prometerte un plan de acción.*

Fet se sintió invadido por un repentino deseo de marcharse, una sensación de temor agobiante.

—Primero debo hablar con los demás. No es una decisión que pueda tomar solo.

El señor Quinlan permaneció en silencio en medio de la penumbra.

Podrás encontrarme por medio de Gus. Pero debes saber que el tiempo se acaba. Si alguna vez una situación ha requerido una acción decisiva, es ésta.

La historia del señor Quinlan

El año 40 d.C. fue el último del reinado de Cayo Calígula, emperador de Roma, caracterizado por unas muestras de arrogancia, crueldad y locura inauditas. El emperador comenzó a aparecer en público ataviado como un dios, y de hecho varios documentos de la época se refieren a él como Júpiter. Ordenó retirar las cabezas de las estatuas de los dioses y reemplazarlas con su efigie. Obligó a los senadores a adorarlo como a un dios viviente. Uno de estos senadores era su caballo, Incitatus.

Al palacio imperial del Palatino se le añadió un templo anexo para el culto de Calígula. En la corte del emperador se encontraba un antiguo esclavo, un joven de quince años pálido y de cabello oscuro, citado por el nuevo dios Sol a instancias de un adivino del que nunca más se volvió a tener noticias. El esclavo fue bautizado de nuevo con el nombre de Thrax por el emperador.

La leyenda dice que Thrax fue encontrado en una aldea abandonada de una zona remota del Lejano Oriente, en las regiones heladas, habitadas sólo por las tribus más bárbaras. A pesar de tener una apariencia inocente y frágil, su reputación era la de un ser brutal y sumamente astuto. Algunos decían que tenía el don de la profecía, y Calígula se sintió cautivado por él de inmediato. Thrax tuvo una gran influencia a pesar de su corta edad. Solo se le veía de noche, por lo general sentado al lado de Calígula, o bien en el templo bajo la luz de la luna, con su piel pálida resplandeciendo como el alabastro. Thrax hablaba varias lenguas bárbaras, y rápidamente aprendió latín y tuvo dominio de las ciencias; su voraz avidez de conocimientos sólo era superada por su gusto por la crueldad. No tardó en ganarse una siniestra reputación en Roma, en una época en la que se consideraba un logro distinguirse por la crueldad. Fue consejero de Calígula en asuntos políticos y otorgó o utilizó el favor imperial a sus anchas. Con frecuencia se los veía juntos en el Circo Máximo, apoyando fervientemente a los Verdes en las carreras de caballos. Se rumoreaba, de hecho, que fue Thrax quien sugirió que envenenaran a los caballos rivales cuando su equipo perdió.

Calígula no sabía nadar. Thrax tampoco, y entonces invitó al emperador a emprender su mayor locura: un puente flotante de más de tres kilómetros de largo utilizando sus barcos como pontones. El puente conectaba Bayas con Pozzuoli, dos ciudades portuarias del mar Tirreno. Thrax no estuvo presente cuando Calígula recorrió triunfalmente la bahía de Bayas en su caballo Incitatus, ataviado con el pectoral de Alejandro Magno, pero se cuenta que posteriormente fue muchas veces allí, siempre de noche y en una litera transportada por cuatro esclavos nubios, ataviado con las mejores vestiduras, sobre una *sedia gestatoria* profana, flanqueado por una docena de guardias.

Regularmente, un día a la semana, siete esclavas eran conducidas a la cámara de oro y alabastro que Thrax tenía bajo el templo. Exigía que fueran vírgenes, absolutamente sanas, y no mayores de diecinueve años. Sus gotas de sudor eran utilizadas para elegirlas durante el transcurso de la semana. Al caer la noche del séptimo día, la puerta de hierro y madera era cerrada desde dentro.

El primer asesinato tuvo lugar en un pedestal de mármol verde en el centro de la cámara, donde un relieve escultórico mostraba una masa de cuerpos retorciéndose e implorando, con los ojos y los brazos suplicantes en dirección al cielo. Dos conductos en la base llevaban la sangre de las esclavas a unos cálices de oro con rubíes y granates incrustados.

Thrax salió de una entrada lateral, vistiendo únicamente su *subligar*, y le ordenó a una esclava que subiera al pedestal. Bebió de ella allí mismo, reflejado en los siete espejos de bronce que colgaban de las paredes de la cámara, mordiéndola con ferocidad mientras le perforaba el cuello con su aguijón. La succión fue tan rápida que sus venas parecieron explotar bajo la piel, mientras la piel de la esclava abandonaba el color en cuestión de segundos. Los brazos delgados y fuertes de Thrax aprisionaron el torso de la mujer con la firmeza y el dominio de un experto.

Cuando la diversión producida por el pánico se desvanecía, una segunda esclava era atacada con rapidez, devorada y brutalmente asesinada. Lo mismo sucedía con una tercera, una cuarta, y así sucesivamente, hasta que sólo quedaba una esclava aterrorizada. Thrax disfrutaba más del último asesinato; era el que más lo saciaba.

Pero una noche de invierno, Thrax se detuvo antes de terminar con la última víctima, pues detectó un pálpito anormal en la sangre de la esclava. Palpó su vientre a través de la túnica y descubrió que estaba tenso e hinchado. Tras confirmar su embarazo, la abofeteó con brutalidad y ella cayó al suelo, manando sangre por la boca. Thrax fue a buscar la daga de oro que guardaba al lado de una bandeja rebosante de frutas frescas. La atacó con ella, abalanzándose sobre su cuello, pero el golpe con la derecha dio en el antebrazo de la esclava; le abrió en dos los músculos exteriores y poco faltó para causarle el mismo daño en los tendones. Thrax se abalanzó de nuevo, pero fue detenido por la muchacha. A pesar de su velocidad y destreza, él estaba en desventaja debido a su cuerpo adolescente y poco desarrollado: era muy débil, pese a su técnica perfeccionada con el tiempo.

Por esa razón, el Amo decidió no ocupar nunca más ningún «vehículo» que tuviera menos de trece años. La esclava le suplicó al Amo que les perdonara la vida a ella y al ser que llevaba en su vientre, mientras sangraba copiosa y deliciosamente. Invocó los nombres de sus dioses, pero sus súplicas no significaban nada para el Amo, salvo como parte del rito de alimentación: el sonido chisporroteante del tocino en la sartén.

Justo en ese momento los guardias del palacio golpearon la puerta de la cámara. Tenían órdenes estrictas de no interrumpir su ritual semanal; y como ellos conocían su inclinación por la crueldad, el Amo comprendió que debía de tratarse de un asunto importante para atreverse a importunarlo de esa manera. Retiró la tranca de la puerta y los condujo a la escena sangrienta. Los guardias, que llevaban varios meses en el palacio, estaban acostumbrados a aquel espectáculo de extrema depravación. Informaron a Thrax de que Calígula acababa de salir ileso de un intento de asesinato y les había mandado que lo llamaran.

La esclava debía ser liquidada y su embarazo interrumpido. Así eran las normas. Pero el Amo no quería sufrir engaños en su afición semanal, y Thrax ordenó que las puertas fueran custodiadas hasta su regreso.

El supuesto complot de asesinato no era más que un ataque de histeria imperial, que implicó la muerte de siete inocentes, invitadas a una orgía. Poco después, Thrax regresó a su cámara y descubrió que mientras había estado ausente, aplacando al dios Sol, los centuriones habían despejado los jardines del palacio, incluyendo el templo, con el fin de reprimir el atentado. La esclava embarazada —infectada y herida— había desaparecido.

Cuando se acercó el amanecer, Thrax convenció a Calígula de enviar soldados a todas las ciudades de los alrededores para encontrar a la esclava y traerla de vuelta al templo. Y aunque los soldados saquearon prácticamente sus propias tierras, no pudieron dar con su paradero. A la hora del crepúsculo, Thrax decidió salir en busca de la esclava, pero su impronta en la mente de la joven era muy débil a causa de su embarazo. En aquella época, el Amo apenas contaba con unos cuantos siglos y todavía era susceptible de cometer errores. Esta omisión en concreto le perseguiría durante varios siglos, pues Calígula fue asesinado en el primer mes del nuevo año, y su sucesor, Claudio, subió al poder tras un breve exilio, gracias al apoyo de la guardia pretoriana. Thrax, el esclavo funesto, cayó en desgracia y tuvo que huir.

La esclava embarazada siguió hacia el sur, de regreso a la tierra de sus Seres Queridos. Dio a luz un bebé pálido, casi translúcido; su piel era del color del mármol bañado por la luna. Nació en una cueva en medio de un campo de olivos cerca de Sicilia, y durante varios años cazaron en aquella tierra árida. La esclava y el bebé tenían un vínculo psíquico débil, y aunque ambos sobrevivían gracias a la sangre humana, el niño carecía del patógeno infeccioso requerido para convertir a sus víctimas.

Los rumores de un demonio escapado del infierno se extendieron por todo el Mediterráneo mientras el Nacido crecía. El niño no podía exponerse mucho tiempo al sol sin riesgo de perecer, pues sólo era parcialmente humano. En cuanto a lo demás, ya contagiado de la maldición del Amo, poseía todos los atributos vampíricos, a excepción del vínculo en calidad de esclavo con su creador.

Pero si algún día el Amo llegara a ser destruido, él también lo sería.

Diez años después, el Nacido sintió una presencia al regresar a su caverna justo antes del amanecer. Entre las sombras de la gruta vio otra sombra aún más oscura, que se movía y lo observaba. Y entonces sintió que la voz de su madre se desvanecía en su interior: su señal se había extinguido. Supo de inmediato lo que había sucedido; quienquiera que estuviese allí, había eliminado a su madre... y ahora iba tras él. Sin necesidad de ver a su enemigo, el Nacido ya era consciente de la intensidad de su crueldad. El ser oculto entre las sombras no conocía la misericordia. Sin dudarlo un instante, el Nacido se dio la vuelta y huyó hacia su único refugio: la luz del sol de la mañana.

El Nacido sobrevivió lo mejor que pudo. Buscaba restos de comida entre la basura, cazaba y robaba ocasionalmente a los viajeros en los caminos de Sicilia. No tardó en ser capturado y llevado ante la justicia. Fue contratado y entrenado como gladiador. En las exhibiciones públicas, derrotaba a todos sus rivales, ya fueran humanos o animales, y sus talentos insólitos y apariencia peculiar llamaron la atención del Senado y de los militares romanos. La víspera de su bautizo ceremonial, una emboscada tendida por varios rivales celosos de su éxito y de la atención que despertaba lo dejó con varias heridas de espada; golpes fatales que, milagrosamente, no le arrebataron la vida. Se recuperó con rapidez y abandonó la escuela de gladiadores. Luego fue acogido por el senador Fausto Sertorio, quien estaba familiarizado con las artes oscuras y tenía una importante colección de instrumentos arcaicos. El senador reconoció al gladiador como el quinto inmortal nacido de carne humana y de sangre vampírica, y por eso lo llamó Quinto Sertorio.

El extraño *peregrinus* fue reclutado inicialmente para los *auxilia,* las tropas auxiliares del ejército, donde no tardó en ascender dentro de la jerarquía y se unió a la tercera legión. Bajo el estandarte de Pegaso, Quinto cruzó el Mediterráneo para luchar en la guerra contra los bereberes, un pueblo feroz de las montañas del norte de África. Se convirtió en un experto en el manejo del *pilum,* una lanza alargada, y llegó a decirse que podía lanzarla con tanta fuerza que era capaz de derribar a un caballo en pleno galope. Quinto tenía una espada de acero de doble filo, una *gladius hispaniensis* forjada especialmente para él, desprovista de cualquier adorno de plata y con una empuñadura de hueso, elaborada con un fémur humano.

Durante varias décadas, Quinto marchó triunfalmente desde el templo de Bellona hasta la *Porta Triumphalis,* y sirvió a lo largo de varios siglos, complaciendo a todos los emperadores. Los rumores sobre su longevidad se sumaron a su leyenda y llegó a ser temido y admirado a la vez. En Britania, sembró el terror en las mentes y en los corazones del ejército picto. Era conocido como la Sombra de Acero entre los *gamabrivii* germanos, y su sola presencia mantenía la paz a lo largo de las orillas del Éufrates.

En cada etapa de su carrera, Quinto sintió la persecución del Amo, que había abandonado el cuerpo anfitrión del adolescente Thrax. El Amo acometió varias emboscadas fallidas, ataques de vampiros esclavos, y sólo en contadas ocasiones asaltos directos. Al principio, Quinto se sintió confundido por la naturaleza de estos ataques, pero con el tiempo desarrolló curiosidad por su ejecutor. Debido a su formación militar romana, que lo predisponía a tomar la ofensiva cuando era amenazado, comenzó a seguir al Amo en busca de respuestas.

Al mismo tiempo, las gestas y la creciente leyenda del Nacido llamaron la atención de los Ancianos, quienes lo abordaron una noche en medio de una batalla. Gracias a su contacto con ellos, el Nacido supo la verdad acerca de su linaje y del origen del Anciano rebelde al que llamaban el Joven. Le enseñaron muchos arcanos pensando que, una vez revelados, el Nacido se uniría a ellos.

Pero Quinto se negó. Le dio la espalda a la oscura orden de los señores vampiros nacidos de la misma fuerza cataclísmica que el Amo. Quinto había pasado toda su vida entre humanos, y quería adaptarse a su especie. Anhelaba explorar esa otra mitad suya. Y a pesar de la amenaza que representaba el Amo, quería vivir como un inmortal entre los mortales, antes que —según pensaba él de sí mismo— como un mestizo entre miembros de una raza pura.

Quinto era incapaz de procrear, pues había nacido más por omisión que por acción. Era incapaz de reproducirse y nunca podría reclamar a una mujer como realmente suya. También carecía del patógeno que le habría permitido propagar la infección o subyugar a cualquier ser humano a su voluntad.

Al final de sus días de campaña, Quinto recibió la condición de *legatus,* una parcela de tierra fértil y también una familia: una joven viuda bereber de piel aceitunada, ojos oscuros y con una hija pequeña. Quinto encontró afecto e intimidad en ella y, con el paso del tiempo, amor. La mujer morena le cantaba dulces canciones en su lengua nativa y lo arrullaba en los sótanos profundos de su casa. Durante una época de paz relativa, tuvieron una propiedad en la costa del sur de Italia. Hasta que una noche, cuando él estaba ausente, el Amo la visitó.

Quinto regresó y encontró a su familia convertida y al acecho, atacándolo en compañía del Amo. Tuvo que luchar contra ellos, liberando a su mujer bestializada y luego a su hija. Logró sobrevivir con dificultad a la emboscada. En ese momento, el vehículo escogido por el Amo era el cuerpo de un legionario, un tribuno ambicioso y despiadado llamado Tácito. Su cuerpo pequeño, pero robusto y musculoso, le dio al Amo una amplia ventaja en la pelea. Eran escasos los legionarios con una estatura inferior a un metro setenta y ocho centímetros, pero Tácito fue aceptado porque era fuerte como un toro. Sus brazos y su cuello eran gruesos y cortos, y sus músculos prominentes. Sus hombros y espalda descomunales le daban un aspecto ligeramente encorvado, pero en aquel momento, mientras dominaba a un Quinto derrotado, Tácito estaba tan erguido como una columna de mármol. Sin embargo, Quinto se había preparado para esa ocasión; temía y esperaba al mismo tiempo ese momento. Guardaba una fina hoja de plata en un pliegue de su cinturón —separada de su piel— con una empuñadura de sándalo que le permitía sacarla con rapidez. Pinchó en un ojo a Tácito y cortó su pómulo derecho en dos. El Amo aulló y se cubrió el ojo herido, del cual manó sangre y un humor vítreo. Salió de la casa de un salto y se escabulló en el jardín oscuro.

Tras recuperarse de su pérdida, Quinto sintió una soledad que nunca lo abandonó. Juró vengarse de la criatura que lo creó, aunque ello significara también su propia muerte.

Muchos años después, tras la llegada del cristianismo, Quinto volvió a reunirse con los Ancianos, y reconoció todo aquello que lo constituía, al igual que su verdadera naturaleza. Les ofreció su riqueza, su influencia y su fuerza, y ellos lo acogieron como a uno de los suyos. Quinto les advirtió sobre la perfidia del Amo, y ellos reconocieron la amenaza, sin perder nunca la confianza en su superioridad numérica y la sabiduría de sus años.

En los siglos posteriores, Quinto continuó con su búsqueda en pos de la venganza.

Pero en los setecientos años siguientes, Quinto —que más tarde se llamaría Quinlan— nunca estuvo más cerca del Amo que una noche en Tortosa, hoy Siria, cuando el Amo lo llamó «hijo».

Hijo mío, las guerras demasiado largas sólo pueden ganarse claudicando. Llévame hasta el lugar donde están los Ancianos. Ayúdame a destruirlos y tal vez puedas ocupar el lugar que te corresponde a mi lado. Sé el príncipe que realmente eres...

El Amo y Quinto se encontraban en el borde de un acantilado rocoso con vistas a una gran necrópolis romana. Quinlan sabía que el Amo no podía escapar. Los incipientes rayos del sol ya lo estaban quemando. Las palabras del Amo fueron inesperadas, y una intrusión en la mente de Quinlan, que sintió una intimidad que lo sobrecogió. Y por un momento —que habría de lamentar durante el resto de su vida— sintió una verdadera pertenencia. Aquel ser —alojado en el cuerpo alto y pálido de un herrero— era su padre; su verdadero padre. Quinlan bajó su arma un instante, y el Amo se arrastró rápidamente por la pared del acantilado, desapareciendo entre las criptas y los túneles abiertos en la roca.

Muchos siglos después, un barco zarpó de Plymouth, Inglaterra, hacia Cape Cod, en el territorio recién descubierto de América. Oficialmente, el barco transportaba ciento treinta pasajeros, pero se encontraron varias cajas con tierra en la bodega. Los artículos declarados consistían en varios sacos de tierra con bulbos de tulipán; aparentemente, su propietario quería aprovechar el clima favorable de la costa y sembrarlos. Pero la realidad era mucho más oscura. Tres de los Ancianos se establecieron relativamente pronto en el Nuevo Mundo, en compañía de Quinlan, su fiel aliado, y bajo los auspicios de un mercader acaudalado: Kiliaen van Zanden. Los asentamientos del Nuevo Mundo eran poco más que una república bananera, cuyos procedimientos mercantiles desembocarían en menos de dos siglos en el poder económico y militar preeminente en el planeta. Todo ello era básicamente una fachada para el verdadero asunto que se llevaba a cabo bajo tierra y a puerta cerrada.

Todos los esfuerzos se concentraron en la adquisición del *Occido lumen,* con la esperanza de responder a la que, en aquella época, era la única cuestión acuciante para Quinlan y los Ancianos: ¿cómo podían destruir al Amo?

Campamento Libertad

La doctora Nora Martínez se despertó al oír el silbato estridente. Estaba acostada en una camilla de lona que colgaba del techo y la envolvía como si fuera una honda. La única manera de salir de allí era deslizarse bajo la sábana, llegar a uno de los bordes y poner los pies en el suelo.

Se levantó, e inmediatamente sintió que algo no iba bien. Giró la cabeza de un lado al otro; la sentía muy liviana. Y entonces se tocó el cuero cabelludo con su mano derecha.

Estaba completamente calva. Eso le causó un tremendo impacto. No es que fuera demasiado vanidosa, pero había sido bendecida con un pelo hermoso, y lo tenía largo, aunque —para una epidemióloga— era una elección poco práctica a nivel profesional. Se agarró el cuero cabelludo como si quisiera atenuar una migraña aguda, y sintió la piel desnuda allí donde antes nacía su cabello. Las lágrimas resbalaron por sus mejillas y de repente se sintió más pequeña —y no de forma aparente, sino realmente—, debilitada. Al cortarle el pelo, también la habían despojado de gran parte de su fuerza.

Pero su desazón no estaba únicamente relacionada con palpar su cabeza rapada. Se sentía mareada, y se movió para recuperar el equilibrio. Después del confuso proceso de admisión y de la ansiedad resultante, a Nora le sorprendía haber podido dormir. De hecho, recordó haber decidido permanecer despierta para recabar así toda la información que pudiera sobre la zona de cuarentena, antes de ser trasladada a las barracas del incongruentemente denominado Campamento Libertad.

El sabor que tenía en los labios —como si hubiera sido amordazada con un calcetín de algodón húmedo— le confirmó a Nora que había sido drogada con la botella de agua potable que le habían suministrado.

La ira nació en su interior; parcialmente dirigida contra Eph, aunque no le sirvió de nada. Entonces se centró en Fet, en desearlo. Estaba casi segura de que no volvería a ver a ninguno de los dos. A menos que pudiera encontrar una manera de salir de allí.

Los vampiros encargados del campamento —o tal vez sus cómplices humanos, miembros contratados del Grupo Stoneheart— habían decretado con acierto una cuarentena para asegurar los nuevos ingresos. Este tipo de campamento era el caldo de cultivo para un brote de enfermedad infecciosa que podía acabar con toda la población interna, que eran los proveedores de la preciosa sangre.

Una mujer entró a través de la tira de tela que colgaba sobre la puerta. Llevaba un traje de color gris igual que el de Nora. La doctora Martínez reconoció su rostro de inmediato; la había visto el día anterior. Estaba terriblemente delgada, su piel pálida como un pergamino arrugado en los bordes de los ojos y la boca. Su pelo oscuro era muy corto, y su cuero cabelludo seguramente no tardaría en ser afeitado. Sin embargo, la mujer parecía alegre por alguna razón que Nora no lograba entender. Su función allí parecía ser la de una especie de madre. Se llamaba Sally.

—¿Dónde está mi madre? —le preguntó Nora, al igual que el día anterior.

La sonrisa de Sally parecía sacada de un centro de atención al cliente: era respetuosa y encantadora.

—¿Ha dormido bien, señora Rodríguez?

Nora había dado un apellido falso en el proceso de admisión, pues su relación con Eph seguramente ya la habría incluido en todas las listas de rastreo.

—He dormido bien —dijo—. Gracias al sedante mezclado con el agua. Te he preguntado dónde está mi madre.

—Supongo que ha sido transferida a Sunset, una especie de comunidad de retiro activo adscrita al campamento. Es el procedimiento habitual.

—¿Dónde está? Quiero verla.

—Se encuentra en una zona separada. Supongo que es posible visitarla en algún momento, pero no ahora.

—Enséñame dónde está.

—Podría enseñarte la puerta, pero... yo nunca me he aventurado hasta allí.

—Estás mintiendo. O realmente te lo crees, lo que significa que te estás mintiendo a ti misma.

Sally sólo era una funcionaria auxiliar. Nora comprendió que no estaba tratando de engañarla intencionadamente, sino repitiendo órdenes. Tal vez no sabía ni podía sospechar que ese Sunset no era exactamente como decían.

—Por favor, escúchame —dijo Nora, impaciente—. Mi madre no se encuentra bien. Está enferma y confundida. Tiene Alzheimer.

—Estoy segura de que recibe la atención adecuada...

—Sé que la sacrificarán sin pensarlo dos veces. Ya no es útil para estas criaturas. Es una persona enferma, sufre de pánico, y necesita ver una cara familiar. ¿Entiendes? Sólo quiero verla. Por última vez.

Evidentemente, se trataba de una mentira. Nora quería escapar de allí con su madre, pero antes debía encontrarla.

—Eres un ser humano... ¿Cómo es posible que puedas hacer esto...?, ¿cómo?

—Ella se encuentra en un lugar mejor en este momento, señora Rodríguez. Se lo aseguro. —Sally le apretó el brazo izquierdo a Nora con un gesto tranquilizador, pero mecánico—. Las personas ancianas reciben una ración suficiente para vivir sanas, y no necesitan ser productivas. Francamente, las envidio.

—¿Realmente te crees eso? —preguntó Nora, asombrada.

—Mi padre está allí —explicó Sally.

—¿No quieres verle? —insistió Nora, agarrándola del brazo—. Enséñame dónde está.

Sally era tan artificialmente simpática que Nora sintió ganas de darle una bofetada.

—Sé que la separación es difícil. Pero ahora debes concentrarte en cuidar bien de ti.

—¿Has sido tú la que me ha suministrado la droga?

Sally no ofreció una respuesta satisfactoria a la inquietud de Nora.

—La cuarentena ha terminado —señaló—. Ahora formarás parte de la comunidad general del campamento. Te lo mostraré para que comiences a adaptarte.

Sally la condujo hacia una pequeña zona común situada al aire libre, después de atravesar un largo pasillo cubierto por una lona para resguardarse de la lluvia. Nora miró hacia el cielo: otra noche sin estrellas. Sally llevaba unos documentos, que le mostró al guardia apostado en el puesto de control, un hombre de unos cincuenta y cinco años que vestía una bata médica blanca encima del traje. El guardia miró los formularios, observó a Nora con los ojos de un agente de aduanas, y las dejó seguir.

A pesar del techo de lona, la lluvia les mojó las piernas y los pies. Nora calzaba unas sandalias con suela de espuma estilo hospital y Sally un par de cómodas zapatillas Saucony, aunque estaban húmedas.

El camino de grava llegaba a una rotonda en cuyo centro se encontraba una torreta, similar al puesto de un socorrista. La rotonda era una especie de punto central, pues otros cuatro caminos partían de allí hacia unas edificaciones semejantes a bodegas, y más allá, hacia lo que parecían ser unas fábricas. El camino no tenía letreros, solo flechas de piedras blancas incrustadas en el suelo fangoso. Unas luces de escaso voltaje circundaban los caminos, pues eran necesarias para el tránsito humano.

Un puñado de vampiros centinelas permanecía alrededor de la rotonda, y Nora se esforzó en contener el escalofrío que sintió al verlos. Estaban completamente expuestos a los elementos —su pálida piel desnuda, sin abrigos ni ropa—, y sin embargo, no mostraban ningún malestar bajo la lluvia negra que golpeaba sus cabezas y sus hombros desnudos y resbalaba por su carne translúcida. Los *strigoi* observaban el movimiento de los humanos con solemne indiferencia, con los brazos colgando inertes a los costados. Eran policías, perros guardianes y cámaras de seguridad, todo en uno.

—La seguridad ha de ser constante para que todo marche de manera ordenada —dijo Sally, percibiendo el miedo y la angustia de Nora—. De hecho, hay muy pocos incidentes en el campamento.

—¿De personas que opongan resistencia?

—De cualquier complicación —dijo Sally, sorprendida ante la suposición de Nora.

Estar tan cerca de ellos sin ningún objeto afilado de plata para defenderse le puso a Nora la carne de gallina. Y ellos lo olieron. Sus aguijones golpeaban suavemente contra su paladar mientras olfateaban el aire, excitados por el aroma de su adrenalina.

Sally le dio un codazo para que se moviera.

—No podemos quedarnos aquí. Está prohibido.

Nora sintió que los ojos negros y rojos de los centinelas las seguían mientras Sally la guiaba por un camino secundario que continuaba más allá de las bodegas. Observó las vallas que cercaban el campamento: una alambrada metálica recubierta con una malla sintética de color naranja que ocultaba el mundo exterior. La parte superior de las vallas estaba inclinada cuarenta y cinco grados, hasta donde alcanzaba su vista, aunque en algunos puntos vio alambres de púas que sobresalían como mechones. Tendría que encontrar otra manera de escapar.

A lo lejos, pudo vislumbrar las copas desnudas de los árboles. Nora sabía que no estaban en la ciudad. Corrían rumores sobre la existencia de un gran campamento al norte de Manhattan, y de dos más pequeños en Long Island y en el norte de Nueva Jersey. A Nora la habían llevado allí con una capucha en la cabeza, y se encontraba tan angustiada y preocupada por su madre que no había pensado en la duración del viaje.

Sally condujo a Nora por una puerta de alambre laminado de cuatro metros de alto y casi lo mismo de ancho. Estaba cerrada y la vigilaban dos guardias de sexo femenino que estaban dentro de una garita; saludaron a Sally con familiaridad, quitaron el cerrojo y entreabrieron la puerta para que pudieran pasar.

El interior era una especie de gran barracón semejante a un edificio médico de aspecto acogedor. Más allá, varias docenas de pequeñas casas móviles se alineaban en filas, como un parque inmaculado de caravanas.

Entraron en el barracón y se encontraron en una amplia zona común. El espacio era una mezcla entre una sala de espera lujosa y el salón de un dormitorio universitario. En la televisión estaban echando un viejo episodio de *Frasier*, y las risas grabadas sonaban tan falsas como las burlas despreocupadas de los seres humanos del pasado.

Una docena de mujeres leían cómodamente sentadas en sillas mullidas de color pastel; vestían trajes blancos y limpios, a diferencia de los grises mate de Nora y de Sally. Tenían el vientre notablemente abultado, y todas iban por el segundo o tercer trimestre del embarazo. Y algo más: se les permitía llevar el pelo largo, denso y lustroso a causa de las hormonas del embarazo.

Nora vio la fruta. Una mujer mordía un melocotón suave y jugoso, con la pulpa salpicada de vetas rojizas. Sintió la saliva acumulándose en su boca. La única fruta fresca —en vez de enlatada— que había probado en el último año habían sido unas manzanas blandas de un árbol marchito en un jardín de Greenwich Village. Les había cortado las partes podridas con una navaja, pero las manzanas parecían consumidas por dentro.

La expresión en su rostro debió de reflejar su deseo, pues la mujer embarazada apartó incómoda la vista cuando sus miradas se encontraran.

—¿Qué es esto? —preguntó Nora.

—Los barracones de maternidad —explicó Sally—. Aquí es donde se alojan las mujeres embarazadas, y donde dan a luz a sus hijos. Las caravanas que están fuera son de los lugares más primorosos de todo el conjunto.

—¿Dónde consiguen la fruta? —preguntó Nora casi en un susurro.

—Las mujeres embarazadas también reciben las mejores raciones alimenticias. Y no son sangradas durante el embarazo y la lactancia.

Bebés sanos. Los vampiros necesitaban reponer la raza, y su provisión de sangre.

—Eres una de las afortunadas: perteneces al veinte por ciento de la población con sangre del grupo B positivo —prosiguió Sally.

Obviamente, Nora sabía cuál era su tipo de sangre. Los B positivos eran los esclavos más iguales que los demás. Y por ello, su recompensa era el internamiento en el campamento, donde eran sangrados con frecuencia y obligados a reproducirse.

—¿Cómo pueden traer un hijo a un mundo como éste? ¿En el llamado «campamento»? ¿Y en cautiverio?

Sally pareció abochornada por Nora, o avergonzada de ella.

—Es probable que llegues a pensar que el parto es una de las pocas cosas que hacen que la vida valga la pena aquí, señora Rodríguez. Unas cuantas semanas de permanencia en el campamento tal vez logren que pienses de otra manera. ¿Quién sabe? Es probable incluso que llegues a desearlo. —Sally se remangó la camisa, dejando al descubierto unos cardenales que parecían terribles picaduras de abejas, y que le oscurecían la piel—. Una pinta* cada cinco días.

---

* Equivale a 0,47 l. *(N. del E.)*

—Mira, no es mi deseo ofenderte, es sólo que...

—¿Sabes? Estoy tratando de ayudarte —replicó Sally—. Aún eres lo suficientemente joven. Tienes oportunidades. Puedes concebir, tener un niño. Labrarte una vida aquí dentro. Otras... no somos tan afortunadas.

Por un momento, Nora consideró su situación desde esa perspectiva. Entendía que la pérdida de sangre y la desnutrición habían debilitado a Sally y a las demás, robándoles su espíritu de lucha. También entendía la fuerza de la desesperación, el ciclo de la desesperanza, la sensación de dar vueltas en un desagüe, y la forma en que la perspectiva de tener un niño podía ser la única fuente de orgullo y esperanza.

—Y alguien como tú —prosiguió Sally—, que considera esto tan desagradable, podría apreciar el hecho de estar segregada de la otra especie durante unos cuantos meses.

Nora se aseguró de haber oído bien.

—¿Segregada? ¿No hay vampiros en la zona de maternidad? —Miró a su alrededor y comprobó que era cierto—. ¿Por qué no?

—No lo sé. Es una regla estricta. No se les permite estar aquí.

—¿Una regla? —Nora se esforzó para encontrarle sentido—. ¿Las mujeres embarazadas tienen que estar separadas de los vampiros, o son éstos los que tienen que estar separados de ellas?

—Ya te dije que no lo sé.

De repente sonó un timbre con un tono similar al de la campana de una puerta, y las mujeres dejaron sus frutas y materiales de lectura y se levantaron de las sillas.

—¿Qué sucede?

Sally también se había enderezado un poco.

—El director del campamento. Te recomiendo encarecidamente que te comportes lo mejor posible.

Sin embargo, Nora buscó un lugar al cual correr, una puerta, una vía de escape. Pero ya era demasiado tarde. Llegó un contingente de oficiales del campamento, burócratas humanos vestidos con trajes de ejecutivos en lugar de uniformes. Entraron en el pasillo central, y miraron a las internas con un disgusto apenas disimulado. A Nora le pareció que la visita era realmente una inspección. Una inspección sobre el terreno.

Detrás de ellos estaban dos vampiros enormes; sus brazos y sus cuellos aún conservaban los tatuajes de sus días humanos. Antiguos convictos, supuso Nora, y ahora guardias de alto rango en esta fábrica de sangre. Ambos llevaban paraguas negros mojados, lo que a Nora le pareció extraño —vampiros preocupados por la lluvia—, y entonces el último hombre hizo su aparición; indudablemente se trataba del director del campamento. Llevaba un traje impecable, de un blanco cegador. Recién lavado, y tan limpio que Nora no había visto otro igual en varios meses. Los vampiros tatuados eran miembros de la seguridad personal del comandante.

El director era un hombre viejo, con un bigote blanco recortado y una barba apuntada que le daba el aspecto de un Satanás abuelo; Nora por poco se asfixia al verlo. Vio las medallas en su pecho blanco, dignas de un almirante de la Marina.

Nora miró con incredulidad. Se quedó tan perpleja que inmediatamente llamó la atención del hombre, y ya era demasiado tarde para pasar desapercibida.

Nora vio la expresión de reconocimiento en su rostro, y una sensación enfermiza se extendió por todo su cuerpo como una fiebre repentina.

Él se detuvo, con los ojos muy abiertos a causa de la sorpresa, y luego giró sobre sus talones y caminó hacia ella. Los vampiros tatuados lo siguieron, y el anciano se acercó a Nora con las manos entrelazadas en la espalda. Su incredulidad se transformó en una sonrisa socarrona.

Era el doctor Everett Barnes, el antiguo director de los Centros para el Control y Prevención de Enfermedades. El antiguo jefe de Nora, quien ahora, casi dos años después de la caída del gobierno, aún insistía en vestir el uniforme simbólico que recordaba el origen de los centros como una rama de la Fuerza Naval de los Estados Unidos.

—Doctora Martínez —dijo con su suave acento sureño—. Nora... Vaya, esto es una sorpresa muy agradable.

El Amo

ZACK TOSIÓ Y RESPIRÓ con dificultad; el aroma del alcanfor le quemó la parte posterior de la garganta y saturó su paladar. Sintió de nuevo el aire, su ritmo cardiaco se hizo más lento; miró al Amo —de pie frente a él, en el cuerpo de Gabriel Bolívar, la estrella de rock— y sonrió.

Por la noche, los animales del zoológico estaban muy activos, y su instinto los llamaba a una cacería imposible detrás de las rejas. En consecuencia, la noche estaba poblada de ruidos. Los monos aullaban y los grandes felinos rugían. Los humanos cuidaban ahora de las jaulas y limpiaban las vías de acceso como recompensa por las habilidades de Zack para la caza.

El chico se había convertido en un tirador experto y el Amo retribuía cada matanza con un nuevo privilegio. Zack sentía curiosidad por las niñas, en realidad por las mujeres. El Amo hizo que le trajeran algunas, pero no para hablar con ellas. Zack quería mirarlas, especialmente desde un lugar donde no pudieran verlo. No es que fuera excesivamente tímido ni asustadizo. En todo caso, era astuto y no quería que lo vieran. No quería tocarlas. Todavía no. Pero las miraba, tanto como al leopardo en la jaula.

En tantos siglos de existencia sobre la Tierra, el Amo rara vez había experimentado algo semejante: la posibilidad de preparar con tanto esmero el cuerpo que iba a ocupar. Durante cientos de años, incluso contando con el favor de los poderosos, el Amo se había escondido, alimentándose y viviendo en las sombras, evitando a sus enemigos y coartado por la tregua con los Ancianos. Pero ahora el mundo era nuevo, y él tenía una mascota humana.

El muchacho era inteligente y su alma era completamente maleable. El Amo era un experto en la manipulación. Sabía cómo apretar los resortes de la codicia, del deseo, de la venganza, y actualmente poseía un cuerpo muy seductor. Bolívar era de hecho una estrella del rock, y el Amo también lo era por extensión.

Si el Amo sugería que Zack era inteligente, el chico se esforzaba de inmediato en parecer aún más inteligente: era estimulado para dar lo mejor de sí al Amo. Por eso, si el Amo insinuaba que el chico era cruel y astuto, adoptaba estas características para agradarle. De esta forma, a lo largo de todos estos meses y noches de interacción continua, el Amo educaba al niño, consolidando la oscuridad que ya albergaba en su corazón. Entretanto, el Amo sentía algo que no había experimentado en muchos siglos: admiración.

¿Era así como se sentía un padre humano, y ser padre podría tener un propósito tan monstruoso? ¿Moldear el alma de tus seres queridos conforme a tu imagen, a tu oscuridad?

El final estaba cerca. Los tiempos decisivos. El Amo lo sentía en el ritmo del universo, en las pequeñas señales y presagios, en la cadencia de la voz de Dios. El Amo iba a habitar un nuevo cuerpo para toda la eternidad, y su reino en la Tierra prevalecería. Después de todo, ¿quién podía detener al Amo de mil ojos y mil bocas? ¿Al Amo que conducía los ejércitos y los esclavos mientras mantenía al mundo presa del miedo?

Podía manifestar su voluntad al instante en el cuerpo de un teniente en Dubai o en Francia simplemente con su pensamiento. Podía ordenar el exterminio de millones de personas y nadie se enteraría, pues los medios de comunicación habían dejado de existir. ¿Quién se atrevería a enfrentarse a él? ¿Quién tendría éxito?

Y entonces, el Amo miraría los ojos y al rostro del muchacho, y en ellos vería las huellas de su enemigo. De un enemigo que, sin importar lo insignificante que fuera, nunca se rendiría.

Goodweather.

El Amo le sonrió al chico. Y él le devolvió la sonrisa.

Oficina del Forense, Manhattan

DESPUÉS DE LA EXPLOSIÓN del Hospital Bellevue, Eph avanzó hacia el norte, a un lado de la autopista East River, ocultándose detrás de los coches y camiones abandonados en la vía. Avanzó tan rápido como pudo por el carril contrario de la rampa de acceso de la calle 30, a pesar del dolor en la cadera y de su pierna herida. Sabía que lo estaban persiguiendo, y seguramente entre ellos vendrían algunos exploradores juveniles, esos rastreadores monstruosos —ciegos y videntes al mismo tiempo— que andaban a cuatro patas. Sacó su binocular de visión nocturna y se apresuró de nuevo a la Oficina del Forense, pensando que el último lugar que registrarían los vampiros sería un edificio infiltrado y despejado recientemente.

Los oídos seguían zumbándole debido al estruendo de la explosión. Las alarmas de automóviles no pararon de sonar, los cristales rotos estaban desperdigados por la calle y las altas ventanas destrozadas por la fuerza del impacto. Al llegar a la esquina de la calle 30 y la Primera Avenida, vio fragmentos de ladrillos y argamasa; la fachada de un edificio se había venido abajo, y los escombros ocupaban gran parte de la calle. Se acercó, y a través de la luz verde de su binocular vio un par de piernas en medio de dos viejos conos reflectantes de seguridad vial.

Unas piernas desnudas y unos pies descalzos. Era un vampiro tumbado boca abajo, al lado de la acera.

Eph les dio la vuelta a los conos. Observó al vampiro tendido entre los escombros. La sangre blanca infestada de gusanos se encharcaba alrededor de su cráneo. La criatura no había sido liberada: los gusanos subcutáneos seguían circulando debajo de su carne, lo que significaba que la sangre aún no se había estancado. Evidentemente, el *strigoi* estaba inconsciente, o en el estado equivalente a una criatura muerta en vida.

Eph tomó el fragmento más grande de ladrillo y hormigón que encontró. Lo levantó sobre su cabeza para concluir el trabajo..., pero un terrible sentido de la curiosidad se apoderó de él. Utilizó sus botas para girarlo, y el vampiro quedó boca arriba. Debía de haber escuchado el fragor de los ladrillos sueltos y haber mirado hacia el cielo antes de recibir el impacto, porque tenía un fuerte golpe en el rostro.

El bloque de ladrillo comenzó a pesarle y Eph lo arrojó a un lado, estrellándolo contra la acera, a un palmo de distancia de la cabeza de la criatura, que no reaccionó.

El edificio del forense estaba al otro lado de la calle. Era un gran riesgo, pero si la criatura estaba ciega, como todo parecía indicar, sería incapaz de alimentar la visión del Amo. Y si también había sufrido un daño cerebral agudo no podría comunicarse con el Amo, y la localización de Eph no podría ser rastreada.

Eph se movió con rapidez antes de cambiar de opinión. Agarró a la criatura de los sobacos, procurando no tocar la sangre pegajosa, y lo llevó arrastrando hacia la rampa que conducía al sótano de la morgue.

Una vez dentro, se encaramó en un taburete para subir al vampiro a una mesa de disección. Lo hizo con rapidez, sujetando las muñecas de la criatura con unos tubos de goma por debajo de la mesa, y repitiendo la misma operación con los tobillos, que ató a las patas de la mesa.

Eph miró al *strigoi* que yacía inerte sobre la mesa. Sí, Eph realmente iba a hacer aquello. Sacó una bata larga de patólogo del armario y dos pares de guantes de látex. Se metió los puños de la camisa en los guantes y el dobladillo de los pantalones dentro de las botas, creando una especie de sello aislante. Encontró un protector plástico en un armario encima de uno de los fregaderos y se lo puso en la cara. Luego vio una bandeja con el instrumental forense.

Mientras Eph miraba al vampiro, éste recobró la conciencia, y se sacudió y movió la cabeza a ambos lados. Notó las ataduras y forcejeó para liberarse, levantando y moviendo su cintura. Eph le pasó un tubo de goma por la cintura y otro por el cuello, sujetándolo firmemente a la mesa.

Deslizó una sonda por detrás del cráneo para provocar al aguijón; esto le permitiría comprobar si aún reaccionaba al estímulo a pesar de los destrozos en la cara. Vio que la garganta le palpitaba y escuchó un clic en la mandíbula, señal de que la criatura intentaba activar el mecanismo de su aguijón. Sin embargo, la mandíbula tenía un trauma severo. Por lo tanto, la única preocupación de Eph eran los gusanos de sangre, que mantenía a raya con su lámpara Luma.

Pasó el bisturí por la garganta del vampiro, haciendo un corte alrededor del tubo cartilaginoso y retirando los pliegues vestibulares. Eph tuvo mucho cuidado con el movimiento reflejo de la mandíbula, que intentaba abrirse. La protuberancia carnosa del aguijón permaneció retraída y floja. Tomó la punta estrecha con una pinza y tiró de ella, y el aguijón se desplegó. La criatura intentó recuperar el control, y la base de su músculo laríngeo se sacudió.

Por su propia seguridad, Eph cogió su navaja de plata y amputó el apéndice.

La criatura se puso tensa con un penoso estertor y defecó una pequeña cantidad de excremento cuyo olor a amoniaco irritó las fosas nasales de Eph. La sangre blanca brotó alrededor de la incisión en la tráquea y el líquido cáustico se derramó sobre el tirante tubo de goma.

Eph llevó el órgano que aún se retorcía al mostrador, y lo depositó al lado de una balanza digital. Lo examinó a la luz de una lente de aumento y observó la pequeña punta doble que se retorcía como la cola amputada de un lagarto. Cortó el órgano a lo largo y luego retiró la carne de color rosa, dejando al descubierto los canales bifurcados y dilatados. Eph ya sabía que uno de los canales secretaba un agente narcótico y una mezcla salival de anticoagulantes cuando el vampiro mordía a su víctima, además del gusano infectado con el virus. El otro canal absorbía la sangre succionada. Los vampiros no chupaban la sangre de sus víctimas humanas. Más bien, recurrían a la física para realizar la extracción, y el segundo canal del aguijón formaba una ventosa que absorbía la sangre arterial con la misma facilidad con que el agua asciende por el tallo de una planta. El vampiro podría acelerar la acción capilar en caso de ser necesario, valiéndose de la base de su aguijón que actuaba como un pistón. Era increíble que un sistema biológico tan complejo pudiera surgir de un crecimiento endógeno radical.

El noventa y cinco por ciento de la sangre humana es agua. El resto son proteínas, azúcares y minerales, pero no grasa. Los pequeños chupasangres como los mosquitos, las garrapatas y otros artrópodos pueden sobrevivir con una pequeña ración de sangre. Tan eficientes como eran sus cuerpos transmutados, los vampiros en cambio debían consumir una dieta constante de sangre para evitar el hambre. Y como la sangre humana era básicamente agua, ellos expulsaban los residuos con frecuencia, incluso mientras se alimentaban.

Eph dejó el aguijón desollado sobre el mostrador y regresó a la mesa de disección. La sangre blanca y ácida corroía el tubo que sujetaba el cuello de la criatura, pero la cara golpeada parecía más hundida. Eph abrió el pecho de la criatura, cortando desde el esternón hasta la cintura en una «Y» clásica. A través del hueso calcificado de la caja torácica vio que el interior del pecho había mutado en cuadrantes o cámaras. Hacía mucho tiempo que sospechaba que todo el tracto digestivo se transformaba con el síndrome de la enfermedad vampírica.

Para su mente científica aquello era un hallazgo extraordinario.

Al superviviente humano, en cambio, le pareció absolutamente repugnante.

Suspendió la disección al escuchar un ruido de pasos encima de él. Eran pisadas fuertes —de zapatos—, pero algunas criaturas los utilizaban ocasionalmente, pues el calzado de calidad duraba más que otras prendas de vestir. Miró la cara aplastada y el hundimiento en la cabeza del vampiro, y esperó no haber subestimado el poder del alcance del Amo, retándolo involuntariamente.

Eph tomó su espada y su lámpara. Se ocultó en un hueco cerca de la puerta de la sala de refrigeración, desde donde su campo de visión abarcaba las escaleras. No tenía sentido esconderse: los vampiros podían oír el latido de un corazón humano, y la circulación de la sangre que ansiaban.

Los pasos descendieron lentamente hasta llegar al piso inferior y abrieron la puerta de una patada. Eph vio un destello de plata, una espada larga como la suya. De inmediato supo quién era y se tranquilizó.

Fet vio a Eph recostado contra la pared y entrecerró los ojos, tal como acostumbraba. El exterminador llevaba pantalones de lana y una chaqueta de un azul intenso. La correa de cuero de su bolsa le cruzaba el pecho. Se quitó la capucha, revelando su pelo encanecido, y envainó su espada.

—¿Vasiliy? —dijo Eph—. ¿Qué demonios estás haciendo aquí?

Fet vio la bata y los guantes de Eph, y luego miró al *strigoi* diseccionado en la mesa, que aún se movía.

—¿Qué diablos estás haciendo aquí? —preguntó Fet, bajando su espada—. He llegado hoy...

Eph se apartó de la pared y recogió la mochila del suelo para guardar la espada.

—Estoy examinando a este vampiro.

Fet se acercó a la mesa y vio la cara aplastada de la criatura.

—¿Tú le has hecho eso?

—No. No directamente. Fue golpeado por un trozo de ladrillo cuando volé un hospital.

Fet miró a Eph.

— Ya veo; entonces fuiste tú...

—Me acorralaron. Bueno, casi...

Eph sintió alivio al ver a Vasiliy... y también un rayo de ira atravesándole el cuerpo. Se quedó inmóvil. No sabía qué hacer. ¿Debería abrazar al cazador de ratas, o darle una paliza?

Fet miró de nuevo al *strigoi* con una mueca de asco.

—Y entonces decidiste traerlo aquí para jugar con él.

—Vi en esta criatura una oportunidad para responder algunas preguntas pendientes sobre el sistema biológico de nuestros torturadores.

—Parece más bien una tortura —observó Fet.

—Bien, ésa es la diferencia entre un exterminador y un científico.

—Tal vez —dijo Fet, yendo al otro lado de la mesa—. O tal vez no percibas la diferencia: como no puedes hacerle daño al Amo, atrapaste esta cosa en su lugar. ¿Te das cuenta de que esta criatura no te dirá dónde está tu hijo?

A Eph no le gustaba que le restregaran a Zack de ese modo. Eph se jugaba algo en esa batalla que ninguno de los demás entendía.

—Al estudiar su biología, busco posibles debilidades en su diseño genético. Algo que podamos explotar.

—Sabemos lo que son. Fuerzas de la naturaleza que nos invaden y que explotan nuestros cuerpos. Que se alimentan de nosotros. No son precisamente un misterio —objetó Fet.

La criatura emitió un gemido y se agitó en la mesa. Movió las caderas hacia delante y su pecho jadeó como si cargara con un compañero invisible.

—Cielos, Eph, destruye esta cosa de mierda. —Fet se alejó de la mesa—. ¿Dónde está Nora?

Intentó que la pregunta sonara despreocupada, pero no lo consiguió.

Eph respiró hondo.

—Creo que le ha pasado algo.

—¿Qué quieres decir con «algo»? ¡Habla!

—No estaba aquí cuando volví. Ni su madre tampoco.

—¿Dónde están entonces?

Creo que se las llevaron. No he tenido noticias de ella. Y si tú tampoco sabes nada, entonces le ha sucedido algo.

Fet lo miró estupefacto.

—¿Y creíste que lo mejor que podías hacer era quedarte aquí y diseccionar a un vampiro de mierda?

—Sí; quedarme aquí y esperar a que alguno de ustedes se pusiera en contacto conmigo.

Fet frunció el ceño ante la respuesta de Eph. Sintió deseos de abofetearlo y decirle que aquello era una pérdida de tiempo. Eph lo había tenido todo y Fet no tenía nada, y sin embargo, Eph desperdició o ignoró su buena fortuna. Sí, le habría gustado darle un par de bofetadas.

—Vamos, quiero ver qué es lo que ha sucedido —dijo Fet, después de lanzar un fuerte suspiro.

Eph lo condujo hasta arriba y le enseñó la silla volcada, al igual que la lámpara, la ropa y la bolsa con las armas abandonadas por Nora. Observó los ojos de Fet y vio que le ardían. Debido al engaño de Fet y de Nora, Eph se imaginaba que disfrutaría al ver sufrir a su rival, pero no lo hizo. No tenía motivos para alegrarse.

—Tiene mala pinta —dijo Eph.

—¡Mala pinta! —exclamó Fet, dándose la vuelta hacia las ventanas que miraban a la ciudad—. ¿Eso es todo lo que se te ocurre decir?

—¿Qué quieres que hagamos?

—Dijiste que teníamos una opción. Tenemos que rescatarla.

—¡Ah, qué fácil!

—¡Sí, fácil! ¿No querrías que te rescatáramos a ti?

—No lo esperaría.

—¿En serio? —exclamó Fet, girándose hacia él—. Creo que tenemos ideas radicalmente diferentes sobre la lealtad.

—Sí, yo también lo creo —subrayó Eph, con el suficiente énfasis para que sus palabras no pasaran desapercibidas.

Fet tardó un momento antes de responder, ignorando la alusión.

—Piensas que la han secuestrado, pero que todavía no la han convertido.

—No aquí. Pero ¿cómo podemos saberlo con certeza? A diferencia de Zack, ella no tiene un Ser Querido a quien buscar, ¿verdad?

Era otro golpe. Eph no pudo evitarlo. La computadora con su correspondencia personal estaba ahí, sobre el escritorio.

Fet dedujo que Eph sospechaba algo. Tal vez lo estaba desafiando a que se desahogara para acusarlo abiertamente, pero Fet no le dio esa satisfacción. Así que, en lugar de responder a las insinuaciones del médico, se limitó a contestar como de costumbre, atacando el punto vulnerable de Eph.

—Supongo que fuiste de nuevo a casa de Kelly, en vez de estar aquí para encontrarte con Nora a la hora señalada. Esa obsesión con tu hijo te ha transformado, Eph. De acuerdo, él te necesita. Pero nosotros también te necesitamos. Ella te necesita. No se trata únicamente de ti y de tu hijo. Hay otros que confían en ti.

—¿Y tú qué? —replicó Eph—. ¿Qué pasa con tu obsesión con Setrakian? Por eso viajaste a Islandia. Para hacer lo que pensabas que él habría hecho. ¿Descifraste todos los secretos del *Lumen*? ¿No? Supongo que no. También podrías haber permanecido aquí, pero decidiste seguir los pasos del anciano; su autoproclamado discípulo.

—Me arriesgué. Tarde o temprano tendremos suerte. —Fet levantó las manos—. Pero olvídate de todo eso, concentrémonos en Nora. Ella es nuestro único problema en este momento.

—En el mejor de los casos, está fuertemente custodiada en un campamento de extracción de sangre. Si adivinamos cuál es, lo único que tendremos que hacer es entrar, encontrarla y salir por la puerta. Se me ocurren otras maneras más fáciles de suicidarnos —señaló Eph.

Fet comenzó a recoger las cosas de Nora.

—La necesitamos. Así de simple. No podemos permitirnos el lujo de perder a nadie. Debemos ponernos manos a la obra si queremos tener alguna posibilidad de salir de este lío.

—Fet..., llevamos dos años en esto. El sistema del Amo se ha consolidado. Estamos perdidos.

—Eso no es cierto; que no haya acertado con el *Lumen* no significa que haya vuelto con las manos vacías.

Eph intentó comprender.

—¿Comida?

—Eso también —dijo Fet.

Eph no estaba de humor para jugar a las adivinanzas. Además, con la sola mención de comida de verdad, se le hizo la boca agua y el estómago se le encogió.

—¿Dónde?

—En una nevera. Está escondida cerca. Puedes ayudarme a llevarla.

—¿Llevarla adónde?

—A Uptown —respondió Fet—. Tenemos que buscar a Gus.

Staatsburg, Nueva York

NORA IBA EN EL ASIENTO trasero de un sedán que se desplazaba a toda velocidad por una zona rural de Nueva York azotada por la lluvia. Los asientos oscuros estaban limpios, pero las alfombrillas estaban cubiertas de barro. Nora iba en el extremo derecho, acurrucada en un rincón, sin saber qué sucedería a continuación.

No sabía adónde la llevaban. Después de su sorprendente encuentro con Everett Barnes, su antiguo jefe, había sido conducida por dos vampiros descomunales a un edificio con una sala llena de duchas sin cortinas. Las criaturas permanecieron cerca de la única puerta del aquel lugar. Ella habría podido negarse, pero pensó que era mejor seguir adelante y ver qué sucedía; tal vez tuviera una oportunidad mejor para escapar.

Entonces se desnudó y se duchó. Tímidamente al principio, pero cuando miró de nuevo a los vampiros, vio que estaban concentrados en la pared del fondo, con el típico aire distante en su mirada, carente de cualquier interés en las formas humanas.

El agua fría —no logró que saliera caliente— provocó una extraña sensación en su cráneo afeitado. Su piel fue aguijoneada por las gotas de agua fría que se deslizaban por el cuello y la espalda. El agua le produjo una sensación agradable. Nora cogió media pastilla de jabón del hueco de azulejos. Se enjabonó las manos, la cabeza y el vientre, y el ritual fue reconfortante. Se lavó los hombros y el cuello, haciendo una pausa para oler el perfume del jabón —a rosas y a lilas—, una reliquia del pasado. Alguien había fabricado aquella pastilla en algún sitio, junto a miles de personas, y la había empaquetado y despachado un día como cualquier otro, con sus atascos de tráfico, desplazamientos a la escuela y almuerzos apresurados. Alguien pensó que la pastilla de jabón de rosas y lilas se vendería bien, y diseñó el producto —la forma, el aroma y el color— para atraer la atención de las clientas en las abarrotadas estanterías de un Kmart o de un Walmart. Y ahora esa pastilla de jabón estaba allí, en un campamento de sangre. Un objeto arqueológico que olía a rosas y a lilas, y a tiempos pasados.

Un vestido nuevo, gris y sin mangas, estaba doblado en un banco en el centro de la sala, al lado de un par de bragas de algodón blanco. Se vistió y fue conducida de nuevo a través del barracón de cuarentena, hasta llegar a las puertas del campamento. En la parte superior, en un arco de hierro oxidado, goteaba la palabra «libertad». Un sedán llegó seguido de otro. Nora subió al primero; nadie subió al segundo.

Una división de plástico duro, similar al cristal, la separaba de la conductora. Ella era un ser humano de poco más de veinte años, vestida con traje masculino de chofer y una gorra. La parte posterior de su cráneo estaba afeitada debajo de la gorra. Nora supuso que la habían rapado, y que era, por lo tanto, una interna del campamento. Y sin embargo, el tono rosado de la nuca y el color de sus manos hizo que Nora dudara de que fuera una simple sangradora.

Nora se dio la vuelta de nuevo, obsesionada con el coche que venía detrás, tal como lo venía haciendo desde que salieron del campamento. No podía saberlo con certeza debido al resplandor de los faros en la lluvia oscura, pero algo en la postura del conductor le hizo pensar que era un vampiro. En cuanto al otro coche, tal vez fuese un vehículo de apoyo, por si ella intentaba escapar. Las puertas del sedán en el que iba estaban despojadas de sus paneles interiores y apoyabrazos, y el seguro y la manija de la ventanilla habían sido sacados.

Nora se esperaba un largo viaje, pero tras recorrer tres o cuatro kilómetros, el coche salió de la carretera y atravesó la verja de un portón abierto. En medio del espesor y la oscuridad de la niebla, al final de un largo y ondulado camino, se alzaba la casa más grande y sofisticada que había visto nunca. Enclavada en la campiña de Nueva York como si se tratara de una mansión feudal europea, casi todas sus ventanas brillaban con una luz amarilla y cálida, como anunciando una fiesta.

El sedán se detuvo. La conductora permaneció detrás del volante mientras un mayordomo se acercaba con dos paraguas, uno de ellos abierto por encima de su cabeza. Abrió la puerta de Nora para protegerla de la lluvia fangosa con el otro paraguas que traía en la mano, y la acompañó hasta las escaleras de mármol pulido. Cuando entraron en la casa, el hombre dejó los paraguas, sacó una toalla blanca de un estante cercano y le limpió el barro de los pies.

—Por aquí, doctora Martínez —le dijo.

Ella lo siguió por un pasillo ancho, sintiendo la frescura del suelo de madera bajo las plantas de sus pies descalzos. Las habitaciones estaban bien iluminadas, la ventilación del piso emanaba un aire cálido y se olía la suave fragancia de un producto de limpieza. Todo era muy civilizado y humano; es decir, como un sueño. La diferencia entre el campamento de extracción de sangre y aquella mansión era la misma que había entre la ceniza y el satén.

El mayordomo abrió la puerta doble que daba a un comedor opulento provisto de una larga mesa en la que se había colocado servicio solo para dos, en un extremo. Los platos tenían los bordes dorados y estriados y un pequeño escudo en el centro. Los vasos eran de cristal, pero los cubiertos eran de acero inoxidable. Al parecer, ésta era la única concesión a la realidad de un mundo gobernado por vampiros en toda la mansión.

Un frutero con ciruelas exquisitas, una fuente de porcelana con repostería variada y dos bandejas con trufas de chocolate y otros dulces deliciosos se le ofrecían a la vista entre los dos platos puestos. Las ciruelas invitaban a cogerlas. Estiró la mano y se detuvo, recordando el agua con sedantes que le suministraron en el campamento. Necesitaba resistir la tentación y tomar decisiones inteligentes a pesar del hambre.

Permaneció de pie, descalza en medio del solitario comedor. La música sonaba suavemente dentro de la casa.

Nora reparó en la otra puerta lateral, y pensó en girar el pomo, pero se sentía observada. Miró en busca de cámaras pero no vio ninguna.

La segunda puerta se abrió. Barnes entró, de nuevo con su uniforme de almirante completamente blanco. Su piel parecía sana, radiante y sonrosada alrededor de su barba blanca y recortada al estilo Van Dyke. Nora casi había olvidado el aspecto saludable que podía tener un ser humano bien alimentado.

—Bien —dijo él, caminando a lo largo de la mesa en dirección a Nora; llevaba una mano en el bolsillo, con el aire de un respetable propietario de una mansión—, este es un entorno mucho más favorable para encontrarnos de nuevo, ¿verdad? La vida en el campamento es muy triste. Este lugar es mi refugio —prosiguió, señalando la estancia con la mano—. Es demasiado grande para mí, por supuesto. Pero con el poder del derecho de expropiación, todo lo que aparece en el menú tiene el mismo precio, así que ¿por qué conformarse con menos de lo que uno se merece? Tengo entendido que esta mansión perteneció alguna vez a un pornógrafo. Todo esto fue comprado con el producto de la obscenidad, así que no me siento tan mal.

Sonrió, y las comisuras de su boca alzaron los bordes de su barba puntiaguda mientras se acercaba a Nora.

—¿No has comido? —le preguntó, mirando la bandeja rebosante de dulces; a continuación, cogió un pastel rociado con una fina capa de azúcar—. Supuse que estarías muerta de hambre. —Miró el pastel con orgullo—. Los han hecho para mí. Todos los días, en una panadería de

Queens, únicamente para mí. Soñaba con ellos cuando era niño, pero no podía permitirme el lujo... En cambio, ahora...

Barnes le dio un mordisco. Se sentó en la cabecera de la mesa, desdobló la servilleta y la extendió sobre su rodilla.

Al constatar que la comida no contenía ninguna sustancia extraña, Nora tomó una ciruela y la devoró con rapidez. Cogió una servilleta para limpiarse el jugo de su barbilla, y luego se comió otra.

—Cabrón —le dijo con la boca llena.

Barnes sonrió abiertamente; esperaba algo mejor de ella.

—Guau, Nora; directa al grano... o más bien «realista». ¿Te parece «oportunista»? Podría aceptarlo. Tal vez. Pero éste es un Nuevo Mundo. Los que aceptan ese hecho y se adaptan a él pueden sacarle partido.

—¡Qué noble! Un simpatizante de esos... monstruos.

—Al contrario, diría que la empatía es un rasgo del cual carezco.

—Un especulador, entonces.

Barnes pensó en eso, jugando a sostener una conversación educada; terminó su pastel y comenzó a chuparse los dedos.

—Tal vez.

—¿Qué tal «traidor», o «hijo de puta»?

Barnes golpeó la mesa con su mano.

—Basta —protestó, rechazando el calificativo como si fuese una mosca insidiosa—. ¡Te estás aferrando a la santurronería porque es lo único que te queda! ¡Mírame! Observa todo lo que tengo...

Nora no apartó sus ojos de él.

—Mataron a todos los líderes en las primeras semanas. A los formadores de opinión, a las personas más válidas. Todo para que alguien como tú ascendiera a la cima. No es algo que te deje en muy buen lugar, que digamos; flotar en el desagüe...

Barnes sonrió, fingiendo que su opinión sobre él no le importaba.

—Estoy tratando de ser civilizado. Intento ayudarte. Así que siéntate..., come..., conversa...

Nora retiró su silla para sentarse a una prudente distancia de él.

—Permíteme —dijo Barnes, y comenzó a untar la mantequilla y la mermelada de frambuesa en un cruasán con un cuchillo sin filo—. Estás empleando términos bélicos como «traidor» y «especulador». La guerra, si alguna vez la hubo, ha terminado. Unos cuantos humanos como tú aún no han aceptado esta realidad. Sin embargo, te estás engañando. Pero ¿significa eso que todos debemos ser esclavos? ¿Es ésa la única opción? No lo creo. Hay un espacio intermedio, incluso un lugar cerca de la cima. Para aquellos con habilidades excepcionales y la suficiente perspicacia para aplicarlas, claro está.

Dejó el cruasán en el plato de Nora.

—Había olvidado lo poco de fiar que eres —dijo ella—. Y lo ambicioso.

Barnes sonrió como si hubiera recibido un cumplido.

—Bueno, la vida en el campamento puede ser satisfactoria. No vivir únicamente para uno mismo, sino para los demás. Esta función humana tan básica a nivel biológico (producir sangre) es un recurso esencial para ellos. ¿Crees que eso nos deja sin ninguna ventaja? No si uno mueve bien las fichas; si puedes demostrarles que tienes un verdadero valor.

—Como carcelero.

—De nuevo, Nora, eres muy reduccionista. Tu lenguaje es el de los perdedores. Creo que el campamento no existe para castigar ni oprimir. Es simplemente una instalación, construida para garantizar una producción masiva y una eficiencia máxima. Mi opinión (aunque considero que es un hecho obvio) es que la gente aprende rápidamente a apreciar una vida con expectativas claramente definidas; con reglas sencillas y comprensibles para sobrevivir. Si provees, serás provista. Hay un verdadero consuelo en eso. La población humana ha disminuido casi un tercio en todo el mundo. Gran parte de esta situación es obra del Amo, pero la gente se mata entre sí por asuntos simples..., como la comida que tienes ante ti. Así que te aseguro que la vida en el campamento, cuando te entregues completamente a ella, estará bastante libre de estrés.

Nora rechazó el cruasán y se sirvió una limonada.

—Creo que lo más espantoso es que realmente crees en eso que estás diciendo.

—La idea de que los seres humanos son superiores a los animales (y que fuimos escogidos para dominar la

Tierra) es lo que nos ha causado problemas. Nos ha hecho establecernos y ser complacientes. Privilegiados. Cuando pienso en los cuentos de hadas que solíamos contarnos a nosotros mismos, y unos a otros acerca de Dios...

Un criado abrió una de las puertas y entró, sosteniendo una botella cubierta con una tela dorada en una bandeja de latón.

—¡Ah —dijo Barnes, acercando su copa vacía—, el vino!

Nora vio al criado escanciar una pequeña cantidad en la copa de Barnes.

—¿Qué significa todo esto? —preguntó.

—Priorato, un vino español. Bodega Palacios, L'Ermita, 2004. Te gustará. Además de esta hermosa casa, heredé una magnífica bodega.

—Me refiero a todo esto. Al motivo de haberme traído hasta aquí. ¿Por qué? ¿Qué quieres?

—Ofrecerte algo. Una gran oportunidad. Algo que podría mejorar sustancialmente tu suerte en esta nueva vida, y tal vez para siempre.

Nora lo vio degustar el vino y aprobarlo, permitiendo que el criado llenara su copa.

—¿Necesitas otra conductora? ¿Alguien que lave los platos? ¿Alguien que administre el vino? —inquirió con sorna.

Barnes sonrió con una especie de velada timidez. Miraba las manos de Nora como si quisiera tomarlas entre las suyas.

—¿Sabes, Nora? Siempre he admirado tu belleza. Y..., para ser sincero, siempre creí que Ephraim no se merecía a una mujer como tú...

Nora abrió la boca para hablar. No articuló ninguna palabra, sólo dejó escapar el aire, vaciando sus pulmones con una exhalación silenciosa.

—Es evidente que, en aquel entonces, en un entorno gubernamental, habría sido... poco profesional hacer cualquier tipo de insinuación a un subalterno. Se le llamaba acoso, o algo así. ¿Recuerdas esas reglas tan ridículas y poco naturales, y cómo se resintió la civilización al final? Ahora tenemos un orden de cosas mucho más natural. Quien quiere y puede... conquista y toma.

Nora tragó saliva antes de poder recuperar el habla.

—¿Estás diciendo lo que yo creo, Everett?

Él se sonrojó un poco, como si su insinuación careciera de convicción.

—No queda mucha gente de mi vida anterior. Ni de la tuya. ¿No sería bueno recordar el pasado de vez en cuando? Creo que eso sería muy agradable: compartir experiencias comunes. Anécdotas del trabajo..., fechas y lugares. Recordar cómo solían ser las cosas. Hemos compartido muchas cosas: nuestra profesión, la experiencia laboral. Incluso podrías practicar la medicina en el campamento, si quisieras. Creo recordar que tienes formación en trabajo social. Podrías cuidar a los enfermos, y prepararlos para que se incorporen de nuevo a la fuerza productiva. O realizar incluso una labor más seria si así lo prefieres. Tengo mucha influencia, ¿sabes?

Nora mantuvo su voz en un tono uniforme:

—¿Y a cambio?

—¿A cambio? El lujo. Las comodidades. Podrías vivir aquí conmigo, a modo de prueba inicialmente. Ninguno de los dos quiere comprometerse con una mala situación. Con el tiempo, el acuerdo podría llegar a ser muy agradable para ambos. Lamento no haberte encontrado antes de que afeitaran tu hermosa cabellera. Pero tenemos pelucas...

Barnes estiró su mano hacia el cuero cabelludo de Nora, pero ella se enderezó con rapidez y retrocedió.

—¿Es así como consiguió trabajo tu conductora? —le espetó.

Barnes retiró su mano con lentitud y en su rostro se reflejó cierto arrepentimiento. No por sí mismo, sino por Nora, como si ella hubiera cruzado bruscamente una línea que no debía cruzar.

—Bien —dijo él—, parece que sucumbiste con mucha facilidad ante Goodweather, que era tu jefe inmediato.

Nora se sintió menos ofendida que incrédula.

—Así que es eso —replicó—. No te gustó eso. Eras el jefe de mi jefe. Pensabas que eras el único que podía... tener derechos desde la primera noche, ¿verdad?

—Simplemente intento recordarte que no se trata de tu primera vez en lo que a esta situación se refiere.

Se sentó, cruzando las piernas y los brazos, como un polemista convencido de la contundencia de sus argumentos.

—Ésta no es una situación inusual para ti —recalcó.

—¡Guau! —exclamó ella—. Realmente eres más imbécil de lo que siempre pensé...

Barnes sonrió imperturbable.

—Creo que tu elección es sencilla. Vivir en el campamento... o (potencialmente, si juegas bien tus cartas) quedarte aquí. Es una alternativa que ninguna persona en su sano juicio pensaría mucho tiempo.

Nora esbozó una sonrisa forzada a causa de su incredulidad, con el rostro contraído con un rictus de desprecio.

—Eres una mierda inmunda —dijo—. Eres peor que un vampiro, ¿lo sabías? No es una necesidad para ti, sólo una oportunidad. Un viaje al poder. Una violación real sería demasiado complicada para ti, y por eso prefieres atarme con «lujos». Quieres que esté satisfecha y conforme. Agradecida por ser explotada. Eres peor que un monstruo. Puedo ver por qué encajas tan bien en sus planes. Pero no hay suficientes ciruelas en esta casa, ni en este planeta arruinado, que me hagan...

—Tal vez unos días en un entorno más duro te harían cambiar de opinión.

Los ojos de Barnes se habían endurecido mientras ella soltaba su diatriba contra él. El director pareció aún más interesado en ella, como si quisiera acortar la distancia insalvable que lo separaba de Nora.

—Si realmente decides permanecer allí, aislada y en la oscuridad (estás, obviamente, en tu derecho), déjame recordarte lo que puedes esperar. Sucede que tu tipo de sangre es B positivo, que por alguna razón (¿su sabor?,

¿algún beneficio nutricional?) es el más codiciado por los vampiros. Eso significa que serás apareada. Como has entrado en el campamento sin un compañero, escogerán uno para ti. También será B positivo, a fin de incrementar las posibilidades de dar a luz hijos con este tipo de sangre. Alguien como yo. Eso puede arreglarse fácilmente. Luego, durante el resto de tu etapa fértil, estarás embarazada o amamantando. Lo cual tiene sus ventajas, como habrás podido ver. Mejor vivienda, mejores raciones de frutas y verduras cada día. Por supuesto, si tuvieras algún problema para concebir, después de un tiempo razonable y tras numerosos intentos utilizando diversos medicamentos para la fertilidad, serás enviada a un campamento de trabajos forzados y te sangrarán cinco días a la semana. Al cabo de un tiempo, si me permites ser totalmente sincero, morirás.

Barnes esbozaba una sonrisa forzada.

—... Además, como me he tomado la libertad de examinar tus formularios de admisión, «señora Rodríguez», sé que fuiste llevada al campamento con tu madre.

Nora sintió un cosquilleo en la base de la nuca, donde antes le crecía el cabello.

—Fuiste detenida en el metro cuando intentabas esconderla. Me pregunto adónde iban.

—¿Dónde está ella? —preguntó Nora.

—Aún con vida, en realidad. Pero como has de saber, debido a su edad y a su enfermedad tan evidente, está programada para ser desangrada y retirada de manera definitiva.

Nora sintió que la visión se le nublaba.

—Ahora bien —dijo Barnes, descruzando los brazos para tomar una trufa de chocolate blanco—, es perfectamente posible hacer algo al respecto. Quizá..., se me ocurre ahora, pueda ser traída incluso aquí, en una especie de retiro. Tendría su propia habitación, y posiblemente una enfermera. Podría estar bien cuidada.

A Nora le temblaron las manos.

—¿Así que... quieres follar conmigo y jugar a la casita?

Barnes mordió la trufa, deleitado con el sabor de la crema en su paladar.

—Esto podría haber sido mucho más placentero, ¿sabes? Intenté un trato decente. Soy un caballero, Nora.

—¡Eres un hijo de puta! Eso es lo que eres.

—Ajá —asintió complacido—. Es tu temperamento latino, ¿verdad? Pendenciero. Está bien.

—Eres un maldito monstruo.

—Eso ya lo mencionaste. Ahora, hay algo más que quiero que consideres. Supongo que no ignoras que lo primero que debería haber hecho cuando te vi en la casa de detención habría sido revelar tu verdadera identidad y entregarte al Amo, quien estaría más que encantado de saber más sobre el doctor Goodweather y sobre el resto de tu pandilla de rebeldes; como por ejemplo, su paradero actual y el alcance de sus recursos. Incluso, simplemente saber adónde iban tú y tu madre en ese metro de Manhattan, o... de dónde venían. —Barnes sonrió con satisfacción—. Se sentiría muy animado al obtener esa información. Puedo decir con plena seguridad que el Amo disfrutaría de tu compañía incluso más que yo. Y que podría utilizar a tu madre para dar contigo. No hay dudas al respecto. Si regresas al campamento, tarde o temprano serás descubierta. También puedo asegurarte eso. —Barnes se puso en pie, alisando los pliegues de su uniforme y retirando las migajas—. Así que ahora entiendes que también tienes una tercera opción. Una cita con el Amo, y con la eternidad en calidad de vampira.

La mirada de Nora se hizo borrosa. Se sintió cansada, casi mareada. Tal vez eso no era muy diferente a lo que se debía sentir al ser sangrada.

—Pero tienes una decisión sobre la cual reflexionar —sentenció Barnes—. No te robaré más tiempo. Sé que quieres regresar de inmediato al campamento y ver a tu madre mientras aún esté con vida.

Se dirigió a la puerta doble, abrió las dos hojas de un empujón y salió al elegante pasillo.

—Piénsalo, y comunícame qué has decidido. El tiempo se agota...

Nora se metió un cuchillo de la mesa en el bolsillo sin que él lo notara.

Debajo de la Universidad de Columbia

Gus sabía que la Universidad de Columbia había sido muy importante. Con numerosos edificios antiguos, una matrícula descabelladamente cara, exceso de seguridad y cámaras. En aquel entonces, veía a algunos de los estudiantes tratando de mezclarse con la gente del barrio, en parte por un sentido de comunidad —algo que no alcanzaba a entender—, o por razones ilícitas, que sí comprendía muy bien. Pero ahora, en cuanto a la universidad como tal, el campus abandonado de Morningside Heights y todas sus instalaciones ya no tenían mucho valor.

Ahora era la base de Gus, su sede de operaciones y su casa. Nunca lograrían sacar al pandillero mexicano de su territorio; de hecho, lo volaría antes de permitirlo. Cuando sus actividades de cacería y sabotajes se redujeron en número y se hicieron más selectivas, Gus comenzó a buscar una base permanente; realmente la necesitaba. No era fácil ser eficiente en este mundo nuevo y loco. Sobrevivir se convirtió en una ocupación de veinticuatro horas al día y siete días a la semana, y cada vez resultaba menos gratificante. La policía, el departamento de bomberos, los servicios médicos y de vigilancia del tráfico habían sido sometidos. Mientras buscaba un lugar donde protegerse en sus viejos refugios de Harlem, volvió a contactar con dos compañeros de sabotaje y miembros de su pandilla —La Mugre del Harlem Latino—: Bruno Ramos y Joaquín Soto.

Bruno estaba gordo —no había otra manera de decirlo— y se alimentaba básicamente de Cheetos y cerveza. Joaquín en cambio era delgado y musculoso. Bien peinado, con los brazos cubiertos de tatuajes y un espíritu a prueba de bomba. Ambos se consideraban hermanos de Gus y darían la vida por él. Habían nacido para ello.

Joaquín pasó un tiempo en prisión con Gus. Compartieron la misma celda. Gus estuvo recluido dieciséis meses. Ambos se guardaban las espaldas mutuamente y Joaquín había pasado bastante tiempo en aislamiento después de romperle los dientes a un guardia de un codazo, un negro fornido llamado Raoul —qué nombre de mierda para alguien sin dientes: Raoul—. Después de la llegada de los vampiros —que algunos llamaban «la Caída»—, Gus contactó de nuevo con Joaquín durante el saqueo a una tienda de artículos electrónicos. Joaquín y Bruno le ayudaron a cargar un televisor de plasma grande y una caja con videojuegos.

Habían ocupado juntos la universidad, por aquel entonces parcialmente infectada. Puertas y ventanas se hallaban clausuradas con planchas de acero, los interiores arrasados y profanados con residuos de amoniaco. Los estudiantes huyeron a tiempo, evacuando la ciudad y regresando a sus hogares. Joaquín pensaba que no habían llegado muy lejos.

Lo que encontraron, tras merodear por los edificios abandonados, fue un sistema de túneles debajo de los cimientos. Un libro en la vitrina de la oficina de admisiones le indicó a Joaquín que el campus había sido construido originalmente sobre los cimientos de un manicomio del siglo XIX. Los arquitectos de la universidad derribaron todos los edificios del hospital, salvo uno, y luego construyeron sobre la cimentación existente. Muchos de los túneles interconectados eran utilizados para las tuberías de vapor —con una condensación tan alta que quemaba—, y para los muchos kilómetros de cableado eléctrico. Con el tiempo, algunos de estos pasajes fueron sellados para evitar que los estudiantes en busca de emociones y los espe-leólogos urbanos sufrieran algún percance.

Juntos habían explorado y ocupado la mayor parte de esta red subterránea que conectaba casi todos los setenta y un edificios del campus, localizados entre Broadway y Amsterdam en el sector de Upper West Side. Algunos tramos —los más alejados— permanecieron sin explorar, simplemente porque no había tiempo suficiente de día ni de noche para cazar vampiros, sembrar el caos en todo Manhattan y despejar túneles húmedos.

Gus había excavado su propia cueva, emplazada en un cuadrante de la plaza principal del campus. Sus dominios comenzaban justo debajo del único edificio del antiguo manicomio que continuaba en pie, el Buell Hall, iba por debajo de la biblioteca Low Memorial y del Kent Hall, y terminaba en el Philosophy Hall, el edificio en cuyo exterior había una estatua de bronce de un tipo desnudo, sentado y pensativo.

Los túneles eran una madriguera agradable, la guarida de un villano de verdad. Los fallos en el sistema de vapor le permitían a Gus tener acceso a áreas raramente visitadas durante más de un siglo. Las fibras gruesas y negras que sobresalían de las grietas de las paredes subterráneas eran auténticas crines de caballo, utilizadas para darle solidez a la mezcla de argamasa, y lo habían guiado hasta un subsótano húmedo donde encontró varias celdas con barrotes.

Se trataba de las celdas de aislamiento, donde encerraban a los locos más peligrosos. No vieron esqueletos, cadenas, ni nada similar, aunque sí unos arañazos en la mampostería de piedra, y no se requería mucha imaginación para oír los ecos fantasmales de los gritos espantosos y desgarradores de los siglos pasados.

Éste era el lugar donde él la mantenía: a su *madre*.* En una jaula de dos metros y medio de largo por casi dos de ancho con barrotes de hierro desde el techo hasta el suelo, formando una celda en semicírculo, en un rincón. La madre de Gus tenía las manos atadas a la espalda con un par de esposas gruesas y sin llaves que había encontrado debajo de la mesa de una cámara cercana. Un casco negro de motocicleta le cubría la cabeza, gran parte del cual se encontraba abollado a causa de los frecuentes cabezazos que le daba a los barrotes durante los primeros meses de su cautiverio. Gus le selló el protector del casco en la piel del cuello. Era la única forma en que podía contener el aguijón de su madre, por su propia seguridad. El protector también le cubría la carúncula, de un tamaño desmedido, cuya vista lo ponía enfermo. Había retirado la visera de plástico reemplazándola con un cierre de hierro plano, pintado de negro mate y con bisagras a los lados. Los moldes para las orejas en el interior del casco los rellenó con guatas de algodón grueso.

Por lo tanto, ella no podía ver ni oír nada, y sin embargo, cuando Gus entraba a la cámara, el casco giraba y lo seguía. Extrañamente, la cabeza de su madre se movía

---

* Las palabras en castellano marcadas en cursiva están también en español en el original. *(N. del E.)*

en perfecta sintonía con su desplazamiento, escoltándolo a través del pasillo. Ella gorjeaba y chillaba en el centro de la celda, desnuda, con su desgastado cuerpo de vampiro sucio con el polvo del antiguo manicomio. Gus había intentado cubrirla con capas, abrigos y mantas a través de los barrotes, pero todo eso había desaparecido. Ella no tenía necesidad de ropa ni idea alguna del pudor. Las plantas de sus pies habían desarrollado una plataforma de callos tan gruesa como la suela de unas zapatillas deportivas. Los insectos y los piojos vagaban libremente por su cuerpo, y sus piernas estaban manchadas y curtidas por las defecaciones. Tenía parches de piel morena en torno a los muslos y las pantorrillas pálidas y venosas.

Hacía unos meses, después de la pelea dentro del túnel del río Hudson, Gus se apartó de los demás cuando el aire se había despejado. En parte debido a su naturaleza, y en parte también por su madre. Él sabía que ella lo encontraría pronto —a su Ser Querido— y se preparó para su llegada. Cuando hizo su aparición, Gus la arrojó al suelo, le puso una bolsa en la cabeza y la ató. Ella opuso la resistencia propia de un vampiro, pero Gus logró ponerle el casco, enjaulándole la cabeza e inmovilizando su aguijón. Luego le esposó las manos y la arrastró por el cuello del casco hasta ese calabozo. A su nuevo hogar.

Gus metió las manos entre los barrotes y le levantó la visera. Sus pupilas negras y mortecinas, rodeadas de púrpura, lo miraron enloquecidas y sin alma, pero sedientas de sangre. Cada vez que él le levantaba la lámina de hierro, podía sentir su deseo de sacar el aguijón, y a veces, cuando ella lo intentaba de manera insistente, capas espesas de lubricante brotaban por las fisuras.

En el transcurso de su vida en común, Bruno, Joaquín y Gus habían conformado una gran familia atípica. Bruno siempre estaba entusiasmado, y por alguna razón, tenía el don de hacerlos reír. Compartían todas las tareas domésticas, pero sólo Gus podía tener contacto directo con su madre. Todas las semanas la lavaba de la cabeza a los pies y mantenía su celda tan limpia y seca como era humanamente posible.

El casco abollado le daba una apariencia de autómata, como si fuera un robot o un androide maltrecho. Bruno recordaba una película de serie B que habían puesto una noche en la televisión, llamada *El monstruo robot*. La criatura protagonista tenía un casco de acero atornillado sobre un cuerpo salvaje, semejante al de un simio. Así era como él veía a los Elizalde: *Gustavo contra el monstruo robot*.

Gus sacó una pequeña navaja de su chaqueta y mostró la hoja de plata. Los ojos de su madre lo observaron con la misma expresión que un animal enjaulado. Se remangó el puño izquierdo, estiró los dos brazos por los barrotes de hierro, sosteniéndolos sobre el casco mientras los ojos apagados de su madre seguían la hoja de plata. Gus presionó la punta afilada contra su antebrazo, haciéndose una pequeña incisión de poco más de un centímetro de extensión. La sangre púrpura manó de la herida. Gus bajó el brazo para que la sangre resbalara por su muñeca y cayera en el interior del casco.

Miró los ojos de su madre mientras su boca y su aguijón trabajaban ocultos dentro del casco, ingiriendo la ración de sangre.

Cuando había tomado el equivalente a un vaso, él sacó los brazos de la jaula. Gus se retiró a una pequeña mesa que había al otro lado; arrancó un pedazo de papel de un rollo grueso y marrón y lo presionó sobre la herida, sellando el corte con un desinfectante líquido que exprimió de un tubo casi vacío. Sacó una toallita húmeda de una caja y limpió la mancha de sangre de su brazo, que tenía cortes similares, y que se sumaban a su ya impresionante exhibición de arte corporal. Para alimentarla, repetía el proceso una y otra vez, abriendo y reabriendo las mismas viejas heridas, trazando con letras de sangre la palabra «madre» en su piel.

—Te he traído algo de música, mamá —dijo, sacando un puñado de CD quemados y en mal estado—. Algunos de tus favoritos: Los Panchos, Los Tres Ases, Javier Solís...

Gus miró a su madre, que se alimentaba de su propia sangre allí en la jaula, e intentó acordarse de la mujer que lo había criado. Era una madre soltera con un marido temporal o novios ocasionales. Intentó darle lo mejor, lo cual era diferente a hacer siempre lo correcto. Había perdido la batalla por la custodia: era ella o la calle. Al final, era el barrio el que le había criado. Era el comportamiento de la calle el que Gus emulaba, antes que el de su madre. Él lamentaba muchas cosas, pero no podía cambiarlas. Decidió recordar su primera época, cuando ella lo acariciaba y le cuidaba las heridas después de una pelea en el barrio. Y la bondad y el amor en sus ojos, incluso cuando estaba enfadada...

Todo eso se había esfumado. Para siempre.

Gus le había faltado al respeto muchas veces en la vida. ¿Por qué ahora la veneraba estando muerta en vida? Él no conocía la respuesta. No entendía las fuerzas que lo impulsaban. Lo único que sabía era que verla en ese estado —y alimentarla— lo cargaba de energía como una batería. Lo llenaba de locura por vengarse.

Colocó uno de los CD en un lujoso aparato estéreo que había robado de un coche repleto de cadáveres. Le había acoplado unos altavoces de diferentes marcas para lograr un sonido óptimo. Javier Solís comenzó a cantar *No te doy la libertad*, un bolero rabioso y melancólico que resultó extrañamente apropiado para la ocasión.

—¿Te gusta, *madre?* —le preguntó, sabiendo muy bien que solo se trataba de un monólogo—. ¿Lo recuerdas?

Gus regresó a la pared de la jaula. Introdujo la mano para cerrar el panel frontal y sumirla en la oscuridad del casco, cuando vio un destello súbito. Algo se manifestaba a través de sus ojos.

Había visto eso antes. Sabía lo que significaba.

La voz, que no era la de su madre, retumbó en su cabeza.

Puedo saborearte, muchacho —prorrumpió el Amo—. *Pruebo tu sangre y tu deseo. Pruebo tu debilidad. Sé con quién estás aliado... Mi hijo bastardo.*

Los ojos permanecieron enfocados en él, con una pequeña chispa en su interior, igual a la pequeña luz roja de una cámara indicando que graba automáticamente.

Gus intentó despejar su mente. Intentó no pensar en nada. Gritarle a la criatura que hablaba a través de su madre no conducía a nada. Había aprendido eso. A resistir, como el viejo Setrakian le habría aconsejado. Gus entrenándose a sí mismo para enfrentarse a la oscura inteligencia del Amo.

Sí, sí..., el viejo profesor. Él tenía planes para ti. Si pudiera verte en este momento, alimentando a tu madre del mismo modo en que él solía hacerlo con el corazón infestado de su esposa, a quien había perdido hacía tanto tiempo. Él fracasó, Gus. Como te pasará a ti, tarde o temprano.

Gus dirigió el dolor de su cabeza para recordar a su madre tal como había sido en otro tiempo. Su ojo mental observó esa imagen en un intento de bloquear todo lo demás.

Tráeme a los otros, Agustín Elizalde. Tu recompensa será grandiosa. Tu supervivencia estará asegurada. Vivirás como un rey, no como una rata. De lo contrario... no habrá misericordia. No importará cuánto me supliques una segunda oportunidad, no te escucharé. Tu tiempo se agota.

—Ésta es mi casa —dijo Gus en voz alta, pero sin alterarse—. Es mi mente, demonio. No eres bienvenido aquí.

¿Y qué pasa si te la devuelvo? Su voluntad está guardada en mí al igual que miríadas de voces. Pero puedo encontrarla para ti, invocarla para ti. Puedo devolverte a tu madre.

Y entonces, los ojos de la madre de Gus se hicieron casi humanos. Se dulcificaron, húmedos, y se llenaron de dolor.

—*¡Hijito!* —exclamó—. Hijo mío, ¿por qué estoy aquí? ¿Por qué estoy así...? ¿Qué me estás haciendo?

Todo eso lo golpeó como un martillazo en la frente: su desnudez, la locura, la culpa, el horror...

—¡No! —gritó, y metió su mano temblorosa por los barrotes para cerrarle la visera de inmediato. Y tan pronto lo hizo, Gus se sintió liberado como por una mano invisible. Y la risa del Amo estalló en el casco. Gus se tapó los oídos, pero la voz continuó retumbando en su cabeza hasta desaparecer como un eco.

El Amo pretendía sostener una conversación prolongada, para dar con su paradero y enviar a su ejército de vampiros para que acabaran con él.

Era sólo un truco. «¡Con mi madre no te metas, cabrón! Sólo es un truco.» Él sabía que no se puede pactar con el diablo. «"Vivirás como un rey". ¡Muy bien! Como el rey de un mundo devastado.» Como el rey de la Nada. Pero allá en el sótano, él se sentía vivo. Un agente del caos. «Caca grande.» La mierda en la sopa del Amo.

El desvarío de Gus fue interrumpido por el ruido de unas pisadas en los túneles. Se acercó a la puerta y vio una luz artificial que venía del otro lado de la esquina.

Fet entró, seguido de Goodweather. Gus había visto a Fet un par de meses atrás, pero llevaba bastante tiempo sin tener noticias del doctor, que tenía peor aspecto que nunca.

Ellos no conocían a la madre de Gus; ni siquiera sabían que él la mantenía allí. Fet fue el primero en verla, y se arrimó a los barrotes. El casco lo siguió. Gus les explicó la situación y les dijo que todo estaba bajo control; que ella no era una amenaza para él, para sus amigos ni para la misión.

—¡Santo Cristo! —exclamó el exterminador—. ¿Desde cuándo?

—Desde hace mucho —respondió Gus—. Pero no me gusta hablar de eso.

Fet se movió a un lado, viendo cómo el casco lo seguía.

—¿Ella no puede ver?

—No.

—¿El casco funciona? ¿Bloquea al Amo?

—Eso creo. Además, ella ni siquiera sabe dónde está..., es un asunto de triangulación. Ellos necesitan la vista y el sonido, y algún tipo de función dentro del cerebro para conectarse contigo. Yo mantengo uno de esos sentidos bloqueado todo el tiempo: sus oídos. La lámina de la cara le impide ver. Es su cerebro de vampiro y su sentido del olfato lo que te detecta.

—¿Con qué la alimentas? —le preguntó Fet.

Gus se encogió de hombros. La respuesta era obvia.

—¿Por qué la mantienes aquí? —inquirió Goodweather.

—Creo que eso no es de tu puta incumbencia, doctor... —respondió Gus, visiblemente molesto.

—Se ha ido. Esa cosa no es tu madre.

—¿Realmente crees que no lo sé?

—No hay razón para mantenerla. Necesitas liberarla. Ahora... —sentenció Goodweather.

—No necesito hacer nada. Es mi decisión. Mi madre.

—Ya no es así, no lo es. Si descubro que mi hijo ha sido convertido, lo liberaré. Yo mismo lo liquidaré, sin dudarlo un instante.

—Ella no es tu hijo, y tampoco es asunto tuyo.

Gus no alcanzaba a distinguir con claridad los ojos de Goodweather en la penumbra. La última vez que se habían visto, Gus notó que él estaba bajo el efecto de los estimulantes. El buen doctor se automedicaba antes, y dedujo que también ahora.

Gus le dio la espalda y se dirigió a Fet, interrumpiendo la conversación con el médico.

—¿Cómo han ido tus vacaciones, *hombre?*

—Ah, divertidas. Muy relajantes —dijo Fet—. Bueno, en realidad no; ha resultado ser una búsqueda inútil, pero con un final interesante. ¿Y cómo van los combates en las calles?

—Hago todo lo que puedo para mantener la presión. Es el Programa Anarquía, ¿sabes? El Agente Sabotaje acudiendo al servicio cada maldita noche. Quemé cuatro guaridas de vampiros la semana pasada. Una semana antes volé un edificio. Nunca supieron quién los atacó. Guerra de guerrillas y sucios trucos de mierda. Luchar contra el poder, *manito.*

—Lo necesitamos. Cada vez que hay una explosión en la ciudad, una columna de humo o que se levanta el polvo en medio de la lluvia, la gente se da cuenta de que todavía quedamos algunos para defendernos. Es otra cosa que los vampiros tienen que explicar.

Fet se acercó a Goodweather.

—Eph destruyó el Hospital Bellevue ayer. Hizo detonadores con tanques de oxígeno.

—¿Qué estabas buscando en el hospital? —le preguntó Gus, dándole a entender a Eph que estaba al tanto de su pequeño y sucio secreto.

Fet era un luchador, un asesino como Gus. Goodweather era más complicado, y lo que necesitaban ahora era simplicidad. Gus no confiaba en él.

—¿Recuerdas al Ángel de Plata? —preguntó, dirigiéndose a su colega.

—Claro que sí —respondió Fet—. El viejo luchador.

—El Ángel de Plata. —Gus se besó el pulgar y honró la memoria del luchador levantando el puño—. Entonces llámame de ahora en adelante el Ninja de Plata. Mis movimientos te harían girar la cabeza con tal rapidez que se te caería todo el pelo. Dos amigos y yo descuartizamos increíblemente.

—Ninja de Plata. Me gusta.

—Asesino de vampiros. Soy una leyenda. Y no descansaré hasta que todas sus cabezas cuelguen de estacas por todo Broadway.

—Todavía están colgando cadáveres en las señales de tráfico. Les encantaría tener el tuyo.

—Y el tuyo. Ellos creen que son malos, pero yo soy diez veces más peligroso que cualquier chupasangre. *¡Vivan las ratas!*

—Quisiera tener a una docena como tú —aprobó Fet con una sonrisa, y estrechó la mano de Gus.

Gus hizo un gesto con la mano.

—Si consiguieras una docena como yo, terminaríamos matándonos entre nosotros.

Gus los condujo al sótano del Buell Hall, donde Fet y Goodweather depositaron la nevera Coleman. Luego los llevó por un túnel a la biblioteca Low Memorial, y a continuación subieron a las oficinas administrativas para llegar hasta el tejado del edificio. La tarde, ya avanzada, era fresca y oscura, sin lluvia; sólo una nube de hollín de un negro inquietante se extendía sobre el río Hudson.

Fet abrió la nevera, dejando al descubierto dos atunes magníficos sobre el poco hielo que había logrado conseguir en la bodega del barco ruso.

—¿Tienen hambre? —preguntó Fet.

Comerlos crudos era lo más natural, pero Goodweather les impartió algunos consejos médicos, insistiendo en la necesidad de cocinarlos debido a los cambios climáticos que alteraban el ecosistema del océano: nadie sabía qué tipo de bacterias letales podía contener el pescado crudo.

Gus sabía que podría conseguir una parrilla de camping decente en el departamento de catering, y Fet le ayudó a traerla. Goodweather fue enviado a conseguir antenas de automóviles para utilizarlas como brochetas. Encendieron el fuego a un lado del Hudson, ocultos entre dos grandes ventiladores de techo que impedían ver la llama desde la calle y desde la mayoría de los tejados vecinos.

El pescado se asó bien. La piel estaba crujiente y la carne rosada y caliente. Después de unos cuantos bocados, Gus se reanimó de inmediato. Sentía un apetito voraz a todas horas, y era incapaz de resignarse a que la desnutrición lo afectara física y mentalmente. El festín de proteínas lo recargó. Quiso salir a la luz del día para hacer otra incursión.

—Entonces —propuso Gus, con el sabor de la carne caliente en su lengua—, ¿cuál es el motivo de esta fiesta?

—Necesitamos tu ayuda —explicó Fet. Mientras le contaba lo que sabían de Nora, su semblante adquirió un aire grave e intenso—. Tiene que estar en el campamento de extracción de sangre más cercano, al norte de la ciudad. Necesitamos sacarla de allí.

Gus miró a Goodweather, que supuestamente era el novio de Nora. El médico le devolvió la mirada, pero de un modo velado, sin el mismo ardor con que lo había hecho Fet.

—Una tarea difícil —señaló Gus.

—La más difícil. Tenemos que movernos tan pronto como sea posible. Si descubren quién es, y que ella nos conoce... será malo para ella y peor para nosotros.

—Estoy listo para el combate, pero no me malinterpreten. Procuro ser estratégico estos días. Mi trabajo no consiste únicamente en sobrevivir, sino en morir como un ser humano. Todos conocemos los riesgos. ¿Vale la pena rescatarla? Es simplemente una pregunta, compañeros.

Fet asintió, viendo cómo las llamas acariciaban las brochetas de pescado.

—Entiendo tu punto de vista. En esta etapa, es como decir: ¿por qué hacemos esto? ¿Estamos tratando de salvar al mundo? El mundo ya ha desaparecido. Si los vampiros desaparecieran mañana, ¿qué haríamos nosotros? ¿Reconstruir? ¿Cómo? ¿Para quién? —Se encogió de hombros y miró a Goodweather en busca de apoyo—. Quizá algún día. Hasta que el cielo no se aclare, sería una batalla por la supervivencia sin importar quién domine este planeta.

Fet hizo una pausa para quitarse unas migajas de atún del bigote.

—Podría darte muchas razones. Pero, para abreviar, estoy cansado de perder gente. Vamos a hacer esto contigo o sin ti.

—No he dicho que lo hagan sin mí —aclaró Gus, agitando la mano—. Solo quiero que reflexionen. El doctor me cae bien, mis chicos volverán pronto. Entonces podemos armarnos.

Gus tomó otro pedazo de atún caliente.

—Siempre quise atacar una granja. Lo único que necesitaba era un pretexto.

—Guarda un poco de comida para los chicos —le recomendó Fet, lleno de gratitud—. Les dará energía.

—¡Diablos! Este pescado sabe mucho mejor que la carne de ardilla. Apaguemos el fuego. Tengo que enseñarles algo.

Gus envolvió el pescado en papel para guardárselo a sus *hombres* y apagó las llamas con el hielo derretido. Los condujo a través del edificio y por el campus vacío al Buell Hall, y se internaron en el sótano. Gus había conectado una bicicleta estática a un puñado de cargadores de batería en una pequeña habitación. Un escritorio contenía una gran variedad de dispositivos rescatados del departamento de audiovisuales de la universidad, incluyendo los últimos modelos de cámaras digitales con lentes de largo alcance, una unidad multimedia, y algunos monitores pequeños y portátiles de alta definición; objetos que ya no se fabricaban.

—Algunos de mis muchachos han estado grabando nuestros ataques y trabajos de reconocimiento. Sería una propaganda útil, si encontramos la manera de trasmitirla. También hemos adelantado tareas de inteligencia. ¿Conocen el castillo que hay en Central Park?

—Por supuesto —respondió Fet—. Es la guarida del Amo. Está rodeado por un ejército de vampiros.

Goodweather se sentía intrigado, y se acercó al monitor de siete pulgadas, mientras Gus lo alimentaba con un cargador de baterías y le conectaba una cámara.

La pantalla se encendió, con un color verde y negro viscoso.

—Lentes de visión nocturna. Encontré un par de docenas en las cajas de un coleccionista de videojuegos. Son compatibles con un teleobjetivo. No es la combinación perfecta, lo sé, y la calidad es básicamente una mierda, pero sigan mirando...

Fet y Goodweather se agacharon para ver mejor la pantalla. Poco después, las figuras oscuras y fantasmales de la imagen comenzaron a tomar forma.

—Es el castillo, ¿lo ven? —explicó Gus, contorneando su forma con el dedo—. Las bases de piedra, el lago. Y aquí, el ejército de vampiros.

—¿Desde dónde grabaste eso? —preguntó Fet.

—Desde el tejado del Museo de Historia Natural. Fue lo más cerca que pude llegar. Tenía la cámara sobre un trípode, como un francotirador.

La imagen del parapeto del castillo se estremeció con fuerza, mientras el zoom alcanzaba la máxima apertura.

—Aquí está —señaló Gus—. ¿Lo ven?

A medida que la imagen volvía a estabilizarse, una figura emergió en la cornisa del parapeto. Los integrantes del ejército, que se encontraban abajo, giraron la cabeza hacia la figura en un gesto de absoluta lealtad colectiva.

—¡Mierda! —exclamó Fet—. ¿Es el Amo?

—El Amo es más pequeño —aclaró Goodweather—. ¿O acaso la perspectiva está desenfocada?

—Es el Amo —recalcó Fet—. Mira a los zánganos de abajo, moviendo la cabeza en su dirección. Como girasoles ante la luz del sol.

—Ha cambiado. Está en otro cuerpo —comentó Eph.

—Debe de haberlo hecho —insinuó Fet, con la voz llena de orgullo—. Al fin y al cabo, el profesor llegó a herirlo. Debía hacerlo. Yo estaba seguro. Lo hirió de tal modo que lo obligó a tomar otra forma. —Fet se enderezó—. Me pregunto cómo lo habrá hecho.

Gus vio a Goodweather totalmente absorto en la imagen difusa y movediza que revelaba el nuevo aspecto del Amo.

—¡Es Bolívar! —afirmó Eph.

—¿Qué es eso? —preguntó Gus.

—No *qué*, sino quién: Gabriel Bolívar.

—¿Bolívar? —preguntó Gus, escudriñando en su memoria—. ¿El cantante?

—El mismo —señaló Goodweather.

—¿Estás seguro? —preguntó Fet, sabiendo exactamente a quién se refería el médico.

—La imagen está muy borrosa, ¿cómo puedes saberlo?

—Por su forma de moverse. Tiene algo de su esencia. Te digo que es el Amo.

Fet se acercó para mirar.

—Tienes razón. ¿Por qué Bolívar? Tal vez el Amo no tuvo tiempo de elegir. Quizá el profesor lo golpeó tan fuerte que tuvo que cambiar de cuerpo de inmediato.

Mientras Goodweather seguía mirando la imagen, otra forma difusa se unió al Amo en el parapeto. El médico pareció quedarse petrificado, y luego comenzó a temblar como si tuviera escalofríos.

—Es Kelly —indicó.

Dijo esto con autoridad, sin asomo de duda.

Fet retrocedió un poco para percibir mejor la imagen.

—¡Jesús! —exclamó Gus, dando a entender que también estaba convencido de la nueva apariencia del Amo.

Goodweather apoyó una mano en la mesa y su semblante adquirió el tono de la cera. Su esposa vampira estaba sirviendo al lado del Amo.

Y luego apareció una tercera figura, más pequeña y delgada que las anteriores. Se veía incluso más oscura.

—¿Ven eso? —preguntó Gus—. Tenemos a un humano viviendo entre los vampiros. Y no sólo con ellos, sino con el Amo. ¿A que no adivinan quién es?

Fet se quedó de una pieza. Ésta fue la primera señal que le permitió entrever a Gus que algo grave sucedía. Luego Fet se dio la vuelta para observar la reacción del doctor Goodweather.

El médico se retiró de la mesa. Sus piernas cedieron y se desplomó en el suelo. Sus ojos seguían fijos en la imagen borrosa. Le ardía el estómago, que súbitamente se llenó de ácido. Le tembló el labio inferior y las lágrimas brotaron de sus ojos.

—Es mi hijo.

Estación Espacial Internacional

LLÉVALA ABAJO.

La astronauta Thalia Charles ni siquiera se molestó en girar la cabeza. Simplemente aceptó la voz que escuchaba. Ella —sí, podía admitirlo— casi le dio la bienvenida. Aunque no había nadie a su lado —de hecho, era uno de los seres humanos más solitarios en toda la historia de la humanidad—, no se encontraba a solas con sus pensamientos.

Permanecía aislada a bordo de la Estación Espacial Internacional, la nave de investigación que se había averiado y vagaba ahora por la órbita terrestre. Sus propulsores de energía solar se activaban esporádicamente, y el gigantesco satélite seguía a la deriva, describiendo una trayectoria elíptica a unos trescientos cincuenta kilómetros de la superficie de la Tierra, pasando del día a la noche cada tres horas.

La astronauta llevaba ya casi dos años de calendario —acumulando ocho días orbitales por cada día de calendario— viviendo en ese estado de suspensión, en una especie de cuarentena espacial. La falta de gravedad y de ejercicio habían producido un gran desgaste en su cuerpo. La mayor parte de sus músculos había desaparecido y sus tendones estaban atrofiados. Su columna vertebral, brazos y piernas se doblaban en ángulos extraños y perturbadores, y la mayoría de sus dedos eran unos ganchos inútiles, enroscados sobre sí mismos. Sus raciones de alimentos —básicamente *borscht* deshidratado y congelado, proporcionado por la última nave rusa llegada antes del cataclismo— se habían reducido prácticamente a cero, aunque por otro lado, su cuerpo requería poca nutrición. De su piel quebradiza se desprendían copos que flotaban en la cabina como dientes de león congelados. Gran parte de su cabello había desaparecido, aunque esto era una ventaja, pues le habría tapado la cara debido a la falta de gravedad.

Ella se había desintegrado, tanto corporal como mentalmente.

El comandante ruso había muerto tres semanas después de que la EEI comenzara a tener problemas de funcionamiento. Las masivas explosiones nucleares en la Tierra activaron la atmósfera, ocasionando múltiples impactos con la basura espacial que flotaba en el espacio. La tripulación se refugió dentro de la nave espacial *Soyuz*, su cápsula de emergencia, siguiendo los procedimientos habituales tras la ausencia de cualquier comunicación con Houston. El comandante Demidov se ofreció a ponerse un traje espacial y aventurarse valientemente hasta las instalaciones principales en un intento por arreglar las fugas de los tanques de oxígeno, y consiguió reparar y dirigir uno de ellos al *Soyuz*, antes de sufrir supuestamente un paro cardiaco. Su éxito les permitió a Thalia y al ingeniero francés sobrevivir mucho más de lo esperado, así como redistribuir un tercio de sus raciones de alimentos y de agua.

El resultado había sido una maldición, y también una bendición.

Pocos meses después, el ingeniero Maigny empezó a mostrar señales de demencia. A medida que veían el planeta desaparecer detrás de una nube negra de atmósfera contaminada semejante a tinta de calamar, Maigny perdió progresivamente las esperanzas y comenzó a hablar con voces extrañas. Thalia luchó por mantener su propia cordura intentando restaurar la de su compañero y pensaba que él ya la estaba recuperando hasta el día en que la astronauta vio su reflejo en uno de los paneles exteriores haciendo muecas extrañas, pues él creía que no lo estaba viendo. Esa noche, mientras fingía dormir, dando vueltas lentamente dentro del estrecho espacio de la cabina, con los ojos entrecerrados, Thalia observó con horror que Maigny desembalaba el kit de supervivencia localizado entre dos de las tres sillas. Sacó la pistola de tres cañones, más parecida a una escopeta que a una pistola. Unos años antes, una cápsula espacial rusa se había estrellado al aterrizar en las estepas de Siberia después de regresar de la EEI. Los tripulantes fueron localizados unas horas después, durante las cuales tuvieron que protegerse de los lobos con poco más que piedras y ramas de árboles. A partir de aquel episodio, la pistola, provista además de un machete dentro de la culata desmontable, fue incluida en el equipamiento estándar de la misión, conocido como «Kit portátil de supervivencia *Soyuz*».

Ella lo vio examinar el cañón y tantear el gatillo con el dedo. Sacó el machete y lo hizo girar en el aire, y veía la hoja dando vueltas y atrapando los destellos del lejano sol. Thalia sintió que la cuchilla pasaba muy cerca de ella, y al igual que el reflejo de los rayos solares, vio un centelleo de placer asomando a los ojos de su compañero.

Comprendió entonces lo que tendría que hacer para salvar su pellejo: continuar con su terapia improvisada para no alertar a Maigny, mientras se preparaba para lo inevitable. No le gustaba pensar en eso. Ni siquiera ahora.

De vez en cuando, y dependiendo de la rotación de la EEI, veía flotar su cadáver fuera de la compuerta de acceso, como un macabro testigo de Jehová llamando a las puertas de su casa.

De nuevo, una persona menos para consumir las raciones de alimentos... y un par de pulmones menos.

Pero también, más tiempo de encierro solitario en el interior de esta cápsula espacial defectuosa.

Llévala abajo.

—No me tientes —murmuró ella. La voz era masculina, anodina. Le era familiar, pero no podía identificarla.

No era su esposo. No era su difunto padre. Pero era alguien conocido...

Sintió algo, una presencia en el *Soyuz*. ¿Acaso se engañaba? ¿Se trataba más bien de un deseo de compañía? ¿De un anhelo, de una necesidad incontenible? ¿La voz de qué persona estaba utilizando para compensar el vacío de su vida?

Thalia miró por la ventana mientras la EEI entraba de nuevo en la luz solar.

Cuando dirigió su mirada hacia el sol naciente, vio masas de colores delineándose en el cielo. Ella lo llamaba «el cielo» pero aquello no era el cielo, ni tampoco la «noche». Era la ausencia de luz. Era el vacío. Era la nada absoluta. Excepto...

Los colores estaban de nuevo allí. Una estela de color rojo y una explosión de color naranja, justo fuera de su visión periférica. Algo así como las explosiones brillantes que uno ve cuando aprieta los ojos con fuerza.

Thalia intentó cerrar los ojos, presionando los párpados con sus dedos secos y retorcidos.

De nuevo, una ausencia de luz. El vacío dentro de su cabeza. Una fuente de colores ondulantes y de estrellas apareció en la nada, y ella abrió los ojos.

El color azul brillaba y se perdía en la distancia. Luego, en otra zona, una estela verde. ¡Y violeta!

Señales. Incluso aunque fueran simplemente ficciones creadas en su mente, eran señales de algo.

Llévala abajo, querida.

«¿Querida?» Nadie la llamaba así. Ni siquiera su marido, ninguno de sus profesores, ni los administradores del programa de astronautas, ni sus padres ni sus abuelos.

Sin embargo, no se cuestionó mucho la identidad de la voz. Se sentía contenta de tener compañía. Alegre por el consejo.

—¿Para qué? —preguntó ella.

No hubo respuesta. La voz nunca respondía cuando se lo pedían. Y sin embargo, ella seguía esperando que lo hiciera algún día.

—¿Cómo? —inquirió.

Ninguna respuesta de nuevo, pero mientras ella se deslizaba por la cabina en forma de campana, una de sus botas quedó atrapada en el kit de supervivencia depositado entre los asientos.

—¿En serio? —dijo, dirigiéndose al kit como si fuera la fuente de la voz.

Thalia no había tocado aquello desde la última vez que lo había usado. Agarró el kit, y la cerradura se abrió (¿La había dejado así?). Sacó la pistola TP-82 de triple cañón. El machete ya no estaba; ella lo había arrojado por la compuerta lateral junto con el cadáver de Maigny. Levantó el arma a la altura de los ojos, como si le estuviera apuntando a la ventana..., y luego la soltó, viendo cómo daba vueltas y flotaba ante ella como una palabra o una idea que permanecía en el aire. Hizo un inventario del resto del equipo. Veinte cartuchos de rifle. Veinte bengalas. Diez proyectiles de escopeta.

—Dime por qué —insistió ella, secándose una lágrima furtiva, viendo cómo se desvanecía aquella partícula de humedad—. ¿Por qué ahora, después de todo este tiempo?

Se apoyó en uno de los paneles, y su cuerpo dejó de girar. Estaba segura de que iba a recibir una respuesta. Una razón. Una explicación.

Porque ha llegado el momento...

Una luz flamígera estalló frente a su ventana con una rapidez tan silenciosa que a ella le pareció ahogarse con su propio aliento. Comenzó a hiperventilar, al tiempo que se agarraba del panel y se impulsaba hacia la ventana para ver la cola del cometa arder y entrar en la atmósfera terrestre, extinguiéndose antes de llegar a la troposfera.

Se giró, pues sintió una presencia de nuevo. Algo que no era humano.

—¿Qué es...? —comenzó a preguntar, pero no pudo terminar de hacerlo.

Porque obviamente era...

Una señal.

Cuando Thalia era todavía una niña, vio una estrella fugaz cruzando el cielo que despertó su deseo de ser astronauta. Ésa era la historia que siempre contaba cuando la invitaban a hablar en los colegios, o cuando la entrevistaban en los meses previos al lanzamiento, y sin embargo, era completamente cierto: su destino estaba escrito en el firmamento desde su niñez.

Llévala abajo.

Una vez más, su aliento quedó atrapado en su garganta. La voz..., ella la reconoció de inmediato. Su perro en aquella vieja casa de Connecticut, un Newfoundland llamado Ralphie. Ésa era la voz que ella oía en su cabeza cuando le hablaba, acariciándole el pelaje para animarlo, y él se arrimaba a su pierna.

—¿Quieres salir?

Sí, claro que sí. Claro que sí.

—¿Quieres una galleta?

Sí, sí.

—¿Quién es un buen chico?

Yo yo yo.

Te echaré mucho de menos cuando esté en el espacio.

Yo también te echaré de menos, querida.

Ésa era la voz en su interior. La misma que había proyectado en Ralphie. Una voz propia y ajena al mismo tiempo; la voz de la compañía, de la confianza y del afecto.

—¿En serio? —preguntó de nuevo.

Thalia pensó cómo se sentiría al pasar a través de las cabinas, apagar los propulsores y romper el casco. Cómo sería el espectáculo de esta gran instalación científica de cápsulas unidas escorándose y desplomándose de su órbita, incendiándose al entrar en la atmósfera superior, cayendo como un erizo en llamas y penetrando en la corteza venenosa de la troposfera.

Y entonces la certeza la invadió con la fuerza de una emoción. Y aunque estuviera loca, al menos ya no albergaba dudas sobre lo que sentía que debía hacer. Y en el peor de los casos, ella no terminaría como Maigny, alucinando y echando espumarajos por la boca.

Cargó los cartuchos de la TP-82, en una señal de desafío.

Hundiría el casco para permitir la ausencia de aire, y luego descendería con la nave. En cierto modo, ella siempre había sospechado que ése iba a ser su destino. Era una decisión salida de la belleza. Nacida de una estrella fugaz, Thalia Charles estaba a punto de convertirse también en una estrella fugaz.

Campamento Libertad

NORA MIRÓ EL ARMA improvisada.

Había trabajado toda la noche en ella. Se sentía agotada pero orgullosa; la ironía de poseer un arma elaborada a partir de un cuchillo de mantequilla no le resultó ajena. Una pieza exquisita de la cubertería, ahora con la punta y el borde dentados. Aún le faltaban un par de horas para dejarla a punto; podría afilarla hasta convertirla en un instrumento mortal.

Había mitigado el sonido producido al afilarlo —contra una esquina de hormigón— cubriéndolo con su almohada. Su madre dormía a poca distancia. No se despertó. Su entrevista sería breve. La tarde anterior, una hora después de regresar de la casa de Barnes, habían expedido una orden de procesamiento. En ésta se especificaba que la madre de Nora debería abandonar la zona de descanso de madrugada.

La hora de comer.

¿Cómo la procesarían? Nora lo ignoraba, pero nunca lo permitiría. Llamaría a Barnes, aceptaría, y una vez cerca de él, lo mataría. Salvaría a su madre o acabaría con él. Si tenía que mancharse las manos, lo haría con la sangre de él.

Su madre murmuró algo en medio del sueño y luego volvió a roncar de esa forma profunda pero suave que Nora conocía tan bien. De niña, Nora se arrullaba con ese sonido, y con el ascenso y el descenso rítmico de su pecho. En aquel entonces, su madre era una mujer formidable. Un portento de la naturaleza. Trabajaba de manera incansable y crió muy bien a Nora; siempre estuvo pendiente de ella, y logró darle una buena educación, un título universitario y todo aquello que conllevaba. Nora tuvo un vestido para su graduación y libros de texto caros, sin escuchar ni una sola vez queja alguna de labios de su madre.

Pero una noche, justo antes de Navidad, Nora se despertó al escuchar unos sollozos entrecortados. Tenía catorce años y reclamaba de una manera insistente y desagradable un vestido de *quinceañera* para su próximo cumpleaños...

Bajó sigilosamente las escaleras y se aproximó hasta la puerta de la cocina. Su madre estaba sentada en la mesa, con un vaso de leche medio lleno, las gafas de leer y un montón de cuentas desperdigadas sobre el mantel.

Nora se quedó paralizada por aquella imagen. Era como ver llorar a Dios a hurtadillas. Estaba a punto de entrar y preguntarle qué le sucedía, cuando el llanto de su madre se hizo incontenible. Sofocó el ruido tapándose grotescamente la boca con ambas manos, mientras sus ojos se desbordaban de lágrimas. Esto la aterrorizó y heló la sangre en sus venas. Nunca hablaron sobre el incidente, pero Nora quedó marcada con esa imagen dolorosa. La chica cambió, tal vez para siempre. Cuidó mejor de su madre y de sí misma, y trabajó más duro que los demás.

Su madre comenzó a quejarse a medida que padecía los embates cada vez más frecuentes de la demencia. Se quejaba por todo, y a todas horas. Su resentimiento y su ira, acumulados a través de los años y acallados por educación, prorrumpían en forma de lamentos incoherentes. Nora lo absorbía todo. Nunca podría abandonar a su madre.

Tres horas antes del amanecer, Mariela abrió los ojos y permaneció lúcida durante unos minutos. Era algo que sucedía de vez en cuando, pero con menos frecuencia que antes. En cierto modo, pensó Nora, su madre, al igual que los *strigoi,* había sido suplantada por otra voluntad; cada vez que ella salía de su enfermedad, como si se tratara de un trance, la forma de mirar a Nora resultaba poco menos que inquietante. Miraba a Nora tal como era allí mismo, en ese instante.

—Nora, ¿dónde estamos? —dijo.

—Shhh, mamá. Todo va bien. Vuelve a dormir.

—¿Estamos en un hospital? ¿Estoy enferma? —preguntó agitada.

—No, mamá. Todo va bien. No pasa nada.

Mariela apretó la mano de su hija con fuerza y se recostó en la cama. Le acarició la cabeza rapada.

—¿Qué te ha pasado? ¿Quién te ha hecho esto? —preguntó, visiblemente molesta.

—Nadie, mamá —le respondió Nora, besándole la mano—. Volverá a crecer. Ya lo verás.

Mariela la miró completamente lúcida, y después de una larga pausa, preguntó:

—¿Vamos a morir?

Nora no supo qué responderle. Comenzó a sollozar y su madre se calló, la abrazó y le besó la cabeza con suavidad.

—No llores, querida mía. No llores.

Luego le sostuvo la cabeza, y se quedó mirándola a los ojos.

—Mirando hacia atrás tu propia vida, verás que el amor es la respuesta a todo. Te quiero, Nora. Siempre lo haré. Y tendremos eso para siempre.

Se quedaron dormidas juntas y Nora perdió la noción del tiempo. Se despertó y vio que el cielo comenzaba a clarear.

¿Y ahora qué? Estaban atrapadas. Lejos de Fet, lejos de Eph. Sin posibilidad de escapar. Solo tenía un cuchillo de mantequilla afilado.

Nora lo examinó del derecho y del revés. Iría a ver a Barnes, lo utilizaría y luego... tal vez lo hundiría en su propio cuerpo.

De repente, no le pareció lo suficientemente afilado. Pulió el borde y la punta hasta el amanecer.

Planta de procesamiento de aguas residuales

LA PLANTA DE PROCESAMIENTO de aguas residuales Standford se hallaba ubicada debajo del edificio hexagonal de ladrillos rojos de la calle La Salle, entre Amsterdam y Broadway. Construida en 1906, la planta debía satisfacer las demandas y el crecimiento de la zona al menos durante un siglo. En su primera década de funcionamiento, procesaba ciento quince mil metros cúbicos de aguas residuales al día. Sin embargo, la afluencia de inmigrantes ocasionada por dos guerras mundiales consecutivas pronto hizo que la capacidad de la planta resultara insuficiente. Los vecinos también se quejaron de la falta de aire, de infecciones en los ojos y, en general, del olor sulfuroso que emanaba permanentemente el edificio. La planta cerró parcialmente en 1947, y cinco años después fue clausurada de manera definitiva.

El interior era inmenso, incluso majestuoso. Su arquitectura industrial de finales del siglo XIX poseía una nobleza que se había esfumado desde entonces. Las escaleras dobles de hierro forjado conducían a pasarelas elevadas, y las estructuras de hierro fundido que filtraban y procesaban las aguas residuales se habían visto escasamente afectadas con los actos de vandalismo. Los grafitis borrosos y un depósito de un metro de profundidad con sedimentos, hojas secas, excrementos de perro y palomas muertas eran las únicas señales de abandono. Un año antes, Gus Elizalde había tropezado con el depósito y había limpiado uno de los tanques, para convertirlo en su armería personal.

El único acceso era por medio de un túnel, y únicamente después de manipular una gran válvula de hierro asegurada con una gruesa cadena de acero. Gus quería mostrarles su arsenal, para que ellos pudieran equiparse para la incursión al campamento de extracción de sangre. Eph marchaba detrás, pues necesitaba pasar unos momentos a solas después de haber visto a su hijo tras dos años largos y a su madre vampira junto al Amo. Fet había renovado su solidaridad ante la situación excepcional de Eph, por el grave impacto que la cepa vampírica había tenido en su vida, y simpatizó por completo con su causa. Pero aun así, mientras se encaminaban a la improvisada sala de armas, Fet se quejó discretamente de Eph, acusándolo de haber perdido la perspectiva. Expresó su opinión en términos estrictamente prácticos, sin ningún asomo de malicia ni rencor. A lo sumo con una pizca de celos, ya que la presencia de Goodweather todavía podría interponerse entre él y Nora.

—No me gusta él —dijo Gus—. Nunca me ha gustado. El tipo ese reniega de lo que no tiene, se olvida de lo que tiene y nunca está contento. Es lo que se llama un..., ¿cómo es la palabra?

—¿Pesimista?

—Un cabrón.

—Ha pasado por muchas situaciones difíciles —aclaró Fet.

—Ah, realmente sí. ¡Ah, cuánto lo lamento! Yo siempre quise que mi madre estuviera desnuda en una celda con un casco de mierda pegado a su puta *cabeza*.

Fet casi sonrió. A decir verdad, Gus tenía razón. Nadie tendría que sufrir una experiencia similar a aquella que atravesaba Eph. Pero aun así, Fet necesitaba que fuera operativo y se dispusiera para la batalla. Sus tropas se estaban reduciendo, y era fundamental que cada uno de ellos se esforzara al máximo.

—Nunca está contento. ¿Su esposa lo molesta mucho? ¡Bam! ¡Desapareció! Y ahora él, bu-bu-buu, si pudiera recuperarla... ¡Bam! Ella es una muerta viviente bu-bu-buu, pobre de mí, mi esposa es un vampiro de mierda... ¡Bam! Se llevaron a su hijo, bu-bu-buu, si pudiera tenerlo de nuevo... La misma cantinela de siempre. A quién ames o a quién protejas es la única maldita cosa que cuenta. Por jodido que eso pueda ser. No me importa que mi madre parezca la Power Ranger porno más fea del mundo. Es todo lo que tengo. Tengo a mi madre. ¿Ves? No me doy por vencido —alegó Gus—. Y me importa una mierda. Cuando vaya, quiero luchar contra esos cabrones. Tal vez porque soy un signo de fuego.

—¿Eres qué?

—Géminis —dijo Gus—. En el zodiaco. Un signo de fuego.

—Géminis es un signo de aire, Gus —lo corrigió Fet.

—Lo que sea. Me importa una mierda —replicó Gus—. Si aún tuviéramos al viejo, estaríamos arriba —añadió, después de una larga pausa.

—Yo también pienso eso —admitió Fet.

Gus se detuvo al final del túnel y comenzó a abrir el candado.

—¿Qué pasa con Nora? —preguntó—. ¿Has...?

—No, no —respondió Fet, ruborizándose—. Yo... no.

Gus sonrió en la oscuridad.

—¿Ella ni siquiera lo sabe?

—Sí lo sabe —aclaró Fet—. Al menos, creo que sí. Pero no hemos hecho mucho al respecto.

—Lo harás, muchachote —sentenció Gus, abriendo la válvula de acceso al arsenal.

—*¡Bienvenido a Casa Elizalde!* —exclamó, extendiendo sus brazos y mostrando una amplia gama de armas automáticas, espadas y municiones de todos los calibres.

Fet le dio una palmadita en la espalda mientras asentía. Echó un vistazo a una caja de granadas de mano.

—¿De dónde diablos has sacado todo esto?

—Pfff. Un niño necesita sus juguetes, hombre. Y cuanto más grandes, mejor.

—¿Para algún uso específico? —indagó Fet.

—Muchos. Los guardo para algo especial. ¿Por qué? ¿Se te ocurre alguna cosa?

—¿Qué tal detonar una bomba nuclear? —sugirió Fet.

Gus se rio con aspereza.

—Eso suena realmente divertido.

—Me alegra que pienses así. Porque no vine de Islandia con las manos completamente vacías.

Fet le contó lo de la bomba de fabricación rusa que adquirió con el cargamento de plata.

—*¡No mames!* —dijo Gus—. ¿Tienes una bomba nuclear?

—Pero no tiene detonador. Esperaba que pudieras ayudarme con eso.

—¿No estás bromeando? —preguntó Gus, que no se había tomado muy en serio las palabras de Fet—. ¿Una bomba nuclear? ¡Cielos!

Fet asintió con modestia.

—Mucho respeto, Fet —dijo Gus—. Mucho respeto. Volemos la isla. Mejor dicho, que sea ahora.

—Sea lo que sea que hagamos con ella, sólo tenemos una oportunidad. Necesitamos estar seguros.

—Sé quién puede conseguirnos el detonador, hombre. El único cabrón que todavía es capaz de conseguir algo sucio y turbio en toda la costa este: Alfonso Creem.

—¿Y cómo piensas ponerte en contacto con él? Cruzar hasta Jersey es como ir a Alemania Oriental.

—Tengo mis métodos —anotó Gus—. Simplemente déjaselo a Gusto. ¿Cómo crees que conseguí esas granadas de mierda?

Fet permaneció pensativo durante algunos momentos, y luego volvió a dirigirse a Gus:

—¿Confiarías en Quinlan? ¿Confiarías con el libro?

—¿El libro del viejo? ¿Eso de la *Plata* y algo más? Fet asintió.

—¿Lo compartirías con él?

—Hombre, no sé —dijo Gus—. Es decir, claro; sólo es un libro.

—El Amo quiere el libro por alguna razón. Setrakian sacrificó su vida por él. Contenga lo que contenga, debe de ser real e importante. Tu amigo Quinlan piensa lo mismo...

—¿Y tú qué? —inquirió Gus.

—¿Yo? —replicó Fet—. Tengo el libro, pero no puedo hacer mucho con él. ¿Sabes eso que se dice: «Es tan tonto que no puede encontrar una oración en la Biblia»? Bien, no puedo encontrar mucho. Tal vez tenga truco. Deberíamos estar muy cerca.

—Lo he visto a él, a Quinlan. Mierda, he grabado a ese hijo de puta limpiando un nido en Nueva York en menos de un minuto. Dos, tres docenas de vampiros.

Gus sonrió, acariciando sus recuerdos. A Fet le gustaba más Gus cuando sonreía.

—En la cárcel aprendes que hay dos tipos de personas en este mundo (y no me importa si son humanos o chupasangres): los que reciben y los que reparten. Y ese tipo..., ese tipo reparte como si fueran caramelos de mierda... Los caza. Le gusta cazarlos. Y tal vez sea el único otro huérfano que odia tanto al Amo como nosotros.

Fet asintió. El asunto estaba resuelto en su corazón.

Quinlan tendría el libro. Y Fet recibiría algunas respuestas.

Extracto del diario de Ephraim Goodweather

La mayoría de las crisis de los cuarenta no son así de malas. En el pasado, la gente veía que su juventud desaparecía, su matrimonio se terminaba y sus carreras profesionales entraban en un punto muerto. Ésos eran los golpes, generalmente atenuados con un nuevo coche, un poco de Just for Man o una pluma Mont Blanc, dependiendo de tu presupuesto. Pero lo que yo he perdido no se puede compensar. Mi corazón se acelera cada vez que pienso en ello, cada vez que lo siento. Se ha terminado. O muy pronto lo hará. Todo lo que he tenido lo he despilfarrado, y aquello que esperé nunca se materializará. Lo que existe alrededor de mí ha adquirido su forma horrible, permanente y definitiva. Todas las promesas de mi vida, el graduado más joven de mi clase, el gran traslado al este, conocer a la chica perfecta..., todo eso se ha desvanecido. Las noches de pizza fría y una buena película. Cuando era un gigante a los ojos de mi hijo.

Cuando yo era niño, había un tipo en la televisión llamado Mr. Rogers, que solía cantar: «Nunca puedes ir abajo, / nunca puedes bajar, / nunca puedes bajar por el desagüe». ¡Qué mentira de mierda!

Hubo un tiempo en que pude haber reunido mi pasado para presentarlo como un currículum o como una lista de logros, pero ahora..., ahora parece un inventario de trivialidades, de todo aquello que podría haber sido pero no fue. Cuando aún era joven, yo sentía que el mundo y mi lugar en él formaban parte de un plan. Ese objetivo, sin importar lo que fuese, era algo que alcanzaría sólo con concentrarme en mi trabajo, con ser bueno en «lo que hacía». Como un padre adicto al trabajo, sentía que la rutina del día a día era una forma de proveer, de seguir adelante mientras la vida adquiría su aspecto final. Y ahora..., ahora el mundo se ha convertido en un lugar insoportable, y todo lo que tengo es la náusea de los caminos erráticos y de las pérdidas que traen consigo. Ahora sé que éste es mi verdadero yo. Mi yo permanente. La decepción cristalizada de la vida de ese joven —la sustracción de todos esos logros de la juventud—, el menos de un más que nunca fue contado. Éste soy yo: débil, enfermo y desvaneciéndome. No me estoy rindiendo, porque nunca lo haré..., pero estoy viviendo sin fe en mí ni en mis circunstancias.

Mi corazón se agita ante la idea de no encontrar a Zack, ante la posibilidad de que haya desaparecido para siempre. No puedo aceptar eso. Nunca lo haré.

Sé que desvarío. Pero lo encontraré; sé que lo haré. Lo he visto en mis sueños. Sus ojos me miran, vuelven a hacer de mí un gigante y me llaman por el nombre más irrefutable al que pueda aspirar un hombre: «Papi».

He visto una luz que todo lo rodea. Que nos limpia. Que me absuelve del alcohol, de las pastillas y de los agujeros negros de mi corazón. He visto esa luz. La anhelo de nuevo en un mundo tan oscuro como éste.

Debajo de la Universidad de Columbia

E ph se aventuró a través de los túneles subterráneos del antiguo manicomio, debajo de la Universidad de Columbia. Lo único que quería hacer era hablar. Ver a Zack al lado de Kelly y del Amo en la cima del Castillo Belvedere lo había sacudido hasta la médula. De todos los destinos nefastos —que fuera asesinado o muriera de hambre en alguna mazmorra—, nunca se le había ocurrido que su hijo pudiera estar con el Amo.

¿Había sido Kelly el demonio que atrajo a su hijo al redil? ¿O acaso el Amo quería estar con Zack? Y en ese caso, ¿por qué?

Quizá el Amo había amenazado a Kelly, y Zack no tenía otra alternativa que seguir el juego. Eph quería aferrarse a esta hipótesis, pues la idea de que el niño se alineara con el Amo por voluntad propia le resultaba inimaginable. La corrupción de un hijo es el peor temor de un padre. Eph necesitaba creer que Zack era un niño perdido, no un hijo descarriado.

Pero su miedo no lo dejó fantasear. Eph se había apartado de la pantalla donde vio el video como si fuera un fantasma.

Se metió la mano en el bolsillo en busca de dos tabletas de Vicodina. Resplandecieron en su mano con un fulgor blanquecino bajo la luz de la lámpara que llevaba en la cabeza. Se las metió en la boca y las tragó con saliva. Una de ellas se alojó en la base de su esófago, y tuvo que saltar varias veces para lograr que bajara.

Él es mío.

Eph se levantó con rapidez. La voz apagada y distante de Kelly, pero perfectamente nítida. Se dio la vuelta un par de veces, pero se encontró completamente solo en el pasaje subterráneo.

Él siempre ha sido mío.

Eph desenfundó la espada unos cuantos centímetros de su vaina. Empezó a caminar hacia delante, en dirección a un pequeño tramo de escaleras que bajaban. La voz estaba en su cabeza, pero un sexto sentido le indicaba en ese momento el camino.

Él se sienta a la diestra del Padre.

Eph corrió con furia, con la luz temblando en su cabeza, mientras doblaba por otro pasillo oscuro, hacia...

La mazmorra. Hacia la madre enjaulada de Gus.

Eph inspeccionó todo el lugar. Estaba vacío, salvo por el vampiro con casco que permanecía inmóvil en el centro de su jaula. La madre vampira permanecía inmóvil, y la luz de la lámpara de Eph proyectaba una sombra reticular sobre su cuerpo.

Zack cree que tú estás muerto, reveló la voz de Kelly.

—¡Cállate! —exclamó Eph, desenvainando su espada.

Él está empezando a olvidar el Viejo Mundo y todas sus formas. Eso ha desaparecido para siempre; no es más que un sueño de juventud.

—¡Silencio! —clamó Eph.

Es solícito con el Amo. Más que respetuoso. Está aprendiendo.

Eph hundió la espada en medio de dos barrotes. La madre de Gus se estremeció, repelida por la presencia de la plata, con sus pechos flácidos meciéndose en la penumbra.

—¿Aprendiendo qué? —replicó Eph—. ¡Respóndeme!

Pero la voz de Kelly no lo hizo.

—Le estás lavando el cerebro —le reprochó Eph—. El chico estaba aislado, es mentalmente vulnerable.

Lo estamos criando.

Eph hizo una mueca, como si esas palabras lo hubieran atravesado como un puñal.

—No... ¡No! ¿Qué puedes saber tú sobre eso? ¿Qué puedes saber sobre el amor, sobre cómo debe ser un padre o un hijo...?

En nosotros palpita la sangre fértil. Hemos dado a luz a muchos hijos. Únete a nosotros.

—¡No!

Es la única forma de que puedas reunirte con él.

—Vete a la mierda. Te mataré... —amenazó Eph, inclinando la punta de la espada hacia abajo.

Únete a nosotros y estarás con él para siempre.

Eph se detuvo un momento, paralizado por la desesperación. Ella quería algo de él. El Amo tramaba algo. Hizo un esfuerzo para contenerse. ¡A negarlos! ¡A callar! A retirarse...

—¡Cierra tu maldita boca! —vociferó, con más rabia que intensidad en su voz. Sostuvo con fuerza la empuñadura de plata. Regresó corriendo de la habitación y atravesó los pasillos con la voz de Kelly resonando aún en su cabeza.

Ven a nosotros.

Eph giró en una esquina, y abrió una reja oxidada.

Ven a Zack.

Eph siguió corriendo. Sentía más rabia con cada paso que daba, transmutándose en furia.

Sabes que ése es tu deseo.

Y luego oyó su risa. No era una risa humana, estridente, liviana y contagiosa, sino una risa burlona, con intención de provocarlo, de hacerlo retroceder.

Pero él corrió, y la risa se desvaneció, desapareciendo en la oscuridad.

Eph siguió a ciegas, tanteando con su espada las patas de las sillas abandonadas y rascando el suelo. Las pastillas le habían hecho efecto, y estaba casi arrastrándose, con el cuerpo entumecido, pero no así su cabeza. A fuerza de retirarse, había doblado una esquina en su propia mente. Ahora más que nunca quiso rescatar a Nora del campamento y salvarla de las garras de los vampiros. Quería demostrarle al Amo que incluso en una época tan jodida como ésta era capaz de hacerlo: un humano podía ser salvado.

Que Zack no estaba perdido para Eph, y que la influencia del Amo sobre él no era tan sólida como pensaba.

Eph se detuvo para recobrar el aliento. La luz de su lámpara se desvanecía, y él le dio un golpecito. La luz parpadeó. Necesitaba saber dónde estaba y salir de allí, pues de lo contrario se perdería en ese laberinto oscuro. Estaba ansioso por hacerles saber a los otros que se encontraba listo para ir al campamento y combatir.

Dobló por el siguiente recodo, y al final de aquel corredor largo y oscuro, Eph vio una figura. Su postura, sus brazos caídos y sus rodillas levemente flexionadas declaraban la palabra «vampiro».

Eph blandió su espada. Avanzó unos pocos pasos, esperando reconocer mejor a la criatura.

Esta permaneció inmóvil. Las paredes del estrecho pasadizo serpenteaban un poco a los ojos de Eph, pues su visión estaba nublada por el efecto de las pastillas. Tal vez estaba alucinando, viendo lo que quería ver. Deseaba luchar.

Convencido de que se trataba de un producto de su imaginación, Eph se arriesgó más y se acercó al fantasma.

—Ven aquí —le dijo; su rabia por Kelly y el Amo seguía rebosando—. ¡Ven y recibe la caricia de mi espada!

La criatura se mantuvo firme, y Eph pudo percibirla mejor. Una capucha de sudadera formaba un triángulo de algodón sobre su cabeza, oscureciendo su rostro y sus ojos. Llevaba botas y pantalones vaqueros. Uno de sus brazos colgaba a un costado, mientras la otra mano permanecía oculta detrás de su espalda.

Eph avanzó hacia la criatura con rabia y determinación, como un hombre que atraviesa una habitación para salir dando un portazo. Pero la figura no se movió. Eph colocó su pierna izquierda hacia atrás, empuñó la espada con las dos manos y le mandó un sablazo al cuello como si estuviera bateando.

Para sorpresa de Eph, el canto de su espada resonó, sus brazos retrocedieron temblando, y por poco suelta la empuñadura. Una explosión de chispas iluminó brevemente el pasillo.

Eph tardó un momento en comprender que el vampiro había detenido su espada con una barra de acero.

Eph empuñó de nuevo la espada con sus manos, que le ardían al contacto con el metal, y se dispuso a darle otro sablazo. El vampiro sostuvo su barra con una mano, y desvió fácilmente la espada. Un puntapié repentino en el pecho de Eph lo lanzó al suelo, que tropezó con sus propios pies en la caída.

Eph observó a la figura oscura. Era completamente real, pero... también diferente. No se trataba de ninguno de los zánganos semiinteligentes a los que estaba habituado a enfrentarse. Aquel vampiro tenía una actitud, una compostura que lo distinguía de las masas repulsivas.

Eph se puso en pie. El reto avivó el fuego que ardía en su interior. No sabía qué clase de vampiro era aquel, y tampoco le importaba.

—¡Ven! —gritó, llamando al vampiro. Pero la criatura permaneció inmóvil. Eph extendió la espada y le mostró la punta afilada de plata. Fingió darle una estocada, girando rápidamente con uno de sus mejores movimientos de esgrima, y acometió con su arma con la fuerza suficiente para partir en dos a la criatura. Pero el vampiro adivinó la finta y desvió la hoja de plata, y Eph respondió una vez más, esquivándolo, volviendo a la carga y apuntándole al cuello.

El vampiro estaba listo para acabar con él. Agarró del brazo a Eph y lo atenazó como una abrazadera caliente. Se lo torció con tal fuerza que Eph tuvo que arquearse hacia atrás para impedir que el codo y la espalda se le partieran debido a la presión. Aulló de dolor, incapaz de seguir empuñando la espada, que se desprendió de su mano y cayó al suelo. Buscó con la otra mano la daga que tenía en el cinturón, para cortarle la cara al vampiro.

Sorprendida, la criatura envió a Eph al suelo y retrocedió.

Eph se arrastró hacia atrás, con el codo ardiendo de dolor. Otras dos figuras llegaron corriendo desde un extremo del pasillo. Eran dos humanos: Fet y Gus.

Justo a tiempo. Eph se volvió hacia el vampiro, que ahora estaba en inferioridad numérica, esperando que silbara y arremetiera contra él.

Pero la criatura se agachó y recogió la espada del médico, aferrándola por la empuñadura de cuero. Le dio vueltas a la espada, como si estuviera valorando su peso y su diseño.

Eph nunca había visto a un vampiro tan cerca de la plata, y mucho menos sostener un arma en sus manos.

Fet había sacado su espada, pero Gus lo detuvo con una mano, y pasó junto a Eph sin ofrecerle ayuda. El vampiro le lanzó la espada al pandillero, y curiosamente, con la empuñadura hacia él. Gus la cogió con facilidad y la bajó.

—Me has enseñado muchas cosas —dijo Gus—, pero no la parte en que se hacen entradas triunfales de mierda.

La respuesta del vampiro fue telepática, y exclusiva para Gus. Se retiró la capucha negra, revelando una cabeza totalmente calva y sin orejas, inexplicablemente suave, casi como la de un asaltante de bancos con una media de nailon estirada sobre su rostro.

Salvo por los ojos, que ardían con un fulgor escarlata; como los de una rata.

Eph se puso en pie, y se frotó el codo. Aquella criatura era obviamente un *strigoi*, y sin embargo, Gus había permanecido a su lado.

—¿Tú otra vez? —dijo Fet, todavía con la mano en la empuñadura de su espada.

—¿Qué diablos está pasando? —preguntó Eph, que parecía un convidado de piedra.

Gus le lanzó la espada a Eph con más fuerza de la necesaria.

—Deberías recordar al señor Quinlan —dijo Gus—. El mejor cazador de los Ancianos. Y actualmente el tipo más perverso de toda la maldita ciudad. —Gus se giró hacia el señor Quinlan—. Una amiga nuestra está internada en un campamento de extracción de sangre. La queremos de vuelta.

El señor Quinlan observó a Eph con una mirada iluminada por siglos de existencia. Su voz afluyó en la mente del médico, tan suave y modulada como la de un barítono.

El doctor Goodweather, supongo.

Eph lo miró fijamente a los ojos y asintió débilmente. El señor Quinlan se dirigió a Fet:

He venido aquí con la esperanza de llegar a un acuerdo.

Biblioteca Low Memorial, Universidad de Columbia

EN EL INTERIOR DE LA BIBLIOTECA de la Universidad de Columbia, en una sala de investigación situada al lado de la tenebrosa rotonda con la cúpula de granito más grande en la historia del país, el señor Quinlan se hallaba en una de las mesas de lectura, enfrente de Fet.

—Nos ayudas a entrar en el campamento y podrás leer el libro —dijo Fet—. No hay más negociación...

Lo haré. Pero ¿sabes que serán ampliamente superados por los strigoi *y los guardias humanos?*

—Lo sabemos —afirmó Fet—. La pregunta es: ¿nos ayudarás a entrar? Ése es el precio.

Lo haré.

El fornido exterminador abrió una cremallera oculta en su mochila y sacó un gran fardo de trapos.

¿Lo llevas contigo? —preguntó el Nacido con incredulidad.

—No se me ocurre un lugar más seguro —respondió Fet, sonriendo—. Escondido a plena vista, se podría decir. Si quieres el libro, tendrás que pasar por encima de mí.

Una tarea abrumadora, sin lugar a dudas.

—Lo suficientemente abrumadora —sentenció Fet, encogiéndose de hombros. A continuación, desenvolvió el volumen oculto entre los trapos.

—El *Lumen* —anunció Fet.

Quinlan sintió un escalofrío rodeándole el cuello. Una sensación peculiar tratándose de una criatura curtida durante siglos. Estudió el libro mientras Fet lo observaba. La cubierta era de tela y de cuero desgastado.

—Le he quitado la cubierta de plata. Eso le estropeó un poco el lomo. Parece un libro insignificante, ¿verdad?

¿Dónde está la cubierta de plata?

—La tengo guardada. Es fácil de recuperar.

Quinlan lo miró.

No dejas de sorprenderme, exterminador.

Fet le quitó importancia al cumplido.

El viejo hizo una buena elección, señor Fet. Tu corazón es sencillo. Sabe lo esencial y actúa en consecuencia. Es difícil encontrar mayor sabiduría.

El Nacido acababa de quitarse la capucha de algodón negro de su cabeza blanca e increíblemente suave. Abierto ante él, se hallaba el manuscrito iluminado del *Occido lumen*. Pasó las páginas con el extremo de un lápiz, pues el ribete de plata repelía su naturaleza vampírica. Luego tocó el interior de la página con las yemas de sus dedos, como un ciego dibujando el rostro de su amada.

Este documento era sagrado. Contenía la historia y la creación de la raza vampírica del mundo, y como tal, contenía también varias referencias a los Nacidos. Era como si a un ser humano se le permitiera tener acceso a un libro que describiera el verdadero origen de la especie humana y las respuestas a la mayoría de los misterios de la vida, si no a todos. Los ojos intensamente rojos del señor Quinlan se sumergieron en las páginas con un profundo interés.

La lectura es lenta. El lenguaje es denso.

—¡A mí me lo dices! —observó Fet.

También hay muchos signos ocultos. En las imágenes y en las marcas de agua. Son mucho más claros a mis ojos que a los tuyos, pero descifrarlos llevará un tiempo.

—Exactamente de lo que carecemos; ¿cuánto tardarás?

Los ojos del Nacido continuaban examinando las líneas.

Es imposible decirlo.

Fet sabía que su ansiedad suponía una distracción para el señor Quinlan.

—Estamos cargando las armas. Tienes una hora aproximadamente, y luego vendrás con nosotros. Regresaremos con Nora...

Fet se dio la vuelta y se alejó. Había dado tres pasos cuando el *Lumen,* el Amo y el apocalipsis se evaporaron como por arte de magia. En ese momento, Nora era el único pensamiento que ocupaba su mente.

El señor Quinlan se concentró de nuevo en las páginas del *Lumen* y empezó a leer.

Occido lumen: la historia del Amo

Existía un tercero.

Los tres libros sagrados, la Torá, la Biblia y el Corán, narran la historia de la destrucción de Sodoma y Gomorra. Y el *Lumen* también, en cierto modo.

En Génesis 18, tres arcángeles se aparecen ante Abraham en forma humana. Se dice que dos de ellos se dirigieron luego a las ciudades condenadas de la llanura, donde viven con Lot, disfrutan de un banquete y más tarde son rodeados por los hombres de Sodoma, a quienes dejan ciegos antes de destruir la ciudad.

Sin embargo, la presencia de un tercer arcángel es omitida deliberadamente. Encubierta. Perdida.

Ésta es su historia.

Cinco ciudades compartían las fértiles llanuras del río Jordán, cerca de lo que hoy es el mar Muerto. Y de todas ellas, Sodoma era la más celebrada y hermosa. Se levantaba en medio de la exuberante llanura como un hito, como un monumento a la riqueza y a la prosperidad.

Estaba regada por un complejo sistema de canales, y había crecido de una forma desordenada a través de los siglos, extendiéndose más allá de los canales y adquiriendo una forma similar a la de una paloma volando. Sus alrededores, que abarcaban un total de diez hectáreas, se habían cristalizado en dólmenes de sal cuando los muros de la ciudad fueron erigidos, alrededor del 2024 a.C. Las murallas tenían veinte metros de ancho y más de doce de alto, construidas con ladrillos de barro cocido y encaladas para que brillaran con los rayos del sol. Dentro de su perímetro, se construyeron edificios de adobe tan juntos entre sí que casi estaban el uno sobre el otro; el más alto de ellos era un templo erigido en honor a Moloch, el dios cananeo. Sodoma tenía una población aproximada de dos mil habitantes. Las frutas, las especias y los cereales eran abundantes, impulsando así la prosperidad de la ciudad. El vidrio y los azulejos engastados en bronce engalanaban las cúpulas de una decena de palacios que resplandecían con la luz del atardecer.

Toda esta riqueza era custodiada por unas puertas enormes que resguardaban la entrada a la ciudad. Seis piedras inmensas formaban un arco monumental encima de las puertas de hierro y madera de roble, inmunes al fuego y a los golpes de los arietes.

Junto a estas puertas estaba Lot, hijo de Harán y sobrino de Abraham, cuando llegaron las tres criaturas aladas.

Eran pálidas, radiantes y distantes. Formaban parte de la esencia de Dios y, en cuanto tales, carecían de cualquier imperfección. De su espalda brotaban cuatro apéndices largos, envueltos en un haz de plumas, fácilmente comparables con alas luminosas. Las cuatro extremidades aleteaban al paso de las criaturas, del mismo modo que uno mueve los brazos al caminar. A cada paso adquirían una forma y una masa, hasta que se detuvieron frente a las puertas, desnudos y ligeramente confundidos. Su piel era radiante, como el más puro alabastro, y su belleza era un doloroso recordatorio de la imperfección mortal de Lot.

Fueron enviados allí para castigar el orgullo, la decadencia y la brutalidad que se habían incubado tras los muros de la próspera ciudad. Gabriel, Miguel y Oziriel eran emisarios de Dios: sus creaciones más queridas y leales y sus soldados más despiadados.

Y entre ellos, Oziriel era quien gozaba de su mayor favor. Oziriel pensaba visitar esa noche la plaza de la ciudad, adonde se les había ordenado ir, pero Lot les suplicó que permanecieran con él en su casa. Gabriel y Miguel aceptaron, y Oziriel, el tercero y el más interesado en comprobar los vicios de estas ciudades, se vio obligado a ceder a los deseos de sus hermanos. De los tres, era Oziriel quien contenía la voz de Dios en su interior, el poder de la destrucción que borraría a las dos ciudades pecaminosas de la faz de la Tierra. Él era, como se subraya en todos los relatos, el favorito de Dios: su creación más pura y hermosa.

Lot había sido bendecido con una esposa piadosa, tierras y ganado en abundancia. Así que el banquete en su casa fue abundante y variado. Los tres arcángeles se divirtieron como hombres, y las dos hijas vírgenes de Lot les lavaron los pies. Esas sensaciones físicas eran nuevas para los tres, pero para Oziriel resultaron abrumadoras, alcanzando una dimensión que no afectó tan profundamente a los otros dos arcángeles. Ésta fue la primera experiencia de individualidad de Oziriel, de su separación de la energía de la divinidad. Dios es ante todo energía, no un ser antropomórfico, y su lenguaje es la biología. Los glóbulos rojos, el principio de la atracción magnética, las sinapsis neurológicas... todo es un milagro, y en cada uno de nosotros se encuentra la presencia y el flujo de Dios. La esposa de Lot se cortó mientras preparaba un aceite de hierbas aromáticas para el baño, y Oziriel contempló su sangre con gran curiosidad: su olor le excitó. Le tentó. El color le pareció precioso, exuberante..., como rubíes líquidos centelleando a la luz de las velas. La mujer —que protestó por la presencia de aquellos hombres desde un principio— retrocedió al ver cómo el ángel miraba embelesado su herida.

No era la primera vez que Oziriel venía a la Tierra. Ya había estado aquí cuando Adán murió a la edad de novecientos treinta años, y con los hombres que se rieron de Noé cuando les anunció el Diluvio, antes de perecer en medio de las aguas turbulentas y oscuras. Pero siempre había atravesado esa dimensión terrenal de forma espiritual, con su esencia unida a la del Señor, y nunca se había hecho carne.

De modo que Oziriel nunca había sentido hambre. Tampoco dolor. Y ahora era asediado por una avalancha de sensaciones. Había sentido ya la corteza de la Tierra bajo sus pies..., el aire frío de la noche acariciándole el vello de los brazos..., había probado los frutos de la tierra y la carne de los mamíferos inferiores. Pensó que podría apreciar mejor todo eso si permanecía al margen, con el distanciamiento de un viajero, pero se encontró acercándose más de lo debido a la humanidad y a la Tierra misma. Se sintió próximo a esa raza animal. Al agua fresca derramada a sus pies. Digiriendo los alimentos con su boca y su garganta. Las experiencias físicas se hicieron adictivas, y la curiosidad se apoderó de Oziriel.

Cuando los hombres de la ciudad llegaron a la casa de Lot después de saber que albergaba a unos desconocidos misteriosos, Oziriel se quedó cautivado con sus gritos. Los hombres, que blandían antorchas y armas, exigieron que les mostraran a los visitantes para conocerlos. Estaban tan excitados por la belleza que se les atribuía a estos viajeros, que deseaban poseerlos. La sexualidad exacerbada de la multitud fascinó a Oziriel, recordándole su propio deseo, y cuando Lot salió a negociar con ellos —ofreciendo a sus hijas vírgenes en lugar de los viajeros sólo para ser rechazado—, el arcángel utilizó sus poderes para salir de la casa sin ser visto.

Se mezcló rápidamente con la multitud. Escondido en un callejón cercano, sintió la energía delirante del movimiento colectivo; era una energía muy diferente a la emanada de Dios, y sin embargo, los hombres poseían la misma belleza y gloria que eran atributos de la divinidad. Estos sacos ondulantes de carne —sus rostros frenéticos y expectantes— deliraban como un solo ser, buscando la comunión con lo desconocido de la manera más animal posible. Su lujuria denotaba una pureza embriagadora.

Mucho se ha hablado de los vicios de Sodoma y Gomorra, pero pocos pudieron apreciarlos como Oziriel cuando se internó en las calles de la ciudad, iluminadas por un complejo sistema de lámparas de aceite labradas en bronce y cubiertas de alabastro sin tallar. Los marcos de oro y de plata de las puertas adornaban los pórticos de todas las casas con representaciones de sus tres plazas concéntricas.

Un pórtico de oro ofrecía mercancías humanas, y uno de plata prometía oscuros placeres. Quienes cruzaban las puertas de plata buscaban sensaciones crueles o violentas. Y era esa crueldad la que Dios estaba dispuesto a castigar. No la abundancia ni el abandono, sino el sadismo degradante que los ciudadanos de Sodoma y Gomorra exhibían ante viajeros y esclavos. Eran ciudades poco hospitalarias e indiferentes. Los esclavos y los enemigos capturados eran comprados a las caravanas para complacer a los clientes de los pórticos de plata.

Y, ya fuera premeditada o accidentalmente, Oziriel cruzó uno de los pórticos de plata. La anfitriona era una mujer robusta de piel clara y aceitunada. Era la esposa de un tratante de esclavos, ordinaria y descuidada, cuyo único interés era el lucro. Y esa noche, al mirar desde su asiento en el vestíbulo de aquella casa pública, vio a la criatura más hermosa y benévola que se hubiera presentado jamás allí, de pie ante ella bajo el dorado resplandor de la lámpara. La apariencia de los arcángeles era perfecta y asexuada. Completamente lampiños, su piel era inmaculada y opalina y sus ojos perlados. Sus encías eran tan pálidas como el marfil de sus dientes, y la gracia de sus extremidades alargadas residía en su simetría perfecta. No evidenciaban trazas de órganos genitales, un detalle biológico que repercutiría indirectamente en el horror que se desencadenaría.

La belleza de Oziriel —su benigna magnificencia— era tal que la mujer sintió deseos de llorar y de pedir perdón. Pero los años que llevaba en ese oficio le dieron fortaleza para vender sus servicios. Cuando Oziriel presenció la violencia refinada dentro de las paredes del establecimiento, sintió que su gracia primitiva se desvanecía —abandonándolo mientras el deseo surgía en su interior—, y aunque no sabía exactamente qué era lo que buscaba, lo encontró.

En un impulso súbito, Oziriel agarró a la dueña del cuello, y la condujo hacia el muro de piedra que rodeaba el jardín, excitado al ver cómo su expresión se transformaba del halago al terror. Oziriel sintió los tendones fuertes y delicados alrededor de la garganta, y los besó y los lamió, probando su sudor salado y rancio. Y luego, obedeciendo a otro impulso, le dio un mordisco fuerte y profundo y le rasgó la carne con los dientes, reventándole las arterias como si fueran cuerdas de arpa —*ping, ping*—, y bebió la sangre a borbotones. Cuando Oziriel asesinó a aquella mujer, el objetivo no era realizar una ofrenda a su Señor todopoderoso, sino más bien conocerlo. *Para saber. Para poseer. Para dominar y conquistar.*

Y el sabor de la sangre, la muerte de la corpulenta mujer y la fluidez del intercambio de poder le llevaron a un éxtasis total. Consumir la sangre que había brotado de la esencia y de la gloria de lo divino —y, de esa forma, interrumpir el flujo que era la presencia de Dios— sumió a Oziriel en un estado de frenesí. Quería más. ¿Por qué Dios le había negado *eso* a él, que era su favorito? La oculta ambrosía en estas criaturas imperfectas.

Se decía que el vino fermentado de las peores bayas era el más dulce. Pero ahora, Oziriel se preguntó: ¿Qué pasa con el vino elaborado con las bayas más exquisitas?

Oziriel, con el cuerpo inerte de la mujer a sus pies, la sangre derramada brillando con un color plateado bajo la luz de la luna, sólo concibió un pensamiento:

¿Los ángeles tienen sangre?

Biblioteca Low Memorial, Universidad de Columbia

El señor Quinlan cerró las páginas del *Lumen* y miró a Fet y a Gus, armados hasta los dientes y listos para partir. Aún había mucho que aprender sobre los orígenes del Amo, pero la mente de Quinlan ya bullía con la información que contenía el libro. Escribió un par de notas, encerró unas pocas transcripciones en círculos y se puso en pie. Fet agarró el libro, lo envolvió de nuevo, lo guardó en su mochila y se la entregó al señor Quinlan.

—No lo llevaré conmigo —le dijo al señor Quinlan—. Si no lo logramos, tú debes ser el único que sepa dónde está escondido el libro. Si nos capturan y tratan de quitárnoslo..., me refiero, aunque nos desangren, no podremos hablar sobre lo que no sabemos, ¿verdad?

El señor Quinlan asintió ligeramente, aceptando el honor.

—Realmente me alegro de deshacerme de él...

Si tú lo dices...

—Sí, lo digo. Ahora, si no lo conseguimos... —dijo Fet—. Tú tienes el arma más importante. Concluye el combate. Mata al Amo.

Nueva Jersey

ALFONSO CREEM SE SENTÓ en un sillón reclinable La-Z-Boy afelpado y blanco como la cáscara de un huevo, con los tenis Puma sin atar sobre el reposapiés, sosteniendo en su mano un juguete de goma mordisqueado. Ambassador y Skill, sus dos perros loberos, descansaban en el suelo de la sala, atados a las patas de la mesa, observando con sus ojos plateados la pelota de rayas rojas y blancas.

Creem apretó el juguete y los perros gruñeron. Por alguna razón esto le resultaba particularmente divertido, así que repetía el proceso una y otra vez.

Royal, el primer teniente de Creem —que había pertenecido a los Zafiros de Jersey, unos pandilleros curtidos—, estaba sentado en la parte inferior de la escalera, bebiendo una taza de café. La nicotina, la marihuana y todo lo demás cada vez eran más difíciles de encontrar, así que Royal había improvisado una nueva forma de consumo del único vicio relativamente disponible en el Nuevo Mundo: la cafeína. Arrancaba un pedazo de un filtro de papel, hacía una bolsa con una cucharada de café molido, y luego se la metía en las encías como si fuera tabaco de mascar. Tenía un sabor amargo, pero lo mantenía espabilado.

Malvo estaba sentado junto a la ventana de enfrente, con un ojo vigilando la calle, en busca de convoyes de camiones. Los Zafiros habían recurrido al secuestro para mantenerse con vida. Los chupasangres cambiaban sus rutas, pero Creem había visto pasar un cargamento de alimentos pocos días atrás y pensó que ya era hora de entrar en acción.

Su mayor prioridad era alimentarse y alimentar a su banda. No era ninguna sorpresa que el hambre debilitaba la moral. La segunda prioridad era alimentar a sus perros. El olfato agudo de los loberos y sus habilidades innatas de supervivencia habían alertado en más de una ocasión a los Zafiros de un inminente ataque nocturno de los chupasangres. Alimentar a sus mujeres era la tercera prioridad. Las mujeres no eran muy especiales; unas cuantas vagabundas desesperadas recogidas al borde del camino, pero eran mujeres cariñosas, y estaban vivas. Estar «vivo» era algo muy sexy en aquellos días. La comida las mantenía tranquilas, agradecidas y cerca de ellos, y eso era bueno para su banda. Además, Creem no buscaba mujeres flacas ni de aspecto enfermizo. Le gustaban rollizas.

Desde hacía varios meses se enfrentaba a los chupasangres, peleando sólo para defender su territorio. Para un humano resultaba imposible afianzar su posición de esta forma en esta nueva economía dominada por la sangre. El dinero en efectivo y las propiedades, e incluso el oro carecían de valor. La plata era el único artículo con el que valía la pena traficar en el mercado negro, además de los alimentos. Los humanos que trabajaban para el Grupo

Stoneheart estaban confiscando toda la plata que encontraban, y la guardaban en las cámaras acorazadas de los antiguos bancos. La plata era una amenaza para los chupasangres, aunque primero tenías que fabricar un arma con ella, y no quedaban muchos plateros en aquellos días.

Así, los alimentos eran la nueva moneda (el agua todavía era abundante, pero había que hervirla y filtrarla). Stoneheart Industries, después de transformar los mataderos y los frigoríficos en campamentos de extracción de sangre, había dejado casi intacto la mayor parte del sistema de transporte de este sector. Los chupasangres, al apoderarse de toda la organización, ahora controlaban las espitas. Los alimentos eran cultivados por los humanos, que trabajaban como esclavos en los campamentos. Complementaban el breve periodo de débil luz solar con enormes granjas iluminadas con luces ultravioleta: esplendorosos invernaderos con frutas y verduras, grandes corrales para pollos, cerdos y ganado vacuno. Las lámparas ultravioleta eran letales para los chupasangres, y por lo tanto, eran las únicas zonas reservadas exclusivamente para los humanos.

Creem estaba al tanto de todo esto gracias a los conductores de Stoneheart que había secuestrado.

Fuera del campamento, la comida podía conseguirse con tarjetas de racionamiento, adquiridas sólo con trabajo. Debías ser un trabajador con todos los documentos en regla para recibir una tarjeta de racionamiento: era preciso obedecer a los chupasangres para poder comer. No existía otra opción.

Los vampiros eran básicamente policías psíquicos. Jersey era un estado policial, donde los poseedores de aguijones lo observaban todo, transmitiendo sus informes de manera automática, y no sabías quién te había delatado hasta que ya era demasiado tarde. Los chupasangres simplemente trabajaban, se alimentaban y se resguardaban en nidos de tierra durante el par de horas de luz. En general, aquellos zánganos eran disciplinados y —al igual que los esclavos humanos— comían cuando les mandaban y lo que les mandaban; normalmente, las raciones de sangre procedían de los campamentos, aunque Creem había visto a algunos aventurarse fuera de la reserva. Podías caminar de noche por las calles al lado de los chupasangres si simulabas venir del trabajo, pero se esperaba que los humanos se sometieran a ellos como ciudadanos de segunda. Sin embargo, ése no era el estilo de Creem. No en Jersey. ¡No, señor! Eso jamás.

Escuchó el sonido de una pequeña campana y se hundió en la silla para coger impulso y ponerse en pie. La señal significaba que acababa de llegar un mensaje de Nueva York. De Gus.

En lo alto de su refugio, el mexicano había construido un pequeño gallinero con jaulas para palomas y algunos pollos, de los cuales obtenía de vez en cuando un huevo fresco, lleno de proteínas, grasas, vitaminas y minerales, tan valioso como la perla de una ostra. Las palomas, por su parte, le proporcionaban una manera de comunicarse con Manhattan. Le permitían estar a salvo, seguro, y sin ser detectado por los chupasangres. En ciertas ocasiones, Gus utilizaba a las palomas para coordinar una entrega de

Creem: armas, municiones y algo de porno. Creem podía conseguir casi cualquier cosa por el precio adecuado.

Hoy era uno de esos días. La paloma —Harry, el Expreso de Nueva Jersey, como la llamaba Gus— se había posado en una pequeña percha de la ventana, y picoteaba la campana, a sabiendas de que Creem le daría un poco de comida.

Creem desató la banda elástica de su pata y retiró la cápsula de plástico, sacando el fino rollo de papel. Harry emitió un arrullo suave.

—Tranquila, pequeña mierda —dijo Creem mientras abría un Tupperware donde guardaba el preciado maíz y lo servía en un pocillo para recompensar a la paloma, llevándose algunos granos a la boca antes de cerrarlo.

Leyó el mensaje de Gus.

—¿Un detonador? —Se rio—. Tienes que estar cagándome...

Malvo chasqueó la lengua contra los dientes.

—Viene un coche explorador —anunció.

Los loberos se incorporaron, pero Creem les ordenó que permanecieran en su sitio. Desabrochó las correas de la pata de la mesa, pero tiraba con fuerza de la cadena del bozal para mantenerlos en silencio y a sus pies.

—Alerta a los demás.

Royal los condujo al garaje anexo. Creem aún tenía una presencia imponente, a pesar de haber perdido casi treinta kilos. Sus brazos cortos y fuertes todavía eran demasiado gruesos para cruzárselos sobre el pecho. Cuando estaba en casa, se ponía todas sus joyas de plata, sus anillos y la montura metálica de los dientes. Creem andaba forrado en plata desde que este metal había dejado de ser un montón de mierda brillante, para convertirse en la marca distintiva de los guerreros y de los forajidos.

Creem vio a sus hombres subir armados al Tahoe. Los transportes se realizaban generalmente en un convoy militar de tres vehículos, con los chupasangres delante y detrás, mientras el camión con los alimentos era conducido por humanos, que iban en medio. Esta vez, Creem quería aprovisionarse de algunos cereales, panecillos y bollos de mantequilla. Los carbohidratos lo saciaban, y además, duraban varios días, o semanas en algunos casos. La proteína era un regalo escaso, y la carne lo era aún más, pero era difícil conservarla fresca. La mantequilla de cacahuete era orgánica, con aceite en la parte superior, porque los alimentos ya no estaban procesados. Creem no podía soportarla, pero a Royal y a los loberos les encantaba.

Los vampiros no temían ser mordidos por los perros, pero con los conductores humanos era otra historia: veían el destello plateado en los ojos lobunos y realmente se cagaban del miedo. Creem no había escatimado esfuerzos en entrenar a los perros, por lo cual siempre le hacían caso, además de que era él quien los alimentaba. Sin embargo, no eran criaturas destinadas a ser domesticadas ni amansadas, razón por la cual Creem se identificaba con ellas y las mantenía a su lado.

Ambassador forcejeó con su bozal; Skill arañó el suelo con las uñas. Ellos sabían lo que vendría a continuación. Estaban próximos a ganarse la cena, y esto los aguzaba incluso más que al resto de los Zafiros, porque para un lobero, la economía permanece inalterable: comida, comida y comida.

La puerta del garaje se levantó. Creem oyó el ruido fuerte y nítido de los camiones a la vuelta de la esquina; no había ninguna otra señal sonora que rivalizara con ellos. Formarían un atasco clásico en mitad de la vía. Dejaron un camión de remolque entre dos casas situadas en la calle de enfrente, listo para aplastar al primer vehículo. Los vehículos de apoyo liquidarían a los chupasangres que venían detrás y bloquearían el convoy en aquella calle residencial.

Otra de las prioridades de Creem era mantener sus vehículos en funcionamiento. Algunos de sus hombres se encargaban de eso. La gasolina era un bien escaso, al igual que las baterías. Los Zafiros tenían dos garajes en Jersey, donde desbarataban los camiones en busca de combustible y piezas de repuesto.

El primer camión dobló la esquina con rapidez. Creem observó un cuarto vehículo en el convoy —uno adicional—, pero no le preocupó demasiado. Justo a tiempo, la grúa llegó chirriando desde el otro lado de la calle, destrozando el jardín embarrado y chocando contra la acera; embistió al primer camión por detrás, el cual quedó inmovilizado y en sentido contrario. Los vehículos de apoyo se acercaron con rapidez, bloqueando al camión con sus parachoques. Los camiones que iban en medio del convoy frenaron bruscamente, y se desviaron hacia la acera. Tenían la parte posterior cubierta con lonas; tal vez se trataba de un cargamento grande.

Royal dirigió el Tahoe directamente contra el camión de alimentos, y frenó a pocos centímetros de la rejilla. Creem soltó a Ambassador y a Skill, los cuales corrieron por el jardín embarrado hacia el convoy. Royal y Malvo saltaron, cada uno con una espada larga de plata y un cuchillo del mismo metal. Atacaron de inmediato a los chupasangres del primer camión. Royal fue especialmente cruel. Sus botas tenían picos de plata. Todo indicaba que el secuestro tardaría menos de un minuto.

La primera anomalía que notó Creem fue el camión de alimentos. Los conductores humanos permanecieron dentro de la cabina en lugar de saltar y correr. Ambassador trepó a la puerta del conductor, mostrando sus dientes afilados a la ventana cerrada, pero, desde el interior, el hombre miraba impasible la boca y los feroces colmillos del animal.

A continuación, las lonas de los vehículos gemelos se levantaron al mismo tiempo. En lugar de comida, transportaban a unos veinte o treinta vampiros que saltaron con estruendo; su furia, rapidez e intensidad eran proporcionales a las de los perros. Malvo mató a tres antes de que otro se abalanzara sobre él y golpeara su rostro. Malvo se trastabilló y cayó, y los vampiros se abalanzaron sobre él.

Royal retrocedió, como un niño con una pala de arena frente a una ola descomunal. Chocó contra el guardabarros de la camioneta, sin poder escapar.

Creem no podía ver lo que sucedía en la parte de atrás…, pero oyó gritos. Y si había aprendido algo, era que…

Los vampiros no gritan.

Creem corrió —tanto como podía hacerlo un hombre de su tamaño— hacia Royal, que estaba tendido de espaldas contra el motor del Tahoe, acorralado por seis chupasangres. Royal estaba prácticamente liquidado, pero él no podía dejarlo morir de esa manera. Creem tenía enfundada una Magnum 44, y aunque las balas no eran de plata, a él le gustaba el arma. La sacó y les voló la cabeza a dos vampiros, *bam, bam;* la sangre ácida y blanca roció la cara de Royal, cegándolo.

Creem vio que, más allá de Royal, Skill hundía sus colmillos afilados en el codo de un chupasangre. El vampiro, ajeno al dolor, le desgarró el pelaje espeso que le cubría la garganta con la uña coriácea del dedo medio, similar a una garra, abriéndole el cuello al perro, en una confusión de pelaje gris plateado y sangre abundante.

Creem le disparó al chupasangre y le abrió dos agujeros en la garganta. La criatura se desplomó a un lado de Skill, que gimoteaba en medio de aquella carnicería.

Otro par de chupasangres se abalanzaron sobre Ambassador, superando al feroz animal con su fuerza vampírica. Creem les disparó, volándoles parte del cráneo, hombros y brazos, pero las balas no lograron impedir que las criaturas destrozaran al lobero.

Sin embargo, lo que sí lograron sus disparos fue atraer la atención sobre él. Royal ya estaba liquidado; dos chupasangres clavaron los aguijones en su cuello, y se alimentaron de él en plena calle. Los humanos permanecieron encerrados en la cabina del camión señuelo, contemplando la escena con ojos absortos, no por el horror, sino por la excitación. Creem les disparó dos veces y oyó el estallido del cristal, pero no pudo detenerse para comprobar si les había acertado.

Subió al Tahoe con el motor todavía en marcha, con el cuerpo apretado contra el volante. Condujo el vehículo marcha atrás, escupiendo trozos de barro mientras retrocedía. Frenó, destrozando otra parte del jardín, y luego giró el volante a la izquierda. Dos chupasangres saltaron hacia él, pero Creem pisó el acelerador a fondo y el Tahoe salió disparado, derribándolos y despedazándolos contra la acera. El coche dio un bandazo ante la aceleración de Creem, que había olvidado que hacía bastante tiempo que no conducía un automóvil.

Se deslizó hacia un lado, chocando contra la acera opuesta, y el tapacubos de una rueda se desprendió. Giró el volante hacia el otro lado, tratando de corregir el rumbo. Pisó el pedal hasta el fondo, acelerando el vehículo, pero el motor se detuvo con un estertor metálico.

Creem miró el panel del tablero. La aguja de la gasolina señalaba que estaba vacío. Sus hombres sólo le habían echado gasolina suficiente para hacer el trabajo. La furgoneta donde escaparían, que tenía medio tanque lleno, estaba atrás.

Creem abrió la puerta. Se agarró de la carrocería y saltó del vehículo tras ver que los chupasangres corrían hacia él, pálidos y sucios, descalzos, desnudos y sedientos de sangre. Creem recargó su Magnum con el único cargador que le quedaba, y abrió sendos agujeros a aquellos cabrones que seguían acercándose a él como si estuviera en medio de una pesadilla. Cuando se le acabaron las balas, tiró su arma a un lado y los atacó con sus puños cubiertos de plata, haciendo que los anillos confirieran más contundencia a sus golpes. Se arrancó una de sus cadenas y comenzó a estrangular a un chupasangre con ella, lo que obligó a la criatura a doblarse, bloqueando a dos vampiros que pretendían agarrarlo.

Pero Creem se sentía débil a causa de la desnutrición, y aunque era un hombre fornido, fue incapaz de continuar el combate. Las criaturas lo sometieron, pero en lugar de arrojarse sobre su garganta, le inmovilizaron los brazos con una llave, y con una fuerza sobrenatural lo arrastraron por la calzada empapado en sudor. Subieron los dos peldaños de una tienda saqueada, y lo dejaron sentado en el suelo. Asfixiado, Creem se despachó con una sarta de improperios hasta que el aire pesado lo mareó y comenzó a desmayarse. Mientras todo giraba a su alrededor, se preguntó qué demonios era lo que esperaban. Quería que se atragantaran con su sangre. No le preocupaba que lo convirtieran en un vampiro; ésa era una de las ventajas de tener la boca llena de plata.

Dos empleados de Stoneheart entraron en la tienda, con sus impecables trajes negros, como el par de funcionarios de pompas fúnebres que eran. Creem creyó que habían venido a despojarlo de su plata y se incorporó, luchando con toda la fuerza que le quedaba. Los chupasangres le retorcieron los brazos de una forma dolorosa. Pero los hombres de Stoneheart se limitaron a observarlo mientras él se desplomaba en el suelo, respirando con dificultad.

Y entonces, la atmósfera en el interior de la tienda cambió. La única manera de describirlo es comparándolo con una calma chicha, esa expectación que precede a una tormenta. A Creem se le erizó el vello de la nuca. Algo estaba a punto de ocurrir, como dos manos que se acercan rápidamente la una a la otra, justo antes de aplaudir.

Un zumbido similar al torno de un dentista se alojó en el cerebro de Creem, pero sin su vibración; como el rugido de un helicóptero que se acerca sin el viento colateral. Como la monodia de un coro gregoriano, pero sin la canción.

Los chupasangres se enderezaron como soldados en el momento de pasar revista. Los dos empleados de Stoneheart se apartaron a un lado, junto a un estante vacío. Los vampiros que custodiaban a Creem lo soltaron y se alejaron, dejándolo solo, sentado en medio del sucio linóleo...

... Mientras una figura oscura irrumpía en la tienda.

Campamento Libertad

El jeep en el que viajaban era un vehículo militar acondicionado con un remolque de carga descubierto. El señor Quinlan conducía a una velocidad vertiginosa a través de la lluvia torrencial y de la oscuridad impenetrable; no necesitaba luces gracias a su visión de vampiro. Eph y los demás daban tumbos atrás, mojándose a ciegas en medio de la noche. Eph cerró los ojos y se sintió como un pequeño barco atrapado en un tifón, maltrecho pero decidido a encarar la tormenta.

Se detuvieron finalmente, y Eph levantó la cabeza y miró hacia la puerta inmensa y oscura que se recortaba contra un cielo igualmente oscuro. El señor Quinlan paró el motor del jeep; no se oían voces ni sonidos distintos a los de la lluvia y el ruido mecánico de un generador lejano.

El campamento era enorme y un muro de hormigón estaba siendo construido a su alrededor. Tenía al menos seis metros de altura, y las cuadrillas trabajaban en él día y noche, erigiendo los contrafuertes, volcando el hormigón bajo unos reflectores de cuarzo semejantes a los de un estadio. Muy pronto estaría terminado, pero entretanto una puerta de tela metálica con tablones de madera daba acceso al campamento.

Por alguna razón, Eph había imaginado que escucharía el llanto de los niños, gritos de adultos o alguna otra señal de angustia audible al acercarse a tanto sufrimiento humano. Y en efecto, el exterior oscuro y silencioso del campamento reflejaba una eficiencia opresiva más que impactante.

Era indudable que estaban siendo observados por *strigoi* invisibles. La visión térmica de los vampiros registró al señor Quinlan como un cuerpo brillante y caliente, y a los cinco humanos en la parte posterior del jeep como seres con una temperatura mucho más fría.

El señor Quinlan sacó una bolsa de béisbol del asiento del copiloto y se la colgó al hombro mientras bajaba del jeep. Eph no tardó en incorporarse con rapidez, con las muñecas, cintura y tobillos atados con una cuerda de nylon. Los cinco estaban amarrados con una cuerda como un grupo de presos encadenados, con apenas unos metros de holgura entre ellos. Eph iba en medio, con Gus delante y Fet detrás. Bruno iba el primero y Joaquín en la retaguardia. Uno a uno saltaron de la parte posterior del vehículo y pisaron el sendero de barro.

Eph podía oler la terrosidad febril de los *strigoi*, sus deposiciones de amoniaco. El señor Quinlan caminaba a su lado, como un guardia conduciendo a sus prisioneros hacia el campamento.

Eph se sentía como si estuviera entrando en la boca de una ballena y temía ser devorado. Sabía que las probabilidades de superar una situación así no eran mayores que las de lograr salir de aquel matadero.

La comunicación se estableció en silencio. El señor Quinlan no tenía exactamente la misma longitud de onda telepática de los otros vampiros, pero su señal psíquica fue suficiente para pasar la primera inspección. Físicamente, parecía menos demacrado que los otros y su carne tenía la suavidad de los pétalos de lirio, en vez del aspecto macilento y plástico de los vampiros; sus ojos eran de un rojo más intenso, con una chispa que denotaba la independencia de su voluntad y de su pensamiento.

Entraron en un angosto túnel de lona, con el techo cubierto con una malla de tela. Eph vio a través de los alambres la lluvia y la oscuridad absoluta de un cielo vacío de estrellas.

Llegaron a un centro de cuarentena. Algunas lámparas alimentadas por baterías iluminaban aquella zona, pues estaba ocupada por seres humanos. Aquel sitio, con la débil luz proyectando sombras contra las paredes, la lluvia incesante del exterior y la sensación palpable de estar rodeados de cientos de seres malévolos, tenía el aspecto de una tenebrosa tienda de campaña en medio de la jungla.

Todos los empleados tenían la cabeza afeitada, los ojos secos y fatigados; llevaban trajes grises como los de los reclusos y zuecos de goma perforada.

Les preguntaron sus nombres a los cinco humanos, y ellos dieron nombres falsos. Eph garabateó una firma con un lápiz de punta roma al lado de su seudónimo. El señor Quinlan permanecía al fondo, junto a una pared de lona azotada por la lluvia, mientras cuatro *strigoi* se encontraban apostados como *golems,* dos a cada lado de la puerta abatible.

El señor Quinlan dijo que había capturado a los cinco prisioneros después de que asaltaran el sótano de un mercado coreano en la calle 129. Un golpe en la cabeza, propinado por uno de ellos, era la causa de las interferencias en su señal telepática, cuando lo cierto era que Quinlan estaba bloqueando el acceso de los vampiros a sus verdaderos pensamientos. Había dejado su bolsa junto a sus pies, sobre el suelo húmedo.

Los humanos intentaron desatar los nudos y guardar la cuerda para reutilizarla. Pero el nylon mojado no cedía y tuvieron que cortarlo. Bajo la mirada vigilante de los guardias vampiros, Eph permaneció de pie con la cabeza gacha, frotándose sus muñecas en carne viva. Le era imposible mirar a un vampiro a los ojos sin mostrar odio. Además, le preocupaba que sus mentes, que funcionaban como una colmena, detectaran su verdadera identidad.

Era consciente de la perturbación que se estaba gestando en la tienda. El silencio era incómodo, y los centinelas dirigían su atención al señor Quinlan. Los *strigoi* habían percibido algo diferente en él.

Fet también lo advirtió, y empezó a hablar súbitamente, tratando de desviar su atención.

—¿Cuándo comemos? —preguntó.

El ser humano apartó su vista del portapapeles y lo miró.

—Cuando te alimenten —respondió sin más.

—Espero que la comida no sea demasiado grasienta —puntualizó Fet—. No me sientan bien los alimentos grasos.

Los *strigoi* interrumpieron sus labores y miraron a Fet como si estuviera loco.

—Yo no me preocuparía por eso —comentó el jefe.

—De acuerdo —dijo Fet.

Uno de los *strigoi* vio el paquete del señor Quinlan en un rincón. El vampiro se acercó a la bolsa alargada para bates de béisbol.

Fet se puso tenso. Un funcionario humano agarró a Eph de la barbilla, y utilizó una linterna para examinar el interior de su boca. El hombre tenía bolsas en sus ojos del color del té negro.

—¿Eras médico? —le preguntó Eph.

—Algo así —respondió el hombre, examinándole los dientes.

—¿Algo así?

—Bueno, era veterinario —aclaró el hombre.

Eph cerró la boca. El hombre le examinó los ojos con la linterna, y lo que vio lo dejó intrigado.

—¿Has estado tomando algún medicamento? —inquirió.

A Eph no le gustó el tono del veterinario.

—Algo así —respondió.

—Estás en muy mal estado. Un poco contaminado —señaló el veterinario.

Eph vio que el vampiro cerraba de nuevo la cremallera de la bolsa de Quinlan. La cubierta de nylon estaba forrada con plomo de delantales para rayos X, procedentes del consultorio de un dentista en Midtown. Cuando el *strigoi* percibió las propiedades perjudiciales de las hojas de plata, dejó caer el paquete como si se hubiera escaldado.

El señor Quinlan se apresuró hacia el paquete. Eph empujó al veterinario, enviándolo al otro lado de la tienda. El señor Quinlan hizo lo propio con un *strigoi* y sacó rápidamente una espada. Los vampiros estaban demasiado aturdidos para reaccionar a la sorpresiva presencia de la hoja de plata. El señor Quinlan avanzó lentamente para que Fet, Gus y los otros pudieran coger sus armas. Eph se sintió muchísimo mejor cuando tuvo una espada en sus manos. El señor Quinlan sostenía la espada de Eph, pero no había tiempo para reparar en minucias.

Los vampiros no reaccionaban como hacían los humanos. Ninguno de ellos salió corriendo por la puerta para escapar o avisar a los demás. La voz de alarma se transmitía psíquicamente. Después de la conmoción inicial, el ataque de los vampiros no se hizo esperar.

El señor Quinlan derribó a uno con un golpe en el cuello. Gus se precipitó hacia delante, atravesándole la garganta con su espada al vampiro que arremetía contra él. La decapitación era una tarea peligrosa en lugares reducidos porque la trayectoria de los sablazos podía herir fácilmente a sus compañeros, y la sangre que rociaban los vampiros era cáustica y estaba infestada de gusanos parásitos e infecciosos. Los combates con los *strigoi* en espacios cerrados eran siempre el último recurso, y los cinco hombres salieron de la sala de admisión de cuarentena en cuanto pudieron.

Eph, el último en armarse, no fue atacado por vampiros, sino por el veterinario y su ayudante. Se sorprendió tanto que reaccionó al ataque como si fueran *strigoi* y hundió su espada en la base del cuello del veterinario. El chorro de sangre arterial salpicó el poste de madera que estaba en el centro de la sala, y los dos se miraron sorprendidos.

—¿Qué demonios estás haciendo? —gritó Eph.

El veterinario se puso de rodillas, y el segundo hombre miró a su amigo malherido.

Eph se alejó lentamente del moribundo, que fue arrastrado por su compañero. Eph se estremeció; acababa de matar a un hombre.

Salieron de la tienda y se encontraron en el campamento, al aire libre. La lluvia se había convertido en una neblinosa llovizna. Un sendero con techo de lona se extendía ante ellos, pero la noche hacía imposible que Eph pudiera ver todo el campamento. Aún no veían *strigoi*, pero sabían que la voz de alarma se había propagado. Sus ojos tardaron un momento en adaptarse a la oscuridad, de la cual emergieron los vampiros.

Los cinco se desplegaron en forma de arco para recibir a las criaturas. Tenían espacio para girar libremente sus espadas, plantarse con un pie atrás y mandar sablazos con la fuerza suficiente para cercenarles la cabeza. Eph avanzó, cortando con furia y mirando constantemente hacia atrás.

Fue así como eliminaron a la primera oleada de vampiros. Siguieron adelante, aunque no contaban con ninguna información sobre la disposición del campamento. Buscaron algún indicio de la ubicación de los internos. Una pareja de vampiros llegó desde el lado izquierdo, pero el señor Quinlan protegió su flanco, los liquidó y luego condujo a los demás en esa dirección.

Más allá, en contraste con la oscuridad, se erguía una estructura alta y estrecha: un puesto de vigilancia emplazado en el centro de un círculo de piedra. Otros vampiros llegaron corriendo a toda velocidad y los cinco hombres cerraron filas, moviéndose como una falange, con sus cinco hojas de plata cortando cabezas al unísono.

Tenían que matar con rapidez. Los *strigoi* estaban dispuestos a sacrificarse varios de ellos con tal de aumentar sus posibilidades de capturar y convertir a un oponente humano.

Eph pasó a la retaguardia, caminando hacia atrás mientras los cinco formaban un círculo móvil, un anillo de plata para mantener a raya al enjambre de vampiros. Eph ya se había adaptado a la oscuridad, y vio a otros *strigoi* congregándose en la distancia. Avanzaban, pero sin atacar. Planeaban un ataque más coordinado.

—Se están preparando para atacar —advirtió—. Creo que estamos siendo empujados en esa dirección.

Oyó el corte húmedo de una espada, y luego la voz de Fet:

—Un edificio más adelante. Nuestra única esperanza es avanzar zona por zona.

Llegamos demasiado pronto al campamento, dijo el señor Quinlan.

El cielo aún no mostraba signos de claridad. Todo dependía de aquel lapso poco fiable de luz solar. Ahora la clave era resistir en territorio enemigo hasta el precario amanecer.

Gus maldijo y liquidó a otra criatura.

—Permanezcan juntos —dijo Fet.

Eph siguió caminando hacia atrás. Solo podía ver los rostros de la primera línea de los vampiros que los perseguían y los miraban fijamente. En realidad, parecían mirarlo a él.

¿Era sólo su imaginación? Eph caminó más despacio y luego se detuvo por completo, permitiendo que los demás avanzaran unos pocos metros.

Los perseguidores también se detuvieron.

—¡Ah, mierda! —exclamó Eph.

Lo habían reconocido. El equivalente de una orden de captura transmitida a todas las agencias de seguridad en la red psíquica de los vampiros era un hecho cumplido. La colmena fue alertada de su presencia, lo cual significaba una sola cosa.

El Amo sabía que Eph estaba allí, y lo veía a través de sus esbirros.

—¡Oye! —gritó Fet, volviéndose hacia Eph—. ¿Por qué demonios te has detenido...? —Luego vio a los *strigoi*, tal vez a dos docenas de ellos, observándolos—. ¡Jesús! ¿Están hipnotizados?

Esperan órdenes.

—Cristo, vamos a...

El silbato del campamento resonó —sacudiendo a los cinco—; un bramido estridente seguido de otros cuatro en rápida sucesión. Y se hizo de nuevo el silencio.

Eph sabía cuál era el propósito de la alarma: no sólo alertar a los vampiros, sino también a los humanos. Tal vez era una llamada para que buscaran refugio.

Fet miró hacia el edificio más próximo. Contempló de nuevo el cielo en busca de luz.

—Si los puedes alejar de aquí, de nosotros, conseguiremos entrar y salir de este lugar mucho más rápido —le dijo a Eph.

Eph no tenía ningún deseo de quedar convertido en un juguete rojo y masticable en manos de aquel grupo de chupasangres, pero captó la lógica del plan de Fet.

—Sólo hazme un favor —dijo—: que sea rápido.

—¡Gus, quédate con Eph! —ordenó Fet.

—De ninguna manera —replicó Gus—. Voy a entrar. Bruno, quédate con él.

Eph sonrió al constatar la aversión que Gus sentía hacia él. Cogió al señor Quinlan del brazo y tiró de él, a fin de intercambiar sus espadas.

Me encargaré de los guardias humanos, dijo el señor Quinlan, y desapareció en un instante.

Eph apretó su empuñadura de cuero, y esperó a que Bruno llegara a su lado.

—¿Estás cómodo con esto?

—Mejor que bien —dijo Bruno, casi sin aliento, pero con una amplia sonrisa, como un niño. Sus dientes completamente blancos ofrecían un marcado contraste con su piel de color marrón claro.

Eph bajó su espada, corrió a la izquierda y se alejó de la edificación. Los vampiros vacilaron un momento antes de seguirlo. Eph y Bruno doblaron la esquina de una edificación anexa, semejante a un galpón, larga y completamente oscura. Más allá, la luz brillaba desde el interior de una ventana. Las luces eran una señal de la presencia de seres humanos.

—¡Por aquí! —gritó Eph, echando a correr. Bruno lo siguió jadeando. Eph miró hacia atrás y, como era de esperar, los vampiros ya estaban doblando la esquina detrás de ellos. Eph corrió en dirección a la luz, y vio a un vampiro de pie, cerca de la puerta del edificio.

Era imponente, iluminado desde atrás por la luz tenue de una ventana. Eph vio su pecho amplio y el cuello grueso como un tronco, con borrosos tatuajes, de un color verdoso a causa de la sangre blanca y de las numerosas estrías.

De inmediato, como un recuerdo traumático forzando su camino de retorno a la conciencia, la voz del Amo se alojó en la mente de Eph.

¿Qué estás haciendo aquí, Goodweather?

Eph se detuvo y le enseñó su espada al vampiro. Bruno se giró a su lado, mientras les echaba un vistazo a los que venían detrás.

¿Por qué has venido hasta aquí?

Bruno rugió y derribó a dos atacantes. Eph se dio la vuelta, momentáneamente distraído, para observar al resto de criaturas agrupadas a pocos metros de distancia —respetando la plata—, pero reparó en que se habían descuidado y se volvió rápidamente.

La punta de su espada tocó el pecho del vampiro que arremetía contra él, entrando en su piel y en sus músculos por el lado derecho, pero sin atravesarlo. Eph retiró rápidamente la hoja de plata y apuñaló la garganta del vampiro cuando la mandíbula de la criatura empezaba a desencajarse, dejando al descubierto su aguijón. El vampiro tatuado se estremeció y cayó al suelo.

—¡Cabrones! —exclamó Bruno.

El contingente de vampiros se arrojó sobre ellos. Eph giró y preparó su espada. Pero eran demasiados, y todos se movían al mismo tiempo. Eph comenzó a retroceder...

Has venido aquí para buscar a alguien, Goodweather.

... Y sintió las piedras bajo sus pies mientras se acercaba al edificio. Bruno seguía arremetiendo y despachando a sus atacantes mientras Eph retrocedía tres pasos, tanteaba el pomo de la puerta y abría el pestillo.

Ahora eres mío, Goodweather.

Su voz resonó, desorientando a Eph. El médico tocó el hombro de Bruno, indicando al pandillero que entrara con él. Pasaron corriendo junto a las jaulas improvisadas a ambos lados del estrecho pasillo, donde se hallaban confinados varios seres humanos, unos más angustiados que otros. Era una especie de asilo para locos. Los reclusos les gritaron mientras Eph y Bruno seguían corriendo.

Estás en un callejón sin salida, Goodweather.

Eph sacudió la cabeza con fuerza, intentando deshacerse de la voz del Amo, que irrumpía como una incitación a la locura. Los prisioneros arañaban las jaulas a su paso, y Eph se vio atrapado en un ciclón de terror y confusión.

El lugarteniente de los vampiros entró por el otro extremo del corredor. Eph intentó abrir una puerta que conducía a una especie de oficina, con una silla semejante a la de un dentista cuya cabecera, así como el suelo a sus pies, era una gran costra de sangre. Otra puerta daba al exterior, y Eph avanzó tres pasos. Fuera lo esperaban los vampiros, que habían rodeado el edificio, y Eph giró y atacó, dándose la vuelta justo a tiempo para sorprender a una vampira que saltaba hacia él desde el techo.

¿Por qué has venido aquí, Goodweather?

Eph esquivó el cadáver de la vampira. Él y Bruno retrocedieron, codo con codo, en dirección a una edificación sin luz ni ventanas situada junto a la valla perimetral. ¿Eran acaso las habitaciones de los vampiros? ¿Los nidos de los *strigoi*?

Eph y Bruno se agacharon y descubrieron que la valla giraba bruscamente y terminaba en otra edificación completamente oscura.

Un callejón sin salida. Te lo advertí.

Eph se encaró con los vampiros que venían hacia ellos en la oscuridad.

—Sin salida para los muertos vivientes —murmuró Eph—. ¡Hijo de puta!

Bruno lo miró, atónito.

—¿Hijo de puta? ¡Eres tú el que nos ha metido en esta trampa!

Cuando te capture y te convierta, conoceré todos tus secretos.

Estas palabras le produjeron escalofríos a Eph.

—Ahí vienen —le dijo a Bruno, y se preparó para recibirlos.

Nora había ido al despacho de Barnes en el edificio administrativo, dispuesta a aceptar cualquier cosa, incluso entregarse a él, con el fin de salvar a su madre y tenerlo a su alcance. Despreciaba a su antiguo jefe, incluso más que a los vampiros opresores. La inmoralidad de Barnes le daba asco, pero el hecho de que creyera que ella era lo suficientemente débil como para someterse a su voluntad le daba náuseas.

Matarlo le demostraría eso. Si él fantaseaba con su sumisión, su plan era clavarle el cuchillo en el corazón. Matarlo con un cuchillo de mantequilla: ¡nada más apropiado!

Lo haría mientras él estuviera acostado en la cama o en medio de una de sus cenas tan espantosamente civilizadas. Él era peor que los *strigoi:* su corrupción no nacía de una enfermedad, no era algo que le hubieran inoculado. Su corrupción era oportunista, una elección suya.

Lo peor de todo era que pudiera verla como una víctima potencial. Él la había malinterpretado fatalmente, y lo único que le quedaba a ella era mostrarle su error. Con acero.

La hizo esperar tres horas de pie en un pasillo, sin sillas ni baños. Dos veces salió de su oficina, impecable con su uniforme blanco y almidonado. Pasó junto a Nora con unos papeles en la mano, y desapareció detrás de otra puerta. Y ella lo esperó con impaciencia; incluso cuando el silbato del campamento anunció la distribución de las raciones, su mente se concentró de lleno en su madre y en el asesinato que planeaba, mientras se llevaba una mano a su estómago que rugía.

Finalmente, la asistente de Barnes, una mujer joven, de pelo castaño y limpio a la altura de los hombros, y vestida con un impecable traje gris, le abrió la puerta sin mediar palabra; se quedó allí mientras Nora entraba. Su piel estaba perfumada y su aliento olía a menta. Nora le devolvió a la asistente su mirada de desaprobación, imaginando cómo habría logrado asegurar una posición de lujo en el mundo de Barnes.

La joven se sentó detrás de su escritorio, dejando que Nora intentara abrir la otra puerta, que permanecía cerrada con llave. Nora se volvió y se sentó en una de las dos sillas plegables apoyadas contra la pared, delante de la asistente. Esta emitió algunos sonidos en un esfuerzo por desentenderse de Nora y al mismo tiempo afirmar su superioridad. Su teléfono sonó y ella levantó el auricular, respondiendo en voz baja. El lugar, a excepción de las paredes de madera a medio acabar y de la computadora, se asemejaba a una oficina anticuada de los años cuarenta: un teléfono fijo, un bloc y un lápiz, una bandeja con papel y un cartapacio. En el extremo de la mesa, al lado del papel, había una ración generosa de *brownies* de chocolate en un plato de papel. La asistente colgó después de susurrar unas palabras y vio a Nora mirar los dulces. Agarró el plato, comió un bocado, y algunas migas cayeron en su regazo.

Nora oyó un chasquido en el pomo de la puerta, seguido de la voz de Barnes:

—¡Adelante!

La asistente dejó el *brownie* fuera del alcance de Nora, y le hizo señas. Nora se dirigió a la puerta y giró el picaporte, que esta vez cedió.

Barnes estaba de pie detrás de su escritorio, metiendo unas carpetas en su maletín, preparándose para finalizar su jornada y abandonar el despacho.

—Buenos días, Carly. ¿Está listo el coche?

—Sí, doctor Barnes —canturreó la asistente—. Está en la puerta del campamento.

—Llama y asegúrate de que la calefacción esté encendida.

—Sí, señor.

—¿Nora? —dijo Barnes, todavía llenando el maletín y sin alzar la vista. Su actitud había cambiado mucho desde el último encuentro en el palacete—. ¿Hay algo que quieras comentarme?

—Tú ganas.

—¿Ah, sí? Maravilloso. Ahora dime: ¿qué gano?

—Tus intenciones. Conmigo.

Barnes vaciló un momento antes de cerrar el maletín y abrochar los cierres. La miró y asintió, un poco para sí mismo, como si tuviera dificultades para recordar su oferta inicial.

—Muy bien —dijo, y luego buscó algo en un cajón.

Nora esperó.

—¿Entonces? —preguntó.

—Entonces... —repitió él.

—¿Y ahora qué?

—Ahora tengo prisa. Pero ya te diré algo.

—¿No iré a tu casa ahora?

—Pronto. En otra ocasión. He tenido un día muy ocupado.

—Pero estoy lista...

—Ya lo veo. Pensaba que estarías un poco más ansiosa. ¿La vida en el campamento no es de tu agrado? No, creo que no. Te llamaré pronto —farfulló, aferrando el asa del maletín.

Nora captó su intención: la estaba haciendo esperar a propósito, prolongando su agonía como una venganza por haberse negado a irse a la cama con él. Un hombre viejo y sucio con delirios de poder.

—Y por favor, ten en cuenta para futuras ocasiones que no soy un hombre al que le hagan esperar. Confío en que esto te quede claro. ¿Carly?

La asistente apareció en el vano de la puerta.

—¿Sí, doctor Barnes?

—Carly, no consigo encontrar el libro de contabilidad. Tal vez puedas buscarlo y traérmelo a casa más tarde.

—Sí, doctor Barnes.

—¿A eso de las nueve y media?

Nora no vio en el rostro de la asistente la arrogancia satisfecha que se esperaba, sino un asomo de disgusto.

Los dos salieron a la antesala, susurrando. Era ridículo, como si Nora fuera la esposa de Barnes.

Nora aprovechó la oportunidad y corrió al escritorio de Barnes, buscando cualquier cosa que pudiera contribuir a su plan, algún fragmento de información reservada. Sin embargo, él se había llevado casi todos sus papeles. Sobresaliendo del cajón del medio, vio un mapa escaneado del campamento; cada zona tenía un código de distinto color. Más allá de la sala de maternidad, que ya conocía, y en la misma dirección en donde ella pensaba que se encontraba el campamento de «jubilación» había una zona llamada «Extracción», que tenía un área sombreada con la etiqueta «Sol». Nora intentó sacar el mapa para llevárselo, pero estaba adherido al fondo del cajón. Lo miró de nuevo, memorizándolo con rapidez, y cerró el cajón cuando Barnes regresó.

Se esforzó mucho en ocultar su ira y recibirlo con una sonrisa.

—¿Qué pasa con mi madre? Me prometiste...

—Y si mantienes tu parte del trato, obviamente yo mantendré la mía. Palabra de scout.

Era evidente que esperaba que ella le rogara, algo que Nora sencillamente no estaba dispuesta a hacer.

—Quiero saber si se encuentra a salvo.

Barnes asintió, con una leve sonrisa.

—Quieres plantear exigencias, ya lo veo. Soy el único que puede fijar las condiciones, en esto y en todo cuanto ocurre en el interior de este campamento.

Nora asintió, pero su mente ya estaba en otro lugar, y su muñeca se tanteaba la espalda, esperando el momento para sacar el cuchillo.

—Si tu madre va a ser procesada, lo será. No puedes hacer nada al respecto. Es probable que ya hayan ido por ella y esté a punto de ser eliminada. Tu vida, sin embargo, sigue siendo moneda de cambio. Espero que la aproveches.

Nora tenía el cuchillo en la mano. Lo sujetó con fuerza.

—¿Has entendido? —preguntó él.

—Entendido —respondió ella con los dientes apretados.

—Tendrás que venir con una actitud mucho más agradable cuando te mande llamar, así que prepárate, por favor. Y sonríe.

Ella quería matar a aquel cabrón allí mismo.

Desde fuera de la oficina, la voz sobresaltada de su asistente irrumpió en la atmósfera caldeada:

—Señor...

Barnes se alejó antes de que Nora pudiera actuar, y volvió a la antesala.

Oyó unos pasos subiendo por las escaleras: eran pies descalzos.

Pies de vampiros.

Un grupo de cuatro vampiros fornidos, que en otro tiempo habían sido hombres, irrumpió en la oficina. Aquellos matones muertos vivientes llevaban tatuajes burdos como los de los presos sobre su piel flácida. La asistente jadeó y regresó a su escritorio, y los cuatro se apresuraron detrás de Barnes.

—¿Qué pasa? —preguntó él.

Se lo dijeron; telepáticamente y rápido. Barnes apenas tuvo tiempo de reaccionar antes de que lo agarraran por los brazos, lo levantaran casi en volandas y comenzaran a correr con él por la puerta, alejándose por el pasillo. A continuación, el silbato del campamento empezó a sonar.

Por todas partes. Algo sucedía. Nora escuchó y sintió la vibración de las puertas de abajo cerrándose.

La asistente permaneció en un rincón detrás de su escritorio, con el auricular en el oído. Nora oyó pasos rápidos en las escaleras. Las botas significaban seres humanos. La asistente se encogió, mientras Nora se dirigía a la puerta justo a tiempo para ver a Fet entrar apresurado.

Nora se quedó muda. La única arma que él traía en la mano era su espada. Su rostro denotaba la premura de un cazador tras su presa. Una sonrisa de gratitud, con la boca abierta, se dibujó en el rostro de Nora.

Fet les echó a ambas un vistazo rápido, y siguió hacia la puerta; estaba casi al otro lado cuando se detuvo, se enderezó y miró hacia atrás.

—¿Nora? —balbuceó.

Su calvicie. Su traje. No la había reconocido a primera vista.

—¡Correcto! —dijo ella.

Él la agarró y ella le arañó la espalda, escondiendo el rostro en su hombro sucio y maloliente. Él la apartó de sí un momento para mirarla de nuevo; se sentía emocionado por la enorme suerte de haberla encontrado, pero trataba de entender por qué tenía la cabeza rapada.

—Eres tú —le dijo, tocando su cabeza; luego la miró de cuerpo entero—. Tú...

—Y tú —dijo ella, mientras las lágrimas brotaban incontenibles de sus ojos. «No Eph, ya no. No Eph. Tú.»

Él la abrazó de nuevo. Otros venían detrás de él. Gus y otro mexicanos. Gus dejó de correr cuando vio a Fet abrazar a un interno del campamento.

—¿Doctora Martínez?

—Soy yo, Gus. ¿Realmente eres tú?

—*¡A güevo!* Será mejor que lo creas —dijo él.

—¿Qué es este edificio? —preguntó Fet—. ¿La administración o algo así? ¿Qué estás haciendo aquí?

Por un momento, ella no podía recordar.

—Barnes —murmuró—. El del CDC. Dirige el campamento; ¡todos los campamentos!

—¿Dónde diablos está?

—Cuatro vampiros grandes acaban de venir a buscarlo. Su personal de seguridad. Salió por allí...

—¿Por aquí? —preguntó Fet, saliendo al pasillo.

—Un coche le espera en la puerta —explicó Nora—. ¿Eph está contigo?

Fet sintió una punzada de celos.

—Está conteniéndolos fuera. Yo iría tras Barnes, pero tenemos que volver a buscar a Eph.

—Y por mi madre. —Nora lo agarró de la camisa—. Mi madre, no me iré sin ella.

—¿Tu madre? —preguntó Fet—. ¿Todavía está aquí?

—Eso creo —dijo, tocándole la cara—. No puedo creer que hayas venido. Y todo por mí.

Fet podría haberla besado. En medio del caos, de la confusión y del peligro, él podría haberlo hecho. El mundo había desaparecido alrededor de ellos. Era ella, sólo ella delante de él.

—¿Por ti? —dijo Gus—. Diablos, nos gusta esta matanza de mierda. ¿Verdad, Fet?

La risa ahogó sus palabras.

—Tenemos que volver a por mi muchacho, Bruno —añadió.

Nora los siguió por la puerta, y luego se detuvo bruscamente. Miró a Carly, la asistente, que seguía de pie detrás de su escritorio en un rincón de la antesala, con el teléfono en la mano colgando a su lado. Se precipitó hacia ella y Carly abrió los ojos aterrorizada. Se abalanzó sobre el escritorio, cogió el *brownie* y el plato de papel, le dio un mordisco grande y lanzó el resto a la pared, muy cerca de la cabeza de la asistente.

Pero en ese momento triunfal, Nora solo sintió lástima por la joven.

Y de todos modos, el *brownie* no sabía tan bien como imaginaba.

En el patio exterior, Eph continuaba arremetiendo contra los vampiros, abriendo tanto espacio a su alrededor como le era posible. Los aguijones de los vampiros se extendían casi dos metros; la longitud de su brazo sumada a la de su espada cubría esa distancia. Así que siguió a la carga, describiendo un radio de plata de dos metros de diámetro.

Pero Bruno no estaba de acuerdo con la estrategia de Eph. Prefería eliminar cada amenaza individual por separado y, como era un asesino brutal y eficiente, hasta el momento se había salido con la suya. Pero también se estaba cansando. Persiguió a un par de vampiros que lo amenazaban desde un ángulo ciego, pero se trataba de un ardid. Bruno mordió el anzuelo, y los *strigoi* lo alejaron de Eph, copando el vacío entre ellos. Eph intentó acercarse a Bruno, pero los vampiros siguieron con su estrategia: separarlos para destruirlos.

Eph sintió el edificio contra su espalda. Su círculo de plata se convirtió en un semicírculo, su espada como una antorcha encendida manteniendo a raya la ferocidad de los vampiros. Algunos de ellos se pusieron a cuatro patas, con la intención de escapar de su alcance y agarrarlo por las piernas, pero Eph se las arregló para golpearlos, y con dureza, mientras el barro a sus pies se teñía de blanco a causa de la sangre vampírica. Pero a medida que los cuerpos se amontonaban, el perímetro de seguridad de Eph seguía reduciéndose.

Oyó gruñir a Bruno, y luego gritar. Estaba recostado contra la alambrada del campamento. Eph lo vio rebanar un aguijón con su espada, pero ya era demasiado tarde.

Bruno había sido picado. Un sólo momento de contacto, de penetración, y el daño estaba hecho: el gusano implantado, el patógeno vampírico entrando en el torrente sanguíneo. Pero no le habían drenado toda la sangre, y Bruno siguió combatiendo; de hecho, con renovado vigor. Luchó sabiendo que, aunque sobreviviera a ese ataque, ya estaba condenado. Docenas de gusanos se retorcieron debajo de la piel de su rostro y de su cuello.

Los *strigoi* que rodeaban a Eph fueron psíquicamente conscientes de este éxito, sintieron la victoria y arremetieron contra él con total abandono. Algunos se apartaron de Bruno para unirse a los otros vampiros que acudían desde atrás, reduciendo aún más el perímetro de defensa del médico, que sentía los codos apretujados contra el pecho, pero que a pesar de eso seguía haciéndoles cortes en las caras, en sus bocas abiertas y en sus barbillas enrojecidas. Un aguijón se disparó contra él, golpeando la pared cerca de su oído con un ruido sordo, como una flecha. Eph lo cercenó, pero había muchos más. Intentó mantener el cerco de plata, con los brazos y hombros entumecidos por el dolor. Sin embargo, bastaba con la llegada de un certero aguijón. Sintió la fuerza de la multitud de vampiros cerniéndose sobre él. El señor Quinlan aterrizó en medio del combate y se unió de inmediato a Eph. El señor Quinlan marcaba una diferencia, pero los *strigoi* sabían que los dos sólo estaban conteniendo la marea. Eph estaba a punto de ser derrotado.

Todo terminaría pronto.

Un destello de luz surcó el firmamento. Eph creyó que se trataba de una bengala o de algún dispositivo pirotécnico enviado por los vampiros como señal de alerta, o incluso para distraerlos. Un instante de distracción supondría el fin de Eph.

Pero la fuerte luz seguía brillando, intensificándose, expandiéndose encima de ellos. Se movía más alto de lo que Eph alcanzaba a visualizar.

Lo más importante fue que el ataque de los vampiros se hizo más lento. Sus cuerpos se pusieron rígidos mientras miraban al cielo con la boca abierta.

Eph no podía creer en su buena suerte. Blandió su espada para abrir un flanco a través de los *strigoi,* en una jugada de último minuto para liquidarlos mientras se abría camino hasta acabar con la amenaza...

Pero tampoco pudo resistir. El fuego del cielo era muy seductor. Él también tenía que arriesgar una mirada hacia el cielo.

A través del gran sudario negro de cenizas asfixiantes, una fuerte llama caía, desgarrando el espacio como la llamarada de un soplete de acetileno. Ardió en la oscuridad como un cometa, una cabeza flamígera seguida por una cola que se iba adelgazando en el firmamento. Una lágrima ardiente de fuego rojo anaranjado descomprimiendo la falsa noche.

Sólo podría tratarse de un satélite o de algo aún más grande cayendo desde la órbita exterior, entrando en la atmósfera terrestre como una bala de cañón de fuego disparada desde el sol destronado.

Los vampiros se dispersaron, tropezando entre sí con una falta de coordinación rara en ellos, con sus ojos encarnados fijos en la raya flamígera. Así debía de ser el miedo, pensó Eph. La señal del cielo penetró en su naturaleza elemental, y ellos no tuvieron otro mecanismo para expresar su terror que chillar y alejarse con torpeza.

Incluso el señor Quinlan se retiró un poco, abrumado por la luz y lo inusitado del espectáculo.

A medida que el satélite ardía y resplandecía en el cielo, desgarró la densa nube de ceniza y un despiadado rayo de luz penetró en el aire como el dedo de Dios, quemando todo cuanto encontraba a su paso en un radio de cinco kilómetros alrededor del campamento.

Mientras los vampiros chillaban frenéticos, Fet, Gus y Joaquín llegaron al encuentro de Eph. Se abalanzaron sobre la turba enloquecida, derribando a las criaturas a diestro y siniestro, persiguiendo a los vampiros que corrían desorientados en todas las direcciones.

Por un momento, la majestuosa columna de luz iluminó todo el campamento. El alto muro, los austeros edificios, el suelo cubierto de fango. Un lugar de una simpleza que rayaba en la fealdad, aunque amenazante en su vulgaridad, semejante a la del almacén trasero de una sala de exposiciones o a la cocina de un restaurante sucio: un lugar sin artificios, donde se hace el verdadero trabajo.

Eph vio la mancha arder en el cielo con creciente intensidad, con la cabeza incandescente más gruesa y más brillante hasta que finalmente se consumió y la fina cola de fuego se redujo a un hilo de llama y luego se extinguió.

Detrás, la tan esperada luz del día había empezado a iluminar el cielo, como anunciada por el colosal fogonazo.

La pálida silueta del sol era visible con dificultad detrás de la nube de cenizas, con sus débiles rayos filtrándose por entre las grietas y fisuras del negro capullo de la contaminación. La claridad de aquellos rayos no era mayor que el anuncio de la aurora en el Viejo Mundo, pero fue suficiente. Las criaturas se escondieron bajo tierra durante las dos horas de tregua de luz.

Eph vio a un prisionero del campamento detrás de Fet y de Gus, y a pesar de su cabeza calva y de su vestimenta impersonal, reconoció de inmediato a Nora. Una mezcla discordante de emociones lo asaltó. Parecía que hubieran pasado años en lugar de semanas desde que se vieron por última vez. Pero ahora había asuntos más urgentes.

El señor Quinlan se retiró a las sombras. Su tolerancia a los rayos ultravioleta había sido probada hasta el límite.

Nos encontraremos de nuevo..., en Columbia. Les deseo a todos buena suerte.

Y entonces desapareció del campamento en un abrir y cerrar de ojos.

Gus vio que Bruno lo agarraba del cuello y se acercaba a él.

—¿*Qué pasó, vato?*

—Ese hijo de puta está dentro de mí —dijo Bruno. El pandillero hizo una mueca, mojando sus labios resecos y escupiendo en el suelo. Permanecía con los brazos abiertos, y su actitud era extraña, como si pudiera sentir ya a los gusanos arrastrarse en su interior—. Ya estoy maldito, compadre.

Los otros guardaron silencio. En medio de su sorpresa, Gus se acercó y le examinó la garganta. Luego lo abrazó con fuerza.

—¡Bruno! —exclamó.

—Cabrones de mierda —dijo Bruno—. Me dieron un buen picotazo de mierda.

—¡Maldita sea! —gritó Gus, alejándose de él. No sabía qué hacer. Nadie lo sabía. Gus se alejó y lanzó un aullido feroz. Joaquín se dirigió a Bruno con lágrimas en los ojos.

—Este lugar... —comenzó a decir, golpeando la punta de su espada contra el suelo—. Esto es el infierno de mierda en la Tierra... —Entonces levantó su espada hacia el cielo, gritando—: ¡Mataré hasta el último de esos chupasangres en tu nombre!

Gus regresó rápidamente y señaló a Eph.

—Sin embargo, a ti no te pasó nada, ¿eh? ¿Cómo es eso? Se suponía que tenían que permanecer juntos. ¿Qué pasó con mi muchacho?

Fet se interpuso entre ellos.

—No es culpa suya —aseveró.

—¿Cómo lo sabes? —inquirió Gus, con los ojos llenos de dolor—. ¡Tú estabas conmigo! —Gus se giró hacia Bruno—. Dime que fue culpa de este hijo de puta, Bruno, y lo mato aquí mismo; ahora mismo. ¡Dímelo!

Pero aunque hubiera oído a Gus, Bruno no respondió. Estaba examinando sus manos y sus brazos, como si mirara a los gusanos que lo infestaban.

—Los vampiros son los culpables, Gus —dijo Fet—. Hay que estar centrado.

—¡Ah, estoy centrado! —rugió Gus.

Se acercó amenazante a Fet, quien se lo permitió, sabiendo que debía desahogar su desesperación.

—... Centrado como un rayo láser de mierda. Soy el Ninja de Plata. —Gus señaló a Eph—. ¡Estoy centrado!

Eph iba a alegar algo en su defensa, pero se mordió la lengua porque comprendió que Gus no estaba realmente interesado en lo que iba a decir. La ira era la única manera que el joven pandillero tenía de expresar su dolor.

Fet se volvió hacia Eph.

—¿Qué era esa cosa en el cielo?

Eph se encogió de hombros.

—No sé. Yo estaba acorralado, al igual que Bruno. Me tenían completamente rodeado. Y luego eso atravesó el cielo. Algo cayó a la Tierra y asustó a los *strigoi*. Una suerte jodidamente extraordinaria.

—No fue suerte —dijo Nora—. Fue otra cosa.

Eph la miró; no podía acostumbrarse a su calvicie.

—¿Qué otra cosa?

—Puedes negarlo —subrayó Nora—. O tal vez no quieras saberlo. Tal vez ni siquiera te importe. Pero eso no ocurrió simplemente porque sí, Ephraim. Eso te sucedió a ti. A nosotros. —Miró a Fet y sintió una mayor claridad—. A todos nosotros...

Eph estaba confundido. ¿Algo había ardido en la atmósfera por su causa?

—Te sacaremos de aquí —dijo—. Y también a Bruno. Antes de que alguien más salga herido.

—De ninguna manera —replicó Gus—. Acabaré con este lugar. Quiero encontrar al hijo de puta que convirtió a mi socio.

—No —dijo Nora, adelantándose—. Primero buscaremos a mi madre.

Eph se quedó atónito.

—Pero, Nora..., no creerás realmente que ella está todavía aquí, ¿verdad?

—Aún está con vida. Y no vas a creer quién me lo dijo.

Nora le habló sobre Everett Barnes. Eph se sintió desconcertado al principio, preguntándose por qué Nora haría una broma como ésa. Luego se quedó completamente atónito.

—¿Everett Barnes, encargado de un campamento de extracción de sangre?

—Encargado de todos los campamentos de extracción de sangre —precisó Nora.

Eph se resistió un momento más, antes de comprender que era completamente factible. Lo peor de esta noticia era que no carecía de sentido.

—¡Ese hijo de puta!

—Mi madre está aquí —señaló Nora—. Él me lo dijo. Y creo que sé dónde está.

—De acuerdo —repuso Eph, sintiéndose agotado y preguntándose hasta dónde podría sostener aquella conversación tan delicada—. Pero recuerda lo que Barnes intentó hacernos.

—Eso no importa.

—Nora —Eph no quería pasar más tiempo del estrictamente necesario dentro de aquella trampa mortal—, ¿no crees que Barnes te habría dicho cualquier cosa...?

—Tenemos que buscarla —reiteró Nora, dándose media vuelta.

Fet la secundó.

—Tenemos el tiempo que dure el sol —comentó—. Antes de que la nube de cenizas se cierre de nuevo. Iremos a echar un vistazo.

Eph miró al exterminador y luego a Nora. Ellos tomaban las decisiones juntos. Eph era minoría.

—Está bien —concedió—. Hagámoslo con rapidez.

Gracias al resplandor del cielo, que permitía un poco de luz en el mundo —como un regulador de luz girando lentamente desde la iluminación más baja a la que le sigue en potencia—, el campamento cobró el aspecto de un lúgubre presidio o un puesto fronterizo de estilo militar. La gran valla que rodeaba el perímetro estaba rematada con una maraña de alambre de púas. Casi todos los edificios eran rudimentarios, cubiertos con la suciedad de la lluvia contaminada, con la notable excepción del edificio administrativo, junto al cual estaba el símbolo corporativo de Stoneheart: una esfera negra dividida lateralmente en dos por un rayo azul acero, como un ojo parpadeando intermitentemente.

Nora los condujo rápidamente por el sendero que llevaba al interior del campamento, pasando por otras puertas interiores y edificios.

—La sala de maternidad —les dijo, señalando la puerta alta—. Las mujeres embarazadas permanecen aisladas, a salvo de los vampiros.

—¿Quizá por superstición?

—No sé, pero creo que realmente se trata de una cuarentena. ¿Qué le pasaría a un feto si la madre fuera convertida? —preguntó Nora.

—No lo sé. Nunca pensé en eso —dijo Fet.

—Parece que han tomado las precauciones de seguridad necesarias para que eso nunca suceda —comentó Nora.

Pasaron junto a la entrada principal, a lo largo de la pared interior. Eph miraba continuamente hacia atrás.

—¿Dónde están los humanos? —preguntó.

—Las mujeres embarazadas viven en las caravanas de allí. Los sangradores viven en barracones, en el lado oeste. Es como un campo de concentración. Creo que mi madre será procesada en esa zona que está más adelante.

Señaló dos edificios oscuros que estaban más allá de la sala de maternidad; ninguno de los dos tenía un aspecto prometedor. Se apresuraron hasta llegar a la entrada de un gran almacén. Los puestos de vigilancia instalados en la entrada estaban vacíos en ese momento.

—¿Es aquí? —preguntó Fet.

Nora miró a su alrededor, tratando de orientarse.

—Vi un mapa... No sé. No es lo que había imaginado.

Fet inspeccionó los puestos de vigilancia. Dentro había varios monitores con pantallas pequeñas; todo estaba oscuro. No se veían sillas ni interruptores.

—Los vampiros vigilan este lugar —observó Fet—.
¿Para mantener a los humanos fuera o dentro?

La entrada no estaba cerrada. La primera sala, que
debía ser la oficina o el área de recepción, estaba ocupada
con rastrillos, palas, azadas, carritos de jardinería, azadones y carretillas. El suelo era de tierra apisonada.

Oyeron gruñidos y chillidos procedentes del interior. Un escalofrío nauseabundo envolvió a Eph, pues en
un primer momento pensó que eran ruidos humanos.
Pero no.

—Son animales —dijo Nora, moviéndose hacia la
puerta.

La enorme nave era un resplandor pletórico de zumbidos. Tenía tres pisos de altura, y dos veces el tamaño
de una cancha de futbol. Era básicamente una granja interior, imposible de abarcar con una sola mirada. Unas
lámparas grandes colgaban de las vigas del techo, y también había torres de iluminación erigidas sobre un huerto y grandes parcelas. El calor era extremo, pero estaba
atenuado por la brisa que provenía de unos ventiladores
de gran tamaño.

Los cerdos se revolcaban en el fango, en el exterior
de una pocilga sin techo. Al frente había un gallinero con
altas alambradas, cerca de lo que parecían ser un establo
y un corral de ovejas, según indicaban los sonidos. El olor
a estiércol se propagaba con la brisa de la ventilación.

Eph se tapó los ojos por la fuerte luz proyectada
desde arriba, que eliminaba todas las sombras. Avanzaron
por uno de los pasillos, en el cual se extendía un canal de

riego perforado, que descansaba sobre unos soportes de unos sesenta centímetros de altura.

—Una fábrica de alimentos —anotó Fet, señalando las cámaras de los edificios—. La gente trabaja y los vampiros supervisan.

Entrecerró los ojos para mirar las luces.

—Tal vez sean rayos ultravioleta mezclados con lámparas normales, imitando la intensidad de luz que ofrece el sol.

—Los seres humanos también necesitan la luz —observó Nora.

—Los vampiros no pueden entrar. La gente permanece sola aquí, cuidando los animales y los cultivos.

—Dudo que los dejen solos —comentó Eph.

Gus los llamó con un silbido.

—Las vigas —indicó.

Eph miró hacia arriba. Recorrió el techo con su mirada, obteniendo una vista panorámica, y vio una figura que se movía por una pasarela a unos dos tercios de altura de la pared.

Era un hombre, vestido con un abrigo largo y gris semejante a un guardapolvo, y un sombrero impermeable de ala ancha. Se movía tan rápido como podía a lo largo de la estrecha pasarela con barandillas.

—Un hombre de Stoneheart —dijo Fet.

Eran los empleados de Eldritch Palmer, que desde su fallecimiento le habían transferido su lealtad al Amo tras asumir el control de la gran infraestructura industrial del conglomerado de Palmer. Eran simpatizantes de los *strigoi*, y especuladores, en términos de la nueva economía basada en víveres y en un techo.

—¡Eh! —gritó Fet. El hombre no respondió; simplemente agachó la cabeza y se movió con mayor rapidez.

Eph recorrió la pasarela con sus ojos, hasta llegar al rincón. En una plataforma amplia y triangular —un puesto de observación con el soporte de un francotirador— asomaba el cañón de una metralleta, apuntando hacia el techo, a la espera de alguien que la manejara.

—Apártense —dijo Fet, y se dispersaron. Gus y Bruno corrieron hacia la entrada. Fet agarró a Nora y la puso a cubierto en un rincón del gallinero. Eph se apresuró al corral de las ovejas, y Joaquín a los cultivos.

Eph se agachó y corrió a lo largo de la valla; lo que más temía era quedarse atrapado en una situación como ésta. Sin embargo, no iba a morir a manos humanas. Eso ya lo había decidido hacía mucho tiempo. Allí, eran objetivos al descubierto, en el tranquilo interior de la granja iluminada, pero él podía hacer algo al respecto.

Las ovejas se agitaron, balando con tanta fuerza que no pudo oír nada más. Miró hacia atrás y vio a Gus y a Bruno correr hacia una escalera lateral.

El empleado de Stoneheart llegó al soporte y comenzó a manipular la metralleta, dirigiendo el cañón hacia el suelo. Le disparó primero a Gus, ametrallando el suelo detrás de él hasta que lo tuvo fuera de su campo de tiro. Gus y Bruno corrieron hacia el lado opuesto, pero la escalera sobresalía de la pared, y el hombre de Stoneheart podía dar en el blanco antes de que consiguieran llegar a la pasarela.

Eph retiró los cables que cerraban el establo de las ovejas. La puerta se abrió de golpe y las ovejas salieron balando por todo el recinto. Eph se agarró a la valla y levantó su pie justo a tiempo, evitando ser pisoteado por las ovejas que escapaban.

Oyó disparos, pero no miró hacia atrás. Más bien corrió al establo de las vacas y repitió el procedimiento, abriendo la puerta corredera y liberando al ganado. No eran Holstein gordas, sino vacas flacas, con la piel colgando de sus flancos y los ojos muy abiertos y ágiles. Salieron en todas las direcciones, algunas galopando hacia el huerto y derribando los manzanos de troncos débiles.

Eph recorrió la zona de productos lácteos en busca de sus compañeros. Vio a Joaquín, muy lejos hacia la derecha, detrás de una de las lámparas de los huertos con una herramienta en la mano, apuntando con ella al francotirador. Fue una idea genial, pues distrajo al hombre de Stoneheart para que Gus y Bruno pudieran subir por la escalera. Joaquín se puso a cubierto y el empleado de Stoneheart arrancó la lámpara que tenía cercana para ocultarse en las sombras, de modo que la bombilla explotó con una lluvia de chispas.

Fet corría, parapetándose detrás de una vaca desorientada mientras se aproximaba a una escalera adosada a la pared, al lado derecho del soporte del tirador. Eph se encontraba en una esquina de la lechería, pensando en correr hacia el muro, cuando la tierra empezó a saltar a sus pies. Corrió hacia atrás mientras las balas mordían la esquina de madera donde un momento antes había apoyado la cabeza.

La escalera se estremeció mientras Fet subía hacia la pasarela. El hombre de Stoneheart se movía en todas las direcciones, tratando de dirigir el arma hacia Gus y Bruno, pero ellos estaban acuclillados junto a la pasarela y las balas impactaron contra los barrotes de hierro. Joaquín alumbró al empleado de Stoneheart con otra lámpara y Fet vio la mueca en la cara del hombre, como si supiera que sería derrotado. ¿Quiénes eran aquellas personas dispuestas a cumplir la voluntad de los vampiros?

«Inhumanos», pensó.

Y ese pensamiento le dio fuerzas para salvar los últimos peldaños. El hombre de Stoneheart no había visto que se acercaban a él por su lado ciego, pero en cualquier momento podía mirar en esa dirección. Imaginar el largo cañón de la ametralladora escupiendo balas hacia él le hizo correr más rápido, y sacó la espada de su mochila.

«Hijos de puta inhumanos.»

El hombre de Stoneheart oyó o sintió las botas de Fet. Dio media vuelta, con los ojos completamente abiertos, antes de disparar el arma, aunque demasiado tarde. Fet estaba muy cerca. Le hundió la espada en el vientre, y luego la sacó. Desconcertado, el hombre cayó de rodillas; parecía tan sorprendido por la traición de Fet al nuevo orden vampírico como éste por la traición de aquel a su propia especie. Vomitó sangre y bilis, que cayeron estrepitosamente sobre el cañón humeante.

El sufrimiento agónico del hombre era muy diferente al de cualquier vampiro. Fet no estaba acostumbrado a matar a otros seres humanos. La espada de plata era eficaz para matar vampiros, pero totalmente inútil para liquidar a seres humanos.

Bruno llegó corriendo desde la otra pasarela, agarró al hombre antes de que Fet pudiera reaccionar y lo arrojó por encima del borde inferior del soporte. El empleado de Stoneheart se agitó en el aire; la sangre salía de su cuerpo y cayó de cabeza contra el suelo. Gus agarró el gatillo del arma humeante. Giró el cañón en todas las direcciones, inspeccionando toda la granja artificial. Luego lo levantó y apuntó a los numerosos reflectores que iluminaban la granja como lámparas de cocina.

Fet oyó unos gritos y reconoció la voz de Nora, que estaba debajo de él agitando los brazos y señalando el arma mientras las ovejas corrían a su lado.

Fet agarró a Gus de los brazos, justo por debajo de sus hombros. No para detenerlo, sino para llamar su atención.

—No —le dijo, refiriéndose a las lámparas—. Esta comida es para los seres humanos.

Gus hizo una mueca, pues quería acabar con aquellas instalaciones. Alejó el cañón de las luces brillantes y disparó a través del edificio cavernoso; las ráfagas abrieron agujeros en la pared del fondo, y una lluvia de cartuchos cayó alrededor del soporte.

Nora fue la primera en salir de la granja interior. Notaba cómo los otros la empujaban para que saliera; la luz pálida del cielo se desvanecería pronto. Se sintió más angustiada a cada paso que daba, y empezó a correr.

El otro edificio estaba rodeado por una valla cubierta con una tela metálica negra, opaca. Pudo ver el interior del edificio; era una estructura antigua, la vieja planta procesadora de alimentos, y no tan grande como la granja. Un edificio industrial de aspecto impersonal, que decía «matadero» a gritos.

—¿Es éste? —preguntó Fet.

Más allá, Nora vio que la valla exterior describía una curva.

—A menos que... sea distinto al plano.

Ella se aferró a esa esperanza. Obviamente, no era la entrada a una comunidad de jubilados ni a ningún otro tipo de edificio acogedor.

Fet la detuvo.

—Déjame entrar primero —dijo—. Espérame aquí.

Ella lo vio alejarse, mientras sus compañeros la rodeaban, al igual que las dudas en su mente.

—¡No! —dijo con determinación, y alcanzó a Fet. Tenía la respiración entrecortada y sus palabras eran poco audibles—. Iré contigo.

Fet abrió la puerta lo justo para que pudiera entrar. Los otros se dirigieron a otra puerta lateral separada de la entrada principal; estaba entornada.

La maquinaria zumbaba en el interior. Un fuerte olor, difícil de identificar en un principio, impregnaba el aire.

Un olor metálico, como de monedas viejas en un puño sudoroso y caliente. Sangre humana.

Nora se detuvo un instante. Sabía lo que iba a ver, incluso antes de llegar a los primeros cubículos.

Dentro de unas habitaciones no más grandes que un cuarto de baño para discapacitados, varias sillas de ruedas con respaldos altos estaban reclinadas debajo de unos tubos plásticos en espiral que colgaban de los tubos de alimentación. Estos tubos, largos y asépticos, eran utilizados para transportar la sangre humana hasta un sistema de recipientes rodantes. Los cubículos estaban vacíos.

Más adelante, pasaron junto a una cámara frigorífica donde la sangre era empaquetada y almacenada durante el siniestro proceso de recogida. Su fecha de caducidad natural era de cuarenta y dos días, aunque como sustento para vampiros —como alimento puro— el lapso de tiempo tal vez fuera mucho más corto.

Nora supuso que las personas mayores eran llevadas allí, inmovilizadas en las sillas de ruedas, mientras los tubos extraían la sangre de su cuello. Ella casi podía verlos con los ojos en blanco, seguramente llevados allí por el control que tenía el Amo de sus mentes viejas y frágiles.

Nora se sintió cada vez más angustiada y siguió buscando; sabía la verdad, pero no podía aceptarla. Gritó el nombre de su madre, y el silencio como respuesta fue horrible, haciendo que su propia voz retumbara en sus oídos y vibrara en medio de su desesperación.

Llegaron a una amplia sala; los azulejos cubrían tres cuartas partes de las paredes, y varios desagües en el suelo estaban manchados de rojo. Un matadero. Cadáveres arrugados colgando de los ganchos, con la piel desollada extendida y apilada en el suelo.

Nora sintió náuseas, pero no tenía nada que expulsar en su estómago vacío. Se agarró del brazo de Fet, y él la ayudó a mantenerse en pie.

«Barnes», pensó. Ese carnicero mentiroso vestido de uniforme.

—Lo mataré —dijo.

Eph se acercó a ellos.

—Tenemos que irnos.

Nora, que había hundido su cabeza en el pecho de Fet, notó que éste asentía.

—Enviarán helicópteros y a la policía con armas de fuego convencionales —advirtió Eph.

Fet envolvió a Nora en su brazo y la acompañó hasta la puerta más cercana. Nora no quería ver nada más. Quería salir de aquel campamento para siempre.

En el exterior, el cielo moribundo presentaba el color amarillo de los enfermos de icteria. Gus trepó a la cabina de una excavadora estacionada al otro lado del camino de tierra, cerca de la valla. Movió los controles, y el motor se encendió.

Nora miró hacia arriba tras advertir la rigidez de Fet. Una docena de seres humanos fantasmales, ataviados con uniformes, merodeaban por allí, después de vagar por las barracones contraviniendo el toque de queda. Sin duda, se habían sentido atraídos por el tableteo de la metralleta y por las alarmas. O tal vez debían cumplir su horrible tarea en el matadero.

Gus bajó de la máquina para reprocharles su pasividad y cobardía. Pero Nora lo detuvo.

—No son cobardes —aclaró—. Están desnutridos, tienen hipotensión, es decir, la presión arterial baja... Tenemos que ayudarles a valerse por sí mismos.

Fet dejó que Nora subiera a la cabina de la excavadora y moviera los controles.

—Gus —dijo Bruno—, yo me quedo aquí.

—¿Qué? —exclamó Gus.

—Me quedaré aquí hasta acabar con toda esta mierda. Ha llegado la hora de una pequeña venganza. De demostrarles que mordieron al hijo de puta equivocado.

Gus captó su intención de inmediato.

—Eres todo un héroe malvado, *hombre*.

—El más malo. Más malo que tú.

Gus sonrió, ahogado por el orgullo hacia su amigo. Chocaron sus manos, tirando el uno del otro en un abrazo fraternal. Joaquín hizo lo mismo.

—Nunca te olvidaremos, hombre —dijo Joaquín.

El rostro de Bruno mostraba su enfado, a fin de ocultar sus emociones más profundas. Volvió a mirar al edificio donde extraían la sangre.

—Y estos hijos de puta tampoco. Te lo garantizo —aseveró Bruno.

Fet le había dado la vuelta a la excavadora y la llevó hacia delante, embistiendo la valla perimetral y destrozándola con las orugas del tractor.

Se escucharon las sirenas de la policía. Eran muchas, cada vez más próximas.

—Señora —dijo Bruno, dirigiéndose a Nora—, voy a quemar este lugar. Por usted y por mí. Se lo aseguro.

Nora asintió, todavía inconsolable.

—Váyanse ya —dijo Bruno, mirando de nuevo el matadero, con su espada en la mano—. ¡Todos ustedes! —les increpó a los humanos, ahuyentándolos—. Necesito cada minuto que me queda.

Eph le ofreció su mano a Nora, pero Fet ya estaba de vuelta a su lado, y salió del brazo de Fet, pasando a un lado de Eph, que tras un breve momento de vacilación los siguió por la cerca derribada.

Bruno, furioso de dolor, notó los gusanos moverse en su interior. El enemigo estaba dentro de su sistema circulatorio, propagándose a través de sus órganos y retorciéndose dentro de su cerebro. Se movió con rapidez, llevando las lámparas ultravioleta desde la granja a la fábrica de extracción de sangre. Las colgó de las puertas para retrasar la incursión de los vampiros. Luego se dedicó a romper los tubos y a desmantelar los aparatos de recogida de sangre, como si desgarrara sus arterias infectadas. Apuñaló las bolsas de sangre refrigerada abriéndoles tajos, dejando el suelo y su ropa bañados de un color escarlata, no sin antes asegurarse de derramar hasta la última gota de los recipientes. A continuación destruyó los equipos, las aspiradoras y las bombas.

Los vampiros intentaban entrar, pero se quedaban achicharrados por la luz ultravioleta. Bruno descolgó los cadáveres y las pieles humanas, pero no sabía qué hacer con ellos. Deseó tener gasolina y cerillas. Encendió las máquinas y cortó los cables con la intención de provocar un cortocircuito en el sistema eléctrico.

Cuando el primer policía se abrió paso, encontró a un Bruno de aspecto salvaje, completamente cubierto de sangre, que estaba destrozando el lugar. Le disparó a quemarropa. Dos ráfagas le rompieron la clavícula y el hombro izquierdo, haciéndolos añicos.

Bruno oyó que otros entraban y subió por una escalera situada junto a los estantes de almacenamiento, ascendiendo hasta el punto más alto del edificio. Se colgó con una sola mano sobre los policías y los vampiros, atraídos tanto por la destrucción como por la sangre que empapaba su cuerpo y goteaba al suelo. Mientras los vampiros corrían por la escalera y se lanzaban hacia él, Bruno arqueó el cuello sobre las criaturas hambrientas que estaban abajo. Llevándose su espada a la garganta, gritó: «¡A la mierda!», y derramó el último paquete de sangre humana que quedaba en el edificio.

Nueva Jersey

EL AMO PERMANECIÓ INMÓVIL en el ataúd lleno de marga —que el infiel Abraham Setrakian había hecho a mano— transportado en la penumbra de la parte trasera de una furgoneta, que formaba parte de un convoy de cuatro vehículos que iba de Nueva Jersey a Manhattan.

Los innumerables ojos del Amo habían presenciado la estela luminosa de la nave espacial consumiéndose en el cielo oscuro, desgarrando la noche como la uña de Dios. Y luego la columna de luz y el desafortunado aunque no sorprendente regreso del Nacido...

Este suceso coincidía exactamente con la crisis que vivía Ephraim Goodweather. El rayo flamígero le había salvado la vida. El Amo lo sabía: no había coincidencias, sólo presagios.

¿Qué significaba aquello? ¿Qué auguraba este incidente? ¿Qué fuerza escondía Goodweather para lograr que los agentes de la naturaleza acudieran en su rescate?

Un desafío.

Un desafío verdadero y directo que el Amo aceptaba de buen grado, pues la victoria es proporcional a la grandeza del enemigo.

Que el cometa artificial incendiara el cielo de Nueva York confirmaba la intuición del Amo de que su lugar de origen, aún desconocido, se encontraba en algún sector de esa región geográfica. Esa certidumbre motivó al Amo. En cierto modo, era como un reflejo del cometa que anunció el lugar de nacimiento de otro dios que caminó sobre la Tierra dos mil años antes.

La tregua de luz estaba a punto de llegar a su fin, y los vampiros se disponían a salir de sus guaridas. Su rey extendió la mano, preparándolos para la batalla, movilizándolos con su mente.

A todos y a cada uno de ellos.

JACOB Y
EL ÁNGEL

Capilla de San Pablo, Universidad de Columbia

L a torrencial lluvia ácida no paraba de caer, manchándolo todo, afeando la ciudad.

Desde lo alto de la cúpula de la capilla de San Pablo, el señor Quinlan observó cómo la columna de luz diurna comenzaba a disminuir mientras los relámpagos detonaban dentro de las funestas nubes. A lo lejos se escuchaba el ulular de las sirenas. Eran las patrullas de policía dirigiéndose hacia el campamento de extracción de sangre. La policía humana no tardaría en llegar. El señor Quinlan deseó que Fet y los demás hubieran podido escapar a tiempo.

Encontró el nicho en la base de la cúpula, y sacó el *Lumen*. Se internó por el hueco y encontró refugio en un pequeño habitáculo, resguardado de la lluvia y de la luz del alba que ya se anunciaba. Era un lugar estrecho, debajo del techo de granito; el señor Quinlan se sentía a gusto. Había anotado algunas observaciones y claves en un cuaderno. Protegido de la furia de los elementos, procedió a abrir el libro con sumo cuidado. Y comenzó a leerlo de nuevo.

Occido lumen: Sadum y Amurah

El Ángel de la Muerte cantó con la voz de Dios mientras las ciudades eran destruidas con una lluvia de fuego y azufre. El designio de Dios fue revelado y la luz lo carbonizó todo en un instante.

Sin embargo, la violencia exquisita de la inmolación no significó nada para Oziriel; ya no. Anhelaba una destrucción más terrible. Sentía deseos de violar el orden, y al profanarlo, lograr el dominio sobre él.

Mientras la familia de Lot huía, su esposa se volvió y miró el rostro de Dios, siempre cambiante, increíblemente radiante. Más brillante que el sol, quemó todo a su alrededor y la convirtió en una estatua de sal, blanca y cristalina.

La explosión transformó la arena del valle en cristales puros, en un radio de casi ocho kilómetros. Y los arcángeles recorrieron el lugar tras cumplir su misión, antes de regresar al éter. Su tiempo como hombres en la Tierra había llegado a su fin.

Oziriel percibió la consistencia del cristal aún caliente bajo las suelas de sus sandalias, los rayos del sol sobre su rostro y un impulso maligno y creciente afloró en su interior. Alejó a Miguel de Gabriel con cualquier pretexto y lo condujo hasta un acantilado rocoso, donde lo engatusó para que desplegara sus alas de plata y sintiera el calor del sol. Excitado, Oziriel fue incapaz de controlar sus impulsos y se abalanzó sobre su hermano con una fuerza brutal, desgarrando la garganta del arcángel y bebiendo su sangre luminosa y plateada.

Fue una sensación extraordinaria. Una perversión trascendente. Gabriel llegó en medio del violento éxtasis, vio las alas brillantes de Oziriel completamente desplegadas, y se horrorizó. Tenían órdenes de regresar de inmediato, pero Oziriel, todavía preso de aquella lujuria demencial, se negó a volver e intentó apartarlo de Dios.

Seamos Él, aquí en la Tierra. Convirtámonos en dioses, y caminemos entre los hombres y dejemos que nos adoren. ¿No has probado el poder? ¿No te subyuga?

Pero Gabriel se mantuvo firme y convocó a Rafael, quien apareció en forma humana transportado por una flecha de luz. El rayo paralizó a Oziriel, fijándolo a la tierra que tanto amaba. Quedó atrapado entre dos ríos, los mismos que alimentaban los canales en Sadum. La venganza de Dios no se hizo esperar: los arcángeles recibieron órdenes de destrozar a su hermano y dispersar sus miembros en el mundo material.

Oziriel fue partido en dos pedazos, luego en siete, y sus piernas, brazos y alas fueron enterrados en los rincones más apartados de la Tierra, quedando únicamente su cabeza. Como la mente y la boca de Oziriel eran las partes más ofensivas para Dios, esta séptima pieza fue arrojada mar adentro y yacía en las arenas abisales del lecho marino, donde nadie podía tocar los restos. Ni tampoco sacarlos.

Permanecerían allí hasta el día del juicio al final de los tiempos, cuando toda forma de vida en la Tierra fuera llamada ante el Creador.

Pero, a través de los siglos, zarcillos de sangre brotaron de los órganos sepultados y engendraron nuevas entidades. Los Ancianos. La plata, la sustancia más afín a la sangre que bebían, tendría siempre un efecto negativo sobre ellos. El sol, lo más semejante al rostro de Dios en la Tierra, los eliminaba y los quemaba, y como en su propio origen, permanecerían atrapados entre masas de agua en movimiento y nunca podrían cruzarlas por sí mismos.

No conocerían el amor y podrían reproducirse solamente quitando la vida; nunca dándola. Y, si la pestilencia de su sangre llegara a propagarse, su aniquilación sería provocada por el hambre de su estirpe.

Universidad de Columbia

El señor Quinlan vio los glifos y las coordenadas que indicaban la ubicación de los internamientos.

Todos los sitios de origen.

Los escribió a toda prisa. Correspondían exactamente a los lugares visitados por el Nacido, donde había recogido los restos polvorientos de los Ancianos. La mayoría de ellos hizo construir una planta nuclear encima de cada sitio, pero estas habían sido saboteadas por el Grupo Stoneheart. Obviamente, el Amo había preparado este golpe con sumo cuidado.

Pero el séptimo sitio, el más importante de todos, aparecía como una mancha oscura en la página; como una señal negativa en el noreste del océano Atlántico, acompañado de dos palabras en latín: *Obscura. Aeterna.*

Otra forma extraña era visible en la marca de agua.

Una estrella fugaz.

El Amo había enviado helicópteros. Ellos los habían visto desde las ventanas de sus coches durante su lento regreso a Manhattan. Cruzaron el río Harlem desde Marble Hill, evitando las avenidas; abandonaron sus vehículos cerca de la tumba de Grant y avanzaron a través de la lluvia pertinaz como ciudadanos normales, para internarse luego en el campus de la Universidad de Columbia.

Mientras los demás se reunían abajo, Gus cruzó la plaza Low en dirección al Buell Hall, y llevó el montacargas de servicio a la azotea, donde tenía la jaula con sus palomas mensajeras.

Su Expreso de Jersey había regresado y estaba posado debajo de la percha fabricada por Gus.

—Eres un buen chico, Harry —le dijo Gus mientras desplegaba el mensaje, escrito en tinta roja sobre un pedazo de papel de cuaderno. Gus reconoció de inmediato la escritura típica de Creem, siempre con letras mayúsculas, así como la vieja costumbre de su antiguo rival de atravesar la O con una raya oblicua como si fueran signos nulos.

HEY MEX
MAL AQUÍ, SIEMPRE CØN HAMBRE. PØDRÍA CØCINAR PÁJARØS CUANDO REGRESEN.
RECIBÍ MENSAJE SØBRE EL DETØNADØR. TENGØ UNA IDEA PARA TI. DAME TU UBICACIØN Y ALGUNØS ALIMENTØS.
CREEM IRÁ A LA CIUDAD. ØRGANICEMØS UN ENCUENTRØ.

Gus se comió la nota y sacó un lápiz de carpintero que guardaba junto al recipiente del maíz. Le respondió a Creem aceptando el encuentro, y escribió una dirección situada en un extremo del campus. No le gustaba Creem ni confiaba en él, pero aquel colombiano gordo estaba controlando el mercado negro de Jersey, y tal vez pudiera ayudarlos.

Nora se sentía agotada, pero no era capaz de descansar. Estaba inconsolable, y los músculos abdominales le dolían a causa del intenso llanto.

Y cuando ya había llegado al límite, siguió mesándose su calva, sintiendo el cosquilleo sobre el cuero cabelludo. En cierto modo, pensó, su antigua vida, su antiguo ser, aquel nacido de la contemplación del lamento de su madre en la cocina, había desaparecido. Nacido de las lágrimas, muerto por las lágrimas.

Se sentía nerviosa, vacía, sola... y no obstante, renovada de algún modo. Su dolor no era nada en comparación con el encarcelamiento en el campamento.

Fet la acompañaba todo el tiempo y la escuchaba con atención. Joaquín, que había sufrido un golpe en la rodilla, estaba recostado en un taburete contra la pared al lado de la puerta. Eph permanecía de pie con los brazos cruzados, apoyado contra la pared, mientras Nora trataba de darle un sentido a lo que habían visto en el campamento.

Ella creía que Eph sospechaba sus sentimientos por Fet; su actitud distante y el hecho de que permaneciera alejado de ellos parecían confirmarlo. Ninguno había dicho una palabra al respecto, pero la verdad se cernía sobre la sala como una nube de tormenta.

Tantas emociones entremezcladas la hacían hablar con rapidez. Nora aún se hallaba fuertemente impactada por la imagen del pabellón de maternidad, incluso más que por la muerte de su madre.

—Se están apareando con las mujeres, tratando de asegurar una descendencia de sangre B positivo. Las recompensan con comida, con comodidades. Y ellas..., *ellas parecen haberse adaptado*. No sé por qué eso me obsesiona. Tal vez soy demasiado dura con ellas. Quizá el instinto de supervivencia no sea un sentimiento tan noble después de todo. Tal vez sea más complicado que todo eso. Algunas veces, sobrevivir significa comprometerse. Comprometerse en profundidad. Rebelarse es bastante difícil cuando estás luchando únicamente por ti. Pero cuando hay otra vida creciendo en tu vientre... o un niño en tus brazos... —Nora miró a Eph—. Ahora lo entiendo mejor; es eso lo que estoy tratando de decir: sé lo destrozado que puedes estar.

Eph asintió con la cabeza, aceptando sus disculpas.

—Dicho esto —dijo Nora—, me hubiera gustado que te hubieras reunido con nosotras en la Oficina del Forense en el momento acordado. De haber sido así, mi madre estaría aquí.

—Llegué tarde —respondió Eph—. Lo admito. Me retrasé...

—En la casa de tu ex esposa. No lo niegues.

—No pensaba hacerlo.

—¿Pero?

—No tuve la culpa de que te encontraran.

Nora se volvió hacia él, sorprendida por el desafío que contenían sus palabras.

—¿Por qué dices eso?

—Debía haber estado allí, de acuerdo. Las cosas serían diferentes si yo hubiera llegado a tiempo. Pero yo no conduje a los *strigoi* hacia ti.

—¿No? ¿Quién lo hizo?

—Tú lo hiciste.

—¿Yo...? —Nora no podía creer lo que estaba escuchando.

—Por usar la computadora. Internet. Le estabas enviando mensajes a Fet.

Así que era eso. Nora se puso rígida, envuelta en una oleada de culpabilidad, pero rápidamente se deshizo de esta sensación.

—¿Es eso cierto?

Fet se puso en pie para defenderla, con sus casi dos metros de estatura.

—No deberías hablarle así.

Eph no lo miró.

—¿Ah, no? He estado escondido en ese edificio muchos meses sin mayores complicaciones. Ellos controlan la red; tú lo sabes.

—Así que yo misma me lo busqué. —Nora deslizó su mano por debajo de la Fet—. Según tu opinión, mi castigo es justo.

Fet se estremeció con el contacto de su mano. Y mientras ella envolvía los dedos alrededor de los de él, éste sintió deseos de llorar. Eph asumió el gesto —trivial en cualquier otra circunstancia— como una expresión pública y elocuente del fin de su relación con Nora.

—Tonterías —dijo Eph—. No es eso lo que quise decir.

—Eso es lo que estás queriendo decir.

—Lo que quiero decir...

—¿Sabes una cosa, Eph? Esto concuerda con tu manera de proceder. —Fet apretó la mano de Nora para que se callara, pero ella ignoró la indicación—. Siempre apareces después de los hechos. Y por «aparecer» me refiero a «comprender». Comprendiste cuánto amabas a Kelly... *después* de la ruptura. Te diste cuenta de la importancia de tu papel como padre... *después* de dejar de vivir con Zack. ¿De acuerdo? Y ahora... creo que es probable que empieces a darte cuenta de lo mucho que me necesitabas. Porque ya no me tienes.

Nora se sorprendió al oírse expresar esto abiertamente, pero ya lo había hecho y no podía dar marcha atrás.

—Siempre llegas demasiado tarde. Has pasado la mitad de tu vida debatiéndote con tus arrepentimientos, tratando de compensar el pasado en lugar de esforzarte por hacerlo en el presente. Lo peor que te pudo haber pasado fue aquel éxito precoz. Tú, y el título de «joven genio». Crees que puedes arreglar con un esfuerzo las cosas preciosas que has destrozado, en lugar de haber sido cuidadoso desde el principio. —Casi estaba a punto de terminar, mientras Fet trataba de tirar de su blusa, pero sus lágrimas fluían incontenibles, y su voz ronca estaba llena de dolor—. Si hay algo que deberíamos haber aprendido desde que empezó todo esto, es que no tenemos nada garantizado. Nada. Especialmente los otros seres humanos...

Eph permaneció inmóvil. Clavado en el suelo. Tanto que Nora no estaba segura de que sus palabras hubieran llegado a él. Hasta que, al cabo de un momento de silencio, cuando todo parecía indicar que Nora había dicho la última palabra, Eph se apartó de la pared y cruzó lentamente la puerta.

Eph recorrió los antiguos pasadizos con una sensación de entumecimiento. Sus pies no parecían sostenerle. Dos impulsos irrumpieron en su interior. Al principio, quiso recordarle a Nora cuántas veces estuvieron a punto de ser capturados o convertidos a causa de su madre; y que la demencia de la señora Martínez los había retenido a todos durante muchos meses. Evidentemente, ya no importaba que en numerosas ocasiones Nora hubiera expresado su deseo de apartar a su madre de ellos.

No. Todos los fracasos eran culpa suya.

En segundo lugar, se sorprendió al ver lo cerca que ella parecía estar de Fet ahora. En todo caso, su secuestro y el rescate los había unido más. Habían reforzado su nuevo vínculo. Eso le pesaba aún más, porque él había considerado el rescate de Nora como un ensayo general para el rescate de Zack, pero lo único que había conseguido fue revelar su temor más profundo: rescatar a Zack y descubrir que había sido convertido; que lo había perdido para siempre.

Una parte de él le decía que ya era demasiado tarde. Su faceta depresiva, aquella que él trataba de evitar constantemente. La que él trataba de controlar con las pastillas. Buscó a tientas en la bolsa colocada en su espalda y abrió la cremallera del monedero. Su última Vicodina. La puso en su lengua y la mantuvo allí mientras caminaba, esperando producir suficiente saliva para tragársela.

Recordó la imagen del Amo observando a su legión en el video, en lo alto del Castillo Belvedere, con Kelly y Zack a su lado. Esa imagen verdosa lo perseguía y lo corroía por dentro mientras seguía caminando, sin saber muy bien en qué dirección.

Sabía que regresarías.

La voz y las palabras de Kelly eran como una inyección de adrenalina, directas al corazón. Eph llegó a un corredor que le pareció familiar y encontró la gruesa puerta de madera con batientes de hierro; no estaba cerrada con seguro.

Dentro de la cámara del antiguo hospital psiquiátrico, en el centro de la jaula emplazada en la esquina, se hallaba el vampiro que había sido la madre de Gus. El casco de moto se inclinó ligeramente, registrando la entrada de Eph. Tenía las manos atadas a la espalda.

Eph se acercó a los barrotes de hierro de la puerta de la jaula, separados a unos quince centímetros de distancia. Unos candados de bicicleta, de acero trenzado forrado de vinilo, aseguraban la parte superior e inferior de la reja, y en el centro, un viejo candado oxidado.

Eph esperó oír de nuevo la voz de Kelly. La criatura permaneció inmóvil, con el casco erguido; tal vez aguardaba su ración de sangre. Él quería oír a su ex esposa. Se sintió frustrado y dio un paso hacia atrás, echando un vistazo a su alrededor.

En la pared del fondo, colgando de un clavo oxidado, había una pequeña argolla con una llave de plata.

Cogió la llave y la acercó a la puerta de la celda. La criatura no se movió. Introdujo la llave en la cerradura superior y la abrió. Luego hizo lo mismo con los otros candados. Sin embargo, el vampiro no mostró ninguna señal de consciencia. Eph desenrolló los cables de acero y vinilo; la reja crujió contra el marco, pero las bisagras estaban engrasadas. La abrió lentamente y se plantó en el hueco de la puerta.

El vampiro no se movió del centro de la celda.

Nunca puedes ir hacia abajo... Nunca puedes ir hacia abajo...

Eph sacó su espada y se acercó; vio el pálido reflejo de su rostro en la visera pintada de negro, la espada contra la pierna.

El silencio de la criatura lo acercó a su reflejo.

Él esperó. Sintió un leve zumbido vampírico en su cabeza.

La criatura lo estaba examinando.

Has perdido a alguien más. Ya no te queda nadie a quien acudir. Exceptuándome a mí.

—Sé quién eres —dijo Eph.

¿Quién soy?

—Hablas con la voz de Kelly. Pero tus palabras son las del Amo.

Viniste a mí. Viniste a escuchar.

—No sé por qué he venido.

Viniste a oír de nuevo la voz de tu esposa. Es tan narcótica como tus pastillas. Realmente la necesitas. La echas de menos. ¿Acaso podría ser de otro modo?

Eph no preguntó por qué el Amo lo sabía. Debía mantenerse en guardia; a cada momento, sobre todo en su mente.

Quieres volver a casa. Regresar.

—¿A casa? ¿Te refieres a ti? ¿A la voz incorpórea de mi ex esposa? ¡Jamás!

Es hora de escuchar. No es momento para obstinaciones. Debes abrir tu mente.

Eph permaneció en silencio.

Te puedo devolver a tu hijo. Y también a tu esposa. Puedes liberarla. Volver a empezar, con Zack a tu lado.

Eph contuvo el aliento en su boca antes de exhalar, esperando controlar su ritmo cardiaco, que comenzaba a acelerarse. El Amo no desconocía la desesperación de Eph por la liberación y el regreso de Zack, y que intentaba no demostrarlo.

Aún no ha sido convertido, y seguirá siendo así, un ser inferior, tal como lo deseas.

Entonces, escaparon de sus labios las palabras que nunca pensó pronunciar:

—¿Qué esperas a cambio?

El libro. El Lumen. *Y a tus secuaces. Incluyendo al Nacido.*

—¿A quién?

Al señor Quinlan; creo que así lo llaman.

—No puedo hacer eso —dijo Eph.

Claro que puedes.

—*No* haré eso.

Lo harás, no me cabe duda.

Eph cerró los ojos e intentó despejar su mente. Volvió a abrirlos unos segundos después.

—¿Y si me niego?

Procederé según lo previsto. La transformación de tu hijo tendrá lugar de inmediato.

—¿La transformación? —Eph tembló, ansioso, pero luchó para contener sus emociones—. ¿Qué significa eso?

Someterte mientras tengas algo con qué negociar. Entrégate a mí en lugar de tu hijo. Busca el libro y tráemelo. Tomaré la información contenida en el libro... y la que guardas en tu mente. Lo sabré todo. Puedes incluso devolver el libro a su sitio. Nadie se enterará.

—¿Y me entregarías a Zack?

Te daré su libertad a cambio. La libertad de un ser humano débil, igual que su padre.

Eph intentó contenerse. Sabía que no debía dejarse arrastrar a esa conversación, ni ceder a un intercambio con el monstruo. El Amo continuó hurgando en su mente, buscando la mejor ruta de acceso para dominarla por completo.

—Tu palabra no significa nada.

Estás en lo cierto en lo concerniente a los códigos morales. Nada me obliga a cumplir mi parte del trato. Sin embargo, podrías tener en cuenta el hecho de que cumplo mi palabra la mayoría de las veces.

Eph miró su reflejo. Se debatió, apoyándose en su propio código moral. Y sin embargo..., se vio realmente tentado. Era un trato irreversible: su alma por la de Zack; y una decisión apremiante. La idea de Zack en manos de ese monstruo, ya fuera como vampiro o como acólito, era tan aborrecible que Eph habría aceptado casi cualquier propuesta.

Pero el precio era mucho más alto que su propia alma empañada. También implicaba las almas de sus compañeros. Y el destino de toda la raza humana, en la medida en que la capitulación de Eph otorgaría al Amo el gobierno absoluto y sempiterno del planeta.

¿Podría intercambiar a Zack por todo eso? ¿Su decisión sería la correcta? ¿No sería considerado como algo abyecto?

—Aunque considerara tu propuesta —dijo Eph, hablándole tanto a su imagen reflejada como al Amo—, hay un problema: desconozco la ubicación del libro.

¿Lo ves? Te lo están ocultando. Ellos no confían en ti.

Eph sabía que el Amo tenía razón.

—Sé que no confían en mí. Han dejado de hacerlo.

Porque sería más seguro para ti si pudieras saber dónde lo esconden; sería casi una garantía.

—Existe una transcripción; algunas notas que he visto. Son buenas. Puedo darte una copia.

Sí. Muy bien... Y yo te entregaré una copia de tu hijo. ¿Te gusta el trato? Necesito el original. No hay sustitutos. Debes arrebatárselo al exterminador.

Eph sofocó su sorpresa ante esta revelación del Amo. ¿Había obtenido el Amo esa información sobre Fet de la mente de Eph? ¿El Amo extraía la información de su mente mientras hablaba con él?

No. Seguramente la había extraído de Setrakian. El Amo debió de convertirlo antes de que el anciano se destruyera a sí mismo. El Amo se había apoderado de todo el conocimiento de Setrakian de la misma forma que ahora intentaba apoderarse de todos los conocimientos de Eph: a través de la posesión.

Has demostrado ser muy ingenioso, Goodweather. Estoy seguro de que puedes encontrar el Lumen.

—Aún no he aceptado nada.

¿No? Puedo confiar en que contarás con un aliado en esta misión. Un traidor. Alguien de tu círculo íntimo. No ha sido convertido físicamente por simple compasión.

—Ahora sé que estás mintiendo —replicó Eph, incrédulo.

¿De veras? Dime una cosa, ¿en qué sentido me beneficiaría esa mentira?

—... Para provocar descontento.

¿Más? Ya hay suficiente, ¿no te parece?

Eph pensó en ello. Parecía cierto: no podía ver ninguna ventaja en que el Amo mintiera.

Alguno de ustedes que los entregará a todos.

¿Un tránsfuga? ¿Acaso uno de ellos había sido cooptado? Y entonces Eph advirtió cómo, al expresarlo de esa manera, él mismo se había incluido entre los cooptados.

—¿Quién?

Esa persona te lo revelará a su debido momento.

Si alguno de los suyos se había visto obligado a tratar con el Amo, entonces Eph podría perder su última oportunidad de salvar a su hijo.

Eph se sintió mareado. Notó una gran tensión en su mente. Luchaba por mantener a raya al Amo, y conservar su escepticismo.

—Yo... primero necesitaría pasar unos minutos con Zack. Para explicarle mi forma de actuar. Para justificarla, y para saber que él está bien; para decirle...

No.

Eph esperó a que el Amo continuara. Ante su silencio, retomó la palabra:

—¿Qué quieres decir con eso de «no»? La respuesta es «sí». Inclúyelo dentro del trato.

No forma parte del trato.

—¿No forma parte del...? —Eph vio su consternación en el reflejo de la visera—. No lo comprendes. Me es casi imposible pensar en la posibilidad de hacer lo que me acabas de proponer. Pero no existe ninguna manera (ni siquiera en el infierno) de continuar con esta conversación a menos que me garantices que puedo ver a mi hijo y saber que está bien.

Lo que no entiendes tú es que no tengo ni paciencia ni compasión por tus superfluas emociones humanas.

—¿No tienes paciencia...? —dijo Eph—. ¿Has olvidado que tengo algo que quieres? ¿Algo que al parecer necesitas a toda costa?

¿Has olvidado que tengo a tu hijo?

Eph dio un paso atrás, como si lo hubieran empujado.

—No puedo creer lo que estoy oyendo. Mira, esto es muy simple. Me falta poco para aceptar el trato. Lo que estoy pidiendo es que me des diez malditos minutos...

Es aún más simple que eso. El libro por tu hijo.

Eph negó con la cabeza.

—No. ¡Cinco minutos!

Olvidas cuál es tu sitio, humano. No acato tus necesidades emocionales y éstas no forman parte del acuerdo. Te entregarás a mí, Goodweather. Y me darás las gracias por el privilegio. Y cada vez que observe tu rostro por toda la eternidad, aquí, en este planeta, consideraré tu capitulación como el epítome del carácter de tu raza de animales civilizados.

Eph sonrió, su boca torcida parecía un tajo en su rostro; se sentía aturdido ante la crueldad de la criatura. Esto le hizo recordar contra qué luchaba él —contra qué luchaban todos— en este Nuevo Mundo inhóspito y despiadado. La indiferencia del Amo ante los seres humanos lo dejó atónito.

De hecho, era esta falta de comprensión, esta absoluta incapacidad de sentir compasión, lo que había hecho que el Amo los subestimara una y otra vez. Un ser humano desesperado es un ser peligroso, y ésta era una verdad que el Amo no podía intuir.

—¿Quieres saber cuál es mi respuesta? —preguntó Eph.

Ya la sé, Goodweather. Lo único que necesito es tu capitulación.

—Aquí está mi respuesta.

Eph se echó hacia atrás y atacó a la vampira que hacía las veces de intermediaria. La hoja de plata le rebanó el cuello, desprendiendo la cabeza y el casco de los hombros; Eph ya no tuvo que contemplar el reflejo de su propia traición.

El cuerpo se desplomó, y la sangre blanca y corrosiva se acumuló sobre las losas centenarias. El casco produjo un sonido sordo y chocó contra un rincón, dando vueltas antes de detenerse.

Eph no había golpeado al Amo tanto como lo había hecho con su propia vergüenza y angustia ante este callejón sin salida. Había segado el altavoz de la tentación, en lugar de la tentación misma, y él sabía que su acto era meramente simbólico.

La tentación permaneció.

Unos pasos se acercaron desde el pasillo; Eph se alejó del cuerpo decapitado y comprendió de inmediato las consecuencias del acto que acababa de cometer.

Fet fue el primero en entrar, seguido de Nora.

—¡Eph! ¿Qué has hecho...?

Por sí solo, su ataque impetuoso parecía justo. Ahora los efectos acudían a él, precedidos por un ruido de pasos procedentes del salón: Gus.

No vio a Eph en un primer momento. Miró en el interior de la celda donde encerraba a su madre vampira. Rugió, abriéndose paso entre los otros dos, y vio el cuerpo sin cabeza desplomado en el suelo, con sus manos aún esposadas a la espalda y el casco en un rincón.

Gus dejó escapar un grito. Sacó un cuchillo de su mochila, y se abalanzó sobre Eph antes de que Fet pudiera reaccionar. Eph levantó su espada en el último momento para contener el ataque, y una mancha silenciosa y difusa se abrió entre ellos.

Una mano blanca, casi translúcida, agarró a Gus del cuello y lo neutralizó. Otra mano chocó contra el pecho de Eph, mientras el encapuchado los separaba con una fuerza poderosa.

El señor Quinlan. Estaba cubierto con la capucha de su sudadera, irradiando un calor vampírico.

Gus maldijo y le dio patadas, tratando de liberarse, con sus botas a unos cuantos centímetros del suelo y las lágrimas de rabia brotando de sus ojos.

—¡Quinlan, déjame acabar con esta mierda!

Aguarda.

La voz de barítono del señor Quinlan invadió la cabeza de Eph.

—¡Suéltame! —Gus lanzó un cuchillazo, pero era poco menos que un farol. Aunque el pandillero ardía de furia, aún tenía la suficiente cordura para respetar al señor Quinlan.

Tu madre ha sido destruida. Ya está hecho. Y es lo mejor. Se había ido hace mucho tiempo y lo que quedaba de ella no era bueno para ti.

—¡Pero fue una decisión mía! ¡Lo que haya hecho o dejado de hacer es mi elección!

Resuelvan sus diferencias como quieran. Pero más tarde. Después de la batalla final.

Quinlan posó sus ojos llameantes en Gus; resplandecían bajo la sombra de la capucha de algodón. Un rojo majestuoso, más intenso que el tono de cualquier cosa que hubiera visto el pandillero, aún más que la sangre humana recién derramada. Más rojo que el color de cualquier hoja de otoño, más agudo, brillante y profundo que el plumaje del ave más vistosa y exótica.

Y, sin embargo, aunque Quinlan sostenía a un hombre en vilo con una sola mano, sus ojos permanecían sosegados. Gus no quería que aquellos ojos lo miraran con rabia. Y entonces contuvo su ataque, al menos por el momento.

Podemos atrapar al Amo. Pero disponemos de poco tiempo. Tenemos que hacerlo juntos.

Gus señaló a Eph.

—Este drogadicto no representa ningún valor para nosotros. Hizo que capturaran a la doctora, me ha costado uno de mis hombres. Este cabrón es un peligro, ¡qué digo!, es una maldición. Esta mierda nos trae mala suerte. El Amo tiene a su hijo, lo ha adoptado y lo retiene como a una mascota de mierda.

Eph saltó sobre Gus. La mano del señor Quinlan lo contuvo rápidamente a la altura del techo, con la misma resistencia de un poste de acero.

—Así que dinos —dijo Gus, sin desfallecer—, dinos qué mierrda te estaba susurrando ese hijo de puta hace un momento. ¿Tú y el Amo estaban hablando de corazón a corazón? Creo que el resto de nosotros tenemos derecho a saberlo.

La mano de Quinlan subía y bajaba con la respiración agitada de Eph. El médico miró a Gus, sintiendo los ojos de Nora y de Fet sobre él.

—¿Y bien? —inquirió Gus—. ¡Estamos listos para oír lo que tienes que decirnos!

—Fue Kelly —respondió Eph—. Su voz. Riéndose de mí.

Gus se burló y lo escupió en la cara.

—Eres un débil mental, pedazo de mierda.

Intentaron dirimir de nuevo las diferencias con los puños, y fue necesaria la intervención de Fet y del señor Quinlan para evitar que se destrozaran.

—El pasado indigna tanto que vino aquí para que le hablaran —dijo Gus—. Seguramente se trata de alguna mierda disfuncional con su familia. —Y a continuación se dirigió al señor Quinlan—: Te digo que este tipo no aporta nada. Déjame que lo mate. Déjame librarnos de ese peso muerto.

Como ya he dicho, pueden resolver este asunto como quieran. Pero no ahora.

Fue evidente para todos, incluso para Eph, que el señor Quinlan lo protegía por alguna razón desconocida, que trataba a Eph de un modo distinto a los demás, lo cual significaba que Eph poseía algo diferente de ellos.

Necesito tu ayuda, recopilar un dato final. Todos nosotros. Juntos. Ahora.

El señor Quinlan soltó a Gus, que se abalanzó sobre Eph por última vez, pero sin el cuchillo.

—Ya no me queda nada —le espetó a Eph como un perro que gruñe—. Nada. Te mataré cuando todo esto termine.

Los Claustros

LOS ROTORES DEL HELICÓPTERO repelían las ráfagas de lluvia negra. Las nubes oscuras descargaron un aguacero contaminado y, a pesar de la oscuridad reinante, el piloto de Stoneheart llevaba puestas sus gafas de aviador. Barnes temía que aquel hombre estuviera pilotando a ciegas y esperó que el aparato volara a suficiente altura sobre el horizonte de Manhattan.

Barnes se balanceó en el compartimento de pasajeros, detrás de las correas del cinturón de seguridad que le cruzaban los hombros. El helicóptero, elegido entre una serie de modelos de la planta Sikorsky, en Bridgeport, Connecticut, se sacudía en sentido lateral y vertical. La lluvia parecía estar filtrándose en el interior del rotor, golpeando contra las ventanas, como si Barnes fuera a bordo de un pequeño bote durante una tormenta en el mar. En consecuencia, el estómago se le revolvió hasta las náuseas. Se desabrochó el casco justo a tiempo para vomitar en él.

El piloto empujó la palanca de control hacia delante, y comenzaron a descender. Barnes no sabía dónde aterrizarían. Los edificios distantes se difuminaban a través del ángulo del parabrisas, sobre el dosel de los árboles. Barnes supuso que se detendrían en Central Park, cerca del Castillo Belvedere. Pero una ráfaga de viento contrario hizo girar la cola del helicóptero como si se tratara de una veleta. El piloto intentó controlar la palanca de control, y Barnes vislumbró el río Hudson, que fluía turbulento a su derecha, más allá de los árboles. No, no podía ser en el parque.

Aterrizaron bruscamente, primero con un patín de aterrizaje, seguido por el otro. Barnes se sintió agradecido de volver a pisar tierra firme, pero ahora debía abandonar la nave en medio de un verdadero torbellino. Abrió la puerta y se expuso a la ráfaga de viento húmedo. Se agachó bajo los rotores que continuaban girando, y tras protegerse los ojos, divisó la silueta de un castillo en la cima de una colina.

Barnes levantó las solapas de su abrigo y corrió bajo la lluvia, subiendo los escalones de piedra pulida. Le faltaba el aliento cuando llegó a la puerta. Dos centinelas vampiros permanecían apostados allí, impertérritos bajo la lluvia torrencial, medio ocultos por el vapor que emanaba de sus cuerpos; no lo reconocieron, ni le abrieron la puerta.

El letrero decía «Los Claustros», y Barnes reconoció el nombre del museo situado al extremo norte de Manhattan, administrado por el Museo Metropolitano de Arte. Tiró de la puerta y entró, atento al sonido de los goznes al cerrarse. Si sonaron, la fuerte lluvia lo amortiguó.

Los Claustros fueron construidos a partir de los restos de cinco abadías medievales francesas y una capilla románica. Era una obra antigua del sur de Francia trasplantada a la era moderna, que a su vez se asemejaba ahora a la Edad Media. Barnes gritó «¿Hola?», pero no oyó ninguna respuesta.

Deambuló por la sala principal; aún le faltaba el aire, tenía los zapatos empapados y la garganta áspera. Se asomó al jardín del claustro, en el que antes había una recreación de la horticultura de la época medieval, pero ahora, a causa de la negligencia y del opresivo clima vampírico, se había convertido en un pantano. Barnes siguió avanzando, dándose la vuelta dos veces ante el sonido de las gotas que caían de su abrigo.

Pasó al lado de los grandes tapices que adornaban las paredes, las vidrieras que imploraban la luz del sol y los bellos frescos medievales. Recorrió las doce estaciones del vía crucis, labradas en piedra, deteniéndose brevemente en una escena extraña de la crucifixión. Cristo, crucificado en la cruz central con los brazos y las piernas rotas, flanqueado por los dos ladrones, en cruces más pequeñas. La inscripción tallada decía *Per signu sanctecrucis de inimicis nostris libera nos deus noster*. El latín rudimentario de Barnes lo tradujo como: «Por la señal de la Santa Cruz, líbranos de nuestros enemigos, Dios nuestro».

Barnes le había dado la espalda a su fe hacía muchos años, pero aquel relieve antiguo tenía una autenticidad que creía desaparecida del culto moderno. Esas devotas piezas eran reliquias de una época en que la religión aunaba la vida y el arte.

Se acercó a una vitrina rota. En su interior, dos manuscritos miniados, con sus páginas de vitela arrugadas y los bordes de oro desgastados, revelaban la profanación de unas huellas dactilares sobre las hermosas iniciales. Observó una particularmente grande y sucia, que sólo podría provenir de los dedos medios de un vampiro, semejantes a garras. El vampiro no necesitaba ni valoraba antiguos libros pintados por el hombre. Era insensible a cualquier objeto con el sello de la factura humana.

Barnes cruzó las puertas dobles debajo de un arco románico, y entró en una capilla de paredes de roca coronada con una inmensa bóveda de cañón. Un fresco dominaba el ábside sobre el altar en el extremo norte de la cámara: la Virgen y el Niño, con dos figuras aladas, una a cada lado. Encima de su cabeza aparecían los nombres de los arcángeles Miguel y Gabriel. Debajo, destacaban los Reyes Magos, más pequeños.

Mientras se encontraba de pie ante el altar vacío, Barnes percibió el cambio de presión en la penumbra de la sala. Un soplo de aire caliente detrás del cuello, como el aliento de un horno, y se volvió lentamente.

A primera vista, la figura oculta detrás de él se asemejaba a un monje peregrino de una abadía del siglo XII. Pero sólo a primera vista. Aquel monje sostenía en su mano izquierda un bordón con la cabeza de un lobo, y en el dedo medio de su mano sobresalía la habitual garra vampírica.

La nueva apariencia del Amo apenas era visible dentro de los pliegues de la oscura capucha. Detrás de él, cerca de uno de los bancos laterales, se encontraba una vampira cubierta de harapos. Barnes la observó; la reconocía vagamente y trató de recordar si aquel demonio calvo y de ojos empobrecidos coincidía con una mujer joven, atractiva y de ojos azules que había conocido...

—Kelly Goodweather —dijo Barnes, pronunciando el nombre en voz alta a causa de la sorpresa. Barnes, que creía haberse acostumbrado a cualquier impacto en este mundo nuevo, sintió que le faltaba el aliento. Ella se escondía detrás del Amo; una presencia furtiva, semejante a una pantera.

Informa.

Barnes asintió con sumisión. Relató los detalles de la incursión rebelde muy superficialmente, tal como lo había ensayado, con el objeto de minimizar el ataque.

—Ellos programaron el golpe para que coincidiera con el meridiano. Y contaban con la ayuda de alguien que no es humano, y que escapó justo antes de que saliera el sol.

El Nacido.

Esto tomó por sorpresa a Barnes. Había oído algunas historias y recibido instrucciones para instalar barracones separados del pabellón de maternidad. Pero Barnes no sabía que existiera alguno de ellos realmente. Su mentalidad de mercenario captó de inmediato que esto representaba un punto a su favor, ya que lo exoneraba a él y a sus procedimientos de seguridad de gran parte de la responsabilidad por la incursión en el Campamento Libertad.

—Sí, recibieron una ayuda extra. Una vez dentro, tomaron por sorpresa a la patrulla encargada de la cuarentena. Como he señalado, causaron un gran daño en las instalaciones de extracción. Estamos trabajando duro para reanudar la producción, y podríamos alcanzar un veinte por ciento de nuestra capacidad en una semana o diez días a lo sumo. Liquidamos a uno de ellos, como usted sabe. Él se convirtió, pero se autodestruyó unos minutos después de la puesta del sol. Ah, y creo haber descubierto el verdadero motivo de su ataque.

La doctora Nora Martínez.

Barnes tragó saliva. El Amo estaba enterado de todo.

—Sí, recientemente descubrí que había sido trasladada al campamento.

¿Recientemente? Ya veo... ¿Qué tan reciente?

—Momentos antes del ataque, señor. En cualquier caso, yo trataba de conseguir información relacionada con la localización del doctor Goodweather y de sus compañeros de la resistencia. Pensé que un intercambio informal y agradable podría resultar más ventajoso que la confrontación directa, pues ésta le habría dado la oportunidad de demostrar su fidelidad por sus amigos. Espero que esté de acuerdo. Por desgracia, fue en ese momento cuando los malhechores entraron en el campamento principal; la alarma sonó y los miembros de seguridad vinieron para evacuarme.

Barnes no podía dejar de mirar de vez en cuando a la antigua Kelly Goodweather, que permanecía apartada, detrás del Amo, con los brazos colgando de sus costados. Era muy extraño estar hablando de su marido y no ver ninguna reacción por su parte.

¿Localizaste a un miembro de su grupo y no me informaste de inmediato?

—Como acabo de mencionar, apenas tuve tiempo para reaccionar y... yo..., yo me quedé muy sorprendido, ¿me comprende? Me tomaron totalmente desprevenido. Pensé que podía llegar más lejos si empleaba un enfoque personal. Ella trabajó para mí durante un tiempo, ¿se da cuenta? Yo tenía la esperanza de poder aprovechar mi relación personal con ella para obtener alguna información útil antes de entregársela a usted.

Barnes se esforzaba en lucir una sonrisa, aunque la falsa confianza detrás de ella sentía la presencia del Amo en los meandros de su mente, como si fuera un ladrón escarbando en un ático. Barnes pensaba que la prevaricación era una preocupación muy secundaria para el señor de los vampiros.

La cabeza encapuchada se irguió un momento, y Barnes observó al Amo contemplar la pintura religiosa.

Mientes. Y lo haces muy mal. Así que, ¿por qué no tratas de decirme la verdad y vemos si eres mejor en eso?

Barnes se estremeció, y antes de darse cuenta, le estaba explicando todos los detalles de sus torpes intentos de seducción, así como de su relación con Nora Martínez y el doctor Goodweather. El Amo permaneció unos momentos en silencio, y luego se volvió.

Mataste a su madre. Ellos te buscarán para vengarla. Y yo haré que estés a su alcance... Eso me conducirá hasta ellos. De ahora en adelante, puedes concentrarte por entero a la tarea asignada. La resistencia está llegando a su fin.

—¿De veras? —Barnes cerró rápidamente la boca. Desde luego, no tenía la intención de cuestionar ni dudar de las palabras del Amo. Si el Amo decía que era así, entonces era cierto—. Perfecto. Los cultivos están recuperando su producción, y como le digo, las reparaciones de las instalaciones de extracción del Campamento Libertad ya se están llevando a cabo.

No digas más. Tu vida se encuentra a salvo por el momento. Pero nunca vuelvas a mentirme. No te atrevas a ocultarme nada. No eres ni valiente ni inteligente. La extracción eficiente y el envasado de la sangre humana es tu misión. Te recomiendo que te concentres en eso.

—Tengo esa intención. Quiero decir, lo haré, señor. Se lo aseguro.

Central Park

ZACHARY GOODWEATHER ESPERÓ a que el Castillo Belvedere se sumiera en el silencio. Salió de su habitación a la luz enfermiza del meridiano. Caminó hasta el borde de la plaza de piedra en la cima del promontorio y se asomó a los terrenos baldíos que se extendían más abajo. Los centinelas se habían apartado de la luz pálida, refugiándose en las cuevas excavadas en el esquisto de la base del castillo. Zachary regresó al interior para recuperar su forro polar negro antes de encaminarse hacia la pista de *jogging* del parque, contraviniendo el toque de queda para los humanos.

El Amo disfrutaba viendo al chico violar las reglas y poner los límites a prueba. El Amo nunca dormía en el castillo, pues lo consideraba demasiado vulnerable a los ataques durante las dos horas de sol; prefería su cripta oculta en los Claustros, sepultado en un lecho frío de tierra centenaria. Durante la tregua de luz, el Amo se había acostumbrado a ver el mundo a través de los ojos de Zachary, explotando su vínculo, fortalecido gracias al tratamiento del asma del muchacho con la sangre del Amo.

El chico desconectó su transportador personal Segway todoterreno y recorrió el trayecto hacia el sector sur del parque, hasta llegar a su zoológico personal; describió tres círculos —parte de su creciente trastorno obsesivo-compulsivo— antes de abrir la puerta principal. Una vez dentro, se dirigió a la caja donde guardaba su rifle, y sacó la llave que había robado meses antes. Tocó siete veces la llave con sus labios, y ya asegurado, procedió a abrir el candado y sacar el rifle. Revisó tres veces la carga de cuatro cartuchos, hasta satisfacer su compulsión, y luego deambuló por el zoológico con el arma en sus manos.

Su interés ya no estaba puesto en el zoológico. Había abierto una salida secreta en una pared, detrás de la zona tropical; bajó del Segway y salió al parque, caminando hacia el oeste. Evitó los senderos, ocultándose detrás de los troncos de los árboles mientras pasaba la pista de patinaje y los viejos campos de béisbol, ahora convertidos en cenagales, y contó sus pasos en múltiplos de setenta y siete, hasta llegar al extremo de Central Park South.

Abandonó el amparo de los árboles, y se aventuró hasta la entrada de la vieja Puerta de los Mercaderes, permaneciendo en la acera, detrás del monumento al *USS Maine*.

Vio la fuente de Columbus Circle delante de él; solo funcionaban la mitad de los chorros; el resto se hallaba obstruido por los sedimentos de la lluvia fangosa. Más allá, las siluetas de los rascacielos se erguían como chimeneas de una fábrica abandonada. Zachary avistó la estatua de Colón que coronaba el centro de la fuente. Entrecerró los ojos y chasqueó los labios siete veces antes de sentirse cómodo.

Vio el movimiento a través de las barandillas de la rotonda. Personas, seres humanos caminando por la acera de enfrente. A esa distancia, Zachary sólo podía distinguir los largos abrigos de quienes infringían el toque de queda. Se agachó detrás del monumento, atemorizado ante la posibilidad de ser descubierto, y luego se deslizó al otro extremo.

Esas cuatro personas no lo habían visto. Zachary los siguió con la mira del fusil, parpadeando y chasqueando los labios, afinando su puntería para calcular la trayectoria y la distancia de la bala. Formaban un grupo compacto y Zachary pensó que se trataba de una oportunidad única; que tal vez no se le volvería a presentar.

Quería abrir fuego... Dispararles.

Y así lo hizo, aunque en el último segundo dirigió intencionadamente la mira hacia arriba antes de apretar el gatillo. Un momento después, el grupo se detuvo y miró en su dirección. Zack permaneció agazapado, seguro de estar mimetizado con el telón de fondo del monumento.

Disparó tres veces más: ¡*Crack!* ¡*Crack!* ¡*Crack!* Le dio a uno, derribándolo. Y volvió a cargar el rifle con rapidez.

Ellos corrieron, doblando por la avenida y quedando fuera de su alcance. Le apuntó al semáforo que acababan de cruzar, pero sólo pudo distinguir la señal de una de las viejas cámaras de seguridad instaladas allí. Dio media vuelta y corrió para resguardarse entre los árboles del parque, perseguido por la sensación de su emoción secreta.

¡A la luz del día, esta ciudad era el dominio de Zachary Goodweather! ¡Que todos los intrusos tengan cuidado!

En ese preciso momento, sangrando debido a la herida de una bala, Vasiliy Fet, el exterminador de ratas, era arrastrado al otro lado de la calle.

Una hora antes

BAJARON A LA ESTACIÓN del metro en la calle 116, una hora antes del meridiano. Gus les indicó dónde colocarse, en una acera desde donde podían oír la llegada del tren número 1, minimizando así el tiempo de espera en el andén inferior.

Eph permaneció en un lateral del edificio más cercano con los ojos cerrados, dormido de pie bajo la lluvia. E incluso en ese duermevela soñaba con la luz y con el fuego.

Fet y Nora susurraban ocasionalmente, mientras que Gus caminaba de un lado a otro sin decir nada. Joaquín se negó a acompañarlos, pues necesitaba dar rienda suelta a su frustración por la desaparición de Bruno continuando con el plan de sabotaje. Gus intentó convencerlo de que no fuera a la ciudad, a causa del golpe en su rodilla, pero Joaquín se mostró decidido.

Eph recobró la conciencia al oír el chillido del tren subterráneo que se aproximaba, y bajaron las escaleras de la estación con rapidez mezclados entre los demás viajeros que se apresuraban a salir de las calles antes del inicio del toque de queda que marcaba la luz solar. Subieron a un vagón de color plateado mientras sacudían la lluvia de sus impermeables. Las puertas se cerraron y, tras echar un vistazo rápido a lo largo y ancho del pasillo, Eph comprobó que venían vampiros a bordo. Se relajó un poco, cerrando los ojos mientras el vagón los conducía cincuenta y cinco manzanas hacia el sur por debajo de la ciudad.

Tras descender del vagón en la calle 59 y Columbus Circle, subieron los escalones hacia la superficie. Entraron en uno de los grandes edificios de apartamentos para esperar detrás del vestíbulo hasta que el oscuro manto de la noche se descorriera ligeramente y el cielo estuviera parcialmente nublado.

Cuando las calles se vaciaron de transeúntes, salieron al marchito esplendor del día. El orbe del sol era visible a través de la nube oscura como una linterna apretada contra una manta gris carbón. Los escaparates de las tiendas y los cafés seguían rotos desde los saqueos de los primeros días de pánico, mientras que las ventanas de las plantas superiores permanecían prácticamente intactas. Caminaron alrededor de la curva sur de la inmensa rotonda, despejada de coches abandonados desde mucho tiempo atrás, con su fuente central arrojando el agua ennegrecida cada dos o tres años. Durante el toque de queda, la ciudad poseía ese aire imperecedero de los domingos a primeras horas de la mañana, como si la mayoría de los habitantes estuvieran durmiendo y el día comenzara lentamente. Eph experimentó entonces una sensación de esperanza que se esforzó en disfrutar, aunque sabía que era falsa.

Entonces, un silbido chisporroteante tronó sobre sus cabezas.

—¿Qué diablos...?

Al desconcierto inicial se le sumó un crujido metálico, una ráfaga de arma de fuego, seguido por aquel silbido más lento que los disparos. Por el retraso, dedujeron que provenían, al parecer, de algún lugar entre los árboles de Central Park.

—Un francotirador —señaló Fet.

Corrieron rápidamente por la Octava Avenida, aunque sin temor. Los disparos a la luz del día significaban seres humanos. Se habían presentado hechos mucho más escalofriantes en los meses posteriores a la toma de posesión, con los seres humanos enloquecidos por la caída de su especie y el surgimiento de un nuevo orden. Suicidios en masa. Asesinatos despiadados. Unos meses después, Eph vio a personas, especialmente durante el meridiano, despotricando y vagando por las calles. Pero ahora, rara vez veía a alguien durante el toque de queda. Los más osados habían sido asesinados o confinados en las granjas, y el resto había aprendido a guardar la compostura.

Se oyeron otros tres disparos, *crack, crack, crack*...

Dos de las balas impactaron en un buzón, pero la tercera golpeó de lleno a Vasiliy Fet en el hombro izquierdo. Cayó dando tumbos, dejando un reguero de sangre. La bala salió de su cuerpo, desgarrándole los músculos y la carne, pero evitando milagrosamente los pulmones y el corazón.

Eph y Nora lo arrastraron con la ayuda del señor Quinlan.

Nora retiró la mano de Fet de su hombro, y le examinó la herida de inmediato. No halló fragmentos de hueso.

—Es solo un rasguño —dijo Fet, tranquilizándola—. Sigamos adelante. Somos demasiado vulnerables aquí.

Recorrieron la calle 56 en dirección a la parada de la línea F del metro. Los disparos se silenciaron; nadie los seguía. Entraron sin ver a nadie sobre el andén desierto. La línea F iba en dirección norte, y los raíles describían una curva por debajo del parque al dirigirse al este, hacia Queens. Saltaron sobre los raíles, asegurándose una vez más de que nadie los siguiera.

Está un poco más adelante. ¿Crees que puedes llegar hasta allí? Es un lugar adecuado para curarte esa herida.

—He pasado por cosas mucho peores —dijo Fet, respondiéndole a Quinlan.

Y así era. En los dos últimos años le habían disparado tres veces, dos en Europa y una vez en el Upper East Side, después del toque de queda.

Caminaron por los raíles con la ayuda de sus binoculares de visión nocturna. Por lo general, los coches dejaban de funcionar durante la hora del meridiano, y los vampiros se resguardaban, aunque la protección ofrecida por la penumbra de la estación subterránea les permitía poner los trenes en movimiento en caso de ser necesario. Así que Eph se mantuvo alerta y consciente.

El ángulo en el techo del túnel se elevaba a la derecha. La pared de cemento servía como mural para los artistas de grafitis, mientras que la pared más corta del lado izquierdo contenía tuberías y una estrecha cornisa. Una figura los esperaba en la siguiente curva. El señor Quinlan se había adelantado, y se internó en el subsuelo mucho antes de la salida del sol.

Esperen aquí, les dijo, y luego desanduvo rápidamente el camino para comprobar que nadie los estaba siguiendo. Regresó aparentemente satisfecho y, sin más preámbulos, abrió un panel dentro del marco de una puerta de acceso cerrada con llave. Una palanca en el interior liberó la puerta, que se abrió hacia dentro.

La sequedad era notable en aquel corto pasillo. Conducía a otra puerta después de girar a la izquierda. Pero en lugar de dirigirse a esa puerta, el señor Quinlan abrió una escotilla totalmente invisible en el suelo, revelando unas escaleras en ángulo.

Gus fue el primero en bajar, seguido por Nora y Fet. Eph fue el penúltimo; el señor Quinlan aseguró la escotilla detrás de él. Las escaleras terminaban en una estrecha pasarela construida por unas manos diferentes a las que habían edificado los innumerables túneles que Eph había visto en el último año de su existencia fugitiva.

Ahora están a punto de entrar en este complejo en mi compañía, pero les recomiendo encarecidamente que no intenten regresar por su cuenta. Diferentes defensas han sido colocadas durante siglos para evitar que entre algún intruso o un escuadrón de vampiros. He desactivado las trampas, pero en el futuro, tengan presente mi advertencia.

Eph buscó algún indicio de trampas, pero no vio ninguna. Aunque tampoco vio la escotilla que los había conducido hasta allí.

Al final de la pasarela, la pared se deslizó a un lado bajo la mano pálida del señor Quinlan. Detrás, la sala era redonda y amplia, y a primera vista se asemejaba a un garaje circular de trenes. Pero, al parecer, era una mezcla entre un museo y una cámara del Congreso. El tipo de foro en el que Sócrates podría haber prosperado, si hubiera sido un vampiro condenado al inframundo. Las paredes, que tenían el aspecto de una sopa verde en el binocular de visión nocturna de Eph, en realidad eran de un alabastro blanco y suave de una forma casi sobrenatural. Estaban separadas por gruesas columnas que llegaban a un alto techo. Las paredes estaban desnudas, como si las obras maestras colgadas allí durante mucho tiempo hubieran sido desmontadas y guardadas. Eph no podía ver todo el camino hasta el extremo opuesto —la sala era enorme—, y el campo de visión de sus gafas nocturnas terminaba en una sombra borrosa.

Se ocuparon rápidamente de la herida de Fet, que siempre llevaba un pequeño botiquín de emergencia en su mochila. La hemorragia casi se había detenido, pues la bala no había afectado a ninguna arteria. Nora y Eph le limpiaron la herida con Betadine y le aplicaron una crema antibiótica; a continuación le pusieron almohadillas Telfa, y una venda absorbente en la parte superior. Fet movió los dedos y el brazo, y aunque sintió un gran dolor, demostró estar en perfectas condiciones.

—¿Qué lugar es éste? —preguntó, echando un vistazo a su alrededor.

Los Ancianos construyeron esta cámara poco después de su llegada al Nuevo Mundo, después de decidir que Nueva York, y no Boston, sería la ciudad portuaria que serviría como sede de la economía humana. Éste era un refugio seguro y santificado, donde podían meditar durante largos periodos de tiempo. Muchas de las decisiones importantes y duraderas sobre la mejor manera de pastorear a su raza se hicieron en este recinto.

—Así que todo era un engaño —dijo Eph—. Una ilusión de libertad. Moldearon el planeta a través de nosotros, haciéndonos desarrollar combustibles fósiles y energía nuclear. Todo lo del efecto invernadero..., lo que les beneficiara. Preparándose para la posibilidad de su toma de posesión, para su traslado a la superficie. Lo cual iba a suceder de todas formas.

Pero no de esta forma. Debes entender que son buenos pastores, que cuidan de sus rebaños, de la misma forma que también hay malos pastores. Existen muchas maneras para conservar la dignidad del ganado.

—Aunque todo sea una mentira.

Todos los sistemas de creencias son invenciones sofisticadas, si hemos de seguir la lógica hasta el final.

—¡Santo cielo! —murmuró Eph en voz baja, aunque el recinto era como una cámara susurrante. Todos lo escucharon y miraron en su dirección—. Un dictador es un dictador, sea bueno o no. Tanto si te tratan como un animal doméstico como si te sangran.

Para empezar, ¿de verdad creías que eras absolutamente libre?

—Eso pensaba —dijo Eph—. E incluso aunque todo sea un fraude, yo prefiero una economía basada en monedas contantes y sonantes, y no en sangre humana.

No nos equivoquemos; la sangre es la única divisa.

—Prefiero vivir en un mundo de ensueño de luz que en un mundo real en tinieblas.

Tu perspectiva sigue siendo la de la pérdida. Pero este mundo de siempre les pertenece a ellos.

—Siempre *fue* su mundo —señaló Fet, corrigiendo al Nacido—. Resulta que ellos eran aún más tontos que nosotros.

El señor Quinlan ignoró la blasfemia de Fet.

Ellos fueron destruidos desde dentro. Eran conscientes de la amenaza, pero creían que podían contenerla. Es más fácil pasar por alto la disensión dentro de tus propias filas.

El señor Quinlan miró brevemente a Eph antes de continuar:

Para el Amo, lo mejor es considerar el conjunto de la historia humana como una sucesión de pruebas, una serie de experimentos realizados a través del tiempo como pre-

paración para el golpe final. El Amo estuvo presente durante el ascenso y caída del Imperio Romano. Estuvo al tanto de la Revolución Francesa y de las guerras napoleónicas. Anidó en los campos de concentración. Vivió en medio de ustedes como un sociólogo pervertido, aprendiendo todo lo que pudo de ustedes y sobre ustedes con el fin de planear su destrucción. Desarrolló pautas a lo largo del tiempo. Aprendió a aliarse con influyentes hombres de poder, como Eldritch Palmer, y los corrompió. Ideó una fórmula para las matemáticas del poder. El equilibrio perfecto de vampiros, ganado y guardias.

Los otros meditaron sobre aquellas palabras.

—Así que tu estirpe, los Ancianos, ha caído —dijo Fet—. Nuestra especie también. La pregunta es: ¿qué podemos hacer al respecto?

El señor Quinlan se acercó a una especie de altar, una mesa de granito sobre la que descansaban seis recipientes redondos de madera, no mucho más grandes que una lata de refresco. Cada recipiente brillaba débilmente en el binocular de visión nocturna de Eph, como si difuminaran una fuente de luz o de calor.

Esto. Tenemos que llevárnoslos. He pasado la mayor parte de los últimos dos años preparando el paso, viajando hacia y desde el Viejo Mundo con el fin de recoger los restos de todos los Ancianos. Los he conservado, aquí, en estos pequeños barriles de roble blanco, de acuerdo con la tradición.

—¿Has viajado por todo el mundo? —le preguntó Nora—. ¿Por Europa y el Lejano Oriente?

El señor Quinlan asintió.

—Es..., es lo mismo, ¿no? ¿En todas partes?

En esencia. Cuanto más desarrollado es el país, mejor es la infraestructura existente y más eficaz la transición.

Eph se acercó a las seis urnas funerarias de madera.

—¿Para qué las guardas? —preguntó.

La tradición me enseñó lo que debía hacer. Pero no me dijo con qué fin.

Eph miró a su alrededor para ver si alguien más cuestionaba la afirmación del señor Quinlan.

—¿Así que recorriste todo el mundo recogiendo sus cenizas corriendo un gran peligro, y no tenías ningún interés en saber por qué o para qué?

El señor Quinlan contempló a Eph con su mirada de fuego.

Hasta ahora.

Eph quería presionarlo más para que explicara el asunto de las cenizas, pero se mordió la lengua. No conocía la magnitud del alcance psíquico del vampiro y le preocupaba que leyera su mente y descubriera su intención de cuestionar todo ese esfuerzo, pues aún se debatía con la tentación de la oferta del Amo. Eph se sentía como si fuera un espía permitiendo al señor Quinlan revelarle aquella ubicación secreta. Eph no quería enterarse de nada más de lo que ya sabía. Tenía miedo de traicionarlos a todos. De cambiarlos a ellos y al mundo por su hijo, pagando la transacción con su alma. Sudaba profusamente y se ponía nervioso sólo de pensarlo.

Miró a los que estaban allí, en aquella enorme cámara subterránea. ¿Uno de ellos ya había sido corrompido, tal como le había dicho el Amo? ¿O era otra mentira, con la intención de minar su resistencia? Eph los examinó uno por uno, como si sus lentes nocturnas pudieran revelar algún rastro de su traición, como, por ejemplo, una mancha negra y maligna saliendo de su pecho.

—¿Por qué nos has traído aquí? —preguntó Fet.

Después de recuperar las cenizas y leer el Lumen, *puedo proceder. Nos queda poco tiempo para destruir al Amo, pero esta guarida nos permite mantener un ojo sobre él. Y estar cerca de su escondite.*

—Espera un momento... —dijo Fet, con un tono de curiosidad en su voz—. ¿Destruir al Amo no te destruirá también a ti?

Es la única manera.

—¿Quieres morir? ¿Por qué?

La respuesta más simple es que me siento cansado. La inmortalidad ha perdido su brillo para mí desde hace muchos siglos. De hecho, le ha quitado el esplendor a todo. La eternidad es el tedio. El tiempo es un océano, y yo quiero llegar a la orilla. El único punto luminoso que me queda en este mundo (la única esperanza) es la destrucción potencial de mi creador; la venganza.

El señor Quinlan les habló de lo que sabía, y de los secretos contenidos en el *Lumen*. Lo hizo en términos sencillos y con tanta claridad como pudo. Explicó el origen de los Ancianos, el mito de los lugares de origen y la importancia de encontrar el Sitio Negro, el lugar de nacimiento del Amo.

La parte que más le gustó a Gus fue la de los tres arcángeles, Gabriel, Miguel y Oziriel, el tercer ángel olvidado, enviados para cumplir la voluntad de Dios con la destrucción de las ciudades de Sodoma y Gomorra.

—Los tipos duros de Dios —dijo Gus, identificándose con los ángeles vengadores—. Pero ¿qué te crees? ¿Ángeles? ¿En serio? Dame un maldito respiro, *hermano*.

—Creo lo mismo que creía Setrakian. Y él creía en el libro —afirmó Fet, encogiéndose de hombros.

Gus se mostró de acuerdo con él, pero aún no podía dejar a un lado la imagen de los ángeles vengadores.

—Si hay un Dios, o alguien capaz de enviar ángeles asesinos, entonces ¿qué demonios espera Él? ¿Qué pasa si todo eso no es más que un montón de historias?

—Respaldadas por actos —señaló Fet—. El Amo localizó cada uno de los seis fragmentos del cuerpo enterrado de Oziriel (los lugares de origen de los Ancianos) y los destruyó con la única fuerza con la que podía realizar tal tarea: con una fisión nuclear. La única energía semejante a Dios en la Tierra, lo suficientemente potente como para destruir territorios sagrados.

Con esto, el Amo no sólo neutralizó toda amenaza, sino que se hizo seis veces más poderoso. Sabemos que aún busca su propio lugar de origen, no para destruirlo, sino para protegerlo.

—Fantástico. Así que sólo debemos encontrar el lugar de enterramiento —observó Nora—, antes de que el Amo lo haga, y construir un pequeño reactor nuclear en él, y luego hacer un sabotaje. ¿Es eso?

—O detonar una bomba nuclear —señaló Fet.

Nora soltó una carcajada.

—Eso suena realmente divertido.

Pero nadie más se rio.

—¡Mierda! —exclamó Nora—. ¡Tienes una bomba nuclear!

—Pero no un detonador —dijo tímidamente Fet, y miró a Gus—. Estamos tratando de conseguir ayuda para solucionar eso, ¿verdad?

Gus respondió sin el entusiasmo de Fet.

—Mi hombre, Creem, ¿te acuerdas de él? El tipo forrado de plata, gordo y tan grande como un tractor. Se lo hice saber, y él dice que está listo para negociar. Conoce todo el mercado negro de Nueva Jersey. Lo que pasa es que todavía es un traficante de drogas. No se puede confiar en un hombre sin escrúpulos.

—Todo esto es inútil si no tenemos un objetivo al cual disparar —afirmó Fet, y buscó la aprobación del señor Quinlan—: ¿Verdad? Por eso querías ver el *Lumen*. ¿Has encontrado algo más en él que no nos hayas dicho?

Estoy seguro de que todos ustedes han visto la señal en el cielo.

El señor Quinlan hizo una pausa y miró a Eph a los ojos, quien sintió cómo el Nacido leía todos los secretos de su alma.

Existe un plan, más allá de los límites de las circunstancias y de la organización. No importa qué haya caído del cielo. Ha sido un presagio, profetizado desde hace mu-

cho tiempo, cuyo sentido es señalar el lugar de nacimiento. Estamos cerca. Piensen en ello: el Amo vino aquí por esa misma razón. Éste es el lugar indicado y el momento adecuado. Lo encontraremos.

—Con todos los respetos —dijo Gus—, hay algo que no entiendo. Es decir, si todos ustedes quieren leer un libro y creer que contiene pistas para conocer la forma de matar a un vampiro de mierda, entonces ¡háganlo! Siéntense en sillas cómodas. Pero, por mi parte, creo que debemos pensar en cómo hacerle frente a este rey chupasangre y partirle el culo. El profesor nos mostró el camino, pero al mismo tiempo, todo este enredo místico nos ha llevado adonde estamos ahora: muertos de hambre, perseguidos, viviendo como ratas. —Gus caminaba de un lado para otro, sintiéndose un poco agitado en aquella cámara ancestral—. Tengo al Amo en el video. En el Castillo Belvedere. Propongo que armemos esta bomba juntos y nos encarguemos directamente del asunto.

—Mi hijo está allí —dijo Eph—. No sólo el Amo.

—¿Crees que me importa un carajo tu mocoso? —replicó Gus—. No quiero que te lleves una impresión equivocada, porque me importa una mierda.

—¡Calma! Si desperdiciamos esta oportunidad, olvídense. Se acabó. Nadie podrá volver a acercarse tanto al Amo —sentenció Fet.

Fet miró al señor Quinlan, cuya serenidad reflejaba su consentimiento.

Gus frunció el ceño, pero no discutió. Respetaba a Fet, y aún más al señor Quinlan.

—¿Dices que puedes hacer un agujero en el suelo y hacer desaparecer al Amo? Estoy de acuerdo con eso, si funciona. Pero ¿si no es así? ¿Nos rendimos?

Tenía razón en eso. El silencio de los demás fue unánime.

—Yo no —objetó Gus—. De ninguna manera.

Eph sintió que el vello de la nuca se le erizaba. Se le ocurrió una idea. Empezó a hablar antes de que pudiera detenerse.

—Puede haber otra forma —dijo.

—¿Otra forma para qué? —preguntó Fet.

—Para acercarnos al Amo. No asediando su castillo. Sin exponer a Zack. ¿Qué pasa si en lugar de eso lo atraemos hacia nosotros?

—¿Qué es esa mierda? —protestó Gus—. ¿De repente tienes un plan, *hombre*? —Gus les sonrió a los demás—. Esto tiene que ser bueno.

Eph tragó saliva y mantuvo la firmeza de su voz:

—El Amo entra en mí por alguna razón. Tiene a mi hijo. ¿Qué pasa si le ofrecemos algo con lo que negociar?

—El *Lumen* —dijo Fet.

—Esto es una mierda —aseguró Gus—. ¿Qué estás tratando de vendernos?

Eph extendió la mano, reclamando paciencia y atención a lo que estaba a punto de sugerir.

—Escúchenme. En primer lugar, lo reemplazamos por un libro falso. Yo digo que se los robé a ustedes y que quiero cambiarlo. Por Zack.

—¿No es muy peligroso? ¿Qué pasa si a Zack le sucede algo? —advirtió Nora.

—Es un gran riesgo, pero no puedo pensar en otra forma de recuperar a mi hijo. En cambio, si destruimos al Amo... todo habrá terminado.

Gus no estaba convencido. Fet parecía preocupado, y el señor Quinlan no dio ninguna indicación acerca de cuál era su opinión.

Pero Nora asintió.

—Creo que podría funcionar.

Fet la miró, sorprendido por lo que acababa de oír.

—¿Estás loca? Tal vez deberíamos hablar a solas sobre esto.

—Deja que tu mujer hable —dijo Gus, sin perder la oportunidad de tocarle el punto débil a Eph—. Escuchémosla.

—Creo que Eph podría atraerlo —apuntó Nora—. Tiene razón; hay algo en él que el Amo necesita o teme. No dejo de pensar en esa luz en el cielo. Es indudable que algo está sucediendo.

Eph sintió un ardor recorriéndole la espalda hasta la base del cráneo.

—Podría funcionar —dijo Nora—. Tiene sentido que Eph finja traicionarnos. Atraer al Amo por medio de Eph y del falso *Lumen*. Eso lo expondría a una emboscada. —Miró a Eph—. Si tienes la seguridad de estar preparado para algo así, claro.

—Si no nos queda otra opción —señaló él.

—Es una locura peligrosa —prosiguió Nora—. Porque si fallamos y el Amo te agarra..., se acabó. En ese caso, sabría todo lo que sabes: dónde estamos, cómo encontrarnos. Estaríamos perdidos.

Eph permaneció inmóvil mientras los demás consideraban el plan. La voz de barítono se deslizó en la mente de todos: *El Amo es infinitamente más astuto de lo que ustedes creen.*

—No me cabe duda de que el Amo es taimado —dijo Nora, volviéndose hacia el señor Quinlan—. Pero ¿podrá rechazar una oferta como ésta?

La tranquilidad del Nacido señaló su aceptación, si no su pleno acuerdo.

Eph sintió los ojos del señor Quinlan sobre él. Se sentía escindido. En cierto sentido, esto le daba flexibilidad: podría llevar a cabo su traición o seguir con el plan si pensaba que tendría éxito. Pero había algo más que le preocupaba.

Indagó en el rostro de su ex amante, iluminado por las lentes de visión nocturna, en busca de algún indicio de traición. ¿Era ella la traidora de la que le habló el Amo? ¿Le habrían hecho algo durante su breve estancia en el campamento de extracción de sangre?

Tonterías. Habían matado a su madre. Sospechar de ella un engaño resultaba absurdo.

Al final, Eph rezó para que ambos tuvieran la integridad y la entereza que siempre habían poseído.

—Quiero hacerlo —dijo Eph—. Actuemos simultáneamente en ambos frentes.

Todos eran conscientes de que acababan de dar el primer paso de un plan extremadamente peligroso. Gus se mostraba vacilante, pero aun así parecía dispuesto a aceptarlo. El plan representaba una acción directa, y, al mismo tiempo, estaba ansioso de darle a Eph la cuerda suficiente para que se ahorcara con ella.

El Nacido comenzó a guardar los recipientes de madera dentro de una funda de plástico para colocarlos en una bolsa de cuero.

—Espera —dijo Fet—. Nos estamos olvidando de algo muy importante.

—¿De qué? —preguntó Gus.

—¿Cómo demonios le haremos esta oferta al Amo? ¿Cómo podremos ponernos en contacto con él?

—Conozco una manera —dijo Nora, tocando a Fet en el hombro sin vendar.

Harlem Latino

Los camiones de suministro que venían a Manhattan desde Queens se desplazaban por el despejado carril del medio en el puente Queensboro, que cruzaba el East River y llevaba al sur por la Segunda Avenida, o al norte por la Tercera.

El señor Quinlan estaba en la acera de los edificios George Washington entre las calles 97 y 98, cuarenta cuadras al norte del puente. El Nacido esperó bajo la lluvia, con la capucha cubriéndole la cabeza, mirando el paso de vehículos ocasionales. Los convoyes fueron ignorados. También los camiones o vehículos de Stoneheart. La primera preocupación del señor Quinlan era alertar de alguna manera al Amo.

Fet y Eph estaban a la sombra de una puerta en el primer bloque de casas. Habían visto un vehículo cada diez minutos más o menos en los últimos cuarenta y cinco minutos. Los faros aumentaron sus esperanzas, pero el desinterés del señor Quinlan las frustró. Y así, permanecieron en la puerta oscura, a salvo de la lluvia, pero no de la peculiaridad que había ahora en su relación.

Fet estaba ejecutando su nuevo plan en la cabeza, tratando de convencerse de que podía funcionar. El éxito parecía una posibilidad muy remota, pero, como de costumbre, no tenían muchas más opciones en espera, preparadas para poner en funcionamiento.

Matar al Amo. Lo habían intentado una vez, mediante la exposición de la criatura al sol, y habían fracasado. Cuando, al parecer, Setrakian envenenó su sangre antes de morir, utilizando el veneno anticoagulante para roedores de Fet, el Amo se había limitado a desprenderse de su huésped humano, asumiendo la forma de otro ser sano. La criatura parecía invencible.

Y, sin embargo, la habían herido. En ambas ocasiones. No importaba la forma original que tuviera la criatura, parecía que necesitaba existir poseyendo a un ser humano. Y los seres humanos podían ser destruidos.

—No podemos fallar esta vez —dijo Fet—. Nunca tendremos una oportunidad mejor.

Eph asintió, mirando hacia la calle, esperando la señal del señor Quinlan.

Parecía vigilado. Tal vez tenía dudas sobre el plan, o tal vez se trataba de algo más. La falta de confianza en Eph había provocado una grieta en su relación, pero la situación con Nora había ocasionado una brecha permanente.

En ese momento la mayor preocupación de Fet era que la irritación que Eph sentía hacia él no tuviera un impacto negativo en sus esfuerzos.

—No ha pasado nada —dijo Fet— entre Nora y yo.

—Ya lo sé —replicó Eph—. Pero ha pasado *todo* entre ella y yo. Se acabó. Lo sé. Y habrá un momento en que tú y yo hablaremos de esto y tal vez nos liemos a puñetazos por ella. Pero ahora no es el momento. Ahora, esto tiene que ser nuestro objetivo. Todos los sentimientos personales deben quedar a un lado... Mira, Fet, estamos emparejados. Éramos tú y yo, o Gus y yo. Y prefiero escogerte a ti.

—Me alegro de que todos estemos en el mismo bando otra vez —dijo Fet.

Eph estaba a punto de responder cuando unos faros aparecieron una vez más. Esta vez, el señor Quinlan se dirigió a la calle. El camión estaba demasiado lejos para que pudieran identificar al conductor, pero el señor Quinlan lo había hecho. Permaneció en el carril del camión, y los faros lo iluminaron.

Una de las reglas de tráfico era que cualquier vampiro podía dirigir un vehículo conducido por un humano, del mismo modo que un soldado o un policía podía hacerlo con un vehículo civil en los antiguos Estados Unidos. El señor Quinlan levantó la mano; su dedo medio alargado era visible, al igual que sus ojos rojos. El camión se detuvo, y su conductor, un miembro de Stoneheart con un traje oscuro debajo de un cálido abrigo, abrió la puerta del copiloto con el motor todavía en marcha.

El señor Quinlan se acercó al conductor, oculto a la vista de Fet por el lado del copiloto del camión. Fet vio que el conductor se sacudía de repente dentro de la cabina. El señor Quinlan dio un salto en la puerta. Parecían estar forcejeando a través de las ventanas manchadas por la lluvia.

—¡Vamos! —ordenó Fet, y salieron corriendo de su escondite, hacia la lluvia. Dejaron la acera y se apresuraron sobre el lado del conductor del camión. Fet casi choca contra el señor Quinlan, retrocediendo sólo en el último momento, cuando vio que no era el señor Quinlan quien forcejeaba, sino el conductor.

El aguijón del Nacido estaba lleno de sangre; sobresalía de la base de su garganta en la mandíbula desencajada, y se estrechaba en la punta firmemente insertada en el cuello del conductor.

Fet retrocedió bruscamente. Cuando Eph llegó y vio aquello, hubo un momento de afinidad entre los dos, de disgusto compartido. El señor Quinlan se alimentó con rapidez, con sus ojos clavados en los del conductor, cuyo rostro se había transformado en una máscara paralizada por el miedo.

Fet recordó la facilidad con la que el señor Quinlan podría volverse contra ellos —contra cualquiera— en un instante.

Fet sólo volvió a mirar cuando estuvo seguro de que la alimentación había terminado. Vio el aguijón retraído del señor Quinlan, su parte más estrecha colgando de la boca como la cola sin pelo de un animal que se hubiera tragado. Lleno de energía, el señor Quinlan levantó al conductor inerte y lo dejó en la calle sin ningún esfuerzo, como si fuera un fardo de ropa. Cuando estuvo oculto a medias por la puerta, el señor Quinlan le rompió el cuello con una rotación contundente, en un gesto de misericordia y de pragmatismo.

Dejó el cadáver destrozado a la puerta antes de volver junto a ellos en la calle. Necesitaban empezar a moverse antes de que llegara otro vehículo. Fet y Eph se reunieron con él en la parte trasera del camión, y Fet abrió el cierre, levantando la puerta corredera.

Un camión refrigerado.

—¡Maldita sea! —dijo Fet. Tenían que recorrer un trayecto de una hora, o tal vez dos, y Fet y Eph iban a pasar frío, porque no podían ser vistos en la parte delantera—. Y ni siquiera lleva comida decente —murmuró cuando subió al interior y hurgó en los pedazos de cartón.

El señor Quinlan tiró de la correa de caucho que bajaba la puerta, encerrando a Fet y a Eph en la oscuridad. Fet se había asegurado de que hubiera rejillas de ventilación para que el aire circulara. Oyeron la puerta del conductor cerrarse, y el camión se puso en marcha, sacudiéndose mientras se precipitaba hacia delante.

Fet sacó un forro polar de su mochila, se lo puso y se abrochó la chaqueta por encima. Extendió algunos pedazos de cartón y se colocó la parte blanda de su mochila detrás de la cabeza, tratando de ponerse cómodo. A juzgar por los sonidos, Eph estaba haciendo lo mismo. El traqueteo del camión, debido al ruido y a las vibraciones, les impedía conversar, lo cual estaba bien.

Fet se cruzó de brazos, tratando de olvidarse de su mente. Se concentró en Nora. Era consciente de que probablemente nunca habría atraído a una mujer de ese calibre en circunstancias normales. Los tiempos de guerra unían a hombres y mujeres, a veces a causa de la necesidad, a veces por conveniencia, pero de vez en cuando era obra del destino. Fet confiaba en que su atracción fuera el resultado de esto último. Las personas también suelen encontrarse a sí mismas en tiempos de guerra. Fet había descubierto su mejor faceta allí, en la peor de las situaciones, sin embargo Eph, al contrario, parecía completamente perdido en ciertas ocasiones.

Nora quería ir con ellos, pero Fet la convenció de que se quedase con Gus, no sólo para ahorrar energías, sino también porque sabía que ella no sería capaz de renunciar a atacar a Barnes si lo veía de nuevo, lo que pondría su plan en peligro. Además, Gus necesitaba ayuda con su importante misión.

—¿En qué piensas? —le había preguntado a Fet, frotándose su cabeza sin pelo en un momento más tranquilo.

Fet echaba de menos su largo cabello, pero había algo hermoso y austero en su rostro sin adornos. Le gustaba la línea delicada de la parte posterior de la cabeza, la línea grácil que iba a través de la nuca hasta el comienzo de sus hombros.

—Parece como si hubieras vuelto a nacer —le dijo él.

Ella frunció el ceño.

—¿No resulta estrafalario?

—Si acaso, pareces un poco más delicada. Más vulnerable.

Ella enarcó las cejas sorprendida.

—¿Quieres que sea más vulnerable?

—Bueno, sólo conmigo —dijo él con franqueza.

Eso la hizo sonreír, y a él también. Las sonrisas eran escasas; racionadas como los alimentos en aquellos días oscuros.

—Me gusta este plan —dijo Fet—, porque representa una posibilidad. Pero también estoy preocupado.

—Por Eph —dijo Nora, entendiendo y coincidiendo con él—. Se trata de todo o nada. O bien él se desmorona, y nos ocupamos de eso, o se levanta y aprovecha su oportunidad.

—Creo que va a levantarse. Tiene que hacerlo. Tiene que hacerlo.

Nora admiró la fe que Fet tenía en Eph, aunque ella no estaba convencida.

—Cuando empiece a crecer de nuevo —dijo ella, sintiendo otra vez su frío cuero cabelludo—, llevaré el pelo muy corto durante un tiempo, como un hombre.

Él se encogió de hombros, imaginándola así.

—Puedo soportarlo.

—O tal vez me lo afeite, y lo mantenga como ahora. De todos modos, uso sombrero la mayoría de las veces.

—Todo o nada —dijo Fet—. Ésa eres tú.

Ella encontró su gorro de lana, y se lo ajustó sobre el cuero cabelludo.

—¿No te importaría?

Lo único que le importaba a Fet era que ella buscara su opinión. Que él fuera parte de sus planes.

En el interior del camión frío y ruidoso, Fet se durmió con los brazos firmemente cruzados, como si la estuviera sosteniendo a su lado.

Staatsburg, Nueva York

LA PUERTA SE ABRIÓ y el señor Quinlan observó cómo se ponían de pie. Fet saltó, con las rodillas tiesas y las piernas frías, arrastrando los pies para estimular la circulación. Eph bajó y permaneció con la mochila en la espalda como un autoestopista con un largo camino por recorrer.

El camión estaba aparcado en el arcén de una carretera de tierra, o tal vez al borde de un largo camino privado, lo suficientemente lejos de los troncos de los árboles desnudos como para que no le diera la sombra. La lluvia había cesado, y el suelo estaba húmedo pero no enfangado. El señor Quinlan salió corriendo bruscamente sin explicación alguna. Fet se preguntó si debían seguirlo, pero decidió que antes tenían que entrar en calor.

Cerca de él, Eph parecía muy despierto. Casi ansioso. Fet se preguntó brevemente si el aparente entusiasmo del médico era de origen farmacológico. Pero no, sus ojos estaban claros.

—Pareces dispuesto —comentó Fet.

—Lo estoy —dijo Eph.

El señor Quinlan regresó momentos después. Sin embargo, era un espectáculo inquietante: un vapor espeso salía de su cuero cabelludo y de dentro de su sudadera, pero no de su boca.

Hay unos cuantos guardias en la puerta de entrada, otros en las otras puertas. No veo ninguna manera de evitar que el Amo sea alertado. Pero tal vez, teniendo en cuenta el plan, no sea algo desafortunado.

—¿Qué piensas? —preguntó Fet—. Del plan. Sinceramente, ¿tenemos alguna posibilidad?

El señor Quinlan miró a través de las ramas sin hojas, hacia el cielo negro.

Es una táctica que vale la pena intentar. Hacer salir al Amo es la mitad de la batalla.

—La otra mitad está en derrotarlo —dijo Fet. Miró la cara de vampiro del Nacido, todavía vuelta hacia arriba, imposible de interpretar—. ¿Y tú? ¿Qué posibilidades tienes contra el Amo?

La historia me ha demostrado que he fracasado. No he sido capaz de destruir al Amo, y él no ha sido capaz de destruirme. Él me quiere muerto, de la misma forma que quiere muerto al doctor Goodweather. Eso es lo que tenemos en común. Por supuesto, cualquier señuelo que me incluya a mí sería una estrategia absolutamente transparente.

—No puedes ser destruido por un hombre. Pero puedes ser destruido por el Amo. Así que tal vez el monstruo sea vulnerable contigo.

Lo único que puedo decir con absoluta certeza es que jamás había intentado matarlo con un arma nuclear.

Eph se había colocado su binocular de visión nocturna en la cabeza, deseoso de ponerse en marcha.

—Estoy listo —dijo—. Vamos a hacer esto antes de que me convenza de lo contrario.

Fet asintió, apretando sus correas y colocando el paquete sobre su espalda. Siguieron al señor Quinlan a través de los árboles, mientras el Nacido avanzaba gracias a cierto sentido instintivo de la orientación. Fet no podía discernir camino alguno, pero era fácil —demasiado fácil— confiar en el señor Quinlan. Fet no creía que pudiera bajar la guardia estando cerca de un vampiro, fuera el Nacido o no.

Oyó un zumbido en algún lugar delante de ellos. La densidad de los árboles comenzó a diluirse, y llegaron al borde de un claro. El zumbido era un generador —tal vez el que suministraba energía a la propiedad de Barnes, que parecía estar ocupada—. La casa era enorme, y el terreno era considerable. Estaban al lado derecho de la parte trasera de la propiedad, frente a una cerca para caballos que vallaba el patio posterior y, dentro de éste, una pista de equitación.

Los generadores sofocarían la mayor parte del ruido que pudieran hacer, pero la visión nocturna de los vampiros, sensible al calor, era casi imposible de eludir. La señal que hizo el señor Quinlan con su mano extendida detuvo a Fet y a Eph; el Nacido se deslizó entre los árboles, lanzándose con rapidez de un tronco al otro por todo el perímetro de la propiedad. Fet no tardó en perderlo de vista, y súbitamente, el Nacido se separó de los árboles casi a una cuarta parte del camino, en un terreno amplio y descampado. Apareció caminando de forma apresurada y con confianza, pero sin correr. Unos guardias que estaban cerca abandonaron su puesto en la puerta lateral al verle y se dirigieron a su encuentro.

Fet identificaba una maniobra de distracción en cuanto la veía.

—Ahora o nunca —le susurró a Eph.

Salieron de las ramas a la oscuridad plateada del descampado. Sin embargo, no se atrevieron a sacar su espada por temor a que los vampiros sintieran la cercanía de la plata. Era evidente que el señor Quinlan se estaba comunicando de alguna manera con los guardias, que estaban de espaldas a Fet y Eph, quienes corrían a lo largo de la hierba suave, seca y gris.

Los guardias sintieron la amenaza detrás de ellos cuando Fet estaba a seis metros. Se dieron media vuelta y Fet sacó la espada de su mochila, sosteniéndola con su brazo sano, pero fue el señor Quinlan quien logró dominarlos; sus fuertes brazos eran como una mancha indefinida, mientras ahogaba y aplastaba los músculos y huesos de sus cuellos.

Fet recorrió la distancia que les separaba sin vacilar y remató a las dos criaturas con su espada. Quinlan sabía que la alarma no se había emitido por vía telepática, pero no había tiempo que perder.

El señor Quinlan salió en busca de otros vigilantes, seguido por Fet, mientras Eph se dirigía a la puerta lateral, que no estaba cerrada con llave.

La sala de la segunda planta era el sitio preferido de Barnes. Las paredes cubiertas de libros, una chimenea de cerámica con una gruesa repisa de roble, un cómodo sillón, una lámpara de pie con una luz ambarina y una mesa sobre la cual descansaba su copa de coñac como un globo de cristal perfecto.

Se soltó los tres primeros botones de la camisa de su uniforme y bebió el resto de su tercer coctel Alexander. La nata fresca, un verdadero lujo ahora, era el secreto del delicioso sabor espeso y dulce de aquella mezcla decadente.

Barnes suspiró profundamente antes de levantarse de su silla. Tardó un momento en recobrar el equilibrio, con la mano apoyada en el brazo del sillón. Estaba poseído por el alcohol que había bebido. Ahora todo el mundo era un globo de delicado cristal, y Barnes flotaba alrededor de él, en una cama de brandy que se agitaba suavemente.

Aquella casa había pertenecido a Bolívar, la estrella de rock: su confortable retiro campestre. Hubo un tiempo en que esa mansión había costado una cifra de ocho dígitos. Barnes recordó vagamente el revuelo de los medios de comunicación cuando Bolívar le compró la propiedad a una antigua y acaudalada familia que estaba atravesando por una época difícil. La transacción fue una especie de capricho de buena fe, porque parecía muy alejada del carácter del cantante gótico. Pero así se había vuelto el mundo antes de que todo se fuera al infierno: las estrellas de rock de pronto se convertían en jugadores de golf, los raperos jugaban al polo y los actores coleccionaban arte moderno.

Barnes se dirigió a los estantes más altos, y comenzó a buscar atentamente en la colección de erotismo clásico de Bolívar. Sacó una edición grande, fina y muy bien encuadernada de *La perla* y la abrió sobre un atril cercano. ¡Ah, los victorianos, tan aficionados a los azotes! Luego sacó un texto encuadernado a mano, más parecido a una colección de recortes ilustrada que a un libro debidamente publicado, y que contenía antiguas impresiones fotográficas pegadas en hojas de papel grueso. Las impresiones aún conservaban la emulsión de plata, y Barnes retiró sus dedos con cuidado. Él era un tradicionalista, inclinado a los arreglos y poses de las primeras épocas, dominadas por los hombres. Le gustaban las mujeres sumisas.

Y entonces llegó el momento de su cuarto y último brandy. Llamó a la cocina por el teléfono interno. ¿Cuál de sus atractivas empleadas domésticas le llevaría su famoso coctel Alexander esa noche? Como propietario de la casa, él tenía los medios —y, cuando estaba debidamente ebrio, la iniciativa— para que sus fantasías se hicieran realidad. No obtuvo respuesta alguna. ¡Qué impertinencia! Barnes frunció el ceño, colgó el teléfono y volvió a marcar, por temor a que pudiera haber pulsado el botón equivocado. Mientras sonaba por segunda vez, oyó un fuerte golpe en algún lugar de la casa. Tal vez, se imaginó, su petición había sido atendida y estaba a punto de llegar en ese instante. Esbozó una sonrisa alcohólica, dejó el auricular en su base antigua, y avanzó por la gruesa alfombra hacia la puerta grande.

El amplio pasillo estaba vacío. Barnes salió, y sus zapatos blancos y pulidos crujieron un poco.

Unas voces abajo, difusas y apagadas, llegaron a sus oídos como algo más que ecos.

No responder su llamada telefónica y hacer ruido abajo eran motivos suficientes para que Barnes pasara revista personalmente a sus empleadas y escogiera quién le iba a llevar su brandy.

Puso un pie delante de otro en el centro del pasillo, impresionado por su capacidad de avanzar en línea recta. Apretó el botón para llamar el ascensor en el rellano de las escaleras. Subió a él desde el vestíbulo de la entrada: era una jaula de oro. Abrió la puerta, deslizó la rejilla a un lado, entró y volvió a cerrarla tirando de la manilla hacia abajo. La jaula descendió, transportándolo a la primera planta, como a Zeus sobre una nube.

Salió del ascensor, haciendo una pausa para mirarse en un espejo dorado. La mitad superior de su camisa estaba arrugada, y las pesadas medallas medio ocultas. Pasó la lengua por sus labios resecos y se ahuecó el cabello para que pareciera que tenía más, suavizando su barba de chivo y asumiendo en general una expresión de dignidad embriagada antes de aventurarse en la cocina.

La cocina amplia y en forma de L estaba vacía. Una bandeja de galletas recién horneadas descansaba en un estante en la larga isleta central, con un par de guantes rojos a un lado. En la alacena de los licores, una botella de coñac y una jarra de nata estaban al lado de una jarra graduada y de un tarro abierto de nuez moscada. El auricular del teléfono colgaba en su soporte de la pared.

—¿Hola? —llamó Barnes.

Oyó un traqueteo, como una estantería que se hubiera venido abajo.

Luego, dos voces femeninas a la vez:

—Aquí.

Intrigado, Barnes se dirigió al rincón de la cocina. Al doblar, vio a cinco de sus empleadas de servicio doméstico, todas bien alimentadas y muy guapas, con largas cabelleras, atadas a los estantes de utensilios de cocina con bandas de sujeción flexibles.

Su mentalidad era tal que el primer impulso, al ver sus manos atadas y sus ojos húmedos y suplicantes, fue de placer. Su mente, impregnada de coñac, procesó la escena como un cuadro erógeno.

La realidad se apartó lentamente de la niebla. Transcurrió un momento largo y vacilante antes de darse cuenta de que, al parecer, alguien había entrado y sometido a su personal.

Que alguien estaba dentro de la casa.

Barnes volvió sobre sus pasos y corrió. Las mujeres gritaron su nombre, y él se golpeó la cadera contra la isleta. Su dolor se hizo más intenso mientras se abría paso por el mostrador de la entrada. Salió corriendo, moviéndose a ciegas por el rellano del primer piso y alrededor de la otra esquina, en dirección a la puerta de la entrada, pensando desconcertado: «¡Huye!». Entonces vio, a través de las vidrieras de color violeta incrustadas en las puertas dobles, un forcejeo en el exterior, que terminó con uno de sus guardias vampiros siendo derribado y golpeado por una figura oscura y brutal. Una segunda figura se acercó blandiendo una espada de plata. Barnes retrocedió, tropezando con sus propios pies, mientras veía a otros guardias abandonar sus posiciones para hacer frente al ataque.

Corrió como pudo de nuevo al rellano. La idea de quedarse atrapado dentro de la jaula del ascensor le produjo pánico y subió por la escalera de caracol, apoyando sus manos en la amplia barandilla. La adrenalina neutralizó una parte del alcohol en su sangre. El estudio. Era allí donde tenía expuestas las armas. Se encaminó por el largo pasillo hacia la sala, cuando un par de manos lo agarraron desde un lateral, empujándolo a la puerta abierta de la sala de estar.

Barnes se cubrió la cabeza instintivamente, esperando una paliza. Cayó en una de las sillas, donde permaneció, acobardado por el miedo y el desconcierto. No quería ver el rostro de su atacante. Parte de su miedo histérico provenía de una voz en su cabeza que se asemejaba mucho a la de su querida y difunta madre, que le decía: «Estás recibiendo lo que te mereces».

—Mírame.

La voz. Esa voz enfadada. Barnes relajó su mente. Conocía esa voz, pero no podía localizarla. Algo no encajaba. La voz se había vuelto áspera, más profunda con el paso del tiempo.

La curiosidad superó el miedo. Aún temblando, Barnes retiró los brazos de su cabeza y levantó los ojos.

Ephraim Goodweather. O, más acorde con su apariencia personal, el gemelo malvado de Ephraim Goodweather. Éste no era el hombre que había conocido, el famoso epidemiólogo. Unas ojeras profundas surcaban sus ojos huidizos. El hambre había vaciado su rostro de todo indicio de alegría y había transformado sus mejillas en riscos, como si toda la carne se le hubiera desprendido de los huesos. Sus bigotes arenosos se aferraban a su piel grisácea, pero no podían llenar los huecos. Llevaba guantes sin dedos, un abrigo sucio y botas desgastadas debajo de sus pantalones húmedos, atadas con alambre en lugar de cordones. El gorro negro de lana que coronaba su cabeza reflejaba la oscuridad de su mente. La empuñadura de una espada que llevaba en la espalda asomó. Eph parecía un vagabundo vengativo.

—Everett —dijo Eph, con voz ronca, poseído.

—¡No! —exclamó Barnes, aterrorizado.

Eph tomó la copa, con el fondo aún recubierto de licor y con un color achocolatado. Se la llevó a la nariz, inhalando su aroma.

—Una copa antes de dormir, ¿eh? ¿Coctel Alexander? Ésa es una maldita bebida de baile de graduación, Barnes. —Puso la gran copa en la mano de su antiguo jefe. Entonces hizo exactamente lo que Barnes temía que iba a hacer: cerró su puño sobre la mano de Barnes, aplastando la copa entre los dedos de su ex jefe. Apretándolos contra los múltiples fragmentos de cristal, cortándole la carne y los tendones y llegando hasta el hueso.

Barnes aulló y cayó de rodillas, sangrando y llorando. Se encogió.

—¡Por favor! —suplicó.

—Quiero sacarte un ojo —dijo Eph.

—¡Por favor!

—Pisarte la garganta hasta que mueras. Y luego incinerarte en ese pequeño agujero de la pared.

—Estaba tratando de salvarla... De sacar a Nora del campamento.

—¿De la misma forma que sacaste a las camareras que están abajo? Nora estaba en lo cierto acerca de ti. ¿Sabes lo que te haría si estuviera aquí?

Así que ella no había venido. Gracias a Dios.

—Ella sería razonable —dijo Barnes—. Vería lo que yo puedo ofrecerles, cómo podría prestarles un servicio.

—Maldito seas —dijo Eph—. Maldita sea tu negra alma.

Eph golpeó Barnes. Sus puñetazos fueron calculados y brutales.

—No —gimió Barnes—. Basta..., por favor...

—Así que éste es el aspecto que tiene la corrupción absoluta —dijo Eph, y le dio unos cuantos golpes más—. ¡El comandante Barnes! Eres un maldito pedazo de mierda, ¿lo sabías? ¿Cómo pudiste traicionar así a tu propia especie? Eras médico, por el amor de Dios, eras el maldito director del CDC. ¿No tienes compasión?

—No, por favor. —Barnes se removió en su asiento, sangrando por todo el suelo, pensando en cómo sacar algo productivo y positivo de aquella conversación. Pero su habilidad para las relaciones públicas se vio obstaculizada por la creciente inflamación de su boca y de los dientes que acababa de perder—. Éste es un mundo nuevo, Ephraim. Mira lo que ha hecho contigo.

—Y tú dejaste que ese uniforme de almirante de mierda se te subiera a la cabeza. —Eph extendió la mano y agarró el fino y escaso pelo de Barnes, empujando su rostro hacia arriba, dejando el cuello al descubierto. Barnes percibió la decadencia del cuerpo de Eph—. Debería matarte aquí mismo —dijo—. En este mismo instante. —Sacó su espada y se la mostró a Barnes.

—Tú..., tú no eres un asesino —balbuceó Barnes.

—Ah, claro que lo soy. Me he convertido en eso. Y a diferencia de ti, no lo hago apretando un botón o firmando una orden. Lo hago así. De cerca. Personalmente.

La hoja de plata acarició la tráquea de Barnes, que arqueó un poco más el cuello.

—Pero... —dijo Eph, retirando la espada unos cuantos centímetros—, afortunadamente para ti, aún me resultas útil. Necesito que me hagas un favor, y lo vas a hacer. Di que sí.

Eph le movió la cabeza en señal de asentimiento.

—Bien, escucha con atención. Hay gente esperándome fuera. ¿Entiendes? ¿Estás suficientemente sobrio como para recordar esto, «joven coctel Alexander»?

Barnes asintió con la cabeza, esta vez por sus propios medios. Por supuesto, en ese momento habría aceptado cualquier cosa.

—El motivo por el cual vine aquí es para hacerte una oferta. En realidad, te hará quedar bien. Estoy aquí para decirte que vayas junto al Amo y le digas que he aceptado cambiar el *Occido lumen* por mi hijo. Demuéstrame que lo entiendes.

—La traición es algo que entiendo, Eph —dijo Barnes.

—Incluso puedes ser el héroe de esta historia. Puedes decirle que vine para matarte, pero que ahora estoy traicionando a mi propia gente, y ofreciéndole este acuerdo. Puedes decirle que me convenciste de aceptar su oferta y te ofreciste a transmitírsela.

—¿Los otros saben esto...?

Eph sintió una oleada de emociones. Sus ojos se llenaron de lágrimas.

—Creen que estoy con ellos, y lo estoy..., pero se trata de mi hijo.

Las emociones inundaron el corazón de Ephraim Goodweather. Se sintió mareado, perdido...

—Lo único que necesitas hacer es decirle al Amo que acepto. Que esto no es un farol.

—Vas a entregar ese libro.

—Por mi hijo...

—Sí, sí..., por supuesto. Es perfectamente comprensible...

Eph agarró a Barnes del pelo y lo golpeó dos veces en la boca. Le partió otro diente.

—No quiero tu compasión de mierda, monstruo. Sólo entrégale mi mensaje. ¿Comprendes? Conseguiré el verdadero *Lumen* de alguna manera y contactaré con el Amo, tal vez a través de ti, cuando esté listo para entregárselo.

Eph apretó con menos fuerza el pelo de Barnes, quien comprendió que no iba a ser asesinado; ni siquiera lo golpearían de nuevo.

—Yo... me enteré de que el Amo tenía a un niño a su lado..., a un niño humano. Pero no sé por qué...

A Eph le brillaban los ojos.

—Su nombre es Zachary. Fue secuestrado hace dos años.

—¿Por Kelly, tu esposa? —dijo Barnes—. Yo la vi. Con el Amo. Ella es..., bueno, ya no es ella. Pero supongo que ninguno de nosotros lo es.

—Algunos de nosotros —dijo Eph— nos convertimos incluso en vampiros sin ser picados por nadie. —Sus ojos se volvieron vidriosos y húmedos—. Eres un traidor y un cobarde, y unirme a tus filas desgarra mi interior como una enfermedad fatal, pero no veo otra salida, pues tengo que salvar a mi hijo. Tengo que hacerlo. —Apretó de nuevo el pelo de Barnes—. Ésta es la opción correcta, es la única opción para un padre. Mi hijo ha sido secuestrado y el precio por el rescate es mi alma y el destino del mundo, y yo lo voy a pagar. Lo pagaré. Maldito sea el Amo, y maldito seas tú.

Incluso Barnes, cuya lealtad estaba del lado de los vampiros, se preguntó si tendría sentido llegar a algún tipo de acuerdo con el Amo, un ser que no se regía por ninguna moral ni código. Un virus, y uno muy voraz.

Pero, por supuesto, no le dijo nada a Eph. El hombre que sostenía una espada cerca de su garganta era una criatura consumida casi hasta la médula, al igual que una goma de borrar a la que sólo le queda un fragmento apenas suficiente para hacer una corrección final.

—Harás eso —dijo Eph sin preguntar.

Barnes asintió.

—Puedes contar conmigo. —Intentó sonreír, pero su boca y sus encías estaban hinchadas casi hasta la desfiguración.

Eph se quedó mirándole un largo instante. Una mirada de intenso asco apareció en su rostro demacrado. «Éste es del tipo de hombres con los que ahora estás haciendo tratos.» Luego le echó la cabeza hacia atrás, retiró su espada y avanzó hacia la puerta.

Barnes se agarró el cuello indemne, pero no pudo contener su lengua, que sangraba.

—Yo lo entiendo, Ephraim —dijo—, quizá mejor que tú. —Eph se detuvo, girándose debajo del refinado marco de la puerta—. Todo el mundo tiene su precio. Crees que tu comportamiento es más noble que el mío, porque para ti el precio es el bienestar de tu hijo. Sin embargo, para el Amo, Zack no es más que una moneda en su bolsillo. Lamento que hayas tardado tanto tiempo en darte cuenta. Que hayas padecido todo este sufrimiento innecesariamente.

Eph miró en dirección al suelo, sintiendo el peso de la espada que colgaba en su mano, y gruñó:

—En cambio yo sólo lamento que no hayas sufrido más...

Garaje de servicio de la Universidad
de Columbia

CUANDO EL SOL ILUMINÓ a contraluz el filtro de ceniza del cielo —lo que ahora pasaba con la luz del día—, la ciudad se sumió en un silencio inquietante. La actividad de los vampiros cesó, y las calles y los edificios se iluminaron con la luz fluctuante de las pantallas de televisión. Repeticiones televisivas y lluvia, ésa era la norma. La lluvia negra y ácida caía del cielo en gotas gruesas y aceitosas. El ciclo ecológico consistía en «lavar y repetir», pero el agua sucia nunca limpiaba nada. Tardaría décadas en hacerlo, si por casualidad todo se limpiaba a sí mismo. Por ahora, el crepúsculo de la ciudad era como un amanecer inalterable.

Gus esperaba a la puerta del garaje de servicio.

Creem era un amigo de conveniencia, y siempre había sido un hijo de puta muy escurridizo. Al parecer iba a venir solo, lo cual no tenía mucho sentido; Gus no confiaba en él y había tomado unas cuantas precauciones adicionales. Entre ellas estaba la Glock brillante, escondida en la parte posterior de su cintura, una pistola que se había llevado de un garito de drogas durante los saqueos de los primeros días. Otra fue concertar el encuentro allí y no darle a Creem ninguna pista de que su guarida subterránea se encontraba muy cerca.

Creem llegó en un Hummer amarillo. Aparte del color brillante, ése era justamente el tipo de torpeza que Gus esperaba de él: conducir un vehículo caracterizado por su alto consumo de gasolina en una época de escasez.

Sin embargo, Gus no le dio mayor importancia; así era Creem. Y que un rival fuera previsible siempre representaba una ventaja.

Creem necesitaba un vehículo proporcional al tamaño de su cuerpo. A pesar de la escasez generalizada, Creem se las había ingeniado para conservar su complexión gruesa, sólo que ahora no tenía un gramo de grasa extra. Parecía haber encontrado una manera de alimentarse; o al menos se mantenía. Esto le indicó a Gus que los ataques de los Zafiros al orden vampírico estaban teniendo éxito.

Sin embargo, Creem no venía con otros Zafiros. Al menos, con ninguno que Gus pudiera ver.

Creem metió el Hummer en el garaje, para resguardarlo de la lluvia. Apagó el motor y descendió con dificultad del vehículo. Estaba masticando un trozo de carne seca, mordiéndolo como si fuera un grueso palillo de carne. Su prótesis de plata brilló al sonreír.

—¡Eh, Mex!

—Tienes buen aspecto.

Creem agitó sus cortos brazos en el aire saludándole.

—Tu isla se está yendo a la mierda.

—El maldito propietario es un imbécil —concedió Gus.

—Un verdadero chupasangre, ¿eh?

Dejando a un lado las sutilezas, intercambiaron un simple apretón de manos, no como un par de pandilleros, y sin perder el contacto visual.

—¿Estás actuando solo? —preguntó Gus.

—En este viaje —dijo Creem, subiéndose los pantalones—. Tengo que tener controladas las cosas de Jersey. Supongo que no estás solo.

—Nunca —aclaró Gus.

Creem miró a su alrededor, asintiendo al constatar que estaban a solas.

—Escondiéndote, ¿eh? Ningún problema —dijo.

—Trato de cuidarme.

Esto le arrancó una sonrisa a Creem, que mordió la punta de la carne seca.

—¿Quieres un poco de esto?

—Estoy bien por ahora —apuntó Gus. Era mejor que Creem pensara que se alimentaba bien y con regularidad.

Creem se sacó el pedazo de carne seca de la boca.

—Comida para perros. Hemos encontrado una bodega con todo un cargamento para mascotas que no fue despachado. No sé qué tiene esto, pero es comida, ¿verdad? Me dejará una piel brillante, me limpiará los dientes y todo eso. —Creem le dio un par de mordiscos a la carne y soltó una risita—. Las latas de comida para gatos duran bastante tiempo. Comida para llevar. Saben a paté de mierda.

—La comida es comida —apostilló Gus.

—Y respirar es respirar. Míranos aquí. Dos escorias de la sociedad. En el trasiego. Todavía en acción. Y todos los demás, los que pensaban que la ciudad era suya, las almas tiernas, no tenían un verdadero orgullo de mierda, ni arte ni parte; ¿dónde están ahora? Son muertos vivientes...

—Muertos vivientes —aprobó Gus.

—Como digo siempre: «Creem sube a la cima». —Se rio de nuevo, tal vez exageradamente—. ¿Te gusta mi coche?

—¿Cómo te las arreglas con lo del combustible?

—Algunas gasolineras siguen funcionando en Jersey. ¿Has echado un ojo al parachoques? Es igual que mis dientes: de plata.

Gus miró el vehículo. La defensa delantera del Hummer realmente era de plata.

—Eso me gusta —dijo Gus.

—Las llantas de plata son lo siguiente en mi lista de deseos —señaló Creem—. Así que, ¿quieres el material ahora, para que no piense que voy a ser estafado? Vine aquí de buena fe.

Gus silbó y Nora salió de detrás de un carro de herramientas llevando una Steyr semiautomática. Bajó el arma, y se detuvo a nueve metros, a una distancia segura. Joaquín salió de detrás de una puerta, con la pistola a un lado. No pudo disimular su cojera, la rodilla le seguía doliendo.

Creem extendió sus brazos regordetes y anchos, invitándolos a que se acercaran.

—¿Quieren acercarse? Tendré que regresar por ese puente de mierda antes de que salgan los bichos.

—Enséñame lo que traes y habla —dijo Gus.

Creem se dio la vuelta y abrió la puerta trasera. Había cuatro cajas de cartón abiertas recién salidas de una tienda de U-Haul, repletas de plata. Gus sacó una para inspeccionarla; era pesada y tenía candelabros, utensilios, urnas decorativas, monedas e incluso algunos lingotes de plata con el sello intacto.

—Todo puro, Mex —dijo Creem—. No es plata de ley de mierda. No tiene base de cobre. Viene con un kit de prueba; te lo daré gratis.

—¿Cómo has conseguido todo esto?

—Recogiendo chatarra durante meses, como un basurero, almacenándola. Tenemos todo el metal que necesitamos. Sé que quieres toda esta mierda para liquidar vampiros. A mí me gustan las armas. —Le echó un vistazo a la de Nora—. Las grandes.

Gus miró los lingotes de plata. Tendrían que fundirlas, forjarlas, hacer con ellas lo mejor que pudieran. Ninguno de ellos era herrero. Sin embargo, sus espadas no les iban a durar para siempre.

—Puedo quedarme con todo esto —dijo Gus—. ¿Quieres potencia de tiro?

—¿Es todo lo que ofreces?

Creem no sólo miraba el arma de Nora, también la miraba a ella.

—Tengo algunas baterías, mierda como ésa. Pero eso es todo —dijo Gus.

—Tiene la cabeza suave como ellos, como los trabajadores del campamento —señaló Creem, que no apartaba los ojos de Nora.

—¿Por qué hablas como si yo no estuviera presente? —replicó Nora.

Creem le lanzó una sonrisa de plata.

—¿Puedo ver la pieza?

Nora se acercó y se la entregó. Él aceptó el arma con una sonrisa interesada, y luego dirigió su atención a la

Steyr. Liberó el seguro y el tambor, examinó el cargador, y lo colocó de nuevo en la culata. Avistó una lámpara en el techo y fingió hacerla estallar.

—¿Más materiales como éste? —preguntó.

—Parecidos —confirmó Gus—. No son idénticos. Sin embargo, necesitaré un día al menos. Los tengo escondidos en la ciudad.

—Y munición. Que sea mucha —accionó el sistema de seguridad—. Me quedaré con ésta como adelanto.

—La plata es mucho más efectiva —dijo Nora.

Creem le sonrió ansioso y condescendiente.

—No he llegado hasta aquí por ser efectivo, calvita. Me gusta hacer un poco de ruido de mierda cuando liquido a esos chupasangres. Eso es lo que más me divierte de este trabajo.

Estiró su mano hacia el hombro de Nora, pero ella se la apartó, lo que sólo le hizo reír.

Nora miró a Gus.

—Saca de aquí a este patán que se alimenta de comida de perros.

—Todavía no —dijo Gus. Luego se volvió hacia Creem—. ¿Qué hay del detonador?

Creem abrió la puerta, acomodó la Steyr hacia abajo en el asiento delantero y cerró de nuevo.

—¿Qué?

—Déjate ya de rodeos. ¿Puedes conseguírmelo?

Creem parecía pensarlo.

—Tal vez. Tengo un contacto, pero necesito saber algo más acerca de la mierda que estás tratando de volar. Ya sabes que vivo justo al otro lado del río.

—No necesitas saber nada. Sólo dime tu precio.

—¿Detonador de calidad superior? —preguntó Creem—. Hay un lugar al norte de Jersey donde tengo puestos mis ojos. Una instalación militar. No puedo decir más que eso en este momento. Pero tienes que ser claros.

Gus miró a Nora, no en busca de su aprobación, sino para manifestarle su incomodidad al verse en esta posición.

—Muy simple —dijo—. Es un arma nuclear.

Creem sonrió con todos sus dientes.

—¿De dónde la has sacado? —inquirió.

—De la tienda de la esquina. Con los bonos de descuento —respondió Gus.

—¿De qué tamaño? —preguntó Creem, fijándose nuevamente en Nora.

—Lo suficientemente grande como para destruir casi un kilómetro. Onda de choque, acero curvado, o como quieras llamarle.

Creem realmente disfrutaba de esta conversación.

—Pero modificaste el modelo de la tienda. ¿Se vende como está?

—Sí. Necesitamos un detonador.

—No sé hasta qué punto crees que soy imbécil, pero no tengo la costumbre de armar a mi vecino con una bomba nuclear sin establecer primero algunas reglas básicas de mierda.

—¿En serio? —dijo Gus—. ¿Por ejemplo?

—Sólo que no quiero que te cagues en mi premio.

—¿Cuál es?

—Lo hago por ti, lo haces por mí. Así que, primero, necesito tener la seguridad de que esa cosa explote por lo menos a algunos kilómetros de distancia de mí. Ni en Jersey ni en Manhattan, punto.

—Te avisaremos de antemano.

—No es suficiente. Porque creo que ya sé en qué demonios piensas utilizar ese niño malo. Sólo vale la pena volar una cosa en este mundo. Y cuando el Amo se vaya, dejará en libertad una buena cantidad de propiedades inmobiliarias. Ése es mi precio.

—¿Inmuebles? —preguntó Gus.

—Esta ciudad. Ser dueño de todo Manhattan, después de que todo esté dicho y hecho. Lo tomas o lo dejas, Mex.

Gus chocó la mano con Creem.

—¿No te interesaría un puente?

Biblioteca pública de Nueva York, sede central

OTRA ROTACIÓN DE LA TIERRA, y allí estaban juntos de nuevo, los cinco humanos, Nora, Fet, Gus, Joaquín y Eph, en compañía del señor Quinlan, que se adelantó, al amparo de la oscuridad. Salieron de la estación Grand Central y siguieron por la calle 42 hacia la Quinta Avenida. No llovía, pero sí hacía un viento excepcional, lo bastante fuerte como para desperdigar la basura acumulada en las puertas. Los envoltorios de comida rápida, las bolsas de plástico y otro tipo de desechos se deslizaban por la calle como espíritus bailando en un cementerio.

Subieron las escalinatas de la entrada de la sede principal de la biblioteca pública de Nueva York, entre los dos leones de piedra, la Paciencia y la Fortaleza. El suntuoso edificio era como un gran mausoleo.

Atravesaron el pórtico en dirección a la entrada y cruzaron el Astor Hall. La enorme sala de lectura sólo había sufrido daños menores: durante el breve periodo de anarquía posterior a la Caída, los saqueadores no se mostraron muy interesados en los libros. Uno de los grandes candelabros colgaba a poca distancia de una mesa de lectura, pero el techo era tan alto que bien podría tratarse de una grieta estructural aleatoria. Algunos libros permanecían en las mesas y algunas mochilas con su contenido esparcido sobre las baldosas del suelo. Las sillas estaban en desorden y algunas lámparas estropeadas. El vacío silencioso de la inmensa sala de lectura era escalofriante.

Las altas ventanas en arco dejaban entrar toda la luz existente. El olor a amoniaco de los residuos de vampiros, tan omnipresente que Eph casi ni lo notaba, era muy intenso. Le pareció una ironía cruel que todo el conocimiento acumulado durante siglos pudiera terminar hecho añicos por aquella fuerza invasora de la naturaleza.

—¿Tenemos que bajar? —preguntó Gus—. ¿Y qué tal uno de estos libros?

Ante ellos, los vastos anaqueles se extendían a ambos lados de la sala con sus rótulos de colores.

—Necesitamos un libro antiguo e ilustrado para hacerlo pasar por el *Lumen* —explicó Fet—. Tenemos que venderlo, recuerda. He estado aquí muchas veces. Las ratas y los ratones se sienten atraídos por el papel en descomposición. Los textos antiguos están abajo.

Se acercaron a las escaleras, encendiendo las linternas y sacando las lentes de visión nocturna. La sede principal fue construida en el embalse de Croton, un lago artificial de suministro de agua para la isla que quedó obsoleto a principios del siglo XX. Además de las siete plantas situadas bajo el nivel de la calle, una ampliación reciente en el sector occidental de la biblioteca, justo debajo de Bryant Park, le había añadido más kilómetros de estanterías de libros.

Fet abría camino en medio de la oscuridad. La figura que los aguardaba en el rellano de las escaleras de la tercera planta era el señor Quinlan. La linterna de Gus iluminó brevemente el rostro del Nacido, de un blanco casi fosforescente, con sus ojos como esferas de un color rojo intenso. Él y Gus intercambiaron algunas palabras.

Gus sacó su espada.

—Chupasangres en las estanterías —anunció—. Tenemos que hacer un poco de limpieza.

—Si detectan a Eph, le transmitirán la información de inmediato al Amo —dijo Nora—, y quedaremos atrapados bajo tierra.

La voz telepática del señor Quinlan entró en sus cabezas.

El doctor Goodweather y yo esperaremos dentro. Puedo reprimir cualquier intento de intrusión psíquica.

—Bien —dijo Nora, preparando su lámpara Luma.

Gus inició el descenso hacia la planta inferior con la espada en la mano, mientras Joaquín cojeaba detrás.

—Vamos a divertirnos —le dijo, animándolo.

Nora y Fet los siguieron, y el señor Quinlan cruzó la puerta más cercana para entrar en la tercera planta. Eph lo siguió a regañadientes. En el interior había archivadores con periódicos viejos y cajas apiladas con anticuadas grabaciones de audio. El señor Quinlan abrió la puerta de una cabina de escucha, y Eph se vio obligado a entrar.

El señor Quinlan cerró la puerta insonorizada. Eph se quitó el binocular, apoyándose en un mostrador cercano, al lado del Nacido, en medio de la oscuridad y del silencio. A Eph le preocupaba que el Nacido pudiera leer en su mente, así que comenzó a imaginar y a renombrar los objetos cercanos con el fin de crear una pantalla de interferencia.

No quería que el cazador detectara su engaño potencial. Eph estaba atravesando una delgada línea, jugando al mismo juego con las dos partes, contándole a cada una que trabajaba para traicionar a la otra. En el fondo, la única lealtad de Eph era hacia Zack. Sufría por igual ante la idea de entregar a sus amigos o pasar la eternidad en un mundo de horror.

Una vez tuve una familia.

La voz del Nacido sacudió a Eph; estaba nervioso, pero se recuperó rápidamente.

El Amo los convirtió a todos, para que yo los destruyera. Tenemos algo más en común.

Eph asintió.

—Pero te perseguía por una razón. Un vínculo. El Amo y yo no tenemos un pasado común. Me crucé en su camino por pura casualidad, porque soy epidemiólogo.

Existe una razón. Simplemente ignoramos cuál es.

Eph le había dado muchas vueltas a esa idea.

—Mi temor es que tenga algo que ver con mi hijo Zack.

El Nacido permaneció un momento en silencio.

Debes ser consciente de la similitud entre mi persona y tu hijo. Yo fui convertido en el vientre de mi madre. Y por eso, el Amo se convirtió en mi padre sustituto, suplantando a mi verdadero antepasado humano. Al corromper la mente de tu hijo en sus años de formación, el Amo busca suplantar tu influencia en el desarrollo de tu hijo.

—¿Quieres decir que éste es un patrón propio del Amo? —Eph debía sentirse desalentado, pero encontró motivos para alegrarse—. Eso quiere decir entonces que hay esperanza. Tú te rebelaste en contra del Amo. Lo rechazaste. Y tenía mucha más influencia sobre ti.

Eph se apartó del mostrador, animado por esta teoría.

—Tal vez Zack también lo haga. Si yo pudiera llegar a él a tiempo del mismo modo en que los Ancianos llegaron a ti... Tal vez no sea demasiado tarde. Él es un buen chico; lo sé...

Siempre y cuando no sea convertido biológicamente, existe una posibilidad.

—Tengo que liberarlo de las garras del Amo. O, más exactamente, alejar de él al Amo. ¿Realmente podemos destruirlo? Quiero decir, ya que Dios no pudo hacerlo en su momento...

Dios tuvo éxito. Oziriel fue destruido. Fue su sangre la que se alzó.

—Así que, en cierto sentido, tenemos que enmendar el error de Dios.

Dios no comete errores. Al final, todos los ríos van al mar...

—No hay errores... ¿Crees que la marca de fuego en el cielo apareció a propósito, que me fue enviada a mí?

También a mí. Para que yo pudiera protegerte. A fin de salvaguardarte de la corrupción. Los elementos están cayendo en su sitio. Las cenizas se reúnen. Fet tiene el arma. Llovió fuego del cielo. Los signos y portentos: es el mismísimo lenguaje de Dios. Todos ellos se levantarán, sí, pero caerán con la fuerza de nuestra alianza.

De nuevo, hubo una pausa que Eph no pudo descifrar. ¿El Nacido ya estaba dentro de su mente? ¿Había socavado su resistencia con la conversación para leer sus verdaderas intenciones?

El señor Fet y la señora Martínez han despejado el sexto nivel. El señor Elizalde y el señor Soto aún continúan en el quinto.

—Quiero ir a la sexta planta —dijo Eph.

Bajaron por la escalera y pasaron por un llamativo charco de sangre blanca de vampiro. Al cruzar la puerta de la quinta planta, Eph oyó a Gus maldiciendo en voz alta, casi con alegría.

La sala de mapas daba inicio a la sexta planta. A través de una puerta de cristal grueso, Eph entró en un amplio salón cuya temperatura estuvo alguna vez rigurosamente controlada. Las paredes tenían varios paneles con termostatos e higrómetros, y en el techo las rejillas de ventilación exhibían unas delgadas cintas colgantes.

Los estantes eran largos. El señor Quinlan retrocedió, y Eph calculó que se encontraban en algún lugar debajo de Bryant Park. Avanzó sigilosamente, en busca de Fet y Nora, pues no quería sorprenderlos ni ser sorprendido por ellos. Oyó voces a unos cuantos estantes de distancia y se dirigió hacia allí a través de uno de los corredores intermedios.

Tenían una linterna encendida, y Eph apagó el binocular de visión nocturna. Se acercó, oculto por una pila de libros. Estaban ante una mesa de cristal, de espaldas a él. Lo que parecían ser las adquisiciones más valiosas de la biblioteca se hallaban sobre la mesa, dentro de una vidriera.

Fet forzó las cerraduras y colocó los otros incunables sobre la mesa. Se concentró en uno en especial: una Biblia de Gutenberg. Era el que tenía más potencial para una suplantación. Recubrir de plata los bordes de las páginas no sería una tarea difícil, y podría añadirle algunas páginas miniadas sacadas de los otros volúmenes. Desfigurar aquellos tesoros literarios era un pequeño precio a pagar por el derrocamiento del Amo y su fatídico clan.

—Esto... —dijo Fet—. La Biblia de Gutenberg. Había menos de cincuenta... ¿Y ahora? Esta puede ser la última. —La examinó antes de darle la vuelta—. Ésta es una versión incompleta, no impresa en pergamino sino en papel, y la encuadernación no es la original.

Nora lo miró completamente admirada.

—Has aprendido mucho acerca de ediciones incunables.

Fet se sonrojó ante el cumplido. Se giró y sacó una tarjeta de información de una funda de plástico y le explicó que lo había leído ahí. Ella le dio un golpecito en el brazo.

—Lo llevaré, junto con otros de igual valor, para hacer la falsificación.

Fet metió unos cuantos textos iluminados en una mochila.

—¡Espera! —dijo Nora—. Estás sangrando...

Era cierto. Fet sangraba copiosamente. Nora le desabrochó la camisa y abrió un pequeño frasco de peróxido que traía en el botiquín.

Lo derramó sobre la tela manchada de sangre. La sangre chisporroteó tras el contacto. Eso bastaría para mantener alejados a los *strigoi*.

—Tienes que descansar —señaló Nora—. Te lo ordeno como médico.

—Oh, mi médico —exclamó Fet—. ¿Es eso lo que eres?

—Lo soy —respondió Nora con una sonrisa—. Tendré que conseguirte algunos antibióticos. Eph y yo podemos encontrarlos. Tú regresa con Quinlan...

Limpió la herida de Fet con delicadeza y le aplicó otra dosis de peróxido. El líquido se deslizó por el vello de su amplio pecho.

—Me quieres teñir de rubio, ¿eh? —bromeó Vasiliy. Y a pesar de lo terrible de la broma, Nora se rio, recompensando su intento.

Vasiliy le quitó la gorra.

—Oye, dame eso —dijo ella, forcejeando contra el brazo bueno de él para hacerse con la gorra.

Vasiliy se la dio, pero la atrapó en un abrazo.

—Todavía estás sangrando.

—Estoy muy contento de tenerte de nuevo —le dijo Fet, acariciándole el cuero cabelludo.

Y entonces, por primera vez, Fet le dijo a su manera lo que sentía por ella:

—No sé dónde estaría ahora sin ti.

En otras circunstancias, la confesión del fornido exterminador resultaría ambigua e insuficiente. Nora habría esperado un poco más. Pero ahora —allí y ahora— eso era suficiente. Ella lo besó suavemente en los labios y sintió sus enormes brazos rodeándole la espalda, envolviéndola y atrayéndola hacia su pecho. Ambos sintieron que el miedo se esfumaba y que el tiempo se detenía. Ellos estaban allí, *ahora*. De hecho, se sintió como si siempre hubieran estado allí. Sin recuerdos de dolor ni de pérdida alguna.

Mientras se abrazaban, el haz de la linterna en la mano de Nora se deslizó por las estanterías, iluminando brevemente a Eph, que se encontraba escondido detrás de una pila de libros, antes de desaparecer tras las estanterías.

Castillo Belvedere, Central Park

Esta vez, el doctor Everett Barnes logró bajar del helicóptero justo antes de vomitar su desayuno; se limpió la boca y la barbilla con un pañuelo y miró a su alrededor con timidez. Pero los vampiros no se inmutaban ante sus vómitos cada vez más violentos. Su expresión, o la ausencia de ella, seguía fija e indiferente. Daba igual que Barnes pusiera un huevo gigante en el camino fangoso cerca del jardín Shakespeare de la calle 79 Transverse, o que un tercer brazo saliera de su pecho, nada alteraba los ojos de aquellos zánganos. Barnes tenía un aspecto terrible, con la cara hinchada y amoratada, sus labios hinchados con sangre coagulada y la mano inmovilizada con una venda. Sin embargo, ellos no prestaron atención a nada de eso.

Barnes jadeó en el momento de encarar la ráfaga de los rotores del helicóptero. El helicóptero despegó mientras la lluvia salpicaba en su espalda, y cuando alzó el vuelo, Barnes pudo abrir su paraguas negro y avanzar en dirección al castillo. Sus guardias, muertos vivientes asexuados, percibieron la lluvia tanto como sus náuseas, deambulando a su lado como pálidos autómatas de plástico.

Las copas desnudas de los árboles muertos se estremecieron, y el Castillo Belvedere se hizo visible en lo alto de Vista Rock, enmarcado por el cielo contaminado.

Abajo, una legión de vampiros formaba un grueso anillo alrededor de la base rocosa. Su silencio era inquietante, y su aspecto de estatuas se asemejaba a una instalación artística extraña y tremendamente ambiciosa. Entonces, cuando Barnes y sus dos guardias se acercaron al exterior del anillo vampírico, las criaturas se apartaron —sin respirar y sin expresión alguna— para abrirles paso. Barnes se detuvo aproximadamente a medio camino, después de franquear unas diez filas, y contempló el anillo ritual de los vampiros. El espectáculo era tan espeluznante que salpicó a sus dos acompañantes con el agua que escurría por las puntas del armazón del paraguas. Barnes sintió con toda intensidad el sentido de lo siniestro: estar en medio de todos aquellos depredadores de humanos, que con todo el derecho podían haber bebido su sangre o destrozarlo, pero que permanecían impasibles, si no con respeto, al menos sí con una indiferencia forzada. Era como si acabara de entrar en el zoológico y caminara entre leones, tigres y osos que no mostraban ningún tipo de reacción ni interés. Esto iba totalmente en contra de su naturaleza. Tal era la profundidad de su esclavitud para con el Amo.

Barnes se encontró con la que había sido Kelly Goodweather a la entrada del castillo. A diferencia del resto de los vampiros, sus miradas se encontraron durante unos cuantos segundos. Él casi estuvo tentado de decir algo como «Hola», una cortesía superviviente del orden anterior. En vez de eso, Barnes siguió de largo sin mediar palabra, seguido por los ojos de Kelly.

El señor del clan apareció con su manto oscuro, y los gusanos de sangre ondulaban por debajo de la piel de su rostro mientras examinaba a Barnes.

Goodweather ha aceptado.

—Sí —dijo Barnes, pensando para sí: «Si lo sabías, ¿por qué me hiciste tomar un helicóptero para venir a verte en este castillo con semejante vendaval?».

Barnes intentó explicar la traición, pero se enredó en los detalles. El Amo no parecía estar especialmente interesado.

—Él está presionando a sus socios —resumió Barnes—. Parecía sincero. Sin embargo, no sé si confiaría en él.

Confío en su lamentable necesidad de reunirse con su hijo.

—Sí. Capto la cuestión, y él confía a su vez en su necesidad del libro.

Cuando tenga a Goodweather, tendré también a sus secuaces. Una vez en poder del libro, obtendré todas las respuestas.

—Lo que no entiendo es cómo fue capaz de violar la seguridad de mi casa. ¿Por qué los otros miembros de su clan no fueron avisados?

Es el Nacido. Fue creado por mí, pero no de mi sangre.

—¿Así que no está en la misma longitud de onda?

No poseo control sobre él como con los otros.

—¿Y él está con Goodweather ahora? ¿Como un agente doble? ¿Como un desertor?

El Amo no respondió.

—Eso ser podría ser muy peligroso.

¿Para ti? Mucho. ¿En cuanto a mí? No es peligroso. Sólo escurridizo. El Nacido se ha aliado con el miembro de una pandilla a quien los Ancianos reclutaron para la caza diurna, y con el resto de la bazofia. Sé dónde encontrar información sobre ellos...

—Si Goodweather se entrega a usted..., entonces tendrá toda la información para encontrarlo. Al Nacido.

Sí. Dos padres que se reúnen con sus dos hijos. Es la simetría de los planes de Dios. Si él se entrega a mí...

Un alboroto súbito hizo que Barnes girase la cabeza, sorprendido. Un adolescente, con el pelo desigual sobre los ojos, tropezó contra la escalera de caracol. Un ser humano, con una mano en la garganta. El muchacho se sacudió el pelo, y Barnes reconoció a Ephraim Goodweather en la cara del chico. Los mismos ojos, la misma expresión seria, aunque denotaba miedo.

Zachary Goodweather... Tenía una dificultad respiratoria evidente: sibilancia, y el semblante de color azul grisáceo.

Barnes se levantó y se dirigió instintivamente hacia él. Posteriormente, pensó en todo el tiempo transcurrido desde la última vez que actuó de acuerdo con su instinto médico. Interceptó al chico, sujetándolo por el hombro.

—Soy médico —dijo Barnes.

El chico lo rechazó, y se dirigió directamente al Amo. Barnes retrocedió unos pasos, más sorprendido que otra cosa. El chico cayó de rodillas ante el Amo, que observó el sufrimiento reflejado en su rostro. El Amo dejó que sufriera unos minutos más, y luego levantó su brazo, dejando deslizar la manga de su capa. Chasqueó el pulgar sobre la garra del dedo medio, rasgando su piel. Sostuvo el pulgar sobre la cara del muchacho, una gruesa gota de sangre suspendida en la punta del dedo. La gota se alargó poco a poco, desprendiéndose y cayendo en la boca abierta de Zack.

Barnes sintió arcadas, asqueado. Pero ya había vomitado al bajar del helicóptero.

Zack cerró la boca, como si hubiera ingerido todo el cuentagotas de una medicina. Hizo una mueca —ya fuera por el sabor o por el dolor de la deglución—, y poco después retiró la mano de su garganta. Mantuvo la cabeza gacha mientras recuperaba su respiración normal y sus vías respiratorias se despejaban milagrosamente. Casi de inmediato, su semblante recobró su color normal, es decir, la normalidad cetrina y hambrienta de sol.

Parpadeó y miró a su alrededor, reparando en la habitación. Su madre —o lo que quedaba de ella— había entrado por la puerta, tal vez convocada por la angustia de su Ser Querido. Sin embargo, su rostro cadavérico no reflejó ninguna emoción. Barnes se preguntó con qué frecuencia se realizaba aquella curación ritual. ¿Una vez a la semana? ¿Una vez al día?

El chico miró a Barnes como si lo hiciera por primera vez; al hombre de perilla blanca al que había apartado con brusquedad unos momentos antes.

—¿Por qué hay otro ser humano aquí? —preguntó Zack Goodweather.

La arrogancia del muchacho sorprendió a Barnes, que recordaba al hijo de Goodweather como un chico pensativo, curioso y de buenos modales. Barnes se pasó los dedos por el cabello, recuperando algo de dignidad.

—Zachary, ¿te acuerdas de mí?

Los labios del niño se torcieron con un rictus de desprecio, como si le molestara la petición de recordar el rostro de Barnes.

—Vagamente —dijo, con un tono áspero.

Barnes conservó la compostura.

—Yo era el jefe de tu padre. En el Viejo Mundo.

Barnes vio al padre en el hijo nuevamente, aunque de una forma menos nítida. De la misma forma que Eph había cambiado, también lo había hecho el muchacho. Sus ojos eran distantes y desconfiados. Tenía la actitud de un joven príncipe.

—Mi padre está muerto —dijo Zachary Goodweather.

Barnes estuvo a punto de sacarlo de su error, pero contuvo sabiamente sus palabras. Miró al Amo, sin notar ningún cambio de expresión en el rostro velado de la criatura. Barnes sabía que no debía contradecirle; por un momento, mientras consideraba la posición de cada uno de ellos en este drama particular, se sintió mal por Eph. Su propio hijo... Sin embargo, Barnes era Barnes, así que la desazón no le duró mucho y comenzó a pensar en cómo sacarle provecho a la situación.

Biblioteca Low, Universidad de Columbia

CONSIDERA LO SIGUIENTE *sobre el Lumen.*

Los ojos del señor Quinlan adquirieron un brillo inusual al pronunciar estas palabras:

Dos palabras compendian la ubicación del Sitio Negro del Amo: Obscura *y* Aeterna. *Pero no se dan las coordenadas exactas.*

—Todos los sitios las tenían —dijo Fet—. Salvo uno.

Estaba trabajando activamente en la Biblia, intentando que se pareciera al *Lumen* tanto como fuera posible. Una pila de libros destrozados, en busca de fragmentos o grabados similares a los del manuscrito iluminado, daban fe de su empeño en la tarea.

¿Por qué? ¿Y por qué únicamente esas dos palabras?

—¿Crees que ésa es la clave?

Creo que sí. Siempre pensé que la clave se hallaba en la información contenida en el libro, pero resulta que se encuentra precisamente en aquello que no dice. El Amo fue el último en nacer. El más joven de todos. Tardó siglos en reestablecer el vínculo con el Viejo Mundo y aún más en adquirir el poder necesario para destruir los sitios de origen de los Ancianos. Pero ahora..., ahora ha regresado al Nuevo Mundo, a Manhattan. ¿Por qué?

—Porque quería proteger su lugar de origen.

La señal de fuego en el cielo así lo confirmó. Pero ¿dónde está?

A pesar de la reveladora información, Fet parecía distante, distraído.

¿Qué pasa?

—Lo siento. Estoy pensando en Eph —dijo Fet—. Está fuera. Con Nora.

¿Dónde?

—Buscando medicamentos para mí.

El doctor Goodweather tiene que estar protegido. Es vulnerable.

Fet no esperaba oír esa advertencia.

—Estoy seguro de que estarán bien —dijo, aunque era su turno para preocuparse.

Macy's Herald Square

Eph y Nora salieron del metro en la calle 34 y la estación Pensilvania. Dos años antes, había sido allí, en la estación de tren, donde Eph dejó a Nora, a Zack y a Mariela en un último intento para escapar de Nueva York antes de que la ciudad sucumbiera a la epidemia. Una horda de vampiros había descarrilado el tren a la altura del túnel de North River, frustrando su fuga, y Kelly secuestró a Zack, para llevárselo al Amo.

Analizaban la pequeña farmacia situada en la esquina de Macy's. Nora veía pasar a los transeúntes hacia o desde sus empleos de seres humanos oprimidos, o bien camino al centro de racionamiento en el Empire State Building, donde intercambiarían bonos de trabajo por ropa o raciones de comida.

—¿Y ahora qué? —preguntó Eph.

Nora miró en diagonal a través de la Séptima Avenida, a una manzana de distancia de Macy's. La puerta principal había sido sellada con tablas.

—Atravesaremos la tienda y entraremos en la farmacia. Sígueme.

Las puertas giratorias habían sido selladas desde hacía mucho tiempo, los cristales estaban rotos entre las tablillas. Ir de compras, ya fuera por necesidad o como una actividad de ocio, era algo que había dejado de existir. Ahora todo eran cupones y cartillas de racionamiento.

Eph reparó en la lámina de madera en la entrada de la calle 34.

El interior de la «tienda por departamentos más grande del mundo» era un completo desastre. Los estantes volcados, toda la ropa destrozada. Más que un saqueo, parecía el escenario de una gresca fenomenal o de una serie de peleas. Un saqueo perpetrado por vampiros y seres humanos.

Entraron en la farmacia a través del mostrador de la tienda. Los estantes estaban prácticamente vacíos. Nora cogió unos antibióticos y algunas jeringas. Eph hizo lo propio con un frasco de Vicodina —aprovechando un descuido de Nora— y lo guardó en el bolsillo de su impermeable.

En cinco minutos consiguieron lo que habían venido a buscar. Nora miró a Eph.

—Necesito algo de ropa de abrigo y un par de zapatos. Estas zapatillas ya están gastadas.

Eph pensó en gastarle una broma sobre su compulsión por las «compras», pero guardó silencio. Un poco más adentro, las cosas no estaban tan mal. Subieron por las célebres escaleras de madera de la tienda, las primeras de ese estilo que habían sido instaladas en el interior de un edificio.

Sus linternas iluminaron la planta, intacta desde el final de la era del consumo, tal como la había conocido el mundo. Eph no pudo evitar un sobresalto al ver a los maniquíes, cuyas cabezas calvas y expresiones fijas les conferían —en el momento de enfocarlos con la linterna— una vaga semejanza con los *strigoi*.

—El mismo corte de pelo —dijo Nora con sorna—. Ha causado verdadero furor...

Recorrieron la tienda, examinándola, buscando señales de peligro o de vulnerabilidad.

—Tengo miedo, Nora —confesó Eph, sorprendiéndola—. El plan... Tengo miedo y no me importa reconocerlo.

—El intercambio será difícil —dijo Nora en un susurro, mientras bajaba unas cajas de zapatos en la sección de calzado de la tienda—. Ése es el truco. Dile que estamos buscando el libro para que el señor Quinlan lo estudie. El Amo seguramente no desconoce la existencia del Nacido. Dile que piensas apropiarte del libro tan pronto como puedas. Elegiremos un lugar estratégico para colocar la bomba, y tú lo atraerás hacia ella; que traiga tantos refuerzos como quiera. Una bomba es una bomba...

Eph asintió. Escudriñó el rostro de Nora en busca de alguna señal de traición.

Estaban solos; si ella iba a revelarse como traidora, ése era el momento.

Nora desechó las botas de cuero elegantes. Le urgía encontrar unos zapatos resistentes y sin tacones.

—Sólo necesitamos que el falso libro se parezca al *Lumen* —señaló Eph—. Las cosas se moverán con tanta rapidez que sólo tendremos que pasar esa prueba del vistazo inicial.

—Fet está trabajando en ello —dijo Nora con absoluta seguridad; casi con orgullo—. Puedes confiar en él... —Se dio cuenta entonces de lo que entrañaba esa alusión—. Escucha, Eph, en cuanto a Fet...

—No tienes que explicar nada. Lo entiendo. El mundo está jodido y sólo merecemos estar con aquellos que se preocupan por nosotros, sin importar lo demás. De un modo extraño..., bueno, si iba a ser otro, me parece bien que sea Fet. Porque él dará su vida antes de permitir que te suceda algo malo. Setrakian lo sabía y lo escogió por encima de mí, y tú también lo sabes. Él puede hacer lo que yo nunca seré capaz: estar ahí para ti.

Nora tuvo emociones encontradas en ese instante. Así era Eph en su momento estelar: generoso, inteligente y cariñoso. Ella hubiera preferido que fuera casi un imbécil. Pero ahora lo veía como era realmente: el hombre del que ella se había enamorado una vez. Su corazón aún sentía el poder de la atracción.

—¿Y si el Amo quiere que yo le lleve el libro? —preguntó Eph, volviendo a su preocupación inicial.

—Puedes decirle que te estamos persiguiendo. Que necesitas que venga a buscarlo. O tal vez debes insistir para que te entregue a Zack.

El rostro de Eph se ensombreció un momento, recordando la negativa abyecta del Amo en cuanto a ese punto.

—Esto plantea un problema importante —dijo él—. ¿Cómo puedo poner esto en marcha y salirme con la mía?

—No sé. Hay demasiadas variables en juego. Vamos a necesitar mucha suerte. Y valor. No te culpo si tienes dudas.

Ella lo observó en busca de una fisura en su actitud... o acaso de un resquicio para revelar un secreto que no podía ocultar.

—¿Estás titubeando? —dijo él, tratando de hacerla hablar.

—¿Acerca de continuar con el plan?

Él vio la preocupación reflejada en su rostro cuando giró la cabeza. No advirtió ningún indicio de traición y se alegró. Se sintió aliviado. Las cosas habían cambiado entre ellos, es cierto, pero en esencia, ella seguía siendo la misma combatiente por la libertad que él había conocido. Esto fortaleció su creencia de que él también era así.

—¿Qué ha sido eso? —preguntó Nora.

—¿Qué? —dijo Eph.

—Parecía casi como si estuvieras sonriendo.

Eph negó con la cabeza.

—Simplemente pienso que lo realmente importante es que Zack sea liberado. Haré lo que sea necesario para lograrlo.

—Eso es maravilloso, Eph. Realmente lo creo.

—¿Crees que el Amo cumplirá su parte? —dijo Eph—. ¿Que el Amo piensa que yo podría hacer esto? ¿Que yo podría traicionarlo?

—Sí —dijo ella—. Creo que se ajusta a su forma de pensar. ¿No te parece?

Eph asintió, contento de que ella no lo estuviera mirando en ese momento. Si no era Nora, entonces ¿quién era el traidor? Fet no, sin duda alguna. ¿Podría ser Gus? ¿Toda su bravuconería con Eph no sería acaso una coartada? Joaquín era otro posible sospechoso. Tantas elucubraciones lo estaban enloqueciendo aún más.

... *Nunca puedes bajar; nunca puedes bajar por el desagüe*...

Eph escuchó un ruido en donde estaban los expositores. Los sonidos furtivos, en otro tiempo identificados con los roedores, actualmente sólo significaban una cosa.

Nora también lo había oído. Apagaron las linternas.

—Espera aquí —dijo Eph. Nora comprendió que debía ir sólo para que el subterfugio tuviera éxito—. Y ten cuidado.

—Siempre —dijo ella, sacando su espada de plata.

Eph se deslizó por la puerta, teniendo cuidado de no golpear el mango de la espada que sobresalía de su mochila. Se puso su binocular de visión nocturna y esperó a que la imagen se estabilizara.

Todo parecía estar detenido. Todas las manos de los maniquíes eran de tamaño normal, sin la garra extendida del dedo medio. Eph giró a la derecha, manteniéndose en el borde de la sala, y vio un gancho que oscilaba suavemente sobre una rejilla circular cerca de la escalera mecánica.

Sacó su espada y se dirigió rápidamente al rellano de madera.

La escalera mecánica —que no funcionaba— se precipitaba en un espacio cerrado y estrecho. Descendió tan rápida y silenciosamente como pudo, y observó el nivel superior desde el rellano. Algo le dijo que siguiera bajando, y así lo hizo.

Redujo la velocidad al llegar a la base inferior, tras detectar un olor familiar. Un vampiro había estado allí; Eph se encontraba muy cerca de su rastro. Era extraño que un vampiro anduviese solo, en lugar de estar trabajando. A menos que patrullar ese centro comercial fuera su tarea asignada. Eph se aventuró a salir de la escalera, avanzando por el suelo de color verde. Nada se movía. Estaba a punto de dirigirse hacia un expositor cuando oyó un leve chasquido en la dirección opuesta.

Intentó distinguir alguna figura moviéndose en las sombras pero únicamente vio formas borrosas más allá de su campo de visión. Se agachó, deslizándose por el expositor en dirección al ruido. El letrero encima de la puerta indicaba la localización de los baños y de las oficinas administrativas, así como el ascensor. Eph se arrastró a un lado de las oficinas, examinando cada una de las puertas abiertas. Podía darse la vuelta y abrir las que permanecían cerradas después de inspeccionar toda la zona. Se dirigió a los baños, y entreabrió la puerta del baño de mujeres para atenuar el ruido. Entró y examinó los inodoros, abriendo cada puerta, espada en mano.

Volvió al pasillo y permaneció a la escucha, sintiendo que había perdido el débil rastro que venía siguiendo. Tiró de la puerta del baño de los hombres y entró. Pasó por los urinarios, abrió las puertas de los cubículos con la punta de su espada y luego, decepcionado, retrocedió para salir.

En una explosión de papeles y desperdicios, el vampiro saltó desde el cubo de basura situado cerca de la puerta, y aterrizó en la cabecera de los lavabos. Eph se echó hacia atrás, maldiciendo y blandiendo su espada para protegerse del aguijón. Se plantó con firmeza, con la espada alzada para no verse acorralado contra uno de los inodoros. Le enseñó la hoja de plata al vampiro sibilante, mientras se acercaba al cubo de donde había irrumpido con el papel amontonándose a sus pies.

La criatura estaba allí, en cuclillas, agarrada del borde liso del lavabo, con sus rodillas a la altura de la cabeza, observándolo. Eph logró verlo con claridad por medio de la luz verde de su binocular. Era un niño. De diez o doce años, de ascendencia afroamericana, con algo semejante a un destello de cristal puro en sus ojos.

Un niño ciego. Uno de los exploradores.

El labio superior de la criatura estaba enroscado en lo que parecía ser una sonrisa escrutadora a la luz de la lente de visión nocturna. Los dedos de sus manos y de sus pies estaban agarrados del borde del lavabo, como si estuviera a punto de saltar.

Eph mantuvo la punta de su espada dirigida a la zona intermedia del explorador.

—¿Te han enviado a buscarme? —le preguntó Eph.

Sí.

Eph se sintió consternado. No por la respuesta, sino por la voz.

Era la voz de Kelly. Pronunciando las palabras del Amo.

Eph se preguntó si Kelly era la responsable de los exploradores. Si sería por casualidad su capataz, por decirlo de alguna forma. Su encargada. Y si así fuera, si de hecho esos niños vampiros ciegos y psíquicos habían sido puestos bajo su mando, resultaba algo muy apropiado y tristemente irónico al mismo tiempo. Kelly Goodweather todavía era madre, incluso en la muerte.

—¿Por qué ha sido tan fácil esta vez?

Querías ser encontrado.

El explorador se abalanzó, pero no hacia Eph. El niño saltó del lavabo a la pared, y luego se posó a cuatro patas en las baldosas del suelo.

Eph lo siguió con la punta de su espada. La criatura permaneció allí acuclillada, mirándolo.

¿Vas a matarme, Ephraim?

La voz burlona de Kelly. ¿Había sido idea suya enviar a un niño de la edad de Zack?

—¿Por qué me atormentas así?

Podría enviar a un centenar de vampiros sedientos en cuestión de segundos, para que te rodearan. Dime por qué no habría de hacerlo.

—Porque el libro no está aquí. Y más importante aún, si violaras nuestro trato, me cortaría la garganta antes de permitir que tuvieras acceso a mi mente.

Mientes.

Eph se abalanzó sobre el muchacho, quien se deslizó hacia atrás, chocando contra la puerta de uno de los cubículos y deteniéndose allí.

—¿Cómo pretendes negociar así? —dijo Eph—. Estas amenazas no me dan mucha confianza de que vas a mantener tu parte del trato.

Reza para que lo haga.

—Interesante elección de palabras: «rezar».

Eph estaba ahora en la puerta del inodoro; el rincón del cubículo rezumaba abandono.

—Oziriel, sí, he estado leyendo el libro que tanto ambicionas. Y hablando con el señor Quinlan, el Nacido.

Entonces debes saber que realmente no soy Oziriel.

—No, eres los gusanos que salieron de las venas del ángel asesino. Después de que Dios lo despedazara como a un pollo desplumado.

Compartimos la misma naturaleza rebelde. Al igual que tu hijo, supongo.

Eph ignoró el comentario, decidido a no seguir siendo un blanco fácil para el abuso del Amo.

—Mi hijo no es como tú.

No estés tan seguro. ¿Dónde está el libro?

—Por si te lo has preguntado, ha permanecido oculto todo este tiempo en los estantes del sótano de la biblioteca pública de Nueva York. Se supone que ahora mismo debo conseguir que ganen un poco de tiempo.

Supongo que el Nacido lo estudia con avidez.

—Correcto. ¿No te preocupa eso?

Ante ojos indignos, tardaría años en ser descifrado.

—Bien. Así que no tienes ninguna prisa. Tal vez yo debería dar un paso atrás. Y esperar una oferta mejor por tu parte.

Y tal vez yo debería hacer lo mismo y descuartizar a tu hijo.

Eph sintió deseos de atravesar la garganta de aquel pequeño muerto viviente con su espada. Hacer esperar al Amo un poco más. Pero, al mismo tiempo, tampoco quería presionar demasiado a la criatura. No con la vida de Zack de por medio.

—Tú eres el impostor ahora. Estás preocupado y finges lo contrario. Necesitas desesperadamente ese libro, cueste lo que cueste. ¿Por qué tanto afán?

El Amo no respondió.

—No hay otro traidor. Estás lleno de mentiras.

El explorador se mantuvo agazapado, la espalda contra la pared.

—Está bien —dijo Eph—. Juega tus cartas como mejor te convenga.

Mi padre está muerto.

Eph sintió un vuelco en el corazón, como si se detuviera, inerte, durante un lapso prolongado. Tal fue el impacto de oír, tan clara como si estuviera allí con él, la voz de su hijo Zack.

Eph temblaba. Se esforzó para evitar que un grito furioso escapara de su garganta.

—Maldito...

El Amo recurrió de nuevo a la voz de Kelly:

Traerás el libro tan pronto como sea posible.

Eph temió que Zack hubiera sido convertido. Pero no, el Amo estaba emitiendo simplemente la voz de su hijo para doblegarlo a través de aquel explorador.

—Maldito seas —dijo Eph.

Dios lo intentó. ¿Y dónde está ahora?

—No está aquí —dijo Eph, bajando un poco su espada—. No está aquí.

No, no en el baño de los hombres de un local de Macy's abandonado. ¿Por qué no liberas a este pobre niño, Ephraim? Mira sus ojos ciegos. ¿No te daría una gran satisfacción abatirlo?

Eph miró los ojos vidriosos desprovistos de párpados. Eph contemplaba al vampiro..., pero también al niño que alguna vez fue.

Tengo miles de hijos. Todos ellos absolutamente leales.

—Sólo tienes un hijo de verdad. El Nacido. Y lo único que él quiere es destruirte.

El explorador cayó de rodillas y levantó el mentón, descubriéndole el cuello a Eph, con los brazos colgando a los lados.

Mátalo, Ephraim, y termina con esto.

Los ojos ciegos de la criatura miraron hacia la nada, como un suplicante aguardando la merced de su señor. El Amo quería que ejecutara al niño. ¿Por qué?

Eph acercó la punta de su espada al cuello expuesto del niño.

—Aquí —dijo—. Empújalo contra mi espada si quieres liberarlo.

¿No sientes deseos de matarlo?

—Sí. Pero no tengo una buena razón para hacerlo.

El niño permaneció inmóvil, y Eph dio un paso atrás, retirando su espada. Había algo que no encajaba en aquella situación.

No eres capaz de matar al niño. Te escudas detrás de tu debilidad, llamándola fortaleza.

—La debilidad sería ceder a la tentación. La fortaleza consiste en resistir —sentenció Eph.

Miró a la criatura, el eco de la voz de Kelly resonaba en su cabeza. Sin Kelly, la criatura no tenía ninguna conexión psíquica con Eph. Y su voz estaba siendo proyectada por el Amo, en un intento por distraerlo y debilitarlo, pero «ella» podría estar en cualquier lugar en ese momento. En cualquier sitio.

Eph salió del lavabo y echó a correr hacia las escaleras, para subir y reunirse con Nora.

Kelly avanzó sigilosamente por los expositores de ropa, pegada a la pared. El aroma de la mujer invadía la zona detrás del estante de los zapatos..., pero el latido de su sangre vibraba en el suelo. Kelly se acercó a la puerta del vestuario. Nora Martínez la aguardaba con una espada de plata.

—Eh, zorra —la saludó Nora.

La mente de Kelly bullía, llamando a los gemelos exploradores para que se acercaran. No tenía un ángulo definido para atacar. El arma de plata flameaba en su visión vampírica, mientras la mujer calva se acercaba hacia ella.

—Vamos, anda —dijo Nora, dando vueltas alrededor de una caja registradora—. Por cierto, los cosméticos se encuentran en la primera planta. Y tal vez encuentres un suéter de cuello alto para cubrirte ese cuello de pavo tan desagradable.

La niña exploradora acudió saltando por las escaleras y se detuvo cerca de Kelly.

—El día de compras de madre e hija —apuntó Nora—. Qué bonito. Tengo algunas joyas de plata y me encantaría que ustedes dos las probaran.

Nora fingió un golpe; Kelly y la niña se limitaron a mirarla.

—Antes me dabas miedo —señaló Nora—. En el túnel del tren, sentía miedo cerca de ti. Pero ya no.

Nora sacó la lámpara Luma que colgaba de su mochila, y encendió la luz negra accionada con baterías. La niña exploradora gruñó, repelida por los rayos ultravioleta, retrocediendo a cuatro patas. Kelly permaneció inmóvil, y sólo se movió cuando Nora se alejó en dirección a las escaleras. Se valió de los espejos para cubrir su espalda, y fue así como vio la figura borrosa del otro explorador lanzándose desde el pasamanos.

Nora miró hacia atrás e insertó su espada en la garganta del explorador; la plata ardiente lo liberó casi de inmediato. Sacó la hoja y se dio la vuelta, lista para atacar.

Kelly y la niña exploradora habían desaparecido; aunque en realidad nunca estuvieron allí.

—¡Nora!

Eph la llamó desde la planta de abajo.

—¡Estoy bajando! —gritó ella, descendiendo por los escalones de madera.

Él salió a su encuentro, ansioso, después de haber temido lo peor. Vio la mancha de sangre blanca en la hoja.

—¿Estás bien? —le preguntó.

Ella asintió, agarrando una bufanda de un escaparate para limpiar su espada.

—Me encontré con Kelly arriba. Te manda un saludo.

Eph miró la espada.

—¿Has...?

—No, por desgracia. Sólo a uno de sus pequeños monstruos adoptivos.

—Salgamos de aquí —dijo Eph.

Ella supuso que un enjambre de vampiros les daría la bienvenida fuera.

Pero no. Eran humanos normales, desplazándose entre el trabajo y su casa, con sus espaldas encorvadas bajo la lluvia.

—¿Cómo te ha ido? —preguntó Nora.

—Es un hijo de puta —le respondió Eph—. Un verdadero hijo de puta.

—Pero ¿piensas que ha mordido el señuelo?

Eph no podía mirarla a los ojos.

—Sí —dijo—. Me ha creído.

Eph estaba alerta a los vampiros, vigilando las aceras mientras avanzaban.

—¿Adónde vamos? —preguntó ella.

—Sigue adelante —le indicó él.

Se detuvo en el cruce de la calle 36, y se escondió bajo la marquesina de un supermercado cerrado. Miró hacia arriba a través de la lluvia, observando los tejados.

Allí, en lo alto de la calle de enfrente, un explorador saltó desde el borde de un edificio a otro.

—Nos vienen siguiendo —advirtió Eph—. Vamos. —Caminaron, tratando de confundirse con los transeúntes—. Tenemos que esperar hasta la hora del meridiano.

Universidad de Columbia

Epн y Nora regresaron al campus desolado de la universidad poco después de la primera luz, confiados en que nadie los seguía. Eph dio por sentado que el señor Quinlan se encontraba en el sótano, seguramente estudiando el *Lumen*. Iba en esa dirección cuando Gus los interceptó, o para ser más exactos, interceptó a Nora, que aún estaba con Eph.

—¿Tienes los medicamentos? —preguntó Gus.

Nora le mostró una bolsa llena con el botín.

—Es Joaquín —explicó Gus.

Nora dedujo que los vampiros tenían algo que ver.

—¿Qué ha pasado?

—Necesito que vayas a verlo. Está muy mal.

Eph y Nora lo siguieron a una de las aulas, donde vieron a Joaquín recostado sobre un escritorio, con la pernera del pantalón enrollada. Su rodilla tenía dos protuberancias y estaba completamente hinchada. El pandillero procuraba sobreponerse al dolor. Gus se situó al otro lado de la mesa, confiado en la intervención de la doctora Martínez.

—¿Desde cuándo estás así? —le preguntó Nora.

—No lo sé. Hace un par de días —respondió Joaquín con un gesto de dolor.

—Voy a tocarte aquí.

Joaquín se aferró al borde del escritorio. Nora examinó las áreas inflamadas alrededor de la rodilla. Descubrió una herida pequeña y curvada debajo de la rótula, de menos de tres centímetros de largo, rodeada por una costra incipiente de bordes amarillentos.

—¿Cuándo te hiciste este corte?

—No estoy seguro —dijo Joaquín—. Creo que en el campamento de extracción de sangre. No lo noté hasta mucho después.

—Has estado saliendo por tu cuenta —repuso Eph—. ¿Has atacado hospitales o asilos de ancianos?

—Uh..., probablemente. El Saint Luke sí, con seguridad.

Eph miró a Nora; su silencio dejaba al descubierto la gravedad de la infección.

—¿Penicilina? —preguntó Nora.

—Tal vez —dijo Eph—. Vamos a pensarlo. —Luego se volvió hacia Joaquín—: Acuéstate. Ya volveremos.

—Espera, doc. Eso no suena bien.

—Obviamente, se trata de una infección. Controlarla en un hospital sería un asunto de rutina. El problema es que ya no contamos con hospitales. Un ser humano enfermo es eliminado sin miramientos. Así que tenemos que discutir la forma de curarte esa herida —señaló Eph.

Joaquín asintió sin mucho convencimiento y volvió a recostarse en la mesa. Gus los siguió por el pasillo sin pronunciar palabra.

—No quiero mentiras —dijo Gus al cabo de un momento, dirigiéndose a Nora.

—Una bacteria multirresistente —le explicó ella, con un gesto de preocupación—. Es probable que se haya hecho el corte en el campamento, pero se trata de algo que se le contagió en un centro médico. El bicho puede vivir mucho tiempo en los instrumentos y en diferentes superficies. Es desagradable y agudo.

—Eso suena mal —dijo Gus—. ¿Qué necesitas?

—Algo que ya no podemos conseguir y que fuimos a buscar: vancomicina.

La vancomicina era muy codiciada durante los últimos días de la epidemia. Los especialistas, profesionales que supuestamente debían asegurar algo mejor que alimentar el pánico, sugerían en su confusión, ante la audiencia de las noticias televisivas, esa droga —de último recurso— como tratamiento para la cepa no identificada que se propagaba por todo el país a una velocidad inusitada.

—Pero incluso si pudiéramos encontrar un poco de vancomicina —continuó Nora—, sería necesaria una fuerte dosis de antibióticos y de otros medicamentos para eliminar la infección. No es una picadura de vampiro, pero, si hablamos de esperanza de vida, no hay mucha diferencia.

—Incluso aunque inyectemos algunos fluidos por vía intravenosa —dijo Eph—, no le hará ningún bien, salvo prolongar lo inevitable.

Gus miró a Eph, como si fuera a pegarle.

—Tiene que haber otra manera. Mierda, ustedes son médicos...

—En asuntos médicos, ahora estamos en plena regresión, de vuelta a la Edad Media —explicó Nora—.

Como no se fabrican nuevos medicamentos, todas las enfermedades que creíamos haber controlado han regresado, y nos están liquidando con rapidez. Tal vez podamos buscar y encontrar algo para hacer que él se sienta más cómodo...

Ella miró a Eph. Gus también. A Eph ya no le importaba nada, así que buscó donde había guardado la Vicodina, abrió la cremallera y sacó una bolsita llena de pastillas.

Docenas de tabletas y píldoras de diferentes formas, colores y tamaños. Escogió un par de Lorcets de pocos miligramos, algunos Percodan y cuatro tabletas Dilaudid de dos miligramos.

—Dale esto primero —dijo, señalando las Lorcets—. Guarda las Dilaudids para el final —agregó, entregándole el resto de la bolsa a Nora.

—Toma esto. Estoy harto.

—¿Esto no lo curará? —Gus miró las pastillas en su mano.

—No —dijo Nora—. Solo le controlará el dolor.

—¿Y si..., ya sabes, una amputación? Cortarle la pierna... Yo podría hacerlo.

—No se trata únicamente de la rodilla, Gus. —Nora le tocó el brazo—. Lo siento. Tal como están làs cosas, no podemos hacer mucho.

Gus miró aturdido los medicamentos en sus manos, como si sostuviera los miembros destrozados de Joaquín.

Fet entró; los hombros de su gabardina estaban mojados por la lluvia. Se detuvo un momento, sorprendido por lo extraño de la escena: Eph, Gus y Nora juntos, en una actitud muy emotiva.

—Ya está aquí —informó Fet—. Creem ha regresado. Está en el garaje.

Gus apretó las pastillas en la mano.

—Ve tú. Lidia con ese pedazo de mierda. Yo iré después.

Regresó al lado de Joaquín, le acarició la frente sudorosa, y le ayudó a tragar las píldoras.

Gus sabía que le decía adiós a la última persona en el mundo que le importaba. A la última persona que amaba realmente. Su hermano, su madre, sus *compas* más cercanos: todos se habían ido. Ya no le quedaba nada.

C uando salieron, Fet miró a Nora.

—¿Todo ha ido bien? Han tardado mucho tiempo en regresar.

—Nos venían siguiendo —aclaró ella.

Eph los vio abrazarse. Fingió que no le importaba.

—¿El señor Quinlan ha logrado algo con el *Lumen?* —preguntó Eph cuando se separaron.

—No —dijo Fet—. No ha podido adelantar mucho. El asunto es más complicado de lo que pensábamos.

Los tres dejaron atrás la biblioteca, en dirección a la plaza Low, semejante a un anfiteatro griego, situada en el borde del campus, donde estaban los edificios de mantenimiento. El Hummer amarillo de Creem estaba dentro del garaje. Forrado en plata, el líder de los Zafiros de Jersey tenía su gorda mano sobre un carrito lleno de armas semiautomáticas que Gus le había prometido. El pandillero sonrió ampliamente, con sus dientes de plata resplandecientes como los del gato de Cheshire.

—Yo podría hacer mucho daño con estas armas —dijo, desafiante, frente a la puerta abierta del garaje. Miró a los tres con suspicacia—. ¿Dónde está el mexicano?

—Viene ahora —dijo Fet.

Creem, desconfiado por naturaleza, reflexionó un momento antes de decidir que podría esperar.

—¿Estás autorizado a hablar por él? Le hice una oferta justa a ese frijolero.

—Todos estamos al tanto —señaló Fet.

—¿Y?

—Cueste lo que cueste —agregó Fet—. Primero tenemos que ver el detonador.

—Sí, claro, por supuesto. Eso lo podemos arreglar.

—¿Arreglar? —preguntó Nora, echándole un vistazo al Hummer—. Creía que lo habías traído.

—¿Traído? Ni siquiera sé cómo demonios es. ¿Quién soy yo, MacGyver? Les enseñaré dónde tienen que ir. Un arsenal militar. Si en ese sitio no lo hay, no lo encontrarán en ningún otro.

Nora miró a Fet. Estaba claro que ella no confiaba en Creem.

—Entonces ¿qué?, ¿nos estás ofreciendo una excursión a la tienda? ¿Ésa es tu gran contribución?

Creem le sonrió.

—El trabajo de inteligencia y el acceso al arsenal. Eso es lo que he traído a la mesa.

—Si no tienes esa cosa todavía... ¿entonces?, ¿a qué has venido?

Creem blandió el arma descargada.

—He venido a por mis armas, y por la respuesta del Mex. Y por municiones para cargar estos bebés.

Abrió la puerta del conductor para sacar algo de entre los asientos delanteros: un mapa de Jersey, con un plano dibujado a mano.

Nora les mostró los mapas a Fet y a Eph.

—Esto es lo que nos están ofreciendo. Por la isla de Manhattan... —Miró a Fet—. Los indios americanos recibieron un pago mejor que nosotros.

A Creem le hizo gracia el comentario.

—Es un mapa del arsenal Picatinny. Como puedes ver, se encuentra al norte de la región Skylands de Nueva Jersey, unos cincuenta o sesenta kilómetros al oeste de aquí. Un gigantesco complejo militar controlado por los chupasangres. Pero puedo entrar; he estado sacando municiones desde hace meses. Ya casi se me han acabado; por eso necesito esto. —Palmeó sus armas mientras volvía a guardarlas en el Hummer—. Fue construido en la Guerra Civil como depósito de pólvora del ejército. Era una fábrica y un centro de investigación militar antes de que los vampiros lo tomaran.

Fet apartó sus ojos del mapa.

—¿Ellos tienen detonadores?

—Si no los tienen, nadie los tendrá —dijo Creem—. He visto fusibles y temporizadores. Tienes que saber de qué tipo lo necesitas. ¿Tu arma nuclear está aquí? Tampoco yo sé lo que estoy buscando.

—Tiene casi un metro por uno y medio —dijo Fet, al cabo de unos momentos—. Son portátiles, pero no caben en una maleta pequeña. Son pesadas, como un barril pequeño o un cubo de basura.

—Encontrarás algo que funcione. O no. Yo no doy garantías, pero te puedo conducir hasta allí. Luego te llevas tu juguete muy lejos y ves cómo funciona. No ofrezco ningún tipo de garantías en términos de devolución de dinero. Los explosivos son problema tuyo, no mío.

—No nos estás ofreciendo prácticamente nada —dijo Nora.

—¿Quieres ir de compras durante unos cuantos años más? Adelante.

—Me alegra que esto te parezca tan divertido —observó Nora.

—Todo es jodidamente divertido para mí, señora —dijo Creem—. Todo este mundo es una fábrica de risas. Me río todo el día y toda la noche. ¿Qué quieres que haga, romper a llorar? Esto de los vampiros es una broma colosal, y tal como yo lo veo, estás dentro de la broma o fuera de ella.

—¿Y tú estás dentro? —preguntó Nora.

—Podemos decirlo de esa manera, belleza calva —respondió Creem, con sus dientes forrados de plata—. Mi objetivo es reírme al último. Así que ustedes, los renegados y los rebeldes, asegúrense de encender la mecha de esa cosa de mierda fuera de aquí, de mi isla. Vuelen un pedazo de..., del maldito Connecticut o algo así. Pero permanezcan fuera de aquí, de mi terreno. Eso forma parte del trato.

—¿Qué esperas hacer con esta ciudad cuando sea tuya? —preguntó Fet con una sonrisa irónica.

—No lo sé. ¿Quién puede pensar tan allá? Nunca he sido propietario. Este lugar es único, pero es una casa que necesita reparaciones. Tal vez convierta esto en un puto casino. O en una pista de patinaje, da igual.

En ese momento entró Gus, con las manos metidas en los bolsillos y una expresión compungida en el rostro. Llevaba gafas oscuras, pero si se le observaba con detenimiento, como lo hizo Nora, se podía constatar que ocultaba las lágrimas.

—Aquí está —dijo Creem—. Parece que tenemos un trato, Mex.

Gus asintió.

—Tenemos un trato.

—Espera —replicó Nora—. No tiene nada, salvo estos mapas.

Gus asintió; no estaba realmente allí.

—¿Cuándo podremos tenerlo?

—¿Qué tal mañana? —propuso Creem.

—Mañana será —aprobó Gus—. Con una condición: espera aquí esta noche; con nosotros. Nos llevarás antes del amanecer.

—¿Tienes un ojo puesto en mí, Mex?

—Te daremos comida —prometió Gus.

—Está bien —aceptó Creem—. Me gusta la carne bien hecha, recuerda. —Cerró la puerta del maletero—. ¿Cuál es tu gran plan, de todos modos?

—Realmente no necesitas saberlo —dijo Gus.

—No puedes tenderle una emboscada a ese hijo de puta. —Creem los miró a todos—. Espero que sepan eso.

—Puedes hacerlo si tienes algo que él quiera —dijo Gus—. Algo que necesite. Por eso no aparto mis ojos de ti...

Extracto del diario de Ephraim Goodweather

Querido Zack:

Ésta es la segunda vez que escribo una carta que ningún padre debería escribirle a su hijo: una nota de suicidio. La primera la redacté antes de subirte al tren para sacarte de Nueva York, y te explicaba mis razones para permanecer aquí y combatir en lo que yo sospechaba que era una batalla perdida.

Sigo aquí, aún combatiendo en esa guerra.

Me fuiste arrebatado de la manera más cruel posible. Durante casi dos años ya, he suspirado por ti, he tratado de encontrar un camino para liberarte de las garras de aquellos que te retienen. Piensas que estoy muerto, pero no, todavía no. Yo estoy vivo, y vivo para ti.

Estoy escribiéndote esto para el caso de que me sobrevivas y que el Amo también lo haga. En ese caso —que es para mí el peor de todos—, habré cometido un delito grave contra la humanidad, o contra lo que quedaba de ella.

Habré cambiado la última esperanza de libertad de nuestra raza subyugada para preservar tu vida, hijo mío. Y no sólo que vivas, sino que lo hagas como un ser humano, sin ser convertido por la plaga del vampirismo difundida por el Amo.

Mi mayor esperanza es que hayas comprendido que el camino del Amo es execrable, en su forma más vil. Un refrán muy sabio dice: «La historia la escriben los vencedores». No te escribo acerca de la historia, sino de la esperanza. Alguna vez tuvimos una vida juntos, Zack. Una vida hermosa, y al honrarla también incluyo a tu madre. Por favor, recuerda esa vida, la luz del sol, las risas y las alegrías simples. Ésa fue tu juventud. Te han hecho crecer demasiado rápido, y tu confusión sobre quien te ama realmente y quiere lo mejor para ti es explicable. Yo te perdono todo. Y por favor, haz tú lo mismo, y perdona mi traición en tu nombre. Mi vida es un pequeño precio a cambio de la tuya, pero las vidas de mis amigos y el futuro de la humanidad son un precio demasiado alto.

Muchas veces he perdido la esperanza en mí, pero nunca en ti. Sólo lamento no poder ver al hombre en el que te convertirás. Por favor, deja que mi sacrificio te guíe por el camino del bien.

Y ahora tengo algo muy importante que decirte. Si, como digo, este plan acaba como me temo, entonces habré sido convertido y seré un vampiro. Y debes entender que, debido al vínculo de amor hacia ti, mi amor de vampiro irá por ti. Nunca se detendrá. Si en el momento de leer esto ya me has matado, te lo agradezco. Te doy las gracias una y mil veces. No debes sentirte culpable ni avergonzado; has hecho lo que tenías que hacer.

Estoy en paz.

Pero si por alguna razón no me has liberado todavía, por favor, destrúyeme en la próxima oportunidad que tengas. Ésta es mi última petición. También querrás liberar a tu madre. Ambos te amamos.

Si has encontrado este diario donde tengo la intención de dejarlo, en la cama de tu infancia, en casa de tu madre en la calle Kelton en Woodside, Queens, entonces encontrarás, debajo de tu cama, una bolsa con armas forjadas en plata, que espero que hagan tu camino más fácil en este mundo. Es todo lo que tengo para legarte.

Es un mundo cruel, Zachary Goodweather. Haz lo que esté a tu alcance para mejorarlo.

Tu padre,
Doctor Ephraim Goodweather

Universidad de Columbia

Eph había ignorado la comida prometida por Gus con el fin de redactar su carta a Zack en una de las aulas vacías del pasillo donde se encontraba Joaquín. Mientras la escribía, Eph despreció al Amo más que en cualquier otro momento de aquella larga y terrible prueba.

Tenía el cuaderno delante de él. Leyó lo que acababa de escribir, tratando de acercarse al texto como lo haría Zack.

Eph nunca se había detenido a considerar esta situación desde la perspectiva de Zachary. ¿Qué podría pensar él?

«Sí, mi padre me quería.»

«Sí, mi padre fue un traidor para sus amigos y la humanidad.»

Eph comprendió, al pensar en esto, toda la culpa con la que habría de cargar Zack. Sobrellevar el peso del mundo perdido sobre sus hombros. Su padre había elegido la esclavitud de todos por la libertad de uno.

¿Era realmente un acto de amor? ¿O era algo más?

Era una trampa. El camino más fácil. Zack podría llegar a vivir como un humano esclavizado —si el Amo cumplía su parte del trato— y el planeta se convertiría en un nido de vampiros durante toda la eternidad.

Eph tuvo la sensación de despertar de un sueño febril. ¿Cómo pudo siquiera haber considerado esa posibilidad? Era como si, al admitir la voz del Amo en su mente, se hubiera permitido también un poco de corrupción o de locura. Como si la presencia maligna del Amo anidara en la mente de Eph y comenzara a ramificarse. Pensar en ello le hizo temer más que nunca por Zack: temía que su hijo viviera al lado de ese monstruo.

Eph oyó que alguien se acercaba por el pasillo y rápidamente cerró su diario y lo deslizó debajo de su bolsa, justo cuando la puerta se abría.

Era Creem. Su cuerpo ocupaba casi todo el marco de la puerta. Eph pensó inicialmente que se trataba del señor Quinlan, y le desconcertó ver al pandillero. Pero al mismo tiempo se sintió aliviado: el señor Quinlan habría notado de inmediato su angustia.

—Hey, doc. Te estaba buscando. Un rato a solas, ¿eh?

—Ordenando mis pensamientos.

—Estaba buscando a la doctora Martínez, pero está ocupada.

—Ignoro dónde se encuentra.

—Por ahí con el tipo grande, con el exterminador...

Creem entró y cerró la puerta, extendiendo el brazo, con la manga enrollada a la altura del codo. Tenía un vendaje cuadrado en el antebrazo.

—Necesito que le eches un vistazo a este corte. He visto a Joaquín, el chico del Mex. Francamente está jodido. Necesito que me revises esto.

—Sí, claro. —Eph intentó despejar su mente—. Veamos.

Creem se acercó y el médico sacó una linterna de su mochila y tomó el voluminoso antebrazo en su mano.

El color de su piel se veía bien bajo el haz luminoso.

—Quítate el vendaje —dijo Eph.

Creem lo hizo, con sus dedos gruesos como salchichas adornados con anillos de plata.

El vendaje se desprendió, arrancándole el vello negro y ensortijado, pero aquel hombre no se inmutó.

Eph iluminó la carne expuesta con su linterna. No había cortes ni abrasiones.

—No veo nada —señaló Eph.

—Eso es porque no hay nada que ver —confesó Creem.

Retiró el brazo y se quedó mirando a Eph. Esperando a que averiguara el verdadero motivo de su visita.

—El Amo me dijo que debía contactar contigo en privado —le informó Creem.

Eph casi saltó hacia atrás. La linterna se le cayó de las manos, rodando a sus pies. Aturdido, la recogió y estuvo manipulando torpemente hasta que logró apagarla.

El líder de los Zafiros exhibió su sonrisa de plata.

—¿Eres tú? —preguntó Eph.

—¿Y tú? —respondió Creem—. No tiene ningún sentido. —Creem miró hacia la puerta antes de continuar—: Escucha, amigo. Tienes que estar más presente, ¿sabes?

Tienes que hablar más, representar tu papel. No estás trabajando lo suficientemente duro.

Eph apenas lo oyó.

—¿Hace cuánto...?

—El Amo vino a mí no hace mucho. Arrasó al resto de mi pandilla. Pero puedo respetar eso. Éste es el territorio del Amo ahora, ¿sabes? —Chasqueó con sus dedos de plata—. Pero me salvó. Tenía otros planes. Me hizo una oferta, la misma que yo les he hecho a ustedes.

—¿Entregarnos... a cambio de Manhattan?

—Bueno, por un pedazo. Un pequeño mercado negro, algo de comercio sexual, juegos de azar. Dijo que eso ayudaría a mantener a la gente distraída y a raya.

—Así que esto..., el detonador..., todo es un engaño.

—No, eso es verdad. Se suponía que yo sólo me infiltraría en su grupo. Fue Gus quien me hizo la petición.

—¿Qué pasa con el libro?

—¿Ese libro de plata del que siempre están murmurando? El Amo no dijo nada. ¿Eso es lo que ustedes le van a dar?

Eph tuvo que seguirle el juego, así que asintió.

—Tú eres el último en quien yo pensaría. Pero bueno, los otros no tardarán en desear haber hecho un trato antes que nosotros.

Creem volvió a sonreírle, mostrando sus dientes de plata. Su expresión metálica enfermó a Eph.

—¿De verdad crees que cumplirá su palabra contigo? —le preguntó Eph.

—¿Por qué no? ¿Tú crees que cumplirás la tuya?

—No sé de qué me hablas.

—¿Crees que nos va a joder? —Creem se estaba impacientando—. ¿Por qué? ¿Qué estás sacando con esto? No me digas que esta ciudad.

—Mi hijo.

—¿Y?

—Eso es todo.

—¿Eso es todo? Tu hijo. A cambio de ese libro sagrado de mierda y tus amigos.

—Eso es todo lo que quiero.

Creem dio un paso atrás. Parecía impresionado, pero en realidad —Eph lo sabía— estaba convencido de que Eph era idiota.

—Me puse a pensar cuando supe de ti. ¿Por qué dos planes? ¿Qué está pensando el Amo? ¿Hará dos tratos?

—Seguramente ninguno —dijo Eph.

A Creem no le gustó eso.

—De todos modos, se me ocurrió que uno de nosotros es el plan B. Porque si tú haces primero el trato, ¿en qué le sería útil al Amo? Yo quedaría jodido y tú te llevarías la gloria.

—La gloria de traicionar a mis amigos.

Creem asintió. Eph debería haber prestado más atención a la reacción de Creem, pero la agitación de su mente se lo impedía. Se sentía dividido. Aquel mercenario de pacotilla era su propio reflejo.

—Creo que el Amo trata de joderme. Para mí, el segundo acuerdo equivale a no tener ninguno. Por eso les di a tus amigos la localización del arsenal. Porque nunca conseguirán llegar hasta allí. Porque Creem debe hacer su movimiento ahora.

Eph notó la proximidad del pandillero. Le miró las manos y estaban vacías, pero tenía los puños apretados.

—Espera —dijo Eph, presintiendo lo que Creem estaba a punto de hacer—. Aguarda. Escúchame. Yo... Yo no lo voy a hacer. Fue una locura pensarlo siquiera. No entregaré a estas personas y tú tampoco deberías hacerlo. Sabes dónde hay un detonador. Lo conseguiremos, lo conectamos a la bomba de Fet y buscamos el Sitio Negro del Amo. Así obtendremos lo que queremos. Tendré a mi hijo de nuevo. Podrás tener tu trozo de Manhattan. Y liquidamos a ese hijo de puta de una vez por todas.

Creem asintió, parecía que estaba sopesando la oferta.

—Es curioso —afirmó—. Es exactamente lo que yo diría si las cosas cambiaran y estuvieras a punto de traicionarme. *Adiós*, doc.

Creem agarró del cuello a Eph, sin darle tiempo a defenderse. El puño grueso y los nudillos de plata del pandillero chocaron contra la cabeza de Eph, que no sintió el golpe al principio, solo el giro brusco de la habitación, y luego las sillas dispersándose bajo el peso de su cuerpo. Se golpeó el cráneo contra el suelo y la habitación se volvió blanca y luego muy oscura.

La visión

COMO DE COSTUMBRE, las figuras de luz aparecieron en medio del fuego. Eph permanecía inmóvil y abrumado mientras ellos se le acercaban. Su plexo solar fue alcanzado por la energía de uno de ellos, tras golpearlo de lleno. Se resistió durante un lapso que le pareció una eternidad. La segunda figura se sumó al combate, pero Ephraim Goodweather no se dio por vencido. Luchó con valentía y con desesperación, hasta ver de nuevo el rostro de Zack en medio del resplandor.

—Papá —dijo Zack, y el estallido apareció de nuevo.

Pero esta vez Eph no se despertó. La imagen dio paso a un nuevo paisaje de hierba verde bajo un sol amarillo y cálido, ondulándose con una suave brisa.

Un prado. Parte de una granja.

Cielo azul. Nubes veloces. Árboles frondosos.

Eph levantó la mano para protegerse de los rayos del sol y poder apreciar la escena.

Una casa de campo humilde. Pequeña, de ladrillos rojos brillantes, con un techo de tejas negras. La casa estaba a más de cuarenta metros, pero llegó a ella con sólo tres pasos. El humo salía de la chimenea en dos columnas simétricas. La brisa cambió, dispersando el humo, que formó letras, como si estuvieran escritas con un trazo impecable.

... L E I R I Z O L E I R I Z O L E I R I Z O L E I R I Z O ...

Las letras de humo se disiparon, convirtiéndose en una fina ceniza que descendió sobre la hierba. Eph dobló el tronco a la altura de la cintura, para recoger una brizna de hierba, afilada como una cuchilla. Entonces vio la sangre rezumando de las yemas de sus dedos.

Una ventana de cuatro paneles se abría en la pared de la casa. Eph acercó su rostro, sopló sobre el cristal, y el aliento despejó la superficie opaca.

Una mujer de cabello rubio brillante se encontraba sentada frente a una antigua mesa de cocina. Escribía en un libro grueso con una plumilla, rematada en un pluma de plata, brillante y hermosa, que sumergía en un tintero lleno de sangre.

Kelly giró ligeramente la cabeza hacia la ventana, lo suficiente para que Eph supiera que ella había notado su presencia. El cristal volvió a empañarse, y al limpiarlo con su soplo, la imagen de Kelly se había esfumado.

Eph recorrió la casa de campo en busca de otra ventana o puerta. Pero las paredes eran de ladrillo macizo, y después de darle una vuelta completa, ni siquiera pudo encontrar la pared con la ventana del pincipio. Los ladrillos se habían vuelto negros; al alejarse de la casa, ésta se transformó en un castillo. Con cada paso que daba la ceniza extendía su manto negro, afilando aún más las briznas de hierba, que laceraban las plantas de sus pies.

Una forma alada atravesó el disco solar como una inmensa ave de rapiña, elevándose rápidamente antes de desaparecer en la distancia, mientras su sombra se confundía con la oscura hierba.

En lo alto del castillo, una chimenea tan alta como la de una fábrica escupía cenizas negras al cielo, transformando la claridad del día en una noche siniestra. Kelly apareció en uno de los terraplenes, y Eph le gritó.

—No puede oír —le explicó Fet, de repente.

Fet llevaba su traje de exterminador y fumaba un cigarro Corona, pero tenía cabeza de rata y los ojos pequeños y rojos.

Eph miró hacia el castillo de nuevo, y el pelo rubio de Kelly se dispersó como si fuera humo. Ahora era Nora, calva, desapareciendo en el interior de la parte más alta del castillo.

—Tenemos que dividirnos —le dijo Fet, separando su cigarro de la boca con una mano humana y exhalando unas volutas de humo gris en medio de sus bigotes ralos y negros—. No tenemos mucho tiempo.

Fet la rata corrió hacia el castillo y apretó su cabeza contra una grieta de los cimientos, deslizando su cuerpo entre dos grandes piedras negras.

En la parte superior, un hombre estaba ahora en la torreta; vestía una camisa de trabajo con las insignias de Sears. Era Matt, el novio de Kelly, el primer sustituto de Eph como figura paterna y el primer vampiro al que Eph había matado. Eph lo miró y Matt sufrió un ataque, arañándose la garganta con sus manos. Se convulsionó, doblándose, ocultando su rostro, retorciéndose..., hasta que sus manos se separaron de su cabeza. Sus dedos medios se transformaron en duras garras. La criatura se irguió, y de repente era quince centímetros más alta. El Amo.

El cielo negro se abrió entonces, la lluvia cayó desde arriba, pero cuando las gotas golpearon el suelo, en lugar del sonido habitual, semejante a un golpeteo, parecían decir: «Papá».

Eph se alejó trastabillando; se dio la vuelta y corrió. Intentó ponerse a salvo de la lluvia mientras corría por la hierba cortante, pero las gotas lo asaltaban a cada paso, gritando en sus oídos: «¡Papá! ¡Papá! ¡Papá!».

Y luego todo se aclaró. La lluvia cesó y el cielo se transformó en un manto carmesí. La hierba había desaparecido y la tierra del suelo reflejó el rojo del cielo, como si fuera la superficie del océano.

Una figura se aproximó desde la lejanía. Calculó que no se hallaba demasiado lejos, y conforme fue acercándose, Eph pudo apreciar mejor su tamaño. Parecía un ser humano, pero era por lo menos tres veces más alto que él. Se detuvo mucho antes de establecer contacto con él, a pesar de que sus dimensiones le hacían creer que lo tenía muy cerca.

Efectivamente, era un gigante, pero sus proporciones eran perfectas. Estaba cubierto por un nimbo de luz brillante.

Eph intentó hablarle. No tenía miedo a la criatura. Pero se sintió abrumado.

Algo crujió detrás de la espalda del gigante. Dos alas voluminosas de plata se desplegaron de inmediato, con un diámetro más grande incluso que la estatura del gigante. La ráfaga de aire empujó a Eph un paso hacia atrás. Con los brazos a los lados, el arcángel —lo único que podía ser— batió sus alas dos veces más, azotando el aire y emprendiendo el vuelo.

El arcángel ascendió por los aires, con una gracia sobrenatural. Descendió delante de Eph, eclipsándolo con su nimbo de luz. Unas plumas de plata se desprendieron de sus alas y se clavaron en la tierra roja. Otra flotó hacia Eph, y él la cogió en su mano. La pluma se convirtió primero en una punta de marfil, y luego en una espada de plata.

El arcángel descomunal se inclinó hacia Eph. Su rostro permanecía oculto por el halo de luz que irradiaba. Y esta luz era extrañamente fresca, como un girón de niebla.

El arcángel fijó su mirada en algo detrás de Eph, que giró la cabeza de mala gana.

Eldritch Palmer, el antiguo presidente del Grupo Stoneheart, estaba sentado en una mesa pequeña sobre el borde de un acantilado. Llevaba un traje oscuro de marca y un brazalete con la esvástica roja alrededor del antebrazo derecho. Se estaba comiendo una rata muerta con un tenedor y un cuchillo, servida sobre un plato de porcelana. Una silueta se le acercó por el costado derecho: un lobo grande y blanco que acudía a la mesa. Palmer no levantó la vista del plato. El lobo blanco se abalanzó sobre la garganta de Palmer, derribándolo de la silla y desgarrándole el cuello.

El lobo se detuvo, miró a Eph y fue corriendo hacia él.

Eph no corrió ni blandió su espada. El lobo se detuvo en seco, levantando trozos de tierra con sus patas. El pelaje nevado de su boca estaba manchado con la sangre de Palmer.

Eph reconoció los ojos del lobo. Pertenecían a Abraham Setrakian, al igual que su voz.

—*Ahsudagu-wah.*

Eph sacudió la cabeza, pues no entendía las palabras del lobo, y entonces una gran mano se apoderó de él. Sintió el batir de las alas del arcángel mientras era levantado de la tierra roja, que iba reduciéndose en manchas tornasoladas. Se acercaron a una gran masa de agua, luego enfilaron hacia la derecha, volando sobre un denso archipiélago. El arcángel descendió sobre una de las innumerables islas.

Aterrizaron en un terreno baldío en forma de cuenco, repleto de hierros retorcidos y pedazos de acero humeante. Jirones de ropa y papeles quemados estaban esparcidos en medio de las ruinas carbonizadas; la pequeña isla era la zona cero de una catástrofe. Eph se volvió hacia el arcángel pero éste había desaparecido, y en su lugar encontró una puerta. Una puerta solitaria, rodeada sólo por un simple marco. Un letrero, escrito con rotulador negro e ilustrado con lápidas, cruces y esqueletos, dibujados por una mano juvenil, decía:

ES PROBABLE QUE NO VIVAS MÁS ALLÁ DE ESTE PUNTO.

Eph conocía esa puerta. Y la letra. Agarró el pomo, abrió la puerta y dio un paso adelante.

La cama de Zack. Y sobre ella, el diario de Eph; pero en lugar de su tapa andrajosa, la cubierta era de plata.

Eph se sentó en la cama, notando la sensación familiar del colchón, oyendo cómo crujía. Abrió el diario, y sus páginas de pergamino eran las del *Occido lumen*, escritas a mano con ilustraciones ribeteadas de oro.

Más extraordinario que eso era el hecho de que Eph pudiera leer y comprender las palabras en latín. Percibió la sutil marca de agua que revelaba una segunda capa de texto debajo del primero.

Logró descifrar el sentido encerrado en aquel texto oculto. Y en ese momento, lo comprendió todo.

—*Ahsųdagų-wah.*

Como si hubiera sido convocado al pronunciar estas palabras, el Amo entró por la puerta sin pared. Se echó hacia atrás la capucha que ocultaba su rostro y sus ropas cayeron; la luz del sol carbonizó su piel, volviéndola negra y crujiente. Los gusanos se retorcieron debajo de la carne que cubría su rostro.

El Amo quería el libro. Eph permaneció de pie, y la pluma de su mano se convirtió de nuevo en una fina espada de plata. Pero en lugar de atacar, sujetó el mango de la espada al revés, sosteniéndola con la punta hacia abajo, tal como señalaba el *Lumen*.

Cuando el Amo se abalanzó sobre él, Eph clavó la hoja de plata en el suelo ennegrecido.

La onda de choque se expandió por la tierra como un cataclismo. La erupción que siguió tenía una fuerza divina, una bola de fuego de una luz tan brillante que arrasó al Amo y todo lo que se encontraba a su alrededor, dejando solo a Eph, que se miró las manos, las manos que habían hecho aquello.

Unas manos jóvenes, no las suyas.

Tocó su rostro con ellas. Ya no era Eph.

Era Zack.

DESPERTANDO
AL FUEGO

Universidad de Columbia

DESPIERTA, GOODWEATHER.

La voz del Nacido hizo a Eph recobrar la conciencia. Abrió los ojos. Se hallaba tendido en el suelo, con el Nacido a su lado.

¿Qué ha pasado?

Abandonar la visión y volver de nuevo a la realidad fue todo un shock. Pasar de la sobrecarga a la privación sensorial. Vivir aquel sueño había sido como habitar dentro de una de las páginas iluminadas del *Lumen*. Aquella experiencia superaba la dimensión de lo real.

Se sentó, consciente ahora de su dolor de cabeza. Tenía una herida a un lado de la cara.

Sobre él, la cara del señor Quinlan seguía siendo marcadamente pálida.

Eph parpadeó varias veces, tratando de sacudirse el efecto hipnótico y persistente de la visión, que se aferraba a él como una placenta pegajosa.

—Lo he visto —dijo.

¿Qué has visto?

Eph oyó un golpeteo cada vez más fuerte encima de ellos, sacudiendo el edificio. Era un helicóptero.

Estamos siendo atacados.

El señor Quinlan le ayudó a levantarse.

—Creem —dijo Eph—. Ha notificado al Amo nuestra ubicación. —Se llevó las manos a la cabeza—. El Amo sabe que tenemos el *Lumen*.

El señor Quinlan se volvió hacia la puerta. Se quedó quieto, como si escuchara.

Ellos han capturado a Joaquín.

Eph oyó unos pasos suaves y distantes. Unos pies descalzos. Vampiros. El señor Quinlan agarró a Eph del brazo y lo levantó. Eph miró los ojos rojos del Nacido y recordó el final del sueño, pero rápidamente lo apartó de su mente y se concentró en la amenaza actual.

Dame tu espada de repuesto.

Eph se la dio y siguió al señor Quinlan al pasillo después de recoger su diario y meterlo en su mochila. Giraron a la derecha, encontraron las escaleras que conducían al sótano y se internaron en los corredores subterráneos. Los vampiros ya se encontraban allí. Los ruidos se oían como si fueran transmitidos por una corriente. Gritos humanos y espadas cortando.

Eph sacó la suya y encendió su linterna. El señor Quinlan avanzó a gran velocidad, y Eph procuró seguirle el paso. El señor Quinlan le sacó ventaja, y cuando Eph dobló por un recodo para alcanzarlo, su haz de luz alumbró los cuerpos de dos vampiros decapitados.

Detrás de ti.

Un *strigoi* salió de una habitación lateral; Eph se dio la vuelta y le atravesó el pecho con su espada. La plata lo debilitó, Eph retiró la hoja y le rebanó el cuello con rapidez.

El señor Quinlan continuó su marcha, liquidando a los vampiros antes de que éstos tuvieran oportunidad de atacar. De esta forma franquearon los pasillos del manicomio subterráneo. Una escalera marcada con una señal pintada por Gus los condujo hasta un pasillo que desembocaba en otra escalera, que daba al sótano de un edificio del campus.

Salieron del edificio de Matemáticas, próximo al centro del campus, detrás de la biblioteca. Su presencia atrajo inmediatamente la atención de los vampiros invasores, que corrieron hacia ellos desde las cuatro direcciones, desafiando las armas de plata a las que se enfrentaban. El señor Quinlan, con su gran velocidad e inmunidad a los gusanos infecciosos de la sangre abrasiva de los *strigoi*, liquidó tres veces más criaturas que Eph.

Un helicóptero del ejército se acercó desde el río, serpenteando con el estrépito de sus rotores sobre los edificios del campus. Eph vio el soporte de la metralleta, pero su mente rechazó la imagen inicialmente. Vio la cabeza calva del vampiro apostado detrás del cañón cuádruple y escuchó las detonaciones simultáneas de los proyectiles, pero sólo consiguió procesarlas cuando vio los impactos circulares horadando el camino de piedra que recorría junto al señor Quinlan. Se apartaron del sendero para ponerse a cubierto, protegiéndose debajo del alero de un edificio, mientras el helicóptero giraba para arremeter otra vez.

Corrieron hacia la puerta, ocultándose momentáneamente, pero sin entrar en el edificio, donde quedarían atrapados con mucha facilidad. Eph sacó su binocular de visión nocturna y lo sostuvo frente a sus ojos el tiempo suficiente para ver decenas de vampiros verdes y brillantes entrando en el cuadrilátero similar a un anfiteatro, como una legión de muertos vivientes acudiendo a un combate de gladiadores.

El señor Quinlan estaba junto a él, más inmóvil que de costumbre. Miraba fijamente hacia delante, como si tuviera los ojos puestos en otro lugar.

El Amo está aquí.

—¿Qué? —Eph miró a su alrededor—. Debe de haber venido a por el libro.

El Amo ha venido para ocuparse de todo.

—¿Dónde está el libro?

Fet lo sabe.

—¿Tú no?

Lo vi por última vez en la biblioteca. En sus manos, mientras buscaba un facsímil para falsificar...

—¡Vamos! —dijo Eph.

El señor Quinlan no lo dudó. La biblioteca, con su cúpula gigantesca, estaba casi enfrente de ellos, en la parte delantera de la cuenca del cuadrilátero. Salió corriendo desde el frontispicio, matando a un vampiro que se puso en su camino. Eph lo siguió sin dilación al ver que el helicóptero regresaba por el lateral derecho. Bajó las gradas y retrocedió a medida que el arma disparaba en modo semiautomático, con los pedazos de granito pinchándole las espinillas.

El helicóptero redujo la velocidad, sobrevolando el patio central y ofreciéndole una mayor estabilidad al francotirador. Eph se coló entre dos pilares gruesos de la fachada de la biblioteca, para protegerse de los disparos. Delante de él, un vampiro se acercó al señor Quinlan y, como premio, su cabeza fue arrancada manualmente del torso. El señor Quinlan mantuvo la puerta abierta para Eph, que se apresuró al interior.

Se detuvo en mitad de la rotonda. Eph pudo sentir la presencia del Amo en algún lugar dentro de la biblioteca. No era un olor ni una vibración, sino la forma en que el aire se movía tras el Amo, enroscándose en sí mismo, creando extrañas corrientes cruzadas.

El señor Quinlan pasó corriendo a su lado y entró en la sala de lectura principal.

—¡Fet! —llamó Eph, al escuchar unos ruidos, como de libros que caen en la distancia—. ¡Nora!

No hubo respuesta. Corrió tras el señor Quinlan, esgrimiendo su espada, moviéndola a su alrededor, consciente de la presencia del Amo. Había perdido de vista al señor Quinlan, así que sacó su linterna y la encendió.

Tras casi dos años de inactividad, la biblioteca estaba completamente cubierta de polvo. Eph vio las partículas suspendidas en el aire en el cono de su haz de luz. Mientras iluminaba con su linterna un área despejada en el otro extremo, percibió una interrupción en el polvo, como si algo se moviera más rápido de lo que pudiera registrar el ojo. Esa alteración, esa reordenación de las partículas, enfiló hacia Eph a una velocidad increíble.

Fue duramente golpeado por detrás y lanzado al suelo. Miró hacia arriba, justo a tiempo de ver al señor Quinlan lanzando un fuerte sablazo en el aire. No golpeó nada con su espada, pero se plantó con firmeza para desviar la amenaza inminente. El impacto fue tremendo, aunque el señor Quinlan contaba con la ventaja del equilibrio.

Un estante de libros se desplomó al lado de Eph con un estrépito ensordecedor, y el armazón de acero se clavó en el suelo alfombrado. La pérdida del impulso reveló al Amo, que salió de los estantes caídos. Eph vio el rostro del señor oscuro —un momento, sólo lo suficiente para distinguir a los gusanos escabulléndose velozmente bajo la superficie de su carne— antes de que la criatura se enderezara.

Era la clásica táctica de dejarse atacar. El señor Quinlan se había agachado para atraer al Amo hacia el desprotegido Eph y luego le había atacado, pillándolo desprevenido. El Amo se dio cuenta de la celada al mismo tiempo que Eph, ya que estaba poco acostumbrado a ser engañado.

HIJO DE PUTA.

El Amo estaba enfadado. Se levantó y arremetió contra el señor Quinlan, que no pudo infligirle con su espada un daño irreversible, atacando por debajo y empujando al Nacido contra el estante de enfrente.

Luego se alejó, como una mancha negra regresando de nuevo a la rotonda.

El señor Quinlan se enderezó rápidamente y levantó a Eph con su mano izquierda. Fueron corriendo tras el Amo a través de la rotonda, en busca de Fet.

Eph escuchó un grito, que identificó con la voz de Nora, y corrió a una habitación lateral. La encontró con su linterna. Un nutrido grupo de vampiros acababa de entrar desde el extremo opuesto; uno de ellos la amenazaba desde lo alto de un estante, mientras que otros dos le arrojaban libros a Fet. El señor Quinlan saltó desde una silla, abalanzándose sobre el vampiro que se cernía sobre Nora, le agarró el cuello con una mano mientras le clavaba su espada con la otra, cayendo con él en los estantes adyacentes. Esto le dio tiempo a Nora de perseguir a los vampiros que lanzaban libros. Eph podía percibir al Amo, pero no logró alumbrarlo con su linterna. Sabía que la incursión de los vampiros era una maniobra de distracción, pero también una amenaza real. Corrió por un pasillo paralelo al que ocupaban Fet y Nora y vio a dos intrusos acercándose desde la puerta del fondo.

El médico blandió su espada, pero ellos no se intimidaron. Se lanzaron hacia él, y Eph hizo lo mismo. Los asesinó fácilmente, tal vez demasiado. Su único propósito era mantenerlo ocupado. Vio en el umbral a otro vampiro, pero antes de atacarlo se arriesgó a mirar hacia atrás, al final del pasillo, donde se encontraba Fet.

Fet atacaba con su espada, protegiéndose el rostro de los libros que le lanzaban.

Eph se dio la vuelta y esquivó al vampiro que se abalanzaba sobre él, pasándole la espada por la garganta. Otros dos aparecieron en la puerta. Eph se dispuso a enfrentarse a ellos, pero recibió un fuerte golpe en la oreja izquierda. Se volvió con el rayo de su linterna y vio a otro vampiro a horcajadas en los estantes, lanzándole libros. Debía salir de allí de inmediato.

Mientras derribaba al par de *strigoi*, Eph vio al señor Quinlan correr a gran velocidad en el ala posterior de la sala. El señor Quinlan empujó el anaquel, lanzando al vampiro al otro lado de la estancia, y luego se detuvo. Se volvió en la dirección de Fet, y, al ver esto, Eph hizo lo mismo.

Observó la hoja ancha de Fet cercenar a otro vampiro amenazador, justo cuando el Amo saltaba desde los estantes para agarrar al exterminador por la espalda. Fet ya había advertido el movimiento del Amo, e intentó girarse para asestarle un sablazo. Pero el Amo aferró la mochila de Fet, tirando de ella bruscamente hacia abajo. La mochila resbaló en los codos de Fet, inmovilizándole los brazos.

Fet podría haberse sacudido y liberarse, pero eso habría significado renunciar a su mochila. El señor Quinlan salió corriendo tras el Amo, que utilizó la uña afilada de su dedo medio como garra para cortar las correas acolchadas de la mochila de Fet, que forcejeaba para conservarla. El exterminador se giró y se abalanzó sobre el Amo para recuperar su mochila, con una valentía inusitada. El Amo lo detuvo con una mano y lo arrojó contra el señor Quinlan, como si fuera un libro.

El choque fue violento.

Eph vio al Amo con la mochila en la mano. Nora estaba frente a él ahora, blandiendo su espada al final del pasillo. Lo que Nora no podía ver —pero el Amo y Eph sí— era a dos vampiras que corrían por encima de los anaqueles a su espalda.

Eph le gritó a Nora, pero ella estaba paralizada. El murmullo del Amo. Eph gritó de nuevo, mientras corría con su espada tras el Amo.

El Amo se volvió, anticipando hábilmente el ataque de Eph, pero no el filo de su espada. Eph no cortó al Amo, sino la correa de la mochila, justo por debajo de donde la sujetaba el Amo. Quería el *Lumen*. La mochila cayó al suelo. El impulso de Eph lo llevó más allá del Amo, y esto bastó para sacar a Nora del trance; se dio la vuelta y vio a los *strigoi* encima de ella, a punto de atacar. Sus aguijones arremetieron, pero la espada de plata de Nora los mantuvo a raya.

El Amo volvió a mirar a Eph, que había perdido el equilibrio y se encontraba inerme, pero el señor Quinlan acababa de ponerse en pie. El Amo recogió la bolsa con los libros antes de que Eph pudiera hacerlo y se esfumó por la puerta trasera.

El señor Quinlan se puso en pie y miró a Eph sólo por un momento; se volvió y corrió tras el Amo. No quedaba otra opción. Tenían que recuperar ese libro.

G us cercenó al chupasangre que corría hacia él por el sótano, golpeándolo de nuevo antes de caer. Subió corriendo las escaleras en dirección al aula donde estaba Joaquín y lo encontró tirado sobre el escritorio, con la cabeza apoyada en una manta doblada. Debería estar sumergido en un profundo sueño narcótico, pero sus ojos permanecían abiertos y mirando hacia el techo.

Gus lo sabía. No tenía síntomas evidentes —era demasiado pronto para eso—, pero supo que el señor Quinlan estaba en lo cierto. Una combinación de la infección bacteriana, las drogas y la picadura letal de los vampiros lo había sumido en un estado de estupor.

—*Adiós.*

Gus acabó con él. Le hizo un corte rápido con su espada, y luego se quedó mirando lo que acababa de hacer, hasta que los ruidos por todo el edificio lo llamaron de nuevo a la acción.

El helicóptero había regresado. Gus oyó los disparos y quiso salir de allí. Pero antes corrió de nuevo a los pasadizos subterráneos. Atacó y masacró a dos vampiros desafortunados que le bloquearon el paso a su sala de «energía». Desconectó todas las baterías de sus cargadores y las echó en una bolsa con sus lámparas y sus binoculares de visión nocturna.

Ahora estaba solo, verdaderamente solo. Y su escondite había sido descubierto.

Agarró una lámpara Luma, empuñó su espada y se lanzó a acabar con algunos chupasangres.

Eph se dirigió a las escaleras, buscando una salida. Tenía que salir del edificio.

Una puerta daba acceso a una zona de carga y al frío húmedo del aire nocturno. Apagó su linterna e intentó orientarse. No vio vampiros, al menos de momento. El helicóptero sobrevolaba algún lugar situado al otro lado de la biblioteca, en la parte superior del cuadrilátero. Eph se dirigió al garaje de mantenimiento, donde Gus guardaba las armas más grandes. Les superaban ampliamente en número, y combatir con espadas le daba ventaja al Amo. Ellos necesitaban potencia de fuego y armas.

Mientras Eph corría de un edificio a otro, anticipándose a los ataques procedentes de cualquier dirección, advirtió una presencia que corría por los tejados de los edificios del campus. Una criatura lo seguía. Eph sólo logró vislumbrar destellos de una silueta, pero le bastó con eso. Estaba seguro de que sabía quién era.

Mientras se acercaba al garaje, observó una luz en el interior. Eso significaba una lámpara, y una lámpara significaba un ser humano. Corrió a la entrada, lo suficientemente cerca como para ver que la puerta del garaje estaba abierta. Vio en su interior el guardabarros de plata de un vehículo, el Hummer amarillo de Creem.

Eph creía que Creem se había marchado hacía mucho tiempo. Dobló la esquina y vio la sombra inconfundible del pandillero en forma de barril, cargando herramientas y baterías en la parte trasera del vehículo.

Eph se movió con rapidez pero en silencio, con la esperanza de sorprender a aquel hombre, mucho más grande que él. Pero Creem estaba en estado de máxima alerta, y algo hizo que se girara, encarándose con el médico. Lo agarró de la muñeca, inmovilizándole el brazo contra la espada, y luego lo empujó contra el Hummer.

Acercó su cara a la de Eph, que olió la comida canina en su aliento y vio las migajas en sus dientes de plata.

—¿Creías que iba a ser superado por un blanco de mierda con un carné de biblioteca?

Creem echó hacia atrás su enorme mano, y la cerró en un puño forrado de plata. Cuando el puño se acercaba a la cara de Eph, una figura delgada corrió hacia él desde la parte delantera del coche, le agarró el brazo y lo condujo hacia la parte trasera del garaje.

Eph se alejó del Hummer tosiendo en busca de aire. Creem forcejeaba en las sombras de atrás con el intruso. Eph encontró su linterna y la encendió.

Era un vampiro, gruñendo y arañando a Creem, que lograba resistir sólo por la plata repelente de sus anillos y las gruesas cadenas en su cuello. El vampiro silbó y zigzagueó, golpeando el muslo de Creem con la garra de su dedo medio, cortándolo y produciéndole tal dolor que el grandulón se derrumbó bajo su propio peso.

Eph iluminó con su linterna la cara del vampiro. Era Kelly. Lo había salvado de Creem porque quería a Eph para ella. La linterna se lo recordó, y Kelly gruñó, resplandeciente, olvidándose del hombre herido y dirigiéndose hacia Eph.

Eph tanteó el suelo de cemento en busca de su espada, pero no pudo encontrarla. Metió la mano en la mochila en busca de la otra, pero se dio cuenta de que se la había dado al señor Quinlan.

No tenía nada. Retrocedió tanteando el suelo con los pies, con la esperanza de encontrar la espada, pero fue en vano.

Kelly se acercó y se agachó, con una mueca de ansioso éxtasis cruzando su cara de vampira. Por fin estaba a punto de tener a su Ser Querido.

Pero su mirada desapareció, sustituida por una expresión asombrada y de miedo mientras contemplaba a Eph con los ojos entornados.

El señor Quinlan había llegado. Se acercó a Eph, con su espada de plata cubierta de sangre blanca.

Kelly comenzó a bufar sin parar; tensó su cuerpo, lista para saltar y escapar. Eph no sabía qué palabras o sonidos articulaba el Nacido en la cabeza de ella, pero lo cierto es que la distrajeron y la enfurecieron. Eph miró la otra mano del señor Quinlan y no vio la bolsa de Fet.

El libro había desaparecido.

Eph, que estaba ahora en la puerta del Hummer, vio dentro las armas automáticas que Gus le había entregado a Creem. Mientras el Nacido presionaba a Kelly, Eph subió al vehículo, agarró el arma más cercana y se la colgó del hombro. Salió del vehículo y disparó a Kelly, que estaba detrás del señor Quinlan; la metralleta cobró vida repentina en sus manos.

Erró su primera ráfaga. Ella se movió, lanzándose sobre el techo del Hummer para evitar la descarga. Eph se apostó en la parte trasera del vehículo para encontrar un ángulo de tiro desde el que matar a Kelly, que saltó antes de que él apretara el gatillo. Se echó a correr por un lateral del edificio mientras Eph le disparaba, pero encontró un saliente que le permitió trepar hasta el tejado, donde estaba a salvo de las balas.

Eph volvió de inmediato al garaje, donde Creem se había puesto de pie y trataba de llegar al Hummer. Eph caminó hasta él, apuntando a su voluminoso pecho con la metralleta todavía humeante.

—¿Qué mierda es esto? —gritó Creem, mirando la sangre que manchaba su pantalón rasgado—. ¿Con cuántos chupasangres han combatido?

Eph se dirigió al señor Quinlan.

—¿Qué ha pasado?

El Amo. Huyó. Muy lejos.

—Con el *Lumen*...

Fet y Nora llegaron corriendo, casi sin aliento.

—Vigílalo —le dijo Eph al señor Quinlan, antes de irse a eliminar posibles enemigos. Pero no vio ninguno.

Fet examinaba a Nora en busca de gusanos de sangre. Aún trataban de recuperar el aliento, exhaustos por el miedo y el fragor del combate.

—Tenemos que irnos de aquí —dijo Fet, jadeando.

—El Amo tiene el *Lumen* —dijo Eph.

—¿Están todos bien? —preguntó Nora, al ver a Creem en la parte trasera con el señor Quinlan—. ¿Dónde está Gus?

—¿Me has oído? —insistió Eph—. El Amo lo tiene. Ha desaparecido. Estamos perdidos.

Nora miró a Fet y sonrió. Fet describió un círculo con el dedo y ella se dio la vuelta para que él pudiera abrir la cremallera de la mochila que llevaba en la espalda. Sacó un paquete de periódicos viejos y lo desenvolvió.

Dentro estaba el *Lumen* sin la cubierta de plata.

—El Amo se llevó la Biblia de Gutenberg en la que yo estaba trabajando —explicó Fet, sonriendo más por su propia astucia que por el feliz desenlace.

Eph tuvo que tocarlo para convencerse de que era real. Miró al señor Quinlan para confirmar que era cierto.

—El Amo se va a enfurecer mucho —señaló Nora.

—No. Me quedó muy bien. Creo que se sentirá satisfecho —comentó Fet.

—Mierda —exclamó Eph, mirando al señor Quinlan—. Deberíamos irnos. Ahora mismo.

El señor Quinlan agarró a Creem por el cuello.

—¿Qué ocurre? —preguntó Nora, refiriéndose al trato tan rudo que el señor Quinlan le daba a Creem.

—Creem fue quien trajo al Amo aquí —dijo Eph, apuntando al pandillero brevemente con el arma—. Pero ha cambiado de opinión y ahora nos ayudará. Nos llevará al arsenal para conseguir el detonador. Aunque antes necesitamos la bomba.

Fet envolvió el *Lumen* antes de guardarlo en la mochila de Nora.

—Los puedo llevar hasta ella. —Eph subió al asiento del conductor y colocó la metralleta en el salpicadero.

—Llévanos.

—Espera —dijo Fet, saltando al asiento del copiloto—. Necesitamos a Gus.

Los otros subieron y Eph encendió el motor. Los faros delanteros se encendieron, iluminando a dos vampiros que venían hacia ellos.

—¡Espera!

Eph pisó el acelerador para atropellar a los *strigoi,* que saltaron por los aires tras el impacto letal de la defensa de plata. Eph giró a la derecha, a un lado del camino, atravesó un prado de césped, y el vehículo subió por los peldaños de un pasillo del campus. Fet agarró la metralleta y bajó la ventanilla hasta la mitad. Les disparó ráfagas a los grupos de *strigoi* que avanzaban hacia ellos.

Eph dobló la esquina de uno de los salones más amplios, aplastando un viejo soporte para aparcar bicicletas. Avistó la parte trasera de la biblioteca y la acribilló, esquivando una fuente seca y arrollando a dos vampiros rezagados. Salió por la parte delantera de la biblioteca y vio el helicóptero en vuelo estacionario sobre el patio del campus.

Estaba tan concentrado en el helicóptero que hasta el último momento no vio las amplias escaleras de piedra frente a él.

—¡Espera! —le gritó a Fet, que colgaba fuera de la ventana, y a Nora, que preparaba las armas que tenía colgadas a la espalda.

El Hummer se hundió con fuerza y rebotó a lo largo de las escaleras como una tortuga amarilla golpeando una tabla de lavar dispuesta en un ángulo de cuarenta y cinco grados. Se sacudieron violentamente en el interior del vehículo, y Eph se golpeó la cabeza contra el techo. Tocaron fondo con una sacudida final y Eph giró a la izquierda, hacia la estatua de *El pensador,* delante de la Facultad de Filosofía, cerca de donde había estado rondando el helicóptero.

—¡Allí! —gritó Fet, viendo a Gus salir con su Luma violeta de detrás de la estatua, donde se había puesto a cubierto de los disparos procedentes del helicóptero, que se cernía ahora sobre la camioneta. Fet alzó su arma e intentó disparar al aparato con una mano, mientras se sostenía con la otra al techo del Hummer. Eph se dirigió a la estatua, aplastando a otro vampiro antes de frenar para esperar a Gus.

El arma de Fet se detuvo en seco. Los disparos del helicóptero lo hicieron entrar de nuevo en el vehículo mientras la trayectoria de las balas describía dos líneas paralelas, a ambos lados de la camioneta. Gus llegó corriendo y de un salto se subió al vehículo por la parte de fuera, al lado de Eph.

—¡Dame una de ésas! —le pidió a Nora.

Nora le alcanzó un arma, y Gus se llevó la metralleta al hombro y comenzó a disparar ráfagas al helicóptero, primero una, dibujando una especie de abalorio en su objetivo, y luego ráfagas rápidas.

Los disparos provenientes del helicóptero cesaron, y Eph vio al aparato recular, girando rápidamente para alejarse. Pero ya era demasiado tarde. Gus le había dado al piloto de Stoneheart, que se desplomó con la mano aún en la palanca de mando.

El helicóptero giró en ángulo y se vino abajo, cayendo a la esquina del patio cuadrangular, donde aplastó a otro vampiro.

—Sí, ¡mierda! —exclamó Gus, al ver que el aparato se estrellaba.

El helicóptero estalló en una bola de fuego. Sorprendentemente, un vampiro emergió del fuselaje, totalmente envuelto en llamas, y comenzó a avanzar hacia ellos.

Gus lo derribó con una ráfaga directa a la cabeza.

—¡Sube! —le gritó Eph a causa del zumbido en sus oídos.

Gus miró a Eph con gesto desafiante, pues le molestaba mucho recibir órdenes. El pandillero quería quedarse allí y matar a todos los chupasangres que se habían atrevido a invadir su territorio.

Pero entonces vio a Nora con el cañón de su arma en el cuello de Creem. Eso lo intrigó.

—¿Qué ocurre? —preguntó Gus.

Nora abrió la puerta de una patada.

—¡Entra de una puta vez!

Fet guio a Eph por el este a través de Manhattan, luego al sur en dirección a la calle 90 y de nuevo al este a orillas del río. No había helicópteros ni señales de que nadie los siguiera. El Hummer brillante y amarillo resultaba poco menos que estridente, pero no tenían tiempo para cambiar de vehículo. Fet le mostró a Eph dónde estacionarse, ocultos dentro de una construcción abandonada.

Se apresuraron a la terminal del transbordador. Fet siempre había visto un remolcador atracado allí para un caso de emergencia.

—Creo que es éste —dijo, dando un paso detrás de los controles mientras abordaban la embarcación, y se adentraron en las aguas turbulentas del East River.

Eph había relevado a Nora y vigilaba a Creem.

—Será mejor que alguien me explique esto —dijo Gus.

—Creem estaba aliado con el Amo —le explicó Nora—. Delató nuestra posición. Trajo al Amo hacia nosotros.

Gus se dirigió a Creem, aferrándose a la borda del remolcador.

—¿Es cierto?

Creem mostró sus dientes de plata. Estaba más orgulloso que asustado.

—Hice un trato, Mex. Uno bueno.

—¿Trajiste a los chupasangres a mi casa y a Joaquín? —Gus ladeó la cabeza y levantó su cara frente a la de Creem. Parecía a punto de estallar—. A los traidores los cuelgan, pedazo de mierda. O los ponen frente a un pelotón de fusilamiento.

—Bueno, *hombre*, debes saber que yo no era el único.

Creem sonrió y se volvió hacia Eph. Gus miró en su dirección, al igual que todos.

—¿Hay algo más que no sepa? —preguntó Gus.

—El Amo vino a mí a través de tu madre. Me ofreció un trato por mi hijo —confesó Eph—. Y yo estaba loco o débil, o como ustedes prefieran llamarlo. Pero lo pensé. Yo... mantuve mis opciones abiertas. Ahora sé que era un partido imposible de ganar, pero...

—Tu gran plan —dijo Gus—. Tu gran «lluvia de ideas» para ofrecerle el libro al Amo como una trampa. ¡Ésa no era una trampa!

—Lo era —replicó Eph—. En caso de que funcionara. Yo estaba jugando en ambos bandos. Me hallaba en una situación desesperada.

—Todos estamos jodidamente desesperados —dijo Gus—. Pero ninguno de nosotros entregaría al resto.

—Estoy siendo sincero. Sabía que era reprochable. Y todavía lo juzgo así.

De pronto, Gus se abalanzó sobre Eph con un cuchillo de plata en la mano. El señor Quinlan se interpuso con un movimiento certero, reteniéndolo contra su pecho con la palma de su mano.

—Déjame atacarlo. Déjame matarlo ahora mismo —le dijo Gus.

Goodweather tiene algo más que decir.

Eph se balanceó en dirección contraria al movimiento del barco; en ese momento, el faro de la isla Roosevelt se hizo visible en la lejanía.

—Sé dónde está el Sitio Negro —reveló.

Gus lo miró por encima del hombro del señor Quinlan.

—Tonterías —dijo.

—Lo he visto —dijo Eph—. Creem me noqueó y tuve una visión.

—¿Tuviste un puto *sueño?* —bramó Gus—. ¡Está pirado! ¡Este tipo es un loco de mierda!

Eph se vio obligado a admitir que su sueño era poco más que una locura. No sabía muy bien cómo convencerlos.

—Fue una..., una revelación.

—¡Ja! ¡Traidor un minuto y profeta de mierda al siguiente! —vociferó Gus, intentando atacarlo de nuevo.

—Escuchen —dijo Eph—. Sé cómo suena esto. Pero yo vi cosas. Un arcángel vino a mí...

—¡*Oh, mierda!* —dijo Gus.

—... Con grandes alas de plata.

Gus forcejeó para atacarlo una vez más; el señor Quinlan intervino de nuevo, y sólo por esta vez, Gus intentó luchar contra el Nacido. El señor Quinlan le arrebató el cuchillo de la mano, haciéndole casi crujir los huesos, rompió el cuchillo en dos y tiró los pedazos por la borda.

Gus se agarró la mano dolorida y se apartó del señor Quinlan como un perro apaleado.

—¡Que se joda él, y sus mentiras de drogadicto!

Él luchó consigo mismo, como Jacob..., como todos los grandes hombres que han puesto los pies en esta tierra. No es la fe lo que distingue a nuestros verdaderos líderes. Es la duda. Su capacidad para superarla.

—El arcángel... me mostró... —balbuceó Eph—. Me llevó allí.

—¿Adónde? —dijo Nora—. ¿Al sitio? ¿Dónde está?

Eph temía que la visión comenzara a borrarse de su memoria, como un sueño. Sin embargo, permaneció fija en su conciencia, aunque no le pareció prudente repetirla con todos sus pormenores en este momento.

—Está en una isla. En una entre muchas.

—¿En una isla? ¿Dónde?

—Cerca... Pero necesito el libro para confirmarlo. Podría leerlo ahora, estoy seguro. Puedo descifrarlo.

—De acuerdo —dijo Gus—. ¡Dénle el libro! ¡El mismo que le quería entregar al Amo! Entrégaselo. Tal vez Quinlan también esté con él en eso.

El señor Quinlan no hizo caso de la acusación de Gus.

Nora le hizo señas a Gus para que se callara.

—¿Cómo sabes que puedes leerlo?

Eph no tenía forma de explicarlo.

—Simplemente lo sé.

—Es una isla. Has dicho eso. —Nora caminó hacia él—. Pero ¿por qué? ¿Por qué te han mostrado eso?

—Nuestros destinos, incluso los de los ángeles, nos son dados en fragmentos —aseveró Eph—. El *Occido lumen* contenía revelaciones que la mayoría de nosotros ignorábamos; le fueron mostradas a un profeta por medio de una visión y luego fueron consignadas en un puñado de tablillas de arcilla perdidas posteriormente. Siempre ha sido así: las pistas y las piezas que conforman la sabiduría de Dios nos llegan a través de medios improbables: visiones, sueños y presagios. Me parece que Dios envía el mensaje, pero deja que nosotros lo descifremos.

—¿Te das cuenta de que nos estás pidiendo que confiemos en una visión que tuviste? —dijo Nora—. ¡Justo después de admitir que ibas a traicionarnos!

—Lo puedo demostrar —dijo Eph—. Sé que creen que no pueden confiar en mí; pero deben hacerlo. No sé por qué..., pero creo que puedo hacer que nos salvemos. Todos nosotros. Incluyendo a Zack. Y destruir al Amo de una vez para siempre.

—Estás jodidamente loco —dijo Gus—. ¡Eras sólo un cabrón estúpido, pero ahora resulta que también estás loco! Apuesto a que se tomó algunas de las pastillas que le dio a Joaquín. ¡Nos está hablando acerca de un sueño de mierda producido por las drogas! El doctor es un adicto y está en un trance. O le entró el bajón por la abstinencia. ¿Y se supone que debemos hacer lo que nos dice? ¿Por un sueño acerca de algunos *ángeles*? —Gus agitaba sus manos al hablar—. Si creen en eso, entonces están tan jodidamente locos como él.

Él está diciendo la verdad. O lo que él sabe que es la verdad.

Gus se quedó mirando al señor Quinlan.

—¿Es lo mismo que estar en lo cierto?

—Pienso que debemos creer en lo que él dice —afirmó Fet.

Eph se conmovió ante la nobleza del corazón de Vasiliy.

—Digo que cuando estábamos en el campamento de extracción de sangre, ese signo en el cielo estaba destinado a él. Debe existir una poderosa razón para que él haya tenido esa visión.

Nora miró a Eph como si casi no lo conociera. Cualquier rastro de familiaridad hacia él desapareció repentinamente, y él se dio cuenta de ello. Ahora era un instrumento, como el *Lumen*.

—Creo que debemos escucharlo.

Castillo Belvedere

ZACK SE SENTÓ en el promontorio rocoso del hábitat del leopardo de las nieves, debajo de las ramas de un árbol muerto. Sintió que sucedía algo. Algo raro. El castillo siempre parecía reflejar el estado de ánimo del Amo del mismo modo en que los instrumentos atmosféricos respondían a los cambios de temperatura y de presión del aire. Algo se avecinaba. Zack no sabía cómo, pero lo percibía.

Tenía el rifle en su regazo. Se preguntó si tendría que utilizarlo. Pensó en el leopardo de las nieves que antes había acechado en aquel paraje artificial. Echaba de menos a su mascota —y a su amigo— y, sin embargo, en cierto sentido, el leopardo todavía estaba allí con él. Dentro de él.

Vio un movimiento fuera de la alambrada. Aquel zoo no había tenido otro visitante en los últimos dos años. Zack utilizó la mira del rifle para localizar al intruso.

Era su madre, que venía corriendo hacia él. Zack la conocía lo suficiente como para detectar su agitación. Ella aminoró la marcha al acercarse al hábitat y ver a Zack allí. Un trío de exploradores llegó saltando a cuatro patas tras ella, como perros persiguiendo a su dueño a la hora de la comida.

Esos vampiros ciegos eran sus hijos. No Zack. Ahora, en lugar de ser ella la única que había cambiado —habiéndose convertido en vampiro y abandonando la comunidad de los vivos—, Zack comprendió que era él quien había dejado de llevar una existencia normal. Que era él quien había muerto en relación con su madre, y había vivido antes que ella como una huella que Kelly ya no podría recordar, un fantasma en su casa. Zack era el extraño. El otro.

Por un momento, mientras la tenía en la mira, puso su dedo índice en el gatillo, listo para apretar. Pero soltó el rifle.

Salió por la puerta por donde echaban la comida en la parte posterior del hábitat y se dirigió hacia ella. Su agitación era sutil. La forma en que colgaban sus brazos, con los dedos extendidos. Zack se preguntó de dónde vendría. Y adónde habría ido cuando el Amo la envió. Zack era su único Ser Querido que aún vivía, de modo que ¿a quién buscaba ella? ¿Y cuál era el motivo de sus repentinas prisas?

Sus ojos brillaban con un centelleo enrojecido. Ella giró y comenzó a alejarse, dirigiendo con sus ojos a los exploradores, y Zack la siguió, con el rifle a un lado. Salieron del zoológico y Zack vio un contingente de vampiros —un regimiento de la legión que rodeaba el castillo del Amo— correr a través de los árboles hacia el borde del parque. Algo estaba ocurriendo. Y el Amo lo había llamado a él.

Isla Roosevelt

Eph y Nora esperaron en el barco, atracado en el lado de la isla Roosevelt que daba a Queens, cerca de la punta septentrional de Lighthouse Park. Creem estaba sentado, mirándolos desde la retaguardia, absorto en sus armas. Al otro lado del East River, Eph vio brillar entre los edificios las luces de un helicóptero que sobrevolaba Central Park.

—¿Qué va a ocurrir? —le preguntó Nora, cubierta con la capucha de su chaqueta para protegerse de la lluvia—. ¿Lo sabes?

—Lo ignoro —dijo él.

—Lo lograremos, ¿verdad?

—No lo sé —respondió Eph.

—Se suponía que debías decir que sí —dijo Nora—. Llenarme de confianza. Hacerme creer que podemos conseguirlo.

—Creo que podemos.

Nora se tranquilizó por el tono confiado de su voz.

—¿Y qué haremos con él? —preguntó, refiriéndose a Creem.

—Creem cooperará. Nos llevará al arsenal.

Creem resopló al oír eso.

—Porque ¿qué otra cosa podría hacer? —dijo Eph.

—¿Qué podría hacer? —repitió Nora—. El escondite de Gus ha sido descubierto. Y lo mismo sucede con el tuyo en la Oficina del Forense. Y ahora Creem conoce el refugio de Fet.

—Nos hemos quedado sin opciones —dijo Eph—. Aunque en realidad sólo hemos tenido dos opciones durante todo este tiempo.

—¿Cuáles son? —preguntó Nora.

—Claudicar o destruir.

—O morir en el intento —añadió ella.

Eph vio al helicóptero despegar de nuevo, yendo en dirección norte por Manhattan. La oscuridad no los protegería de los ojos de los vampiros. El regreso sería peligroso.

Se oyeron voces. Gus y Fet. Eph reconoció la silueta del señor Quinlan, que venía con ellos, sosteniendo algo en sus brazos, una especie de barril de cerveza envuelto en una lona.

Gus fue el primero en subir

—¿Han intentado algo? —le preguntó a Nora.

Nora negó con la cabeza. Eph comprendió que ella se había quedado para vigilarlos, como si él y Creem pudieran alejarse en el barco y dejarlos atrapados en la isla. Nora pareció avergonzada de que Gus se lo hubiera dicho delante de Eph.

El señor Quinlan subió a la embarcación, que se hundió con su peso y el del barril. Sin embargo, lo descargó con facilidad sobre la cubierta, un testimonio de su fuerza prodigiosa.

—Veamos este chico malo —dijo Gus.

—Cuando lleguemos allí —advirtió Fet, apresurándose hacia los mandos—. No quiero abrir esa cosa con esta lluvia. Además, si vamos a entrar al arsenal del ejército, tendremos que llegar cuando salga sol.

Gus se sentó en el suelo apoyado en la borda del barco. La humedad no parecía molestarle. Se colocó con su arma de modo que pudiera mantener un ojo en Creem y en Eph.

L legaron al muelle del otro lado, y el señor Quinlan llevó el dispositivo al Hummer. Ya había hecho lo propio con las urnas de roble.

Fet se sentó al volante, y partieron rumbo al puente George Washington, en el norte de la ciudad. Eph se preguntó si se encontrarían con alguna barricada, pero luego se dio cuenta de que el Amo aún no sabía su dirección ni su destino. A menos que...

Eph se volvió hacia Creem, acurrucado en el asiento trasero.

—¿Le dijiste al Amo algo acerca de la bomba?

Creem lo miró fijamente, sopesando los pros y los contras de responderle con la verdad.

No lo hizo.

Creem miró al señor Quinlan con desagrado, confirmando que había leído su mente.

No había barricadas. Cruzaron el puente hacia Nueva Jersey, siguiendo las señales para tomar la interestatal 80 Oeste. Fet abolló el parachoques de plata del vehículo apartando a unos cuantos coches para despejar el camino, pero aparte de eso no encontraron mayores obstáculos. Mientras estaban detenidos en un cruce, tratando de averiguar qué camino tomar, Creem intentó arrebatarle el arma a Nora para escapar. Sin embargo, su peso le impidió hacer un movimiento rápido y chocó contra el codo del señor Quinlan, así que su prótesis dental de plata quedó tan abollada como el parachoques de su Hummer.

Si hubiera detectado su vehículo, el Amo habría sabido su ubicación de inmediato. Pero el río, y la prohibición de cruzar masas de agua en movimiento por su propia voluntad debían de haber disminuido la velocidad de los esbirros que los perseguían, y acaso también la del propio Amo. Así que, por el momento, sólo tenían que preocuparse por los vampiros de Jersey.

El Hummer tragaba mucho combustible y la aguja de la gasolina estaba casi a cero. También estaban librando una carrera contra el tiempo, pues necesitaban llegar al arsenal al amanecer, mientras los vampiros dormían. El señor Quinlan obligó a hablar a Creem para que les diera instrucciones.

Salieron de la carretera y enfilaron hacia Picatinny. Las seis mil quinientas hectáreas de la enorme instalación militar estaban valladas. Tendrían que estacionarme en el bosque y recorrer casi un kilómetro a través de un pantano para que Creem se aventurara en el interior.

—No hay tiempo para eso —señaló Fet, pues el Hummer estaba casi sin gasolina—. ¿Dónde está la entrada principal?

—¿Qué pasa con la luz del día? —dijo Nora.

—Está llegando. No podemos esperar —bajó la ventanilla de Eph y señaló la metralleta.

—Prepárate.

Cuando llegaron, se dirigieron directamente a la puerta, cuyo cartel decía: Arsenal Picatinny, centro mixto de alta calidad de armamentos y municiones. Pasó por una edificación que decía: Control de visitantes. Los vampiros salieron de la caseta de seguridad y Fet los cegó con las luces largas y las del techo del Hummer, antes de embestirlos con la defensa de plata. Cayeron como espantapájaros rellenos de leche. Aquellos que evitaron la franja letal del Hummer bailaron frente a la metralleta de Eph, que disparó sentado en la ventanilla del copiloto.

Ellos le comunicarían al Amo la ubicación de Eph, pero el amanecer inminente —las nubes negras y arremolinadas comenzando a aclararse— les daban un par de horas de ventaja.

Eso sin tener en cuenta a los guardias humanos, algunos de los cuales salieron del centro de visitantes cuando el Hummer ya había pasado. Corrían hacia sus vehículos de seguridad mientras Fet giraba por una esquina, cruzando lo que parecía ser una ciudadela. Creem señaló el camino hacia el área de investigación, donde creía que había detonadores y fusibles.

—Aquí —dijo, mientras se acercaban a una calle con edificios bajos desprovista de carteles.

El Hummer tosió y se tambaleó. Fet se dirigió a un terreno cercano y se detuvo allí. Bajó de un salto; el señor Quinlan arrastró a Creem como si fuera un fardo de ropa y luego empujó el Hummer a un garaje parcialmente resguardado del camino. Abrió la parte de atrás y sacó el arma nuclear como si se tratara de una bolsa de viaje, mientras todos aferraban sus armas, a excepción de Creem.

Tras la puerta abierta encontraron un módulo de investigación y desarrollo que evidentemente llevaba bastante tiempo inactivo. Las luces funcionaban, y el lugar parecía desvalijado, como una tienda de saldos. Todas las armas de destrucción masiva habían sido sacadas de allí, pero los dispositivos no letales y sus componentes seguían sobre las mesas de dibujo y las de trabajo.

—¿Qué estamos buscando? —preguntó Eph.

El señor Quinlan bajó el paquete. Fet retiró la lona. El dispositivo parecía un barril pequeño: un cilindro negro con correas y hebillas a los lados y en la tapa. Las correas tenían letras rusas.

Un manojo de cables sobresalía en la parte superior.

—¿Eso es todo? —preguntó Gus.

Eph examinó la maraña de cables trenzados que se extendían desde debajo de la tapa.

—¿Estás seguro de esto? —le preguntó a Fet.

—Nadie va a estar absolutamente seguro antes de que este juguete forme un hongo en el cielo —apuntó Fet—. Tiene una potencia de un kilotón, lo cual es poco para un arma nuclear, pero suficiente para nuestras necesidades. Se trata de una bomba de fisión, de baja eficacia. Las piezas de plutonio son el disparador. Esto volará cualquier cosa que se encuentre en un radio de ochocientos metros a la redonda.

—Suponiendo que se pueda denotar —señaló Gus—, ¿cómo podemos hacer que coincidan partes rusas y americanas?

—Trabaja por implosión. El plutonio es proyectado hacia el núcleo como si fueran balas. Todo está ahí. Lo que necesitamos es algo para iniciar la onda de choque.

—Algo con un temporizador —anotó Nora.

—Exactamente —confirmó Fet.

—Y tendrás que hacerlo sobre la marcha. No tenemos mucho tiempo —observó Nora, y se volvió hacia Gus—: ¿Puedes conseguir otro vehículo? ¿Tal vez dos?

—Conecten esta bomba nuclear mientras yo consigo algunos coches —afirmó Gus.

—Así sólo nos queda una cosa más —dijo Nora.

Se acercó a Eph y se quitó la mochila. Se la entregó a él. El *Lumen* estaba dentro.

—Exacto —aprobó Eph, intimidado ahora que había llegado el momento. Fet ya estaba buscando entre los dispositivos abandonados. El señor Quinlan no se despegaba de Creem. Eph encontró una puerta que daba a un pasillo de oficinas y se decidió por una que carecía de efectos personales: un escritorio, una silla, un archivador y una pizarra blanca del tamaño de la pared.

Sacó el *Lumen* de la bolsa de Nora y lo puso sobre el escritorio astillado. Respiró hondo, intentó despejar su mente y abrió las primeras páginas. El libro le pareció bastante normal cuando lo tuvo en sus manos, nada parecido al objeto mágico de su sueño. Pasó las páginas lentamente, conservando la calma a pesar de no descubrir nada, de no tener chispazos de inspiración ni revelaciones. Los hilos de plata en las páginas miniadas no le decían nada a sus ojos; el texto parecía insulso y sin vida debajo de las lámparas fluorescentes del techo. Examinó los símbolos, tocando las páginas con las yemas de los dedos.

Nada. ¿Cómo puede ser? Tal vez estaba demasiado nervioso o disperso. Nora apareció en la puerta, acompañada por el señor Quinlan. Eph se cubrió los ojos con las manos para tapárselos, tratando de dejar a un lado todo lo demás, y lo más importante, sus propias dudas. Cerró el libro y los ojos, obligándose a relajarse. Los demás podrían pensar lo que quisieran. Se adentró en sí mismo. Dirigió sus pensamientos a Zack. A liberar a su hijo de las garras del Amo. A poner fin a esta oscuridad sobre la Tierra. A los ángeles superiores volando dentro de su cabeza.

Abrió los ojos y se sentó. Abrió el libro con plena confianza.

Se tomó su tiempo buscando en el texto. Examinó las mismas ilustraciones que había estudiado cien veces antes. «No fue solo un sueño», se dijo. Él lo creía así. Pero lo cierto era que no pasaba nada. Algo estaba mal, algo estaba desconectado. El *Lumen* estaba escondiendo todos sus secretos.

—Tal vez si intentas dormir... —sugirió Nora—. Aborda el libro con tu inconsciente.

Eph sonrió, apreciando sus palabras de aliento cuando se esperaba una burla. Los otros querían que él tuviera éxito. Necesitaban que lo tuviera. No podía defraudarlos.

Eph miró al señor Quinlan, esperando que el Nacido tuviera alguna sugerencia o idea.

Llegará.

Estas palabras hicieron dudar a Eph de sí mismo más que nunca. El señor Quinlan no tenía ninguna idea; únicamente fe, fe en él, mientras que su propia fe se estaba desvaneciendo. «¿Qué he hecho? —pensó—. ¿Qué haremos ahora?»

—Te dejaremos en paz —dijo Nora, retrocediendo y cerrando la puerta.

Eph intentó sacudirse su desesperación. Se sentó en la silla, descansó sus manos sobre el libro y cerró los ojos, esperando que sucediera algo.

S e dormía a veces, pero se despertaba al no tener suerte en dirigir sus sueños. Nada acudía a él. Intentó leer el texto dos veces más antes de renunciar, y cerró el libro con fuerza, temiendo que los demás regresaran.

Fet y Nora giraron la cabeza y leyeron su expresión y su postura, sus expectativas frustradas. Eph no tenía palabras para expresarles su agradecimiento. Sabía que ellos entendían su dolor y frustración, pero eso no hacía que el fracaso fuera más aceptable.

Entró Gus, sacudiendo la lluvia de su chaqueta. Pasó junto a Creem, que estaba sentado en el suelo, cerca del señor Quinlan y del arma nuclear.

—He conseguido dos coches —dijo Gus—. Un gran jeep del ejército con cabina y un Explorer. —Miró al señor Quinlan—. Podemos ponerle el guardabarros de plata al jeep, si quieres ayudarme. Los coches funcionan, pero no hay garantías. Tendremos que echar más combustible en el camino, o encontrar una gasolinera que funcione.

Luego se volvió hacia Fet.

—En cuanto al detonador —dijo el exterminador, levantando la bomba—, todo lo que sé es que esto es un fusible resistente a la intemperie que puedes configurar manualmente. En modo inmediato o retardado. Sólo tienes que mover este interruptor.

—¿Cuánto tiempo tarda? —preguntó Gus.

—No estoy seguro. Llegados a este punto, tendremos que quedarnos con lo que podamos conseguir. Las conexiones de cable parecen corresponderse. —Fet se encogió de hombros, indicándole que había hecho todo lo que estaba a su alcance—. Lo único que necesitamos ahora es saber dónde ponerla.

—Debo de estar haciendo algo mal. O algo que olvidamos o... algo que simplemente desconozco —afirmó Eph.

—Ya ha transcurrido la mayor parte de la luz del día —dijo Fet—. Cuando caiga la noche, vendrán por nosotros. Tenemos que salir de aquí, sin que importe nada más.

Eph asintió y rápidamente cogió el libro.

—No sé. No sé qué deciros.

—Que estamos acabados —anotó Gus—. Eso es lo que nos estás diciendo.

—¿No has conseguido nada del libro? ¿Ni siquiera...? —dijo Nora.

Eph negó con la cabeza.

—¿Qué ha pasado con la visión? Dijiste que era una isla.

—Una isla entre decenas. Hay más de doce sólo en el Bronx, ocho más o menos en Manhattan, una media docena en Staten Island... En mi visión también aparecía un lago gigante. —Eph escudriñó en su mente fatigada—. Eso es todo lo que sé.

—Tal vez podamos encontrar mapas militares en algún lugar por aquí —sugirió Nora.

Gus se echó a reír.

—Debo de estar loco por haber accedido a participar en esto, por confiar en un traidor cobarde y demente. Por no matarte y ahorrarme esta miseria.

Eph notó que el señor Quinlan observaba con su silencio habitual, de pie con los brazos cruzados, esperando con paciencia a que sucediera algo. Eph quería acercarse al Nacido, decirle que su fe era infundada.

Fet intervino antes de que Eph pudiera hacerlo:

—Mira —dijo—, después de todo lo que hemos pasado, de todo lo que estamos atravesando, no hay nada que pueda decirte que no sepas ya. Sólo quiero que recuerdes un segundo al viejo. Él murió por eso que tienes en tus manos, recuérdalo. Se sacrificó a sí mismo para que nosotros lo tuviéramos. No estoy diciendo esto para presionarte más, sino para aliviar la presión. La presión se ha ido, por lo que puedo ver. Estamos en el final. No tenemos nada más; sólo a ti. Estamos contigo en lo bueno y en lo malo. Sé que estás pensando en tu chico, sé que eso te carcome. Pero piensa sólo un momento en el viejo. Llega a lo más profundo. Y si hay algo ahí, lo encontrarás; lo encontrarás ahora.

Eph procuró imaginar al profesor Setrakian allí con él, vestido con su traje de tweed, apoyado en su gran bastón con cabeza de lobo que ocultaba la afilada hoja de plata. El estudioso y asesino de vampiros. Eph abrió el libro. Recordó el momento en que Setrakian logró tocar y leer esas páginas que había buscado durante décadas, justo después de la subasta. Buscó la ilustración que el anciano les había mostrado, una doble página con un mandala intrincado negro, rojo y plateado. Sobre la ilustración, en papel de calco, Setrakian había esbozado el contorno de un arcángel de seis extremidades.

El *Occido lumen* era un libro sobre vampiros; no, se corrigió Eph: era un libro pensado para los vampiros. Con cubierta y bordes de plata con el fin de mantenerlo fuera de las manos del abominable *strigoi*. Cuidadosamente diseñado para estar a salvo de vampiros.

Eph pensó en su visión..., el libro sobre la cama al aire libre...

Era de día...

Eph se dirigió a la puerta. La abrió y salió al estacionamiento, donde contempló las nubes oscuras y arremolinadas que comenzaban a borrar el orbe pálido del sol.

Fet y Nora lo siguieron afuera, en el crepúsculo, mientras el señor Quinlan, Creem y Gus se quedaban en la puerta.

Eph los ignoró, volviendo la mirada hacia el libro en sus manos. La luz del sol. Aunque los vampiros podían eludir de alguna manera la protección de plata del *Lumen*, nunca podrían leerlo a la luz natural, debido a las propiedades letales para el virus que tiene la gama ultravioleta C.

Abrió el libro, inclinando las páginas hacia el sol menguante como si fuera un rostro vuelto al sol en el último calor del día. El texto cobró vida, como si danzara entre las líneas del pergamino. Eph pasó a la primera ilustración, las hebras de plata con incrustaciones chispeantes, la imagen brillando con una nueva vida.

Buscó en el texto con rapidez. Aparecieron palabras detrás de las palabras, como escritas con tinta invisible. Las marcas de agua cambiaron la naturaleza misma de las ilustraciones, y unos dibujos detallados surgieron detrás de lo que a primera vista eran páginas manuscritas con textos sencillos. Una nueva capa de tinta reaccionó a la luz ultravioleta...

El mandala de dos páginas, visto bajo la luz solar directa, puso de manifiesto la imagen delicada del arcángel, de un color decididamente plateado, sobre el pergamino.

El texto en latín no se tradujo por arte de magia, tal como sucedía en su sueño, pero su significado se hizo evidente. Lo más nítido era un diagrama que tenía la forma de un símbolo de riesgo biológico, con puntos dentro de la flor dispuestos como los de un mapa.

En otra página aparecieron algunas letras, que, al juntarse, formaron una palabra extraña y no obstante familiar:

A H S U̦ D A G U̦-W A H.

Eph leyó con rapidez, las ideas saltaban en su cerebro a través de sus ojos. La luz pálida del sol se desvaneció finalmente, y lo mismo sucedió con las partes resaltadas del libro. Había mucho que leer y aprender. Sin embargo, Eph había visto suficiente por ahora. Sus manos siguieron temblando. El *Lumen* le había mostrado el camino.

Eph entró de nuevo en el pabellón, pasando junto a Fet y Nora. No sentía alivio ni alegría, y seguía vibrando como un diapasón.

Miró al señor Quinlan, que lo vio en su rostro.

La luz del sol. Por supuesto.

Los otros sabían que algo había sucedido. A excepción de Gus, que seguía escéptico.

—¿Y bien? —preguntó Nora.

—Ya estoy listo —reveló Eph.

—¿Listo para qué? —preguntó Fet—. ¿Listo para ir? Eph miró a Nora.

—Necesito un mapa.

Ella salió corriendo hacia las oficinas. Oyeron el golpeteo de los cajones.

Eph se quedó allí, como alguien que se recupera de una descarga eléctrica.

—Fue por el sol —explicó—. Leer el *Lumen* a la luz natural del sol. Fue como si las páginas se abrieran para mí. Lo vi todo..., o lo habría hecho si hubiera tenido más tiempo. El nombre original de los nativos americanos para este lugar era Tierra Quemada. Sin embargo, su palabra para «quemar» es la misma que para «negro».

Oscura.

—Chernóbil, el intento fallido; la simulación —observó Fet—. Apaciguó a los Ancianos, porque Chernóbil significa Tierra Negra. Y vi a un equipo de Stoneheart excavando alrededor de una zona geológicamente activa en unas aguas termales en las afueras de Reikiavik, conocida como Estanque Negro.

—Pero no hay coordenadas en el libro —replicó Nora.

—Porque estaba debajo del agua —señaló Eph—. Ese sitio estaba bajo el agua cuando los restos de Oziriel fueron desperdigados. El Amo no surgió sino cientos de años más tarde.

El más joven. El último.

Un grito triunfal, y Nora volvió corriendo con un fajo de grandes mapas topográficos del noreste de los Estados Unidos, superpuestos con planos de calles en papel de celofán.

Eph pasó las páginas hasta llegar al estado de Nueva York. La parte superior del mapa incluía la región del sur de Ontario, Canadá.

—El lago Ontario —dijo—. Hacia el este.

En el nacimiento del río San Lorenzo, al este de la isla Wolfe, había un grupo de pequeñas islas sin nombre, denominadas como Mil Islas.

—Está ahí. Es una de ellas. Justo al lado de la costa de Nueva York.

—¿El lugar de enterramiento? —preguntó Fet.

—No sé cuál es su nombre actual. El nombre original de la isla era *Ahsųdagų-wah* en la lengua nativa americana. Su traducción aproximada es «Lugar Oscuro» o «Lugar Negro», en dialecto onondaga.

Fet se acercó el mapa de carreteras, que estaba debajo de las manos de Eph, y miró el de Nueva Jersey.

—¿Cómo podemos encontrar la isla? —preguntó Nora.

—Tiene una forma semejante a la del símbolo de riesgo biológico, como una flor de tres pétalos —dijo Eph.

Fet trazó rápidamente la ruta desde Nueva Jersey a Pensilvania, y luego en dirección norte hasta la parte superior del Estado de Nueva York. Arrancó las páginas.

—Interestatal 80 Oeste a la interestatal 81 Norte. Nos lleva directo al río San Lorenzo.

—¿A qué distancia? —preguntó Nora.

—Alrededor de cuatrocientos ochenta kilómetros. Podemos cubrir ese trayecto en cinco o seis horas.

—Tal vez, si la carretera estuviera despejada —observó Nora—. Algo me dice que no será así de fácil.

—El Amo averiguará en qué dirección nos dirigimos y tratará de neutralizarnos —advirtió Fet.

—Tenemos que seguir adelante —repuso Nora—. Hemos tenido un buen comienzo, tal como pintan las cosas. —Se volvió hacia el Nacido—: Puedes cargar la bomba en el...

Nora interrumpió sus palabras bruscamente, y los otros la miraron alarmados.

El señor Quinlan estaba de pie junto a la bomba, pero Creem había desaparecido.

Gus corrió hacia la puerta.

—¿Qué...? —Se acercó al Nacido—. ¿Has dejado que se fuera? Lo he traído para esto, y ahora iba a liquidarlo.

No lo necesitamos. Sin embargo, todavía puede ser de utilidad para nosotros.

Gus lo miró, estupefacto.

—¿Cómo? Esa puta rata no merece vivir.

—¿Qué pasa si lo atrapan? —dijo Nora—. Él sabe demasiado.

Solo sabe lo suficiente. Confía en mí.

—¿Solo lo suficiente?

Para hacer temer al Amo.

Eph comprendió. Lo vio tan claro como el simbolismo del *Lumen*.

—El Amo vendrá aquí, eso está claro. Necesitamos desafiarlo. Intimidarlo. El Amo pretende estar por encima de todas las emociones, pero lo he visto enfadado. Remontándonos a los tiempos bíblicos, podemos constatar que es una criatura vengativa. Eso no ha cambiado. Cuando administra sus dominios sin pasión, tiene un control completo. Es eficiente e imparcial, y todo lo ve. Pero cuando interviene directamente, comete errores. Actúa con precipitación. Recuerden que fue poseído por su sed de sangre después de sitiar Sodoma y Gomorra. Asesinó a un compañero arcángel, poseído por una manía homicida. Perdió el control.

—¿Quieres que el Amo encuentre a Creem?

—Queremos que el Amo sepa que tenemos el arma nuclear y los medios para detonarla. Y que conocemos la ubicación del Sitio Negro. Tenemos que hacer que se involucre en exceso. Ahora tenemos la sartén por el mango. Le ha llegado el turno de estar desesperado.

De tener miedo.

Gus se acercó a Eph. Se detuvo cerca de él, tratando de leer en su interior de la misma forma que Eph había leído el libro. Calibrando a aquel hombre. Gus tenía en sus manos una pequeña caja de cartón de granadas de humo, algunas de las armas no letales que los vampiros habían descartado.

—Así que ahora tenemos que proteger al tipo que iba a apuñalarnos por la espalda a todos nosotros —dijo Gus—. No te entiendo. Y no entiendo esto, nada de esto, pero sobre todo no entiendo que seas capaz de leer el libro. ¿Por qué precisamente tú, de todos nosotros?

La respuesta de Eph fue franca y honesta.

—No sé, Gus. Pero creo que voy a averiguar parte de esto.

Gus no esperaba una respuesta tan inocente. Vio en los ojos de Eph la mirada de un hombre que tenía miedo, y que lo aceptaba. De un hombre resignado a su destino, sin importar cuál fuera.

Gus aún no estaba listo para tragarse eso, pero sí para comprometerse con el tramo final de este viaje.

—Creo que todos lo vamos a saber —dijo.

—El Amo más que ninguno —remató Fet.

El Lugar Oscuro

La garganta se hallaba enterrada bajo las gélidas aguas del océano Atlántico. El limo a su alrededor se había vuelto negro al contacto con ella y nada volvería a crecer ni a vivir cerca de allí.

Lo mismo podría decirse de cualquier otro sitio donde estaban enterrados los restos de Oziriel. La carne angelical se mantuvo incorrupta e inalterable, pero su sangre se filtró en la tierra y lentamente comenzó a irradiar hacia la superficie. La sangre poseía voluntad propia, cada gota se movía a ciegas, instintivamente hacia arriba, atravesando el suelo, escondida del sol, en busca de un anfitrión. Fue así como nacieron los gusanos de sangre. Contenían en su interior la estructura molecular de la sangre humana, tiñendo sus tejidos, orientándolos hacia el olor de su anfitrión potencial. Pero también transmitían en su interior la voluntad de su carne original. La voluntad de los brazos, las alas, la garganta...

Sus cuerpos minúsculos se retorcían a tientas a través de enormes distancias. Muchos de los gusanos murieron, emisarios infértiles calcinados por el calor despiadado de la Tierra, o bien detenidos por un obstáculo geológico con el que resultaba imposible negociar. Todos se alejaron de sus lugares de nacimiento, y algunos fueron conducidos muy lejos, con la tierra adherida a las extremidades de algunos insectos o a través de vectores animales involuntarios. Finalmente encontraron un anfitrión y cavaron en la carne, como un parásito obediente, penetrando profundamente. En un principio, el patógeno tardó una semana en suplantar, en cooptar la voluntad y el tejido de la víctima infectada. Incluso los parásitos y los virus aprenden por medio del ensayo y error, y éstos no fueron la excepción. Con el quinto cuerpo anfitrión humano, los Ancianos empezaron a dominar el arte de la supervivencia y la suplantación. Extendieron su dominio a través del contagio, y aprendieron a jugar con las nuevas reglas de este juego terrestre.

Y se convirtieron en maestros en eso.

El más joven, el último en nacer, fue el Amo; la garganta. Los caprichosos designios de Dios le dieron movimiento a la tierra misma y al mar, y los hizo chocar y empujar hacia arriba el terreno que formó el lugar de nacimiento del Amo. En un principio fue una península y, cientos de años más tarde, una isla.

Los gusanos capilares que emanaron de la garganta se separaron de su lugar de origen y fueron los que más se alejaron, pues los seres humanos aún no habían pisado esta geografía incipiente. Era de poca utilidad y trabajoso tratar de alimentarse de una forma de vida inferior o dominarla —un lobo o un oso—, ya que su control era imperfecto y limitado, y sus sinapsis eran ajenas y de corta duración. Cada una de estas invasiones resultó infructuosa, pero la lección aprendida por un parásito era asimilada de inmediato por la mente de la colmena. Pronto su número se redujo a sólo un puñado, diseminado lejos del lugar de nacimiento; ciegos, perdidos y débiles.

Bajo una fría luna otoñal, un valiente joven iroqués estableció un campamento en una franja de tierra a decenas de kilómetros del lugar de nacimiento de la garganta. Este joven era un onondaga —un guardián del fuego— y cuando se acostó en la tierra, fue alcanzado por un gusano capilar que se hundió en su cuello.

El dolor lo despertó y de inmediato se tocó la herida. El gusano aún no estaba completamente dentro y logró agarrarlo por la cola. Tiró con todas sus fuerzas, pero la cosa se movía y se retorcía resistiéndose a sus esfuerzos y, finalmente, escapó de su control, horadando los músculos de su cuello. El dolor fue insoportable, como una puñalada lenta y ardiente, con el gusano retorciéndose hacia abajo en la garganta y en el pecho, y finalmente desapareció bajo su brazo izquierdo, mientras la criatura descubría a ciegas su sistema circulatorio.

En cuanto el parásito alcanzó el tórax, desató una fiebre que duró casi dos semanas y deshidrató el cuerpo del anfitrión. Pero una vez que la suplantación fue completada, el

Amo buscó refugio en las cuevas oscuras y en la suciedad fría y suave que había en ellas. Encontró que, por razones ajenas a su comprensión, la tierra en la que tomó el cuerpo de su anfitrión le ofrecía la mayor comodidad, y por eso llevaba una pequeña cantidad de tierra adondequiera que fuera. Ahora, los gusanos habían invadido y se habían alimentado de casi todos los órganos del cuerpo anfitrión, multiplicándose en el torrente sanguíneo. Su piel se tensó y se hizo pálida, en marcado contraste con sus tatuajes tribales y sus ojos feroces, velados ahora por la membrana nictitante, que centelleaba a la luz de la luna. Pasó unas semanas sin ningún otro alimento, pero finalmente, cerca de la madrugada, cayó sobre un grupo de cazadores mohawk.

El control del Amo sobre su cuerpo anfitrión todavía era indeciso, pero la sed se vio recompensada en la lucha con la precisión y el sentido de la oportunidad. La transferencia fue más rápida la siguiente vez; varios gusanos entraban en cada víctima a través del aguijón húmedo. Incluso cuando los ataques eran torpes e inseguros, de todos modos lograban su fin. Dos de los cazadores lucharon con denuedo, y sus hachas causaron estragos en el cuerpo del guerrero onondaga poseído. Pero, al final, incluso mientras se desangraba lentamente en la tierra, los parásitos alcanzaron los cuerpos de sus atacantes y no tardaron en multiplicarse. Ahora el Amo era tres.

A través de los años, el Amo aprendió a usar sus habilidades y tácticas para satisfacer su necesidad de secreto y sigilo. La tierra estaba habitada por guerreros feroces y los lugares donde podía esconderse se reducían a cuevas y oquedades conocidas por los cazadores y tramperos. El Amo rara vez le transmitía su voluntad a un nuevo anfitrión, y sólo lo hacía si la estatura o la fuerza de éste eran lo suficientemente deseables. Y a través de los años, la leyenda y el nombre crecieron y los indios algonquinos lo llamaron el Wendigo.

Ardía en deseos de estar en comunión con los Ancianos, a los que naturalmente detectaba y cuyo faro de empatía sentía a través del mar. Sin embargo, cada vez que intentaba cruzar el agua en movimiento, su cuerpo humano sufría un ataque, sin importar la fortaleza del cuerpo ocupado. ¿Estaba esto relacionado con el lugar de su desmembramiento, en la cuenca del río Yarden? ¿Era una alquimia secreta, un interdicto grabado en su frente por el dedo de Dios? Aprendería ésta y muchas otras privaciones a lo largo de toda su existencia.

Se movió al oeste y al norte en busca de una ruta a la «otra tierra», al continente donde los Ancianos prosperaban. Sintió la fuerza de su llamada y el impulso creció en su interior, sosteniendo al Amo durante el viaje agotador de un extremo del continente al otro.

Llegó al océano vedado, a las tierras heladas en el extremo noroeste, donde cazó y se alimentó de los unangam, habitantes de aquellos parajes yermos. Eran hombres de ojos rasgados y piel bronceada, que vestían pieles de animales para abrigarse. El Amo, al entrar en la mente de sus víctimas, se enteró de la existencia de un estrecho que comunicaba con una gran tierra situada al otro lado del mar, un lugar donde las orillas prácticamente se tocaban, como dos manos extendidas. Exploró la costa gélida, buscando ese punto de partida.

Una noche fatídica, el Amo vio unas canoas cerca de un acantilado, donde un grupo de pescadores descargaban el pescado y las focas que acababan de cazar. El Amo sabía que podía atravesar el océano con su ayuda. Había aprendido a sortear masas de agua más pequeñas con ayuda humana, así que ¿por qué no intentarlo con una extensión de agua más grande? El Amo sabía cómo doblegar y aterrorizar el alma humana, incluso la del hombre más fiero. Sabía cómo aprovechar el temor de sus súbditos y alimentarse de ello. Mataría a la mitad del grupo y se anunciaría como una deidad, un ancestro totémico, una fuerza elemental con un poder superior a aquel que ya poseía. Sofocaría cualquier disidencia y ganaría cada alianza, con indulgencias o con el terror..., y entonces viajaría a través de las aguas.

Oculto bajo una gruesa capa de pieles, tendido en una improvisada cama de tierra, el Amo se disponía a intentar el viaje que lo reuniría con los seres más cercanos a su propia naturaleza.

Arsenal Picatinny

CREEM SE ESCONDIÓ EN UNO de los edificios del complejo, lejos del alcance de Quinlan; o al menos eso creía. La boca le seguía doliendo después de chocar contra el codo del Nacido, cuando intentó escapar y arrebatarle el arma a Nora, y su prótesis de plata ya no mordía bien. Se sentía molesto consigo mismo por su codicia, por haber regresado a buscar las armas al garaje de mantenimiento de la universidad. Siempre tan hambriento de más, más, más...

Al cabo de un rato, oyó un coche pasar, pero no demasiado rápido. Parecía un vehículo eléctrico, uno de esos compactos.

Se dirigió al lugar que usualmente acostumbraba evitar, la entrada principal del arsenal Picatinny. La oscuridad reinaba de nuevo, y fue directo hacia las luces del edificio de control de visitantes, mojado y hambriento, y con un fuerte calambre en el costado. Dobló por la intersección y vio la puerta destrozada por la que habían entrado una hora antes, y unas siluetas apiñadas cerca de la garita de acceso. Creem levantó las manos y se encaminó hacia ellos.

Creem les dio las explicaciones del caso, pero de todos modos lo encerraron en un baño, cuando lo único que él quería era comer algo. Pateó la puerta un par de veces, pero era sorprendentemente sólida; comprendió que los baños también servían como celdas de detención preventiva para visitantes problemáticos. Entonces se sentó en la tapa del inodoro y esperó.

Un estruendo terrible, casi como una explosión, sacudió las paredes. El edificio se estremeció, y el primer pensamiento de Creem fue que aquellos imbéciles habían chocado en la carretera, y lo peor, que habían volado la mitad de Jersey. La puerta se abrió y vio la figura imponente del Amo con su capa. Llevaba un bastón con una cabeza de lobo en la mano. Dos de sus criaturas, los niños ciegos, correteaban alrededor de sus piernas como mascotas ansiosas.

¿Dónde están?

Creem se echó hacia atrás contra la cisterna, extrañamente relajado con la presencia del rey de los chupasangres.

—Se han ido. Se han puesto en marcha. Hace poco tiempo.

¿Hace cuánto tiempo?

—No lo sé. Dos vehículos. Por lo menos dos.

¿En qué dirección?

—Yo estaba encerrado en este baño de mierda, ¿cómo voy a saberlo? Ese vampiro que tienen a su lado, el cazador, Quinlan, es un hijo de puta. Me jodió la prótesis. —Creem se tocó la prótesis dental abollada—. Así que, oye, ¿me harías un favor cuando los atrapes? Dale al mexicano una patada adicional en la cabeza; y le dices que es de mi parte, ¿vale?

¿Ellos tienen el libro?

—Tienen ese condenado libro y también una bomba nuclear. Y saben hacia dónde se dirigen. Al Sitio Negro o algo así.

El Amo permaneció en silencio. Creem esperó. Los exploradores también notaron el mutismo del Amo.

—Te decía que iban hacia...

¿Hacia dónde exactamente? ¿Te lo dijeron?

El modo de hablar del Amo era diferente. Sus palabras sonaban más lentas.

—¿Sabes qué podría utilizar yo para refrescar mi memoria? —dijo Creem—. Algo de comida. Estoy débil, fatigado...

El Amo se abalanzó de inmediato sobre él. Lo rodeó con sus manos, levantándolo del suelo.

Ah, sí —dijo con el aguijón asomándose entre sus dientes—. *Alimento. Tal vez un bocado nos ayudaría a ambos.*

Creem sintió la punta húmeda del aguijón sobre su cuello.

Te he preguntado hacia dónde se dirigen.

—Yo... no lo sé. El médico, tu otro amiguito, lo leyó en ese libro. Es todo lo que sé.

Hay otras maneras de asegurar el cumplimiento de nuestro pacto.

Creem sintió un golpe leve, como el de un pistón apoyado contra su cuello. Luego un pinchazo y una suave calidez. Chilló, esperando la succión.

Pero el Amo contuvo su aguijón y le apretó los hombros; Creem sintió la presión en los omoplatos y en la clavícula, como si el Amo estuviera a punto de aplastarlo como a una lata.

¿Conoces estas carreteras?

—¿Que si conozco estas carreteras? ¡Claro que las conozco!

El Amo lanzó a Creem por la puerta del baño con un giro, y el corpulento líder de los Zafiros cayó despatarrado en el suelo del edificio de control de visitantes.

Conduce.

Creem se puso de pie y asintió, consciente de la pequeña gota de sangre que se formaba a un lado de su cuello, donde acababa de tocarlo el aguijón.

Los guardaespaldas de Barnes entraron en su oficina del Campamento Libertad sin llamar a la puerta. La asistente de Barnes carraspeó, y él se apresuró a guardar en un cajón la novela de detectives que estaba leyendo, fingiendo revisar los papeles que tenía en su escritorio. Los guardaespaldas, con unos oscuros tatuajes en el cuello, entraron y abrieron la puerta.

Venga.

Barnes asintió después de un momento, y guardó unos papeles en su maletín.

—¿De qué se trata?

No hubo respuesta. Los acompañó por las escaleras y los guardias de la entrada los dejaron pasar. Había una niebla leve y oscura, pero no como para usar paraguas. No parecía encontrarse en ningún atolladero, pero de nuevo era imposible leer algo en los semblantes como esfinges de sus guardaespaldas.

Su coche se detuvo; los guardaespaldas le abrieron la puerta y a continuación se sentaron a su lado. Barnes mantuvo la calma, recabando en su memoria algún error o desliz casual. Estaba razonablemente seguro de que no había cometido ninguno, pero nunca había sido emplazado de esta manera.

Se dirigían a su mansión y pensó que ésa era una buena señal. No vio otros vehículos fuera. Cuando entraron, notó que nadie lo esperaba, ni siquiera el Amo. Barnes les informó a sus guardaespaldas de que necesitaba darse un baño, dejar correr el agua. Tal vez conectándose con su reflejo en el espejo podría tratar de averiguar qué estaba sucediendo. Se sentía demasiado viejo para soportar esos niveles de estrés.

Cambió de opinión y prefirió ir a la cocina para prepararse un refrigerio. Acababa de abrir la puerta de la nevera cuando oyó los rotores de un helicóptero. De pronto, se vio rodeado por sus guardaespaldas.

Se acercó a la puerta principal para observar el vuelo del helicóptero antes de iniciar el descenso. Los patines se posaron con suavidad sobre las piedras —que fueron blancas en otro tiempo— de la entrada circular de la mansión. El piloto era un ser humano, un hombre de Stoneheart; Barnes lo supo de inmediato por la chaqueta negra y la corbata. Había un pasajero desprovisto de capa, lo cual indicaba que no se trataba del Amo. Barnes dejó escapar un sutil respiro de alivio, aguardando a que el motor se apagara y los rotores dejaran de girar, permitiéndole al visitante desembarcar. Sin embargo, los guardaespaldas de Barnes lo sujetaron de los brazos, y lo acompañaron por el camino empedrado hasta la escalerilla del helicóptero, que lo esperaba. Se agacharon debajo de los rotores ensordecedores y abrieron la puerta.

El pasajero, sentado con el doble cinturón de seguridad cruzado sobre el pecho, era el joven Zachary Goodweather.

Los guardaespaldas de Barnes lo empujaron al interior, como si fuera a intentar escapar. Se sentó en el asiento junto a Zack, mientras ellos lo hacían en la parte delantera. Barnes se abrochó el cinturón de seguridad, pero sus guardaespaldas no.

—Hola de nuevo —dijo Barnes.

El muchacho lo miró, pero no contestó. Mostraba arrogancia juvenil y tal vez algo más.

—¿De qué se trata esto? —preguntó Barnes—. ¿Adónde vamos?

A Barnes le pareció que el chico había percibido su miedo. Zack miró hacia otro lado con una mezcla de rechazo y disgusto.

—El Amo me necesita —dijo Zack, mirando por la ventanilla mientras el helicóptero empezaba a subir—. No sé por qué estás aquí.

Carretera interestatal 80

SE DIRIGIERON A LO LARGO de la interestatal 80, a través de Nueva Jersey en dirección oeste.

Fet conducía con las luces largas y el acelerador pisado a fondo. Los escombros, coches y autobuses abandonados lo obligaban a detenerse ocasionalmente. Avistaron algún que otro ciervo de carne macilenta. Pero no encontraron vampiros, no en la carretera interestatal, al menos ninguno que pudieran ver. Eph iba atrás, al lado del señor Quinlan, sintonizado con la frecuencia mental de los vampiros. El Nacido era como un radar de vampiros: mientras él permaneciera en silencio, no había ningún problema.

Gus y Nora iban detrás en el Explorer, un vehículo de apoyo en caso de que el jeep sufriera un desperfecto, una posibilidad muy real.

Las carreteras estaban prácticamente despejadas. La gente había tratado de evacuar cuando la epidemia alcanzó cotas de pánico (la respuesta instintiva ante el brote de una enfermedad infecciosa —escapar—, aunque no hubiera ninguna zona libre donde refugiarse), y todas las carreteras del país se vieron colapsadas. No obstante, algunas personas fueron convertidas en sus coches, aunque no precisamente en la carretera. La mayoría fueron atacadas cuando salieron de las carreteras principales, por lo general cuando se disponían a dormir.

—Scranton —dijo Fet, al pasar una señal de la interestatal 81 Norte—. No pensaba que sería tan fácil.

—Falta un largo camino por recorrer —advirtió Eph, mirando la oscuridad que rodeaba la ventana—. ¿Cómo vamos de combustible?

—Bien por ahora. No quiero detenerme cerca de ninguna ciudad.

—De ninguna manera —coincidió Eph.

—Me gustaría llegar a la frontera del estado de Nueva York.

Eph echó un vistazo a Scranton mientras recorrían los pasos elevados hacia el norte, cada vez más deteriorados. Vio el sector de una calle ardiendo en la distancia y se preguntó si habría otros grupos rebeldes como ellos, combatientes a menor escala en centros urbanos más pequeños. La luz eléctrica brillaba ocasionalmente en las ventanas y se imaginó la desesperación que tendría lugar allí en Scranton y en ciudades pequeñas como ésa en todo el país y el resto del mundo.

También se preguntó dónde estaría el campamento de extracción de sangre más cercano.

—En algún lugar debe existir una lista de los frigoríficos del Grupo Stoneheart, un censo que nos dé la clave sobre la localización de los campamentos de sangre —observó Eph—. Cuando hagamos esto, tendremos que liberar a muchos.

—¿Cómo? —señaló Fet—. Si sucede lo mismo que con los otros Ancianos, entonces la estirpe del Amo se extinguirá con él. Ellos se desvanecerán. Las personas en los campos no sabrán qué los golpea.

—La clave será hacer correr la voz. Es decir, sin los medios de comunicación. Por todo el país aparecerán pequeños ducados y feudos. Algunas personas intentarán tomar el control por su cuenta. Y no estoy tan seguro de que la democracia florezca automáticamente.

—No —coincidió Fet—. Será complicado. Un montón de trabajo. Pero no nos adelantemos.

Eph miró al señor Quinlan sentado a su lado. Vio la bolsa de cuero entre sus botas.

—¿Morirás con todos los demás cuando el Amo sea destruido?

Cuando el Amo desaparezca, su linaje ya no existirá.

Eph asintió, sintiendo el calor del metabolismo sobrealimentado y «mestizo» de Quinlan.

—¿No hay nada en tu naturaleza que impida que puedas trabajar por algo que, en última instancia, ocasionará tu propia muerte?

¿Nunca has trabajado por algo que fuera en contra de tu propio interés?

—No, no creo que lo haya hecho —respondió Eph—. Nada que pudiera matarme, eso está claro.

Hay un bien mayor en juego. Y la venganza es una motivación muy persuasiva. La venganza prevalece sobre la autoconservación.

—¿Qué es lo que llevas en esa bolsa de cuero?

Estoy seguro de que ya lo sabes.

Eph recordó la cámara de los Ancianos bajo Central Park, sus cenizas en las urnas de roble blanco.

—¿Por qué has traído los restos de los Ancianos?

¿No encontraste la respuesta en el Lumen?

Eph no lo había leído.

—¿Tienes... intención de traerlos de vuelta, de resucitarlos de alguna manera?

No. Lo que está hecho no se puede deshacer.

—¿Por qué, entonces?

Porque es algo anunciado.

Eph pensó en eso.

—¿Es algo que va a suceder?

¿No te preocupan las consecuencias del éxito? Dijiste que no estabas seguro de que la democracia pudiera florecer de manera espontánea. Los seres humanos nunca han tenido un autogobierno real. Ha sido así durante siglos. ¿Crees que podrán lograrlo por sus propios medios?

Eph no tenía ninguna respuesta que darle. Sabía que el Nacido tenía razón.

Los Ancianos habían manejado los hilos casi desde el comienzo de la historia de la humanidad. ¿Cómo sería el mundo sin su intervención?

Eph miró por la ventana el resplandor de los incendios lejanos. ¿Cómo unir todas las piezas de nuevo? La recuperación parecía una tarea imposible, de proporciones colosales. El mundo ya se había desintegrado irremediablemente. Por un momento, Eph se preguntó incluso si valía la pena intentarlo.

Por supuesto, sólo era su cansancio el que hablaba por él. Pero lo que en algún momento pareció ser el final de sus problemas —destruir al Amo y retomar la administración del planeta— sería en realidad el comienzo de una lucha completamente nueva.

Zachary y el Amo

¿*Eres leal*? —preguntó el Amo—. *¿Estás agradecido por todo lo que te he dado, por todo lo que te he enseñado?*

—Lo estoy —respondió Zachary, sin dudarlo un instante. Kelly Goodweather, encaramada en una repisa cercana como si fuera una araña, observaba a su hijo.

El fin de los tiempos se acerca. Donde definiremos juntos el nuevo orden sobre la Tierra. Todo lo que sabías, todos los que estaban cerca de ti desaparecerán. ¿Me serás fiel?

—Lo seré —respondió Zack.

Me han traicionado muchas veces en el pasado. Por tanto, estoy familiarizado con la mecánica de dichas conspiraciones. No debes olvidarlo. Una parte de mí residirá en ti. Podrás escuchar mi voz con total nitidez, y a cambio, yo estaré al tanto de tus pensamientos más íntimos.

El Amo se levantó y examinó al niño. No captó ninguna vacilación en él. Respetaba al Amo, y la gratitud que expresaba era sincera.

Una vez fui traicionado por aquellos que deberían haber sido los más cercanos a mí. Con los que yo compartía mi esencia: los Ancianos. Ellos tenían orgullo, y no un hambre real. Estaban contentos viviendo sus vidas en la sombra. Me culparon de nuestra condición y se refugiaron en los desechos de la humanidad. Ellos se creían poderosos, pero en realidad eran muy débiles. Ellos buscaron aliarse. Yo busco la dominación. Entiendes eso, ¿verdad?

—El leopardo de las nieves —dijo Zack.

Exactamente. Todas las relaciones se basan en el poder. En la dominación y la sumisión. No existe otra manera. No hay igualdad, compatibilidad, ni dominio compartido. Sólo un rey en un reino.

Y aquí, el Amo miró a Zack con precisión calculada, promulgando lo que creía que debía ser la bondad humana, antes de añadir:

Un rey y un príncipe. También entiendes eso, ¿no? Hijo mío.

Zack asintió. Y con eso aceptó el concepto y el título. El Amo escudriñó cada gesto y cada matiz en el rostro del joven. Escuchó atentamente el ritmo de su corazón, le examinó el pulso en la arteria carótida. El niño estaba conmovido, excitado por ese vínculo ficticio.

La jaula del leopardo era una ilusión, y necesitabas destruirla. Los barrotes y las jaulas son símbolos de debilidad, medidas imperfectas de control. Uno puede optar por creer que están allí para subyugar a la criatura en el interior (para humillarla), pero a su debido tiempo, uno comprende que también están allí para mantenerla encerrada. Se convierten en un símbolo de tu miedo. Te limitan tanto a ti como a la bestia que está dentro. Tu jaula es simplemente más grande, y la libertad del leopardo se encuentra en estos confines.

—Pero si lo destruyes —dijo Zack, desarrollando el argumento del Amo—, si lo destruyes..., ya no quedará ninguna incertidumbre.

El consumo es la última forma de control. Sí. Y ahora estamos juntos, en el límite del control. Del dominio absoluto de esta tierra. Por lo tanto, tengo que asegurarme de que nada se interponga entre tú y yo.

—Nada —afirmó Zack con absoluta convicción.

El Amo asintió, aparentemente pensativo, pero en realidad recurriendo a una pausa calculada con el fin de lograr el máximo efecto. La revelación que estaba a punto de hacerle a Zack requería de ese manejo cuidadoso del tiempo.

¿Qué sucedería si te dijera que tu padre aún está vivo?

Entonces el Amo lo percibió: un torrente de emociones girando dentro de Zack. Una confusión que el Amo había previsto pero que de todos modos lo intoxicaba. Le encantaba el sabor de las esperanzas destrozadas.

—Mi padre está muerto —dijo Zack—. Murió con el profesor Setrakian y...

Él está vivo. Esto ha atraído mi atención recientemente. En cuanto a la cuestión de por qué nunca ha intentado rescatarte o ponerse en contacto contigo, me temo que no puedo responderla. Pero él vive e intenta destruirme.

—No se lo permitiré —aseguró Zack, y lo decía en serio. Y, a pesar de sí mismo, el Amo se sintió extrañamente halagado por la pureza del sentimiento que el joven le profesaba. La empatía natural del ser humano —el fenómeno conocido como «síndrome de Estocolmo», donde los cautivos llegan a identificarse con sus captores y a defenderlos— era una melodía muy simple para el Amo. Él era un virtuoso de los meandros de la conducta humana. Sin embargo, aquello era mucho más complejo. Se trataba de verdadera lealtad. Esto, creía el Amo, era el amor.

Ahora estás haciendo una elección, Zachary. Tal vez tu primera elección como adulto, y lo que elijas ahora te definirá, a ti y al mundo a tu alrededor. Necesitas estar completamente seguro.

Zack sintió un nudo en la garganta. Un resentimiento. Todos los años de luto se transmutaron alquímicamente en abandono. ¿Dónde había estado su padre? ¿Por qué lo había abandonado? Miró a Kelly, un espectro horrible y escuálido, un esperpento monstruoso. Ella también había sido abandonada. ¿No era culpa de Eph?

¿No los había sacrificado a todos ellos —a su madre, a Matt y al mismo Zack— a cambio de perseguir al Amo? Había más lealtad en el espantapájaros que era su madre que en su padre humano. Siempre tarde, siempre lejos, siempre inaccesible.

—Yo te he elegido —le dijo Zack al Amo—. Mi padre ha muerto. Deja que siga siendo así.

Y una vez más lo dijo en serio.

Interestatal 80

Al norte de Scranton comenzaron a ver los primeros *strigoi* al lado de la carretera. Pasivos como cámaras emergiendo de la oscuridad, de pie junto a la vía, mirando los vehículos pasar.

Fet reaccionó al verlos sintiendo la tentación de detenerse y matarlos, pero Eph le dijo que no tenían tiempo que perder.

—Ya nos han detectado —señaló Eph.

—Mira eso —dijo Fet.

Eph vio por primera vez el letrero «Bienvenidos al estado de Nueva York» a un lado de la carretera. Y luego, unos ojos brillantes como el cristal, una mujer vampiro viéndolos pasar, de pie debajo del letrero. Los vampiros le comunicaron al Amo la ubicación de los vehículos como si fueran una especie de GPS interiorizado e instintivo.

El Amo supo que viajaban con rumbo norte.

—Dame los mapas —dijo Eph. Fet se los entregó, y Eph los examinó, iluminándolos con la linterna—. Vamos en la dirección correcta. Pero tenemos que ser inteligentes. Es sólo cuestión de tiempo antes de que nos arrojen algo.

El *walkie-talkie* crujió en el asiento delantero.

—¿Has visto eso? —preguntó Nora desde el Explorer.

Fet recogió la radio y respondió:

—¿El comité de bienvenida? Lo hemos visto.

—Tendremos que tomar carreteras secundarias.

—Me temo que sí. Eph está consultando el mapa.

—Dile que iremos a Binghamton por gasolina. Luego saldremos de la interestatal —dijo Eph.

Así lo hicieron, y salieron bruscamente de la carretera cuando vieron el primer anuncio de combustible en la salida de Binghamton. Siguieron la flecha al final de la vía de salida hacia un conjunto de gasolineras, restaurantes de comida rápida, una tienda de muebles y dos o tres pequeños centros comerciales, cada uno limitado por una cafetería con ventanilla de autoservicio. Fet pasó de largo por la primera estación de servicio, pues quería tener más espacio en caso de emergencia. La segunda, una Mobil, tenía tres naves de tanques en diagonal a On the Go, una tienda de autoservicio. El sol había desvanecido desde mucho tiempo atrás todas las letras azules del letrero de «Mobil», y solo la «o» era visible ahora, roja como una boca hambrienta y redonda.

No había electricidad, pero ellos habían traído la bomba manual que Creem cargaba en el Hummer, pues sabían que tendrían que bombear gasolina. Las válvulas del suelo seguían en su lugar, lo cual era una buena señal de que todavía quedaba combustible en los tanques subterráneos. Fet acercó el jeep y abrió una válvula con una cruceta de hierro. El olor acre de la gasolina fue recibido con entusiasmo. Gus llegó y Fet le hizo un gesto para que se acercara a la abertura del tanque. Fet sacó la bomba y el embudo, e introdujo un extremo en el tanque del suelo y el otro en el jeep.

Su herida había empezado a dolerle otra vez y le sangraba de forma intermitente, pero Fet se lo ocultó al grupo. Se dijo a sí mismo que hacía aquello para ver hasta dónde podía llegar, y resistir hasta el final. Sin embargo, sabía que él quería estar allí, entre Nora y Eph.

El señor Quinlan se apostó en el borde de la carretera, vigilando en ambas direcciones. Eph cargaba su mochila de armas al hombro. Gus portaba una metralleta Steyr, con balas de plata y de plomo. Nora se alejó un momento detrás de la edificación, orinó y regresó al cabo de un minuto.

Fet bombeaba con fuerza, pero ésta era una tarea lenta; el combustible goteaba en el tanque del jeep con un sonido similar al de la leche de vaca sobre un cubo de ordeñar. Tenía que bombear con mayor rapidez para lograr un flujo constante.

—No vayas demasiado al fondo —advirtió Eph—. El agua se asienta en la parte inferior, ¿recuerdas?

—Lo sé —dijo Fet con un gesto de impaciencia.

Eph le preguntó si quería que lo relevara, pero Fet se negó, esforzándose con sus enormes brazos. Gus se acercó al señor Quinlan. Eph pensó en estirar un poco más las piernas, pero no quería apartarse del *Lumen*.

—¿Has probado con el fusible del disparador? —preguntó Nora.

Fet negó con la cabeza mientras bombeaba.

—Ya conoces mis habilidades como mecánico —apuntó Eph.

—Ninguna en absoluto —confirmó Nora.

—Conduciré el siguiente tramo —dijo Eph—. Fet podrá trabajar en el detonador.

—No me gusta que tardemos tanto tiempo —señaló Nora.

—De todos modos, tenemos que esperar hasta el próximo meridiano. Podremos trabajar libremente en las dos horas de sol.

—¿Esperar un día entero? Es mucho tiempo. Y un riesgo innecesario —repuso Nora.

—Lo sé —concedió Eph—. Pero necesitamos la luz del día para hacer bien esto. Tendremos que mantener a los vampiros a raya hasta entonces.

—Pero no nos podrán tocar cuando lleguemos al agua.

—Lograrlo será toda una hazaña.

Nora miró hacia el cielo oscuro. De pronto sopló una brisa gélida y se levantó las solapas del abrigo para protegerse.

—Insisto en que no debemos esperar al meridiano. No podemos perder nuestra ventaja —dijo, mientras miraba hacia la calle desierta—. ¡Cristo, siento como si tuviera cien ojos fijos en mí!

Gus corría hacia ellos desde la acera.

—No estás muy lejos de la verdad —confirmó él.

—¿Eh? —exclamó Nora.

Gus abrió la ventanilla del Explorer y sacó dos bengalas. Corrió de nuevo, alejándose del vapor de la gasolina, y las encendió. Lanzó una al estacionamiento de Wendy's, al otro lado de la carretera. La llama roja alumbró las siluetas de los tres *strigoi* apostados en el edificio de la esquina.

Arrojó la otra bengala hacia unos coches abandonados en un antiguo aparcamiento de alquiler de vehículos.

La bengala rebotó en el pecho de un *strigoi* antes de caer al asfalto. La criatura ni se inmutó.

—Mierda —dijo Gus, y dirigiéndose al señor Quinlan añadió—: ¿Por qué no nos dijo nada?

Ellos han estado aquí todo el tiempo.

—¡Jesús! —exclamó Gus.

Se fue corriendo hacia el local de alquiler de coches y disparó al vampiro. El eco de las ráfagas de la metralleta se apagó mucho después de que la criatura cayera; despatarrada en el suelo, llena de agujeros blancos sangrado.

—Debemos irnos de aquí —dijo Nora.

—No iremos muy lejos sin gasolina —señaló Eph—. ¿Fet?

Fet seguía bombeando, y el combustible fluía con más libertad. Ya casi estaba terminando de llenar el tanque.

Gus disparó su Steyr hacia donde había lanzado la otra bengala para dispersar a los vampiros que se encontraban en el estacionamiento de Wendy's, pero ellos no se dieron por enterados. Eph sacó su espada, atento al movimiento de las figuras que corrían detrás de los coches en el aparcamiento de enfrente.

—¡Coches! —gritó Gus.

Eph oyó el estrépito de los motores. Los faros apagados, acercándose desde el puente de la autopista, frenando a corta distancia.

—Fet, ¿quieres que yo...?

—¡Sólo tienes que mantenerlos a raya! —le dijo Fet, que siguió bombeando incansable, tratando de evitar el vapor tóxico.

Nora encendió los faros de los dos vehículos para iluminar el perímetro adyacente.

Al este, frente a la carretera, los vampiros ocupaban todo el borde de la luz, con sus ojos de color rojo brillando como canicas de cristal.

Desde el oeste, dos furgonetas se aproximaban por la carretera. Frenaron en seco y las criaturas bajaron de ellas. Vampiros locales llamados a filas.

—¿Fet? —suplicó Eph.

—Cambia los tanques —ordenó Fet, que no paraba de bombear.

Eph sacó la manguera del depósito casi lleno del jeep, la introdujo rápidamente en el Explorer, y la gasolina salpicó el techo.

Oyeron pasos, y Eph tardó un momento en localizarlos. Estaban en la parte superior de la cubierta de la marquesina, justo encima de ellos. Los vampiros los tenían rodeados.

Gus disparó su arma hacia las furgonetas enemigas, derribando quizá a un par de vampiros pero sin causar ningún daño letal.

—¡Aléjate del surtidor! —gritó Fet—. ¡No quiero chispas cerca!

El señor Quinlan regresó y se plantó al lado de Eph. El Nacido sentía que era su obligación protegerlo.

—¡Aquí vienen! —dijo Nora.

Los vampiros copaban todos los flancos. Se trataba de un ataque coordinado, y se concentraron inicialmente en Gus. Cuatro vampiros corrieron hacia él, dos por cada lado.

Gus destrozó a un par; rodó y derribó al siguiente, sin darles tiempo de atacarlo.

Mientras él repelía el ataque, un puñado de figuras oscuras, amparadas en la oscuridad, salieron de los estacionamientos colindantes, corriendo hacia la estación de Mobil.

Gus se volvió y los roció con una generosa salva de proyectiles, haciendo cojear a unos cuantos, pero se vio obligado a retroceder cuando aumentó el número de *strigoi* que avanzaban hacia él.

El señor Quinlan se lanzó hacia delante con una agilidad asombrosa, dándoles la bienvenida a tres *strigoi*, agarrándolos por la garganta con su mano abierta, y cortándoles el cuello.

¡Bang! Un vampiro pequeño, un muerto viviente niño, cayó sobre el jeep desde el techo del aparcamiento. Nora lo atacó, y el pequeño vampiro siseó y retrocedió, mientras el jeep se mecía con su movimiento. Eph se lanzó hacia el otro lado del jeep, con la intención de matar a la criatura inmunda, pero cuando llegó, ésta ya había desaparecido.

—¡Aquí no está! —dijo Eph.

—¡Aquí tampoco! —confirmó Nora.

—Debajo —sugirió Eph.

Nora se agachó, y agitó su espada debajo del vehículo, obligando al niño a salir por el lateral de Eph, quien le cercenó el pie derecho, a la altura del tendón de Aquiles. Pero en lugar de retroceder, el vampiro mutilado salió de debajo del jeep y se lanzó hacia Eph, que lo derribó a mitad de camino, cortando en el aire al minúsculo *strigoi* rabioso de sangre. Eph sintió el esfuerzo más que nunca. La contracción y el espasmo en sus músculos. Una ráfaga de dolor lo recorrió desde el codo hasta las vértebras lumbares.

Su brazo se enroscó en un calambre brutal. Él sabía lo que era: desnutrición, tal vez hasta el límite de la inanición. Comía poco y muy mal; no consumía minerales ni electrolitos, y tenía las terminaciones nerviosas inflamadas. Sus días como combatiente estaban llegando a su fin. Cayó al suelo, soltando la espada, como si llevara el peso de un millón de años encima.

Un sonido húmedo y crujiente sorprendió a Eph desde la retaguardia. El señor Quinlan acababa de llegar, brillante bajo la luz de los faros, con la cabeza de otro niño vampiro en una mano y el cuerpo en la otra. El vampiro había logrado derrotar a Eph, pero el señor Quinlan acudió a tiempo de salvarle la vida. El Nacido lanzó los restos al asfalto y se volvió, anticipándose al siguiente ataque.

La metralleta de Gus retumbó en la calle mientras otro contingente de vampiros avanzaba hacia ellos desde la línea de sombra. Eph derribó a dos *strigoi* que salieron de detrás de la tienda de la gasolinera. Le preocupaba que Nora estuviera sola al otro lado de los coches.

—¡Fet, vamos! —gritó.

—¡Ya casi está! —respondió Fet, con otro grito.

El señor Quinlan arremetió contra el grueso de los atacantes, derribando a tantos *strigoi* como se cruzaban en su camino, con las manos chorreando sangre blanca. Pero los vampiros no cejaban en su ataque.

—Están tratando de retenernos aquí —advirtió Eph—. ¡Para que perdamos tiempo!

El Amo viene de camino. Y otros. Puedo sentirlo.

Eph apuñaló en la garganta al *strigoi* que acababa de acercársele, y luego le dio una patada en el pecho; sacó su espada, y corrió hacia el otro lado del jeep.

—¡Gus! —gritó.

Gus venía en retirada, con el cañón de su metralleta humeante y en silencio.

—¡Ya voy!

Eph despedazó a un par de vampiros que acechaban a Nora, y a continuación sacó la manguera de aprovisionamiento del tanque del Explorer. Justo en ese momento Fet terminó de bombear y sacó la espada de repuesto de Eph para dar cuenta de otro vampiro que, como un animal, saltaba sobre el techo del Explorer.

Gus subió al asiento delantero del Explorer y sacó otra metralleta.

—¡Vamos! ¡Fuera de aquí!

No había tiempo para volver a cargar la bomba empapada de gasolina en el vehículo. La dejaron allí, y el combustible siguió chorreando por el tubo, acumulándose en el techado.

—¡No dispares tan cerca! —gritó Fet—. ¡Nos vas a hacer volar!

Eph fue hacia la puerta del jeep. Se asomó por las ventanillas justo en el momento en que el señor Quinlan agarraba a una mujer vampiro por las piernas y le golpeaba la cabeza contra una columna de acero. Fet estaba detrás de Eph, luchando contra los vampiros que intentaban obstruir la puerta del jeep. Eph saltó al asiento del conductor, dio un portazo y giró la llave de encendido.

El motor se puso en marcha y Eph vio por los retrovisores a Nora frente al volante del Explorer. El señor Quinlan fue el último en subir, saltando al asiento trasero del jeep mientras los *strigoi* se abalanzaban sobre su ventanilla. Eph enfiló hacia la calle, derribando a dos vampiros con la defensa de plata. Avanzó hasta el borde de la carretera, y luego se detuvo. Gus saltó con su metralleta y se inclinó, disparando lateralmente hacia el techo del cual caía el combustible. El fuego se propagó, Gus subió al Explorer, y ambos vehículos salieron a toda velocidad mientras la llama se deslizaba hacia el depósito abierto; los vapores se encendían en el aire por un momento breve y hermoso y luego el depósito subterráneo hizo erupción, una furiosa explosión naranja y negra que hizo temblar el suelo, partiendo la marquesina y achicharrando a los *strigoi* que seguían allí.

—¡Dios mío! —exclamó Fet, contemplando el espectáculo por la ventanilla de atrás, junto a la bomba nuclear recubierta con la lona—. Y eso no es nada comparado con lo que traemos aquí.

Eph adelantó a varios vehículos en la carretera; algunos vampiros trataron de darle alcance. Pero Eph no estaba preocupado por superarlos a ellos. Únicamente al Amo.

Los vampiros reaccionaron tarde y se lanzaron prácticamente delante de la trayectoria del jeep, en un intento desesperado por detenerlos. Eph pasó a través de ellos, con los faros alumbrando sus caras horribles y las contorsiones de sus cuerpos tras el impacto. La sangre blanca y corrosiva de los vampiros deshizo las bandas de goma del parabrisas del jeep. Un grupo de *strigoi* obstaculizaba el carril de acceso a la interestatal 81, pero Eph los esquivó por el lado derecho de la vía y se metió por un oscuro camino local.

Retomó la carretera principal, le entregó el mapa a Fet y buscó los faros del Explorer en su espejo retrovisor. No los vio. Tanteó el *walkie-talkie*, y lo encontró en el asiento, junto a su cadera.

—Nora, ¿has logrado salir? ¿Están bien?

Su voz se escuchó un momento después, cargada de adrenalina.

—¡Sí! ¡Lo logramos!

—No te veo.

—Estamos... No sé. Probablemente detrás de ti.

—Sigue hacia el norte. Si nos separamos, nos reuniremos en Fishers Landing tan pronto como puedas llegar allí. ¿Me entiendes? Fishers Landing...

—Fishers Landing —repitió ella—. De acuerdo. Su voz crujió.

—Conduce con las luces apagadas cuando puedas, pero sólo cuando puedas. Nora, ¿me oyes?

—Vamos... arriba... delante.

—Nora, no puedo oírte.

—... Eph...

Eph sintió que Fet se recostaba sobre él.

—El alcance de la radio es de solo un kilómetro y medio.

—Deben haber tomado otro camino... —dijo Eph, verificando los espejos retrovisores—. Siempre y cuando permanezcan fuera de la autopista...

Fet tomó la radio, e intentó contactar con Nora, pero no lo consiguió.

—¡Mierda! —exclamó.

—Ya sabe cuál es el sitio de encuentro —lo tranquilizó Eph—. Y está con Gus. No le pasará nada.

Fet le devolvió la radio.

—Tienen suficiente combustible. Todo lo que tenemos que hacer ahora es permanecer con vida hasta el amanecer...

En la carretera, debajo de la vetusta marquesina de un antiguo autocine, un *strigoi* siguió al jeep con los ojos mientras pasaba de largo frente a él.

El Amo se acercó con su mente. Aunque no parecía ser algo lógico, la multiplicidad de perspectivas simultáneas le ayudaba a centrar sus pensamientos y calmar su temperamento.

A través de los ojos de uno de sus esbirros, el Amo vio el jeep militar conducido por el doctor Ephraim Goodweather cruzar una intersección en la zona rural del estado de Nueva York, alejándose raudo sobre la línea central amarilla, cada vez más hacia el norte.

Vio el Explorer conducido por la doctora Nora Martínez pasar por la iglesia de una pequeña plaza urbana. El criminal Agustín Elizalde se asomó por la ventilla delantera, se produjo un fogonazo y la imagen desapareció de la vista del Amo. También iban hacia el norte, por otra autopista alternativa: la interestatal que el Amo recorría ahora a gran velocidad.

Vio a Zachary Goodweather cruzar el estado a bordo del helicóptero, viajando hacia el noroeste en una trayectoria diagonal. El muchacho miró por la ventanilla del aparato, indiferente al mareo del doctor Everett Barnes, sentado a su lado, con la cara de un color gris pálido. El chico, y tal vez Barnes, serían fundamentales para el Amo para distraer o persuadir a Goodweather.

El Amo también veía a través de la percepción de Kelly Goodweather. Viajar dentro de un vehículo en movimiento embotaba un poco su impulso cazador, pero el Amo sintió su conexión con el doctor Goodweather, su ex compañero humano. Su sensibilidad le daba al Amo otra perspectiva para triangular su enfoque sobre el doctor Goodweather.

Gira aquí.

El sedán se desvió y tomó la vía de salida. Creem, el líder pandillero, conducía con el pie pisando a fondo el acelerador.

—Mierda —dijo Creem, al ver la estación de servicio todavía ardiendo en la calle. El olor del combustible quemado penetró en el sistema de ventilación del automóvil.

Izquierda.

Creem siguió las instrucciones, alejándose del lugar de la explosión sin perder ni un segundo. Pasaron junto a la marquesina del autocine y el vampiro que observaba desde allí. El Amo se sumergió de nuevo en su visión y se vio a sí mismo en el interior del sedán negro, el vértigo de la velocidad devorando la línea amarilla de la autopista interestatal.

Estaban alcanzando a Goodweather.

Eph avanzó por carreteras secundarias, serpenteando hacia el norte. Cambió la ruta con frecuencia para desorientar a sus perseguidores. Los centinelas vampiros montaban guardia en cada esquina. Eph sabía que llevaba mucho tiempo en la misma carretera cuando ponían obstáculos en su camino, para que frenara o chocara con ellos: otros coches, una carretilla, tiestos de una tienda de jardinería. Iba a ochenta kilómetros por hora por una carretera completamente oscura; esas barricadas aparecían de repente en sus faros y era peligroso esquivarlas.

Los vampiros intentaron embestirlos o seguirlos en un par de ocasiones. Ésa fue la señal para que Fet se apostara en el techo con la metralleta en la mano.

Eph evitó la ciudad de Siracusa dirigiéndose hacia el este por carreteras secundarias. El Amo sabía dónde se encontraban, pero no hacia dónde se dirigían. Eso era lo único que tenían a su favor en ese momento. De lo contrario, el Amo reuniría a sus esbirros a orillas del río San Lorenzo, e impediría que Eph y los otros cruzaran.

Si fuera posible, Eph habría conducido hasta el amanecer. Pero la gasolina era un problema, y detenerse a recargar era demasiado peligroso.

Tendrían que arriesgarse a esperar el amanecer en el río, lo que los convertiría en un blanco fácil.

El lado positivo era que cuanto más avanzaban hacia el norte, menos *strigoi* aparecían en el borde de los caminos. La escasa población rural era otro punto a su favor.

Nora iba conduciendo. La lectura de mapas no era uno de los fuertes de Gus. Ella sabía en líneas generales que iban hacia el norte, pero también que se habían desviado del rumbo, hacia el este o al oeste, en un par de ocasiones. Habían pasado Siracusa, pero sin embargo, Watertown, la última ciudad antes de la frontera canadiense, parecía estar muy lejos.

La radio había crujido un par de veces al lado de su cadera, pero cada vez que intentaba comunicarse con Eph, solo recibía silencio como respuesta. Al cabo de un rato dejó de intentarlo, pues no quería acabar con las baterías.

Fishers Landing. Era allí donde Eph le había dicho que se encontrarían. Nora había perdido la cuenta de las horas transcurridas desde la puesta del sol, y no podía calcular cuántas faltaban para el amanecer; lo único cierto es que eran demasiadas. Necesitaba desesperadamente la tregua de luz para atreverse a confiar en su propia intuición.

«Solo llega hasta allá —pensó—. Sigue adelante y averígualo.»

—Aquí vienen, doc —advirtió Gus.

Nora miró por los espejos retrovisores. No logró distinguir ninguna señal de peligro; necesitaba concentrarse en conducir en medio de la oscuridad. Pero entonces lo vio: un destello de luz a través de la copa de los árboles.

Una luz que se movía. Un helicóptero.

—Nos están buscando —dijo Gus—. No nos han visto. Creo que no.

Nora tenía un ojo en la luz y el otro en la carretera. Pasaron una señal de tráfico y se dieron cuenta de que habían regresado cerca de la interestatal. Eso no era bueno.

El helicóptero voló en círculo hacia ellos.

—Apagaré las luces —dijo Nora, lo cual implicaba disminuir la velocidad.

Iban a la deriva por el camino oscuro, viendo al helicóptero volar sobre ellos. La luz se hizo más brillante a medida que descendía, tal vez a unos doscientos metros al norte.

—Espera, espera —dijo Gus—. Está aterrizando.

Nora vio la luz descendiendo.

—Ésa debe ser la carretera.

—No creo que nos hayan visto —dijo Gus.

Nora avanzó por la carretera, orientándose por el contraste de las ramas de los árboles, más oscuras que el cielo. No sabía muy bien cómo evadir la amenaza del helicóptero.

—¿Nos desviamos? —preguntó—. ¿Nos arriesgamos?

Gus trataba de distinguir la línea de la carretera a través del parabrisas.

—¿Sabes qué? —dijo—. La verdad es que no creo que nos estuvieran buscando a nosotros.

Nora tenía los ojos puestos en la carretera.

—¿De qué se trata entonces?

—Te me has adelantado. La pregunta es: ¿nos atrevemos a averiguarlo?

Nora había pasado suficiente tiempo con Gus como para saber que realmente no era una pregunta.

—No —repuso—. Sigamos adelante.

—Tal vez se trate de algo —aventuró Gus.

—¿Como qué?

—No sé. Por eso debemos ir a ver —afirmó Gus—. Llevo varios kilómetros sin ver a ningún chupasangre al lado de la carretera. Creo que podemos echar un vistazo.

—Una mirada *rápida* —enfatizó Nora, como si ella pudiera limitarlo a eso.

—Vamos —insistió él—. También sientes curiosidad. Además, tenían una luz, ¿no? Eso significa que son seres humanos.

Se detuvo en la orilla izquierda de la carretera y apagó el motor. Se apearon del coche, olvidando que las luces interiores se encendían al abrir las puertas. Las cerraron con suavidad y rapidez y se quedaron escuchando.

Los rotores giraban, aunque con mayor lentitud. El motor acababa de ser apagado. Gus mantuvo su metralleta separada del cuerpo mientras trepaba por el terraplén rocoso y cubierto de maleza, con Nora detrás, a su izquierda.

Avanzaron con cautela cuando llegaron a la parte superior, asomándose por debajo del guardarraíl. El helicóptero estaba a un centenar de metros. No había coches a su alrededor. Los rotores dejaron de girar, aunque la luz del helicóptero permaneció encendida, resplandeciendo al otro lado de la autopista. Nora distinguió cuatro siluetas, una más pequeña que las otras. No podía estar segura, pero creía que el piloto —probablemente un ser humano, a juzgar por la luz— permanecía a la espera en la cabina. ¿A la espera de qué? ¿Iba a despegar pronto?

Se agacharon.

—¿Será una reunión secreta? —susurró Nora.

—Algo por el estilo. No crees que sea el Amo, ¿verdad? —preguntó Gus, también en voz baja.

—No sé qué decir —murmuró ella.

—Uno de ellos es pequeño. Parece un niño.

—Sí —confirmó Nora..., y de pronto dejó de asentir.

Se asomó de nuevo, y esta vez se atrevió a hacerlo por encima del guardarraíl. Gus tiró de su cinturón, pero no antes de que Nora constatara la identidad del chico de pelo desgreñado.

—¡Oh, Dios mío!

—¿Qué? —dijo Gus—. ¿Qué diablos te pasa?

Ella sacó su espada.

—Tenemos que llegar hasta ellos.

—Bien, entendido. Pero ¿por qué...?

—Dispárales a los adultos, pero no al chico. No dejes que escapen.

Nora ya estaba sobre el guardarraíl cuando Gus se puso en pie. Corría hacia ellos, y Gus tuvo que hacer un esfuerzo para alcanzarla. Nora vio a las dos figuras más grandes volverse hacia ella. Los vampiros detectaron su espectro térmico y el rayo de plata de su espada. Se dieron la vuelta y se acercaron a los humanos. Uno agarró al niño e intentó subirlo al helicóptero. Iban a despegar de nuevo. El motor estaba encendido, los rotores despertaban con su gemido hidráulico.

Gus disparó su arma, primero a la larga cola del helicóptero, y luego barrió el fuselaje hasta el compartimento de los pasajeros. Eso fue suficiente para que los vampiros alejaran al chico del helicóptero. Nora había salvado parte de la distancia que los separaba. Gus disparó a su izquierda, impactando la ventanilla de la cabina. El cristal no se rompió, pero los proyectiles lo perforaron y un chorro de color rojo manchó el extremo opuesto de la cabina.

El cuerpo del piloto cayó de bruces sobre el timón. Los rotores giraron a mayor velocidad, pero el helicóptero no se movió.

Un vampiro se apartó del hombre a quien custodiaba y corrió hacia Nora. Ella distinguió la tinta oscura del tatuaje de su cuello e inmediatamente lo identificó como uno de los guardaespaldas de Barnes que había visto en el campamento. Pensar en Barnes anuló todo resquicio de temor, y Nora se lanzó sobre el corpulento vampiro con su espada en alto y un grito de guerra. El vampiro se agachó e hizo una finta antes de que ella pudiera atravesarlo con su espada, pero Nora lo esquivó como un torero, hundiéndole la hoja de plata en la espalda. Él se arrastró boca arriba sobre el asfalto, con su carne calcinándose, pero todavía saltó sobre sus pies. Girones de piel pálida colgaban de sus muslos, el pecho y una mejilla. Esto no lo detuvo, pero sí la herida de plata en su espalda.

La metralleta de Gus traqueteó y el vampiro se retorció. Los disparos lo tomaron por sorpresa, pero no llegaron a derribarlo. Nora no le dio tiempo al colosal *strigoi* de atacarla de nuevo. Se concentró en los tatuajes del cuello como objetivo y lo decapitó.

Se dio la vuelta hacia el helicóptero, entrecerrando los ojos para protegerse de la onda expansiva del rotor. El otro vampiro tatuado se encontraba lejos de los seres humanos, acechando a Gus. Entendía y respetaba el poder de la plata, pero no el que imponía una metralleta Steyr. Gus se acercó al *strigoi* sibilante, poniéndose al alcance de su aguijón, y le lanzó una ráfaga de disparos a la cabeza. El vampiro se desplomó hacia atrás; Gus se le acercó y le disparó en el cuello, liberando a la criatura.

El hombre estaba de rodillas, cubriéndose con la puerta del helicóptero. El niño vio caer a los vampiros. Se giró y echó a correr hacia la autopista, en dirección a la luz de la cabina del helicóptero. Nora vio algo en sus manos, que sostenía delante de él mientras corría.

—¡Atrápalo, Gus! —le gritó Nora, pues él estaba más cerca. Gus salió tras el chico. El muchacho era rápido, pero no muy coordinado. Saltó el guardarraíl y ya había llegado a la calzada, pero calculó mal un paso o dos y se enredó en sus propios pies.

Nora estaba cerca de Barnes, bajo el rotor del helicóptero. Seguía mareado y de rodillas. Sin embargo, cuando miró hacia arriba y reconoció el rostro de Nora, palideció aún más.

Nora levantó su espada, lista para asesinarlo, cuando escuchó cuatro silbidos agudos destacándose sobre el ruido de los rotores. Eran los proyectiles de un pequeño rifle, que el niño disparaba contra ellos en un estado de pánico. Ella no fue alcanzada por las balas, pero sí impactaron terriblemente cerca. Se alejó de Barnes y se internó en la maleza. Vio a Gus abalanzarse sobre el niño y contenerlo antes de que pudiera volver a disparar. Agarró al niño por la camisa, dándole la vuelta hacia la luz, para cerciorarse de que no se trataba de un vampiro. Gus le arrebató el rifle y lo lanzó hacia los árboles. El chico se resistió, y Gus le dio una buena sacudida, lo suficientemente violenta para hacerle saber lo que podía pasarle si oponía resistencia. Sin embargo, el chico entrecerró los ojos bajo la luz, y trató de escapar, intimidado por Gus.

—Calma, chico. ¡Cielos!

Arrastró al niño hacia el guardarraíl.

—¿Estás bien, Gus? —le preguntó Nora.

—Sí, es un tirador desastroso —respondió Gus, quien seguía forcejeando con el muchacho.

Nora se volvió hacia el helicóptero. Barnes había desaparecido. Entrecerró los ojos, deslumbrada por los reflectores del helicóptero, pero no logró ver en qué dirección había escapado.

Maldijo en voz baja.

Gus escrutó el rostro del chico y notó algo en él..., en sus ojos, en la estructura facial. Le parecía familiar. Demasiado familiar.

—Oh, vamos; no puede ser... —protestó Gus, volviéndose hacia Nora.

El chico le dio una patada con el tacón de su zapatilla. Gus se la devolvió, solo que más fuerte.

—¡Cielos, eres igual que tu padre! —exclamó Gus.

Esto desarmó al chico, que miró a Gus, aunque todavía intentaba soltarse.

—¿Y tú qué sabes? —inquirió.

Cuando Nora miró a Zack, lo reconoció de inmediato, aunque no del todo: los ojos del muchacho eran completamente diferentes a los que ella recordaba. Sus rasgos habían madurado, como los de cualquier chico en un periodo de dos años, pero ahora carecían de la luz que habían tenido en otro tiempo. Si la curiosidad aún se asomaba en ellos, ahora era más oscura y profunda. Era como si su personalidad se hubiera refugiado en su mente, queriendo leer pero no ser leído. O tal vez sólo estaba en estado de shock. Después de todo, apenas tenía trece años.

«Está vacío. Él no está aquí.»

—Zachary —le saludó, sin saber qué decirle.

El niño la miró durante unos instantes antes de que el reconocimiento asomara a sus pupilas.

—Nora —dijo él, pronunciando esa palabra despacio, casi como si la hubiera olvidado.

A pesar de los escasos centinelas que había en el norte del estado de Nueva York para vigilar las diversas carreteras, la ruta del Amo se hizo cada vez más segura. El Amo percibió la emboscada de la doctora Martínez a través de los ojos del doctor Barnes, hasta que logró escapar. A partir de ese momento, el Amo vio el helicóptero en la carretera, con los rotores todavía girando, esta vez a través de los ojos de Kelly Goodweather.

El Amo vio a Kelly dirigir a su conductor por un terraplén empinado hacia una carretera auxiliar, para perseguir al Explorer a toda velocidad. El vínculo de Kelly con Zachary era mucho más intenso que el que la unía con el doctor Ephraim Goodweather, su ex compañero. Su ansia era mucho más pronunciada y, en este momento, productiva.

Y ahora el Amo tenía una lectura mejor del progreso de los infieles. Habían caído en la trampa, y el Amo anticipaba el desenlace con un deleite irresistible; lo divisaba a través de los ojos de Zachary, sentado en el asiento trasero del automóvil conducido por Agustín Elizalde. El Amo casi se hallaba con ellos, allí en el vehículo mientras se dirigían al encuentro del doctor Goodweather, que tenía el *Lumen* y conocía la ubicación del Sitio Negro.

—Los estoy siguiendo —dijo Barnes, con su voz crepitando en la radio—. Le mantendré informado. Me tiene en el GPS.

Y, en efecto, un punto era visible en el GPS. Una imitación pálida, imperfecta y mecánica del vínculo con el Amo, pero que podía compartir con Barnes el traidor.

—Tengo la pistola conmigo —dijo Barnes—. Estoy listo para recibir órdenes.

El Amo sonrió. *¡Qué servicial!*

Estaban cerca, tal vez a unos cuantos kilómetros de su destino. Su trayectoria apuntaba hacia el lago Ontario o al río San Lorenzo. Y si tuvieran que cruzar una masa de agua, tal inconveniente carecería de importancia. El

Amo tenía a Creem para transportarlo al otro lado si era necesario, ya que el líder de los Zafiros todavía era nominalmente humano, aunque sujeto a sus órdenes.

El Amo dirigió los helicópteros al norte a toda velocidad.

A Creem le dolía la boca. Sentía ardor en las encías, donde estaban clavadas sus prótesis de plata abolladas. Al principio pensó que eran los efectos derivados del codazo recibido por parte del señor Quinlan. Pero los dedos también le dolían cada vez más, y entonces se quitó los anillos, dándoles un respiro a sus falanges, y colocó la joyería de plata en el portavasos.

No se sentía bien. El mareo y el ardor que recorrían su cuerpo eran alarmantes. En un momento dado temió algún tipo de infección bacteriana, como la que se llevó al compinche de Gus. Pero cuanto más contemplaba la faz oscura y larvada del Amo en el espejo retrovisor, más ansioso se sentía, preguntándose si acaso el Amo no lo habría infectado. Por un instante, sintió que algo se movía a través de su antebrazo y de su bíceps. Una punzada insidiosa. Algo de camino a su corazón.

El jeep de Eph llegó finalmente a Fishers Landing. La carretera bordeaba la margen septentrional del río San Lorenzo. El señor Quinlan no detectó presencia de vampiros en el área circundante. Un letrero decía: «Campo Riverside», y señalaba el terreno donde el camino se desviaba del río. Siguieron esa ruta, hasta llegar a una gran lengua de tierra que se adentraba en el río. Unas cuantas cabañas y un restaurante con una tienda de helados contigua era todo lo que se veía en aquel lugar, frente a una playa de arena rodeada por un muelle largo y ancho, escasamente visible sobre la superficie del río.

Eph se detuvo bruscamente en el descampado al final de la carretera, dejando encendidos los faros delanteros del jeep, y señaló hacia el río. Quería ir hasta el muelle, pues necesitaban un barco.

Tan pronto como cerró la puerta, una luz poderosa lo cegó. Agitó el brazo, y sólo pudo ver un haz luces, cerca del restaurante, y al lado de la caseta de las toallas. Por un momento le entró el pánico, pero luego se dio cuenta de que se trataba de luces artificiales, algo que los vampiros no usaban ni necesitaban.

—¡Alto ahí! ¡No te muevas! —gritó una voz.

Era una voz real, y no la de un vampiro proyectándose en su mente.

—¡Vale, vale! —dijo Eph, tratando de protegerse los ojos—. ¡Soy un ser humano!

—Lo estamos viendo —indicó una voz femenina.

—¡Está armado! —exclamó una voz masculina desde el otro lado.

Eph miró a Fet, en el lateral del jeep.

—¿Están armados ustedes? —preguntó Fet.

—¡Sí! —confirmó la voz masculina.

—¿Podemos dejar las armas y hablar? —propuso Fet.

—No —dijo la voz femenina—. Nos alegra que no tengas aguijones, pero eso no quiere decir que no sean asaltantes. O miembros de Stoneheart disfrazados.

—No somos ni lo uno ni lo otro —aclaró Eph, abriendo sus manos para protegerse de las luces.

—Estamos aquí en una... especie de misión. Pero no tenemos mucho tiempo.

—¡Hay alguien más en el asiento trasero! —gritó la voz masculina—. ¡Déjanos verte!

«Oh, mierda —pensó Eph—. ¿Por dónde empezar?»

—Mira —dijo—, hemos venido desde la ciudad de Nueva York.

—Estoy seguro de que allí estarán encantados de verlos regresar.

—Ustedes... parecen combatientes. Contra los vampiros. Nosotros también lo somos. Parte de una resistencia.

—Aquí está todo ocupado, amigo.

—Tenemos que llegar a una de las islas —dijo Eph.

—Haz lo que quieras. Pero hazlo desde otro punto de la ribera del San Lorenzo. No queremos problemas, aunque quiero advertirte que estamos preparados si los hay.

—Si pudieras darme solo diez minutos para explicarles...

—Tienes diez segundos para largarte. Puedo ver tus ojos y los de tu amigo. Parecen normales bajo la luz. Pero si tu otro amigo no sale del coche, comenzaremos a disparar.

—En primer lugar, tenemos algo delicado y explosivo en el coche, así que por su propio bien, no disparen.

En segundo lugar, no les va a gustar lo que verán en nuestro acompañante.

—Él lee a los vampiros —intervino Fet—. Sus pupilas se vuelven vidriosas a la luz. Porque es mitad aguijón.

—No existe tal cosa —objetó la voz masculina.

—Un momento... —dijo Eph—. Él está de nuestro lado, y puedo explicarlo (o tratar de hacerlo) si me dan una oportunidad.

Eph sintió que la luz se movía en dirección a él. Se quedó firme, temiendo un ataque.

—¡Cuidado, Ann! —dijo la voz masculina.

La mujer detrás de la luz se detuvo a unos diez metros de Eph, lo suficientemente cerca para que él sintiera el calor de la lámpara. Eph vio unas botas de goma y un codo detrás del rayo de luz.

—¡William! —exclamó la voz femenina.

William, que tenía otra lámpara, vino corriendo hacia Fet.

—¿Qué pasa?

—Mírale bien la cara —dijo.

Por un momento, las dos lámparas iluminaron directamente a Eph.

—¿Qué pasa? —preguntó William—. No es un vampiro.

—No, tonto. Los informes de prensa: el hombre buscado. ¿Eres Goodweather?

—Sí. Me llamo Ephraim.

—Goodweather, el médico fugitivo. El que mató a Palmer Eldritch.

—En realidad —dijo Eph—, me acusaron falsamente. Yo no maté a ese viejo hijo de puta. Lo intenté, sin embargo.

—Te querían a toda costa, ¿verdad? Esos hijos de puta.

Eph asintió.

—Todavía me persiguen.

—No sé, Ann —dijo William.

—Tienes diez minutos, cabrón —concedió Ann—. Pero tu acompañante se queda en el coche. Si intentan algo, todos ustedes serán la cena de los peces.

Fet permaneció en la parte trasera del jeep; les mostró el dispositivo y el temporizador con una linterna.

—Mierda. Una maldita bomba nuclear —dijo Ann, que resultó ser una mujer de unos cincuenta años con una trenza larga, el pelo canoso y marchito. Calzaba botas de goma y un impermeable de pescador.

—¿Pensabas que era más grande? —preguntó Fet.

—No sé qué pensar... —repuso Ann.

Ella miró de nuevo a Eph y Fet. William —un hombre de unos cuarenta años, con un suéter raído de lana virgen y unos pantalones vaqueros caídos— permaneció a un lado, sosteniendo un rifle con las dos manos. Las lámparas estaban a sus pies, una de ellas encendida. La luz indirecta se proyectaba sobre el señor Quinlan, que había salido del vehículo, como un manto de sombra.

—Aunque la verdad es que su presencia aquí es demasiado extravagante para tratarse de una trampa —reconoció William.

—No queremos nada de ustedes, excepto un mapa de estas islas y un medio para salir de aquí —aclaró Eph.

—¿Vas a detonar ese artefacto?

—Lo haremos. Será mejor que se vayan lejos de aquí, se encuentre la isla a más de ochocientos metros de la costa o no —advirtió Eph.

—No vivimos aquí —dijo William.

En un primer momento, Ann le lanzó una mirada, indicándole que ya había hablado demasiado. Pero luego se ablandó, dándose cuenta de que podía ser franca con Eph y Fet, ya que ellos habían sido sinceros.

—Vivimos en las islas —explicó Ann—. Donde no pueden llegar los malditos aguijones. Allí perduran algunas fortalezas que datan de la Guerra de la Independencia. Nos refugiamos en ellas.

—¿Cuántos son?

—Cuarenta y dos en total. Éramos cincuenta y seis, pero hemos perdido a varios compañeros. Nos dividimos en tres grupos, porque incluso después de que nuestro mundo se viniera abajo, algunos imbéciles todavía no se llevan bien. En realidad, somos vecinos que no nos conocíamos antes de esta maldita historia. Venimos constantemente a tierra firme en busca de armas, herramientas y alimentos, como si fuéramos Robinson Crusoe, si se considera que el continente ha naufragado.

—¿Tienen barcos? —preguntó Eph.

—Claro que sí, maldita sea. ¡Tres lanchas y muchos botes pequeños!

—Bien —dijo Eph—. Muy bien. Espero que puedan facilitarnos uno. Siento mucho haberles traído este problema. —Entonces se dirigió al Nacido, que permanecía completamente inmóvil—: ¿Nada todavía?

Nada inminente.

Sin embargo, Eph se percató, por el tono de su respuesta, de que les quedaba poco tiempo.

—¿Conoces estas islas? —le preguntó a Ann.

Ella asintió.

—William las conoce mejor. Como la palma de su mano.

—¿Podemos entrar en el restaurante para que me hagas un mapa con las instrucciones? Sé lo que estoy buscando. Es una isla casi desierta; rocosa, con forma de trébol; como una serie de tres anillos superpuestos. Como un símbolo de riesgo biológico, si es que lo has visto alguna vez —le explicó Eph a William.

Ann y William se miraron de una forma que reveló que ambos sabían exactamente a qué isla se refería Eph. Eph sintió una descarga de adrenalina.

El crujido de una radio los sorprendió, haciendo saltar a William. El *walkie-talkie* en el asiento delantero del jeep.

—Amigos nuestros... —indicó Fet, yendo hacia la puerta en busca de la radio—. ¿Nora?

—Oh, gracias a Dios —dijo ella con una voz distorsionada por las ondas—. Por fin hemos llegado a Fishers Landing. ¿Dónde están?

—Sigue las señales hacia la playa. Verás el letrero del Campo Riverside. Continúa por el camino de tierra hacia el muelle. Date prisa, pero en silencio. Hemos encontrado a unas personas que nos pueden ayudar a embarcar.

—¿Otras personas? —preguntó ella.

—Simplemente confía en mí y ven de inmediato.

—Está bien, veo un letrero hacia la playa —dijo ella—. Llegaremos en un momento.

—Están cerca —confirmó Fet, dejando la radio.

—Bien —dijo Eph, volviéndose hacia el señor Quinlan; el Nacido miraba el cielo, como en busca de una señal. Esto preocupó a Eph—. ¿Hay algo que debamos saber?

Todo tranquilo.

—¿Cuántas horas faltan para el meridiano?

Demasiadas, me temo.

—Algo te preocupa —dijo Eph—. ¿Qué es?

No me gusta viajar por el agua.

—Lo comprendo. ¿Pero?

Ya deberíamos tener noticias del Amo. No me gusta el hecho de que no...

Ann y William querían continuar hablando con ellos, pero Eph insistió encarecidamente en que le trazaran la ruta a la isla. Los dejó dibujando el mapa sobre un mantel de papel y regresó junto a Fet, que no se despegaba de la bomba, apoyada sobre el mostrador de la heladería situada al lado del restaurante. A través de las puertas de cristal, Eph vio al señor Quinlan expectante frente a la playa.

—¿Cuánto tiempo tenemos? —preguntó Eph.

—No lo sé. Espero que el suficiente —respondió Fet, mostrándole el mecanismo del interruptor—. Se gira así para el temporizador. —Señaló el icono del reloj en el panel—. No lo gires para este lado. Únicamente hacia la «X». Y luego corre como alma que lleva el diablo.

Fet sintió otro calambre en su brazo. Apretó el puño y ocultó el dolor lo mejor que pudo.

—No me gusta la idea de dejarlo allí. Muchas cosas pueden salir mal en cuestión de minutos.

—No tenemos otra alternativa si queremos sobrevivir.

Vieron las luces de los faros aproximándose. Fet corrió al encuentro de Nora, y Eph volvió a inspeccionar los avances de William. Ann le hacía sugerencias y William parecía molesto.

—Está a cuatro islas de aquí y a una del otro lado.

—¿Qué pasa con Pulgarcito? —señaló Ann.

—No puedes darles apodos a estas islas y pretender que todos los memoricen.

—La tercera isla parece que tiene un dedo pequeño —explicó Ann, volviéndose hacia Eph.

Eph miró el dibujo. La ruta parecía bastante clara, y eso era lo único que importaba.

—¿Pueden adelantarse y llevar a los demás a la isla por el río? —preguntó Eph—. No pensamos quedarnos allí ni mermar sus recursos. Solo necesitamos un lugar para escondernos y esperar a que todo esto haya terminado.

—Claro —concedió Ann—. Sobre todo si piensas que puedes lograr lo que tienes en mente.

Eph asintió.

—La vida en la Tierra experimentará un nuevo cambio.

—Volverá a la normalidad.

—Yo no diría eso —dijo Eph—. Habremos de recorrer un largo camino antes de regresar a algo parecido a lo que llamas normal. Pero ya no tendremos a esos chupasangres acabando con nosotros.

Ann parecía una mujer que había aprendido a no fijarse metas demasiado altas.

—Siento haberte llamado cabrón, amigo —dijo—. Realmente eres un hijo de puta duro.

Eph no pudo evitar sonreír. En aquellos días estaba dispuesto a aceptar cualquier elogio, aunque fuese ambiguo.

—¿Podrías hablarnos de la ciudad? —dijo Ann—. Hemos oído que todo el centro ha sido quemado.

—No, está...

Las puertas de la heladería se abrieron de par en par y Eph se dio la vuelta. Gus entró con una metralleta en la mano. Entonces vio, a través del cristal, a Nora acercándose en la distancia. No venía acompañada de Fet, sino de un chico alto que bordeaba los trece años. Eph se quedó de una pieza, pero en sus ojos fatigados afloraron las lágrimas y la emoción le hizo un nudo en la garganta.

Zack miró con aprensión a su alrededor; sus ojos oscilaron entre la imagen que tenía al frente y los carteles desvaídos en la pared..., y luego se posaron lentamente en el rostro de su padre.

Eph se acercó a él. El muchacho abrió la boca, pero no habló. Eph se agachó delante de él, ante aquel muchacho que en otro tiempo le llegaba a la altura de los ojos cuando Eph se arrodillaba. Se dio cuenta de que ahora lo superaba por unos cuantos centímetros. El pelo enmarañado sobre el rostro le ocultaba parcialmente los ojos.

—¿Qué haces aquí? —le preguntó Zack, casi en un susurro.

Estaba mucho más alto ahora. Su cabello era irregular, y le ocultaba las orejas; exactamente como un niño de esa edad que afirma su autonomía dejándose crecer el pelo sin la intervención de sus padres. Parecía razonablemente limpio. Y bien alimentado.

Eph lo estrechó entre sus brazos. Al hacerlo, hacía que el niño fuera real. Zack se sintió extraño en sus brazos: olía diferente, era diferente, más viejo. Débil. A Eph se le ocurrió pensar en lo demacrado que debía de parecer ante los ojos de Zack.

El muchacho no le devolvió el abrazo, y se mantuvo rígido, soportando el apretón. Eph lo apartó para mirarlo de nuevo. Quería saberlo todo, cómo había llegado hasta allí, pero comprendió que la simple presencia de Zack bastaba para llenar ese momento.

Él estaba allí. Todavía era humano. Libre.

—¡Oh, Zack...! —exclamó Eph, recordando el día en que lo había perdido, dos años antes. Las lágrimas asomaban en sus ojos—. No sabes cuánto lo siento.

Pero Zack lo miró con extrañeza.

—¿Por qué?

—Por permitir que tu madre te llevara lejos... —comenzó a decir, pero se detuvo—. ¡Zachary! —exclamó, abrumado por la alegría—. Mírate. ¡Cuánto has crecido! Ya eres un hombre...

La boca del muchacho permaneció abierta, pero se sentía demasiado aturdido para hablar. Miró a su padre; al hombre que había rondado sus sueños como un fantasma todopoderoso. El padre que lo abandonó, a quien él recordaba como un hombre alto y muy sensato, era un espectro enclenque, escuálido e insignificante. Descuidado, tembloroso... y débil.

Zack sintió una oleada de indignación.

¿Eres leal?

—Nunca he dejado de buscarte —dijo Eph—. Nunca me di por vencido. Sé que te dijeron que había muerto, pero he estado luchando todo este tiempo. Llevo dos años tratando de recuperarte...

Zack miró a su alrededor. El señor Quinlan acababa de entrar en la tienda. Zack observó detenidamente al Nacido.

—Mi madre vendrá a buscarme —dijo Zack—. Estará enfadada.

Eph asintió con firmeza.

—Sé que lo estará. Pero... está a punto de terminar todo.

—Ya lo sé —confirmó Zack.

¿Estás agradecido por todo lo que te he dado, por todo lo que te he enseñado?

—Ven aquí... —Eph rodeó los hombros de Zack, para enseñarle la bomba. Fet se adelantó para impedirlo, pero Eph apenas lo notó—. Esto es un dispositivo nuclear. Lo utilizaremos para volar una isla. Para acabar con el Amo y con todos los de su estirpe.

Zack miró el dispositivo.

—¿Por qué? —preguntó, a pesar de sí mismo.

El fin de los tiempos se acerca.

Fet miró a Nora. Un escalofrío recorrió su columna vertebral. Sin embargo, Eph no pareció darse cuenta, absorto en su papel de padre pródigo.

—Para hacer que las cosas sean como solían ser anteriormente —señaló Eph—. Antes de los *strigoi*. Antes de la oscuridad.

Zack miraba a Eph de una manera rara. El niño parpadeaba de una forma notoria, a propósito, como si necesitara de un mecanismo de defensa.

—Quiero ir a casa.

Eph asintió de inmediato.

—Y yo quiero llevarte allí. Todas tus cosas están en tu habitación, tal como las dejaste. Iremos cuando todo esto termine.

Zack negó con la cabeza, desentendiéndose de Eph. Buscaba al señor Quinlan.

—Mi casa es el castillo. En Central Park —afirmó.

La expresión esperanzada de Eph pareció flaquear.

—No, nunca regresarás a ese lugar. Tardaremos algo de tiempo, pero vas a estar bien.

El muchacho ha sido convertido.

Eph giró la cabeza hacia el señor Quinlan, que miraba fijamente a Zack.

Eph examinó a su hijo. Tenía su mismo pelo, y su tez estaba sana. Sus ojos no parecían lunas negras sobre un mar escarlata. Su garganta no estaba hinchada.

—No. Te equivocas. Es humano.

Físicamente, sí. Pero mira sus ojos. Ha traído a alguien con él.

Eph agarró al muchacho por la barbilla y le apartó el pelo de los ojos. Tal vez eran ligeramente opacos. Un poco retraídos. Zack pareció desafiante al principio, y luego intentó rehuirle, como haría cualquier adolescente.

—No —dijo Eph—. Él está bien. Él va a estar bien. Está enfadado conmigo..., es normal. Y... sólo tenemos que subirlo en un barco. Hacerlo cruzar el río.

Eph miró a Nora y Fet.

—Cuanto antes mejor.

Ellos están aquí.

—¿Qué? —dijo Nora.

El señor Quinlan aseguró la capucha en su cuello.

Vayan al río. Neutralizaré a tantos como pueda.

El Nacido salió. Eph agarró a Zack, se dirigió a la puerta y luego se detuvo.

—Los llevaremos a él y a la bomba —le anunció a Fet.

A Fet no le gustó aquello, pero guardó silencio.

—Es mi hijo, Vasiliy —balbuceó Eph, casi suplicando—. Mi hijo..., todo lo que tengo. Pero cumpliré con mi misión. No fallaré.

Por primera vez en mucho tiempo, Fet notó la antigua resolución de Eph, el liderazgo que solía admirar a regañadientes. Ése era el hombre al que Nora había amado, y al que Fet había seguido sin vacilación.

—Tú te quedas aquí, entonces —dijo Fet, agarrando su mochila y saliendo detrás de Gus y Nora.

Ann y William corrieron hacia él con el mapa.

—A a los barcos —les dijo Eph—. Esperen allí.

—No habrá suficiente espacio para todos si vas a la isla.

—Lo solucionaremos —dijo Eph—. Ahora váyanse, antes de que ellos intenten hundir la embarcación.

Eph cerró la puerta cuando salieron, y luego se volvió hacia Zack.

Miró la cara de su hijo en busca de tranquilidad.

—Está bien, Z. Estaremos bien. Esto terminará pronto.

Zack parpadeó una vez más al ver a su padre doblar el mapa y metérselo en el bolsillo.

Los *strigoi* salieron de la oscuridad. El señor Quinlan vio sus improntas de calor corriendo entre los árboles y esperó para interceptarlos. Decenas de vampiros seguidos por otros, quizá cientos de ellos. Gus disparó hacia el camino, a un vehículo sin luz. Las chispas saltaron del capó y el parabrisas crujió, pero entonces se dio cuenta de que una caravana de automóviles se aproximaba hacia ellos. Gus permaneció frente al vehículo hasta asegurarse de haber liquidado al conductor, y luego saltó a un lado, cuando ya casi no le quedaba tiempo.

El coche giró en su dirección mientras él se escabullía en el bosque. Un tronco grueso detuvo al vehículo con un golpe fuerte y sonoro, aunque no antes de que la defensa delantera alcanzara a golpearlo en las piernas y lo enviara volando contra los troncos de los árboles. Su brazo izquierdo se partió como la rama de un árbol, y cuando cayó al suelo, vio su brazo colgando, roto a la altura del codo, al igual que el hombro.

Gus maldijo con los dientes apretados al sentir aquel dolor desgarrador. Sin embargo, sus instintos de combate se activaron, y se echó a correr hacia el coche, esperando que los vampiros acudieran como payasos de circo.

Subió al vehículo apoyándose en su mano ilesa, con la que sostenía su Steyr, y retiró la cabeza del conductor del volante. Era Creem, con la cabeza recostada en el asiento como si durmiera, salvo por los dos orificios en la frente, y otro en el pecho.

—Tres tiros estilo Mozambique, hijo de la chingada —dijo Gus, y le soltó la cabeza. Su nariz crujió al golpear la cruceta del volante.

Gus no vio otros ocupantes, aunque la puerta trasera estaba extrañamente abierta. El Amo...

El señor Quinlan había llegado en un abrir y cerrar de ojos para cazar a su presa. Gus se apoyó un momento en el vehículo, y había comenzado a evaluar la gravedad de la lesión en su brazo. Fue entonces cuando vio que un arroyo de sangre salía del cuello de Creem...

No era una herida de bala.

Los ojos de Creem se abrieron de golpe. Salió del coche y se abalanzó sobre Gus. El impacto del voluminoso cuerpo de Creem dejó sin aire a Gus, como un toro que golpea a un torero, lanzándolo por el aire con fuerza, casi tanta como la del coche. Gus se aferró a su arma, pero la mano de Creem se cerró alrededor de su antebrazo con una fuerza increíble, aplastándole los tendones y haciéndole abrir los dedos. Creem tenía su rodilla apretada contra el brazo fracturado de Gus, y le trituró el hueso partido como con un mortero.

Gus aulló, tanto de rabia como de dolor.

Creem tenía los ojos muy abiertos, enloquecidos y ligeramente estrábicos.

Su sonrisa de plata comenzó a expeler una mezcla de humo y vapor, sus encías de vampiro ardían por el contacto con los implantes de plata. La carne de sus nudillos se quemó por la misma razón. Pero Creem resistió, manejado por la voluntad del Amo. Cuando aquel gigante abrió la mandíbula y se le desencajó con un fuerte crujido, Gus comprendió que el Amo tenía la intención de convertirlo, y a través de él, desbaratar su plan. El dolor de su brazo izquierdo hizo que gritara, pero Gus pudo ver el aguijón de Creem asomando en la boca, extrañamente lento y fascinante, con la carne enrojecida separándose, desplegándose, revelando nuevas capas, a medida que despertaba para cumplir con su cometido.

Creem estaba siendo sometido a una transformación vertiginosa por la voluntad del Amo. El aguijón rebosó de sangre entre las nubes del vapor de plata, preparándose para atacar. La baba y la sangre residual se derramaron sobre el pecho de Gus, mientras la naturaleza demencial de Creem levantaba su nueva cabeza vampírica.

En un esfuerzo final, Gus logró girar la mano con la que sostenía el arma hasta apuntar a Creem. Disparó una vez, dos, tres veces y, como estaba tan cerca, cada salva de proyectiles le arrancó casi toda la carne y parte de los huesos de la cara y las vértebras del cuello.

El aguijón de Creem se lanzó violentamente en el aire, buscando el contacto con Gus. El mexicano siguió disparando, y una ráfaga acertó en el aguijón. La sangre y los gusanos del *strigoi* volaron en todas las direcciones, mientras Gus lograba finalmente romper las vértebras cervicales de Creem, destrozándole la médula espinal.

Creem se derrumbó, cayendo estrepitosamente al suelo, en medio de terribles espasmos y arrojando humo.

Gus se apartó de la sangre magnética de los gusanos. Sintió una picadura instantánea en la pierna, y rápidamente se levantó la pernera izquierda. Vio un gusano hundiéndose en su carne. Instintivamente cogió una pieza afilada de la parrilla del automóvil y metió la mano en la pierna. Se cortó lo suficiente para ver el gusano que se retorcía, cavando cada vez más profundo. Agarró aquella cosa y la sacó de su herida. El gusano se aferró con las barbas; fue casi insoportable, pero Gus logró extirpar al fino gusano, lo arrojó al suelo, y luego lo destripó con la punta de su bota tejana.

Gus se puso de pie, con el pecho jadeante, la pierna rezumando sangre. No le importaba contemplar el espectáculo de su propia sangre, siempre y cuando siguiera siendo roja. El señor Quinlan regresó y vio lo que acababa de suceder, especialmente con el cadáver vaporoso de Creem.

—¿Ves, *compa*? —dijo Gus con una sonrisa—. No me puedes dejar solo un puto minuto.

El Nacido sintió avanzar a otros intrusos por la ribera azotada por el viento y le señaló a Fet en esa dirección. El primero de los asaltantes se acercó al Nacido. Llegaron a por todas —era la oleada inicial de sacrificio—, y el señor Quinlan igualó su maldad. Mientras luchaba, rastreó a tres exploradores a su derecha, agrupados en torno a una mujer vampiro. Uno de ellos se separó, saltando a cuatro patas sobre el Nacido. El señor Quinlan apartó de un golpe a un vampiro bípedo para enfrentarse a la versatilidad del ciego. Le dio un manotazo al explorador, el cual cayó hacia atrás antes de saltar de nuevo como un animal apartado de su posible comida. Dos vampiros se abalanzaron sobre él, y el señor Quinlan se movió rápidamente para esquivarlos, sin perder de vista al explorador.

Un cuerpo voló por los aires, procedente de una de las mesas de la tienda, aterrizando en la espalda y los hombros del señor Quinlan con un chillido agudo. Era Kelly Goodweather, arremetiendo con su mano derecha, arañando la cara del Nacido. Él aulló y la empujó hacia atrás, y ella le mandó un zarpazo, pero él la contuvo, agarrándola de la muñeca.

Una ráfaga de la Steyr la desprendió de los hombros del señor Quinlan, que esperaba otro ataque del explorador, pero lo vio tendido en el suelo, cubierto de agujeros. El señor Quinlan se tocó la cara. Tenía la mano blanca y pegajosa. Se volvió para perseguir a Kelly, pero ella había desaparecido.

Los cristales saltaron en uno de los ventanales del restaurante. Eph sacó su espada de plata. Llevó a Zack al mostrador de los caramelos, manteniéndolo fuera de peligro, aunque también atrapado e incapaz de correr. La bomba seguía junto a la pared en un extremo del mostrador, sobre la bolsa de Gus y el maletín de cuero negro del Nacido.

Un explorador pequeño y desagradable salió al galope del restaurante, seguido por otro pisándole los talones. Eph extendió la hoja de plata para que las criaturas la percibieran. Una forma se insinuó en el umbral de la puerta detrás ellos, apenas una silueta, oscura como una pantera.

Kelly.

Parecía terriblemente deteriorada y sus rasgos apenas eran reconocibles, incluso para su ex marido. La carúncula escarlata de su cuello colgaba exangüe bajo sus ojos apagados, negros y rojos.

Había venido por Zack. Eph sabía qué debía hacer. Solo había una manera de romper el hechizo. Darse cuenta de ello hizo que la espada temblara en sus manos, pero la vibración provenía de la espada en sí, no de sus nervios.

La hoja parecía brillar débilmente mientras Eph la sostenía en alto.

Ella caminó hacia él, flanqueada por los exploradores frenéticos. Eph le mostró su espada.

—Éste es el final, Kelly... —sentenció—, y lo siento mucho... Maldita sea, lo siento de verdad...

Ella no tenía ojos para Eph; únicamente para Zack, escudado detrás de él. Su rostro era incapaz de mostrar ninguna emoción, pero Eph entendía su ansia de poseer y proteger; la entendía profundamente. Sufrió un espasmo en la espalda y el dolor se hizo casi insoportable. Pero de alguna manera lo superó y resistió.

Kelly se concentró en Eph. Hizo un gesto rápido con la mano, hacia delante, y los exploradores se abalanzaron sobre él como una jauría de perros. Se movían entrecruzándose, y Eph tuvo una fracción de segundo para decidir a quién liquidaba primero. Intentó darle a uno, pero erró el golpe, aunque se las arregló para apartar al otro. El primero contraatacó, y Eph lo golpeó con su espada, pero sin contundencia, solo con la hoja de plano contra su cabeza. La criatura cayó rodando hacia atrás, aturdida y sin poder incorporarse.

Kelly saltó sobre una mesa y se lanzó desde ella, tratando de llegar a Zack por encima de Eph. Sin embargo, Eph se interpuso en su camino y chocaron; Kelly giró hacia un lado y Eph casi cayó hacia atrás.

Eph vio al otro explorador observándolo desde un lateral y preparó su espada. Entonces Zack pasó corriendo junto a él. Eph sólo pudo agarrarlo por el cuello del abrigo para tirar de él hacia atrás. Zack se liberó de la chaqueta, pero se quedó quieto, justo enfrente de su padre.

—¡Basta! —exclamó Zack, agarrando a su madre con una mano y a Eph con la otra—. ¡No!

—¡Zack! —replicó Eph. El chico estaba lo suficientemente cerca de los dos y Eph temía que él y Kelly se agarraran de la mano, desembocando en un tira y afloja.

—¡Basta! —gritó Zack—. ¡Por favor! ¡Por favor, no le hagas daño! ¡Ella es todo lo que tengo...!

Y al oír esto, Eph comprendió todo de golpe. Era él, el padre ausente, la auténtica anomalía. Siempre había sido la anomalía. Kelly relajó su postura un momento, dejando que sus brazos colgaran de los costados, desnudos.

—Iré contigo. Quiero volver —le dijo Zack a Kelly.

Pero entonces, otra fuerza asomó a los ojos de Kelly, una voluntad monstruosa y ajena. Saltó, empujando violentamente a Zack. Su mandíbula se abrió y su aguijón atacó a Eph, que apenas tuvo tiempo para moverse cuando vio el apéndice muscular desplegándose desde su cuello. Intentó golpear el aguijón, pero su equilibrio era precario y erró el golpe.

Los exploradores se abalanzaron sobre Zack, reteniéndolo. El muchacho gritó. El aguijón de Kelly se retrajo, y la punta colgó de su boca como una lengua bífida. Ella se arrojó hacia Eph, agachando la cabeza y golpeando con fuerza su plexo solar, tirándolo contra el suelo. Él se deslizó hacia atrás, chocando con fuerza contra la parte inferior del mostrador.

Rápidamente se puso de rodillas, contrayendo su espalda en un espasmo y con las costillas presionando contra su pecho; algunas de ellas se rompieron penetrando en sus pulmones. Esto le impidió girar tanto como quería mientras llevaba su espada al frente, tratando de contener a Kelly. Ella le dio una patada en el brazo, golpeándolo debajo del codo con su pie descalzo, y los puños de Eph chocaron contra la parte inferior del mostrador. La espada se desprendió de su mano y resonó en el suelo.

Eph miró hacia arriba. Los ojos de Kelly ardieron con un resplandor intenso mientras se abalanzaba sobre él para convertirlo.

Eph estiró la mano y de alguna manera el mango de la espada encajó en sus dedos. Levantó la hoja justo cuando la mandíbula de ella se desencajaba con un crujido, lista para picarlo.

La hoja le atravesó la garganta. Salió por detrás de su cuello, cortando de raíz el mecanismo de su aguijón. Eph miró horrorizado mientras el aguijón se relajaba y Kelly observaba estupefacta, con la boca abierta llena de gusanos de sangre blanca y su cuerpo cayendo contra la hoja de plata.

Por un momento —seguramente imaginado por Eph, pero legítimo de todos modos— él vio a la antigua humana Kelly asomándose a sus pupilas, buscándolo a él con una expresión de paz.

Entonces la criatura reapareció y se abandonó a su liberación.

Eph siguió sosteniéndola hasta que la sangre blanca corrió casi hasta la empuñadura de su espada. Entonces, dejando a un lado su estupor, giró y retiró la hoja, y el cuerpo de Kelly cayó de bruces contra el suelo.

Zack gemía en el suelo. De pronto se levantó con un arrebato de fuerza y de rabia contenidas, y dirigió a los exploradores. Los muertos vivientes enloquecieron y corrieron hacia Eph, que levantó la hoja húmeda en diagonal, liquidando fácilmente al primero. Esto hizo que el segundo saltara hacia atrás.

Eph vio cómo se alejaba, galopando con la cabeza casi replegada sobre los hombros.

Eph bajó su espada. Zack gritaba y jadeaba sobre los restos de su madre vampira. Miró a su padre con una mirada de angustiado disgusto.

—La has matado —dijo Zack.

—He matado a un vampiro que nos la arrebató a los dos. Que la apartó de ti.

—¡Te odio! ¡Te odio, maldita sea!

En medio de su furia, Zack encontró una linterna grande en la encimera y la cogió para atacar a su padre. Eph bloqueó el golpe dirigido a su cabeza, pero el impulso del chico lo hizo chocar contra Eph, cayendo encima de él, presionándole las costillas rotas. El chico era sorprendentemente fuerte y Eph, en cambio, estaba débil. Zack intentó golpear de nuevo a Eph, que lo detuvo con su antebrazo. El niño perdió la linterna pero siguió luchando, golpeando el pecho de su padre con los puños, y sus manos se introdujeron en el abrigo de Eph. Finalmente, su padre dejó caer la espada para sujetar las muñecas de su hijo y controlarlo.

Eph vio, arrugado en el puño izquierdo del chico, un pedazo de papel. Zack advirtió que Eph se había dado cuenta y se resistió a los intentos de su padre para que abriera los dedos.

Eph extendió el mapa arrugado. Zack había tratado de quitárselo. Escrutó los ojos de su hijo y vio su presencia. Vio al Amo observándolo a través de Zack.

—¡No! —exclamó Eph—. No..., por favor. ¡No!

Eph empujó al muchacho lejos de él. Se sintió enfermo. Miró el mapa y lo guardó en el bolsillo. Zack se levantó y retrocedió. Eph notó que el niño estaba a punto de correr hacia el arma nuclear. Hacia el detonador.

Pero el Nacido se encontraba allí; el señor Quinlan interceptó al niño y lo detuvo con un abrazo de oso, llevándolo con él. El Nacido tenía una herida en diagonal, desde el ojo izquierdo hasta la mejilla derecha. Eph se puso en pie; el dolor indescriptible de su pecho no era nada comparado con la pérdida de Zack.

Recogió su espada y caminó hacia él, aún rodeado por los brazos del Nacido. Zack gesticulaba y movía la cabeza rítmicamente. Eph sostuvo la hoja de plata cerca de su hijo, en busca de una respuesta.

La plata no lo repelió. El Amo estaba en su mente, pero no en su cuerpo.

—Éste no eres tú —dijo Eph, dirigiéndose a Zack y convenciéndose también a sí mismo—. Vas a estar bien. Tengo que sacarte de aquí.

Tenemos que darnos prisa.

—Vamos a los barcos —dijo, apartándolo de Zack.

El Nacido se colocó su mochila al hombro, agarró las correas de la bomba y la sacó del mostrador. Eph agarró el paquete que estaba a sus pies y empujó a Zack hacia la puerta.

El doctor Everett Barnes se escondió detrás del cobertizo de la basura, situado a menos de veinte metros del restaurante, en el borde del estacionamiento de tierra apisonada. Aspiró el aire a través de sus dientes rotos y sintió el dolor penetrante y placentero en sus encías.

Si realmente había una bomba nuclear en juego, que la había, a juzgar por la aparente obsesión de Ephraim por vengarse, entonces Barnes necesitaba alejarse de allí tanto como pudiera, pero no antes de matar a esa perra. Tenía una pistola. Una 9 mm, con un cargador completo. Se suponía que iba a usarla contra Ephraim, pero tal como veía las cosas, Nora sería una bonificación. La guinda del pastel.

Intentó recuperar el aliento con el fin de ralentizar su ritmo cardiaco. Se llevó los dedos al pecho y sintió una arritmia repentina. Apenas sabía dónde estaba, obedeciendo ciegamente al GPS que lo conectaba con el Amo y que leía la posición de Zack gracias a un microchip oculto en el zapato del muchacho. A pesar de las seguridades ofrecidas por el Amo, Barnes se sentía nervioso; con aquellos vampiros merodeando por todos lados, no existía ninguna garantía de que pudieran distinguir a un amigo de un enemigo. Por si acaso, Barnes estaba decidido a llegar a algún vehículo, si tenía alguna posibilidad de escapar antes de que toda la zona se elevara en una nube con forma de hongo.

Vio a Nora a unos treinta metros de distancia. Apuntó lo mejor que pudo y abrió fuego. Cinco andanadas salieron de la pistola en rápida sucesión, y al menos una de ellas impactó a Nora, que cayó detrás de una línea de árboles dejando un tenue rastro de sangre flotando en el aire.

—¡Te he dado, jodido coño! —exclamó Barnes triunfante.

Se apartó de la puerta y corrió a través del descampado hacia los árboles circundantes. Si pudiera seguir el camino de tierra hacia la autopista principal, encontraría un coche u otro medio de transporte.

Llegó a la primera línea de árboles, y se detuvo allí, temblando al descubrir un charco de sangre en el suelo, pero no a Nora.

—¡Oh, mierda! —dijo, e instintivamente se volvió y se precipitó en el bosque, metiéndose la pistola en los pantalones y quemándose con el cañón—. ¡Mierda! —chilló. No sabía que una pistola pudiera calentarse tanto. Levantó ambos brazos para protegerse el rostro; las ramas rasgaban su uniforme y arrancaban las medallas de su pecho. Se detuvo en un claro y se escondió en la maleza, jadeando, con el cañón caliente quemándole la pierna.

—¿Me buscabas?

Barnes giró y vio a Nora Martínez a solo tres árboles de distancia. Tenía una herida abierta en la frente, del tamaño de un dedo. Pero exceptuando eso, se encontraba ilesa.

Intentó correr, pero ella lo agarró de la chaqueta, tirando de él hacia atrás.

—Nunca tuvimos esa última cita que querías —dijo ella, arrastrándolo al camino de tierra en medio de los árboles.

—Por favor, Nora...

Ella lo llevó al claro y lo miró otra vez. Barnes tenía el corazón acelerado y la respiración entrecortada.

—No diriges ningún campamento en particular, ¿verdad? —señaló ella.

Él sacó la pistola, pero se le enredó en los pantalones Sansabelt.

Nora se la arrebató con rapidez y la amartilló con un movimiento diestro. La acercó a su rostro.

Barnes levantó las manos.

—Por favor.

—¡Ah, aquí vienen!

Los vampiros aparecieron detrás de los árboles, dispuestos a atacar, vacilantes sólo por la espada de plata en la mano de Nora. Rodearon a los dos seres humanos en busca de una oportunidad.

—Soy el doctor Everett Barnes —anunció él.

—No creo que les importen los títulos en este momento —dijo ella, manteniéndolos a raya.

Registró a Barnes, encontró el receptor GPS y lo pisoteó.

—Y yo diría que has sobrevivido a tu inutilidad hasta este momento.

—¿Qué vas a hacer? —preguntó él.

—Obviamente, voy a liberar a un montón de estos chupasangres —respondió ella—. La pregunta es qué vas a hacer tú.

—Yo... ya no tengo ningún arma.

—Eso es fatal. Porque, al igual que a ti, a ellos les tiene sin cuidado que la pelea no sea equilibrada.

—Tú... no lo harías —objetó él.

—Yo sí —repuso ella—. Tengo mayores problemas aparte de ti.

—Dame un arma..., por favor..., y haré todo lo que quieras. Te daré todo lo que necesites...

—¿Quieres un arma? —preguntó Nora.

Barnes gimió algo parecido a un «sí».

—Entonces —dijo Nora—, toma una...

Sacó de su bolsillo el cuchillo de mantequilla con los bordes dentados, tan dolorosamente afilados, y se lo hundió en el hombro, entre el húmero y la clavícula.

Barnes chilló y, más importante aún, sangró de manera abundante.

Nora atacó al más grande de los vampiros con un grito de guerra, derribándolo; luego giró e incitó a los otros.

Estos se detuvieron un momento para confirmar que el otro humano no poseía ningún arma de plata y que el olor de la sangre provenía de él. Entonces corrieron hacia

Barnes como perros enjaulados a los que se arroja un pedazo de carne.

Eph arrastró a Zack, siguiendo al Nacido hacia la orilla, donde comenzaba el embarcadero. Vio al señor Quinlan dudar un momento, con la bomba en forma de barril en sus brazos, antes de pasar de la arena a los tablones de madera del amplio muelle.

Nora llegó corriendo junto a ellos. Fet se alarmó por su herida, y se dirigió hacia ella.

—¿Quién te ha hecho eso? —rugió.

—Barnes —dijo—. Pero no te preocupes. No lo volveremos a ver. —Entonces se volvió al señor Quinlan—: ¡Tienes que irte! Sabes que no puedes esperar a que amanezca.

El Amo espera eso. Así que me quedaré. Quizá sea ésta la última vez que vemos el sol.

—Vamos —dijo Eph, con Zack tirando de su brazo.

—Estoy listo —contestó Fet, dirigiéndose al muelle.

Eph levantó su espada, y dirigió la punta a la garganta de Fet. El exterminador lo miró, con un gesto iracundo.

—Sólo yo —dijo Eph.

—¿Qué...? —Fet utilizó su propia espada para alejar a Eph—. ¿Qué diablos crees que estás haciendo?

Eph negó con la cabeza.

—Tú te quedas con Nora.

Nora miró a Fet, y luego a Eph.

—No —dijo Fet—. Necesitas que yo haga esto.

—Ella te necesita —dijo Eph, con un tono deliberadamente hiriente—. Tengo al señor Quinlan. —Le echó
un vistazo al muelle; necesitaba partir de inmediato—.
Consigan un bote y naveguen río abajo. Tengo que dejar
a Zack con Ann y William para sacarlo de aquí. Les diré
que los busquen.

—Deja que el señor Quinlan instale el detonador.
Limítate a llevarlo allí —dijo Nora.

—Tengo que asegurarme de que esté instalado. Después volveré.

Nora lo abrazó con fuerza, y luego dio un paso atrás.
Levantó la barbilla de Zack para mirarlo a la cara, para
tratar de darle un poco de confianza o de consuelo.

El niño parpadeó y miró hacia otro lado.

—Todo irá bien —le dijo.

Pero la atención del niño estaba en otra parte. Oteaba el cielo, y al cabo de un momento, Eph oyó algo.

Helicópteros de color negro. Viniendo desde el sur.
Descendiendo.

Gus llegó cojeando desde la playa. Eph se percató
inmediatamente de la fractura en su brazo izquierdo, y la
mano inflamada y sanguinolenta, aunque esto no atenuó
la ira del pandillero hacia él.

—¡Helicópteros! —gritó Gus—. ¿Qué demonios
estás esperando?

Eph se quitó la mochila con rapidez.

—Cógela —le dijo a Fet. El *Lumen* estaba dentro.

—A la mierda con el manual, hombre —replicó
Gus—. ¡Esto es algo práctico!

Gus dejó caer su arma, desprendiéndose también de su bolsa con un gruñido doloroso.

—Primero el brazo sano... —Nora le ayudó a levantar el brazo destrozado, y luego buscó en el interior los dos cilindros de color púrpura. Gus retiró los seguros con los dientes, e hizo rodar las granadas de humo a ambos lados.

El humo violeta se elevó, levantado por el viento que venía de la orilla opuesta, ocultando la playa y el embarcadero y dándoles cierta cobertura frente a los helicópteros que se aproximaban.

—¡Fuera de aquí! —gritó Gus—. Tú y tu niño. Tengan cuidado con el Amo. Les cubriré el trasero, pero recuerda, Goodweather: tú y yo tenemos asuntos que resolver.

Suavemente, aunque con un dolor indescriptible, Gus se remangó el puño de la chaqueta hasta la muñeca inflamada, mostrándole a Eph la palabra «madre» escrita con las cicatrices de las numerosas heridas.

—Eph —dijo Nora—, no te olvides: el Amo está aquí, en alguna parte.

En el rincón más alejado del muelle, a unos treinta metros de la orilla, Ann y William esperaban dentro de dos botes de aluminio de tres metros de eslora con motores fueraborda. Eph llevó a Zack a la primera embarcación. Como el muchacho se negó a subir, Eph lo levantó en vilo y lo metió en el bote.

—Vamos a salir de esto, ¿vale, Z? —le prometió, mirándolo a los ojos.

Zack no tenía respuesta. Observó al Nacido descargar la bomba en el otro bote, entre los asientos de atrás y los del medio; luego levantó a William suavemente pero con firmeza, y lo dejó de nuevo en el muelle.

Eph recordó que el Amo vigilaba desde la mente de Zack, y que lo observaba todo. A él particularmente, de pie en el muelle, en ese preciso instante.

—Ya está a punto de acabar todo —aseveró Eph.

La nube de humo violeta se elevó sobre la playa, soplando a través de los árboles, dejando al descubierto a más vampiros avanzando.

—El Amo necesita a un ser humano para que lo lleve a través del agua —dijo Fet, embarcándose con Nora y con Gus—. No creo que haya nadie aquí, aparte de nosotros tres. Simplemente tenemos que asegurarnos de que nadie más suba a las lanchas.

El humo violeta se desdobló en una forma extraña, como plegado sobre sí mismo. Como si algo hubiera pasado por él a una velocidad increíble.

—Espera... ¿Has visto eso? —dijo Fet.

Nora oyó el zumbido que anunciaba la presencia del Amo. La pared de humo cambió de rumbo de una manera imposible, desprendiéndose de los árboles y extendiéndose contra el viento del río hacia la orilla, azotándolos. Nora y Fet fueron separados de inmediato; los vampiros emergieron entre el humo y corrieron hacia ellos en silencio, con sus pies descalzos sobre la arena húmeda.

Los rotores del helicóptero cortaban el aire. Los crujidos de la madera del muelle y los proyectiles levantaron la arena contra sus zapatos; los francotiradores disparaban a ciegas sobre la nube de humo. Un vampiro recibió un disparo en la parte superior de la cabeza justo cuando Nora estaba a punto de degollarlo. Los rotores empujaron el humo hacia ella, y Nora hizo un giro de trescientos sesenta grados con su espada hacia fuera a ciegas, tosiendo y asfixiándose. De repente, no sabía dónde estaba la orilla y dónde el agua. Vio un remolino en el humo, como las partículas de un polvo diabólico, y escuchó de nuevo el fuerte zumbido.

El Amo. Ella siguió girando, luchando contra el humo y contra todo lo que había en él.

G us mantuvo su brazo fracturado detrás y corrió ciegamente hacia los lados a través de la nube violeta y asfixiante, cerca de la orilla. Los veleros estaban amarrados a un muelle sin conexión con la orilla, algunos anclados a doce o quince metros dentro del río.

A Gus le palpitaba el lado izquierdo debido a la hinchazón de su brazo. Se sentía enfebrecido cuando se apartó de la nube violeta, frente a las ventanas del restaurante que daban al río, pues se esperaba una columna de vampiros hambrientos.

Pero estaba solo en la playa.

Sin embargo, no en el aire. Vio los helicópteros negros, seis de ellos exactamente sobre su cabeza, y otra media docena venían detrás. Volaban a baja altura, como un enjambre de abejas gigantes mecanizadas, haciendo que la arena azotara la cara de Gus. Uno de ellos se dirigió hacia el río, dispersando el agua, batiendo la superficie como en un estallido de un millón de fragmentos de vidrio.

Gus oyó las descargas de rifle y supo que estaban disparando a los botes. Tratando de hundirlos. Los impactos a ambos lados de sus pies también le indicaron que le disparaban a él, pero en ese momento le preocupaban más los helicópteros que se dirigían al lago en busca de Goodweather y de la bomba nuclear.

—¿*Qué chingados esperas?* —maldijo en español.

Gus les disparó, tratando de derribarlos. Una puñalada abrasadora en su pantorrilla le hizo caer de rodillas, y supo que había recibido un impacto de bala. Siguió disparando a los helicópteros que volaban sobre el río, y vio chispas en el rotor de la cola. Otra ráfaga de fusil le atravesó el costado con el ímpetu de una lluvia de flechas.

—¡Hazlo, Eph! ¡Hazlo de una puta vez! —gritó, cayendo sobre su codo indemne, pero aún disparando.

Un helicóptero se tambaleó, y una figura humana cayó al agua. El helicóptero se descontroló, la cola giró hacia delante y chocó con otro helicóptero, y ambos aparatos se desplomaron, estrellándose contra el río.

Gus se quedó sin munición. Se tendió en la playa, a unos pocos metros del agua, observando a aquellos pájaros de la muerte cernirse sobre él. En un instante, su cuerpo estuvo cubierto con miras láser que atravesaban la niebla de colores brillantes.

—Goodweather tiene a esos ángeles de mierda —dijo Gus, riendo e inhalando con fuerza, porque sentía que se le iba el aire—. Y yo en cambio tengo estas miras láser.

Vio que los francotiradores salían por las puertas de la cabina y le apuntaban a él.

—¡Ilumínenme, hijos de puta!

La arena bailó a su alrededor, mientras recibía múltiples disparos. Decenas de balas sacudieron su cuerpo, rompiéndolo, destrozándolo..., y el último pensamiento de Gus fue: «Será mejor que no arruines esto también, doc».

¿A dónde me llevas?

Zack iba en el centro del bote, meciéndose con la corriente. El sonido del motor se difuminaba entre la oscuridad y la niebla púrpura, dando paso a la sensación familiar del zumbido en la mente de Zack. Aquel susurro vertiginoso se mezcló con el fragor de los helicópteros que se aproximaban.

La mujer llamada Ann retiró la abrazadera del muelle, mientras William tiraba una y otra vez de la cuerda de arranque del motor fueraborda; las corrientes de humo violeta pasaban por delante de ellos.

—A nuestra isla, río abajo —contestó Ann. Y le dijo a William—: Date prisa.

—¿Qué hay allí? —preguntó Zack.

—Nuestro refugio. Camas calientes.

—¿Y?

—Tenemos pollos. Un huerto en el que trabajamos. Se trata de una antigua fortaleza de la Guerra de la Independencia. Encontrarás a niños de tu edad. No te preocupes, estarás seguro allí.

Estabas seguro aquí, dijo la voz del Amo.

Zack asintió con la cabeza, y parpadeó. Había vivido como un príncipe, en un castillo real en el centro de una ciudad gigante. Era dueño de un zoológico. Tenía todo lo que quería.

Hasta que tu padre intentó llevarte lejos.

Algo le dijo a Zack que permaneciera concentrado en el muelle. El motor se encendió, crepitando con un rumor vivificante, y William se sentó en el asiento trasero y se ocupó del timón, dirigiéndose hacia la corriente. Los helicópteros eran visibles ahora, las luces y las miras láser iluminaban el humo púrpura en la playa. Zack contó siete grupos de siete parpadeos cada uno a medida que el muelle desaparecía de su vista.

Una mancha de humo púrpura explotó desde el borde del muelle, volando por el aire hacia ellos. Detrás de ella apareció el Amo, con su manto agitándose al viento como alas, los brazos extendidos, el bastón con cabeza de lobo en la mano.

Sus dos pies descalzos cayeron en el bote de aluminio con un estampido.

Ann, de rodillas en la proa, apenas tuvo tiempo de darse la vuelta.

—Mierda...

Vio al Amo frente a ella y reconoció en la carne pálida la figura de Gabriel Bolívar. Era el tipo del que siempre hablaba su sobrina, que lo llevaba en camisetas y adornaba las paredes de su habitación con carteles suyos. Y ahora, todo lo que Ann podía pensar era: «Nunca me gustó su música de mierda».

El Amo dejó su bastón, se abalanzó sobre ella y, en un movimiento arrasador, la partió en dos por la cintura de la misma forma que un hombre especialmente fuerte lo haría con una gruesa guía de teléfonos, y luego arrojó las dos mitades al río.

William se quedó pasmado al ver al Amo, que lo levantó de la axila y le dio un manotazo en la cara con tanta violencia que le destrozó el cuello, dejando la cabeza colgando de los hombros como la capucha de un abrigo. Lo tiró también al río, recuperó su bastón y miró al chico.

Llévame allí, hijo mío.

Zack se dirigió al timón y cambió el curso del bote. El Amo se colocó a horcajadas en el asiento central, con su manto flotando al viento, mientras seguían la estela casi desvanecida del primer bote.

E l humo comenzó a diluirse, y las llamadas de Nora fueron respondidas por Fet. Se encontraron el uno al otro, y también el camino de vuelta al restaurante, escapando a los disparos de los francotiradores desde los helicópteros.

Descubrieron los restos de las armas de Gus. Fet agarró a Nora de la mano y corrieron a las ventanas junto al río, abriendo la que daba a la terraza. Nora había recogido el *Lumen* y lo llevaba encima.

Vieron los botes alejarse de la orilla.

—¿Dónde está Gus? —preguntó Nora.

—Tendremos que nadar para encontrarlo —dijo Fet; su brazo lesionado estaba cubierto de sangre; la herida se había vuelto a abrir—. Pero primero...

Fet disparó contra los faros del helicóptero y rompió uno con el primer disparo.

—¡No pueden disparar a lo que no pueden ver! —gritó.

Nora hizo lo mismo y su arma traqueteó al dispararla, dándole a otro. Las luces restantes barrieron la orilla en busca de la fuente de los disparos.

Fue entonces cuando Nora vio el cuerpo de Gus tendido en la arena, con el chapoteo del agua a su lado.

Su conmoción y dolor sólo la paralizaron un momento. Inmediatamente, el espíritu de lucha de Gus se apoderó de ella, y también de Fet. «No llores: lucha».

Salieron a la playa con aire decidido, disparando a los helicópteros del Amo.

A medida que se alejaban de la orilla, el bote se balanceaba con más fuerza. El Nacido apretaba con fuerza las correas del arma nuclear mientras Eph se encargaba del timón, procurando no escorarse. El agua negra y verdosa salpicaba a ambos costados, rociando la carcasa de la bomba y las urnas de roble, formando un limo delgado en el suelo del bote. Lloviznaba de nuevo, y ellos navegaban siguiendo el sentido del viento.

El señor Quinlan levantó las urnas del suelo húmedo. Eph no sabía muy bien cómo interpretar el significado de aquel gesto, pero el acto de traer los restos de los Ancianos al sitio de origen del último de ellos le dejó entrever que todo estaba a punto de terminar. El tremendo impacto de volver a ver a Zack lo había descontrolado.

Pasaron la segunda isla, una playa extensa y rocosa resguardada por árboles desnudos y moribundos. Eph miró el mapa; el papel se había humedecido más y la tinta estaba empezando a difuminarse.

Eph gritó, tratando de imponerse sobre el rugido del motor y del viento, pero el dolor en las costillas constreñía su voz.

—¿Cómo, sin convertirlo, el Amo creó esa... relación simbiótica con mi hijo? —preguntó.

No sé. Lo importante ahora es que esté lejos del Amo.

—¿La influencia del Amo desaparecerá cuando nos salgamos con la nuestra, igual que la de todos sus vampiros?

Todo lo que el Amo era desaparecerá.

Eph se alegró. Sintió una verdadera esperanza. Pensó en que él y Zack podían ser padre e hijo otra vez.

—Será un poco como desprogramarlo de una secta, supongo. Eso de las terapias ya no existe. Sólo quiero llevarlo de vuelta a su antigua habitación. Empezar por ahí.

La supervivencia es la única terapia. No quería decírtelo antes, porque temía que perdieras la perspectiva. Pero creo que el Amo estaba preparando a tu hijo para habitar en él en el futuro.

Eph tragó saliva.

—Me lo temía. No podía pensar en ninguna otra razón para conservarlo a su lado sin convertirlo. Pero ¿por qué? ¿Por qué Zack?

Puede que tenga poco que ver con tu hijo.

—¿Quieres decir que es por mi culpa?

No puedo saberlo. Todo lo que sé es que el Amo es un ser perverso. Le encanta echar raíces en el dolor. Alterar y corromper. Tal vez vio un reto en ti. Fuiste el primero en subir al avión en el que viajó a Nueva York. Te pusiste al lado de Abraham Setrakian, su enemigo declarado. Lograr el sometimiento de toda una raza de seres es una hazaña, aunque sea impersonal. El Amo necesita infligir dolor por sí mismo. Necesita sentir el sufrimiento ajeno. Experimentarlo de primera mano. La mejor expresión moderna para describirlo es «sadismo». Y ésa ha sido su perdición.

Visiblemente agotado, Eph avistó la tercera isla oscura. Atracó el bote después de pasar la cuarta isla. Era difícil determinar la forma de la masa terrestre desde el río, e igualmente imposible ver los seis afloramientos con semejante oscuridad sin recorrerlos antes, pero Eph supo de alguna manera que el mapa era correcto y que aquel era el Sitio Negro. Los árboles negros y desnudos de aquella isla desolada parecían dedos calcinados, o brazos clamando hacia el cielo en medio del llanto.

Eph vio una ensenada y enfiló hacia ella, apagando el motor hasta tocar tierra. El Nacido agarró el arma nuclear y pisó la costa rocosa.

Nora tenía razón. Déjame aquí para que yo termine con esto. Vuelve por tu hijo.

Eph miró al vampiro encapuchado; el rostro lacerado; dispuesto a darle fin a su existencia. El suicidio era un acto antinatural para los seres humanos... ¿y para un inmortal? El sacrificio del señor Quinlan era un acto mil veces más transgresor, antinatural y violento.

—No sé qué decir —dijo Eph.

El Nacido asintió.

Entonces es hora de irme.

El Nacido comenzó a subir por el promontorio rocoso con la bomba en sus brazos y los restos de los Ancianos en su mochila. La incertidumbre de Eph provenía de la visión que había tenido durante el sueño. El Nacido no aparecía en ella como el libertador. Pero Eph no había podido descifrar el *Occido lumen* en su totalidad, y tal vez su interpretación de la profecía difería de la verdadera revelación.

Eph sumergió la hélice del motor en el agua y agarró la cuerda de arranque. Estaba a punto de tirar de ella cuando escuchó el rumor de un motor, el sonido transportado en los remolinos del viento.

Otro bote se acercaba. Sin embargo, sólo había otro bote con motor.

El bote de Zack.

Eph miró hacia atrás en busca del Nacido, pero ya había desaparecido en lo alto del promontorio. Su corazón latió con fuerza mientras oteaba en la niebla oscura del río, tratando de distinguir el bote que se aproximaba. El sonido parecía indicar que venía muy rápido.

Se puso de pie y saltó a las rocas, con uno de sus brazos apoyado sobre sus costillas rotas y las empuñaduras de sus espadas gemelas bamboleándose sobre sus hombros. Subió el promontorio rocoso tan rápido como pudo; el suelo humeaba y la niebla se elevaba en medio de la lluvia pertinaz como si la tierra se estuviera calentando a la espera de la deflagración atómica casi inminente.

Eph llegó a la cima, pero no vio al señor Quinlan entre los árboles. Corrió hacia el bosque muerto y lo llamó tan fuerte como se lo permitía su maltrecha caja torácica, y luego se dirigió al otro lado, a un claro pantanoso.

La niebla era densa. El Nacido había colocado la bomba en el centro aproximado de aquella isla con forma de trébol, en medio de un círculo de piedras negras, como ampollas de una herida prehistórica. El señor Quinlan se afanaba en depositar alrededor del dispositivo las urnas de roble blanco que contenían las cenizas de los Ancianos.

Oyó que Eph lo llamaba; se dio la vuelta hacia él, y en ese instante advirtió la presencia del Amo.

—¡Está aquí! —gritó Eph—. Va a...

Una ráfaga de viento dispersó la niebla. El señor Quinlan tuvo el tiempo justo para prepararse antes del impacto, agarrando al Amo mientras salía de la nada. El ímpetu del golpe lo lanzó a muchos metros de distancia, rodando invisible en la niebla. Eph vio que algo giraba en el aire y caía, y le pareció que era el bastón con cabeza de lobo de Setrakian.

Eph se sobrepuso al dolor de sus costillas fracturadas y corrió hacia la bomba, blandiendo su espada. Entonces la niebla se arremolinó a su alrededor, oscureciendo el dispositivo.

—¡Papá!

Eph se volvió, sintiendo la voz de Zack justo detrás de él. Se movió con rapidez, consciente del engaño. El dolor arreció en su costado. Se deslizó en medio de la niebla en busca de la bomba, tanteando el terreno para dar con el promontorio de piedra.

Entonces, frente a él, emanando de la niebla apareció el Amo.

Eph se tambaleó hacia atrás, sorprendido por la imagen. Dos heridas surcaban la faz del monstruo en una «X» burda, debidas a su choque y posterior enfrentamiento con el Nacido.

Imbécil.

Eph no podía enderezarse ni musitar palabra. Su cabeza rugió como si acabara de oír una explosión. Vio ondas moviéndose debajo de la carne del Amo, un gusano de sangre brotando de una herida y arrastrándose sobre su ojo herido para entrar en la siguiente. El Amo no se inmutó. Levantó los brazos, contempló la isla tenebrosa de su lugar de origen, y luego miró triunfalmente al cielo oscuro.

Eph reunió las fuerzas de que disponía y corrió hacia el Amo con la espada en vilo, directo a su garganta.

El Amo lo golpeó en la cara lanzándolo por el aire, y cayó sobre el lecho rocoso a unos metros de distancia.

Ahsųdagų-wah. Suelo negro.
Eph pensó que el Amo le había partido una de las vértebras cervicales. Perdió el aire al chocar contra el suelo y temió haberse perforado un pulmón. Su otra espada yacía lejos de la mochila, en algún lugar del promontorio.
... *Lengua onondaga. A los invasores europeos no les preocupó traducir el nombre correctamente, o no se molestaron en hacerlo. ¿Ves, Goodweather? Las culturas mueren. La vida no es cíclica, sino despiadadamente lineal.*
Eph se esforzó en ponerse de pie; las costillas fracturadas lo apuñalaban por dentro.
—¡Quinlan! —jadeó; su voz se vio reducida casi a un simple murmullo.
Deberías haber seguido adelante con nuestro trato, Goodweather. Por supuesto, jamás habría cumplido con mi parte. Pero al menos podrías haberte ahorrado esta humillación. Este dolor. Rendirse es el camino más fácil.
Eph se sentía abrumado por el vértigo de emociones. Permanecía tan erguido como podía; el dolor en su costado lo forzaba a quedarse agachado en el suelo. Entonces detectó, a través de la niebla, el contorno de la bomba nuclear a unos cuantos metros de distancia.
—Entonces déjame ofrecerte una última oportunidad para rendirme —dijo Eph.
Cojeó hacia el dispositivo, tanteando en busca del detonador. Pensó que era un gran golpe de suerte que el Amo lo hubiera lanzado tan cerca del dispositivo..., y fue este mismo pensamiento el que lo hizo mirar de nuevo a aquel ser.

Eph vio emerger otra forma de la niebla. Era Zack, acercándose al Amo, convocado sin duda telepáticamente. El chico miró a Eph como si ya fuera un hombre, al igual que el niño amado a quien un día ya no puedes reconocer. Zack estaba con el Amo, y de repente, a Eph dejó de importarle y, al mismo tiempo, le preocupó más que nunca.

Es el fin, Goodweather. Ahora, el libro será cerrado para siempre.

El Amo contaba con eso. Daba por sentado que Eph no se atrevería a hacer daño a su hijo, a destruirlo a él si eso implicaba sacrificar también a Zack.

Los hijos están destinados a rebelarse contra sus padres. —El Amo levantó de nuevo sus manos hacia el cielo—. *Siempre ha sido así.*

Eph miró a Zack al lado de aquel monstruo y sonrió a su hijo con lágrimas en los ojos.

—Yo te perdono, Zack, lo hago... —dijo—. Y espero, aunque sea en el infierno, que me perdones.

Movió el interruptor de su posición automática a función manual. Lo hizo tan rápido como pudo, y no obstante, el Amo se precipitó hacia él, cerrando la brecha que los separaba. Eph activó el detonador en ese preciso instante; de lo contrario, el golpe del Amo habría partido los cables del dispositivo, dejándolo inservible.

Eph cayó hacia atrás. Se sacudió, intentando ponerse en pie.

Vio al Amo venir hacia él, con sus ojos incendiados de rojo en medio de la burda cicatriz.

Pero en aquel momento el Nacido descendió con sus alas desplegadas, justo detrás de él. El señor Quinlan tenía la otra espada de Eph. Empaló a la bestia antes de darle tiempo de reaccionar, y el Amo se arqueó en medio de espantosas convulsiones de dolor. El Nacido desclavó la hoja de plata y el Amo se volvió hacia él. El rostro del señor Quinlan se veía horriblemente desfigurado: la mandíbula desencajada, la cavidad en la mejilla izquierda dejaba al descubierto el hueso del pómulo, la sangre iridiscente cubría su cuello. Pero aun así atacó al Amo, cortándole las manos y los brazos con su espada.

La furia psíquica del Amo dispersó la niebla mientras acechaba a su malherida creación, alejando al Nacido del detonador. Padre e hijo se enzarzaron en el más feroz de los combates.

Eph vio a Zack embelesado detrás del señor Quinlan; en sus ojos había aparecido un fulgor semejante al fuego. Zack se dio la vuelta, como si algo hubiera llamado su atención. El Amo se dirigía hacia él. Zack se agachó y recogió un objeto largo.

El bastón de Setrakian. El muchacho sabía que si giraba la empuñadura, la vaina de madera se desprendería, dejando al descubierto la hoja de plata.

Zack sostuvo la espada con ambas manos y miró al señor Quinlan desde atrás.

Eph corrió hacia él. Se plantó entre su hijo y el Nacido, apoyando un brazo sobre sus maltrechas costillas mientras con el otro sostenía la espada.

Zack miró a su padre sin bajar su espada. Eph bajó la suya. Quería que Zack le atacara. De ser así, su misión habría sido menos funesta. El muchacho tembló. Tal vez se debatía en su interior, resistiéndose a lo que el Amo le decía a través de su mente. Eph le quitó la espada de Setrakian.

—Todo va bien, hijo —dijo—. Todo va bien.

El señor Quinlan dominó al Amo. Eph no podía escuchar lo que ambos se decían mentalmente, pero el zumbido en su mente era enloquecedor. El señor Quinlan agarró al Amo del cuello e hincó sus dedos en él, perforando su carne, tratando de destrozarlo.

Padre.

Entonces el Amo disparó su aguijón, que se incrustó como un pistón en el cuello del Nacido. Tal era su fuerza que le rompió las vértebras. Los gusanos de sangre invadieron el cuerpo inmaculado del señor Quinlan, deslizándose bajo su piel pálida por primera y última vez.

Eph vio las luces y oyó los rotores de los helicópteros que se acercaban a la isla. Los habían encontrado. Los reflectores escudriñaron la tierra calcinada. Era ahora o nunca.

Eph corrió tan rápido como se lo permitían sus pulmones perforados; la bomba con forma de barril brillaba en sus pupilas. Había recorrido unos diez metros cuando un aullido rasgó el aire y un golpe lo sorprendió detrás de la cabeza.

Las dos espadas escaparon de sus manos. Eph sintió que algo lo agarraba de un costado a la altura del pecho;

el dolor fue insoportable. Arañó la tierra suave, y vio la hoja de la espada de Setrakian brillar con un color blanco plateado. Apenas agarró la empuñadura con la cabeza de lobo, el Amo lo alzó en vilo, dándole vueltas en el aire. Los brazos, la cara y el cuello del Amo tenían cortes y rezumaban sangre blanca.

La criatura podía, por supuesto, curarse a sí misma, pero no había tenido oportunidad de hacerlo. Eph le envió un sablazo al cuello con la espada del anciano, pero la criatura detuvo el golpe. El dolor que sentía en el pecho era descomunal, y la fuerza del Amo era tremenda; giró la espada, apuntando a la garganta del médico.

El reflector de uno de los helicópteros los iluminó. Eph miró hacia abajo y vio la cara herida del Amo en medio de la bruma. Vio los gusanos de sangre ondulándose debajo de su piel, fortalecidos por la proximidad de la sangre humana y la anticipación de la muerte. El zumbido rugió en la cabeza de Eph, esbozando una voz, de un tono casi seráfico:

Tengo un cuerpo nuevo a mi disposición. La próxima vez que alguien mire la cara de tu hijo, me verá a mí.

Los gusanos burbujearon bajo la piel de su rostro, como en éxtasis.

Adiós, Goodweather.

Pero Eph logró liberarse justo antes de que el Amo terminara con él. Entonces se pinchó la garganta y se abrió una vena. Vio brotar el líquido escarlata, salpicando la cara del Amo y enloqueciendo a los gusanos de sangre.

Los gusanos salieron de las heridas abiertas del Amo. Se arrastraron por los cortes de sus brazos y por el agujero en el pecho, tratando de llegar a la sangre recién derramada.

El Amo gimió y se estremeció, lanzando lejos a Eph y llevándose las dos manos a la cara.

Eph cayó bruscamente. Giró, exigiendo a sus menguadas fuerzas incorporarse.

En medio de la columna de luz del helicóptero, el Amo tropezó andando hacia atrás, tratando de impedir que sus propios parásitos se deleitaran con la sangre humana que cubría su cara, obstaculizando su visión.

Eph contempló el espectáculo en medio de un deslumbramiento, y todo se hizo más lento. Un estampido en el suelo le hizo recuperar la velocidad.

Los francotiradores. Otro reflector lo iluminó, las miras de láser rojo bailoteaban en su pecho y en su cabeza..., y el arma nuclear a un palmo de distancia.

Eph se arrastró por la tierra hacia el dispositivo mientras las ráfagas horadaban el suelo a su alrededor. Llegó a él y se puso de pie para alcanzar el detonador.

Lo tuvo en su mano y encontró el botón, pero entonces vio a Zack.

El muchacho se encontraba muy cerca del lugar donde yacía el Nacido. Algunos parásitos de sangre se acercaban a él, y Eph vio a Zack intentando quitárselos de encima... Luego vio cómo se hundían en su antebrazo y en su cuello.

El cuerpo del señor Quinlan se levantó con una mirada ajena en sus ojos; una nueva voluntad: la del Amo, que entendía plenamente el lado oscuro de la naturaleza humana, pero no el amor.

—Esto es amor —dijo Eph—. ¡Dios! Es doloroso, pero esto es amor...

Y él, que siempre había llegado tarde a casi todo, estaba allí para cumplir la cita más importante de su vida. Oprimió el interruptor.

No pasó nada. Durante un momento angustioso, la isla fue un oasis de paz, a pesar del enjambre de helicópteros sobrevolando encima de la cabeza de Eph.

Vio al señor Quinlan venir hacia él; la embestida final del Amo.

Luego, dos disparos en el pecho. Cayó al suelo, contemplando sus heridas. Los dos agujeros sangrientos allí, justo a la derecha de su corazón. Su sangre se filtró en la tierra.

Miró a Zack, situado detrás del señor Quinlan, con su rostro radiante bajo la luz del helicóptero. Su voluntad aún presente, no convertido todavía. Vio los ojos de Zack —su hijo, incluso ahora, su hijo—, que aún tenía los ojos más hermosos...

Eph sonrió.

Y entonces ocurrió el milagro.

Fue el más silencioso de los acontecimientos: no hubo terremotos, huracanes, ni la separación de las aguas. El cielo se aclaró de repente y descendió una columna brillante de luz pura y esterilizadora un millón de veces más poderosa que la de cualquier reflector de helicóptero. El manto oscuro se desgarró y una luz cegadora lo iluminó todo.

El Nacido, infectado ahora con la sangre del Amo, siseó y se retorció en la luz incandescente. El humo y el vapor emanaron de su cuerpo mientras gritaba como una langosta hervida.

Nada de esto pudo apartar la mirada de Eph de los ojos de su hijo. Y cuando Zack vio la sonrisa que su padre le dirigía —bajo la luz poderosa del día glorioso—, lo reconoció por todo lo que era, lo reconoció como...

—Papá —dijo Zack en voz baja.

Y entonces el dispositivo nuclear detonó. Todo lo que estaba bajo la luz se evaporó —los cuerpos, la arena, la vegetación, los helicópteros: todo desapareció.

Purgado.

Desde una playa río abajo, cerca del lago Ontario, Nora vio aquello muy fugazmente. Fet la condujo a un afloramiento rocoso, y ambos rodaron como una bola sobre la arena.

La onda expansiva estremeció los cimientos de la vetusta fortificación de la época de la Guerra de la Independencia, removiendo polvo y fragmentos de piedra de las paredes. Nora estaba segura de que toda la estructura se vendría abajo sobre el río. Sus oídos restallaron mientras el agua circundante se elevaba en un remolino gigantesco, y aunque tenía los ojos bien cerrados y los brazos sobre su cabeza, siguió viendo la luz brillante.

La lluvia sopló hacia los lados, el suelo emitió un gemido lastimero... y entonces la luz se desvaneció, el fuerte de piedra permaneció en pie, y todo quedó inmóvil y en silencio.

Más tarde, Nora comprendería que ella y Fet habían quedado temporalmente sordos por la explosión, pero por el momento, el silencio era profundo y espiritual. Fet aflojó el abrazo protector con el que envolvía a Nora, y se aventuraron de nuevo a la barrera rocosa mientras el agua se retiraba de la playa.

Lo que ella vislumbró —el milagro más grande en el cielo— no pudo comprenderlo por completo hasta más tarde.

Gabriel, el primer arcángel —una entidad de luz tan radiante que hizo palidecer al sol y al velado resplandor atómico—, cayó en espiral por el rayo de luz con sus alas de plata centelleante.

Miguel, el asesinado, plegó sus alas y se desplomó, quedando suspendido casi dos kilómetros por encima de la isla, y luego cayó.

Después, levantándose como si fuera de la tierra misma, llegó Oziriel, unido de nuevo, resucitado de las cenizas colectivas. Rocas y fragmentos de tierra cayeron de sus grandes alas mientras ascendía. Ya no carne, sino espíritu de nuevo.

Nora presenció todos estos prodigios en el silencio absoluto de su sordera momentánea. Y eso, quizá, hizo que aquello enraizara más profundamente en su psique. No podía oír el estruendo furioso en las plantas de sus pies, ni el crepitar de la luz cegadora que calentaba su rostro y su alma. Una auténtica escena del Antiguo Tes-

tamento presenciada por una persona que no estaba ata-
viada con una túnica de lino, sino con ropas de Gap. Ese
suceso sacudió sus sentidos y su fe para el resto de su vida.
Sin darse cuenta siquiera, Nora lloró las dulces lágrimas
de la liberación.

Gabriel y Miguel se unieron a Oziriel y se elevaron
juntos hacia la luz. La abertura en las nubes se iluminó
resplandeciente mientras los tres arcángeles llegaban hasta ella, entonces, en un destello final de iluminación divina, se introdujeron en su interior y luego se cerró.

Nora y Fet miraron a su alrededor. El río seguía agitado, y su bote había sido arrastrado corriente abajo. Fet
examinó a Nora, asegurándose de que se encontraba bien.

Estamos vivos, musitó; sus palabras no eran audibles.

¿Has visto eso?, preguntó Nora.

Fet negó con la cabeza, no como si dijera: *No*, sino:
No lo creo.

La pareja miró el cielo, esperando que sucediera algo
más.

Mientras tanto, a su alrededor, una gran parte de la
playa de arena se había transformado en cristal opalescente.

Los habitantes del fuerte salieron de la empalizada,
unas cuantas docenas de hombres y mujeres hara-
pientos acompañados de un puñado de niños. Nora y Fet
les habían advertido que se pusieran a cubierto, y ahora
los isleños acudían a ellos en busca de una explicación.

Nora tuvo que gritar para que la oyeran.

—¿Ann y William? —preguntó—. Iban con un niño,
¡un chico de trece años!

Los adultos negaron con la cabeza.

—¡Vinieron antes que nosotros! —añadió Nora.

—Tal vez desembarcaron en otra isla —dijo un hombre.

Nora asintió, aunque estaba segura de que no había
sido así. Ella y Fet habían llegado a la isla fortificada en
un velero. Ann y William tendrían que haber llegado hacía
mucho tiempo.

Fet apoyó su mano sobre el hombro de Nora.

—¿Y Eph?

No había manera de confirmarlo, pero ella sabía que
él no regresaría nunca.

EPÍLOGO

La explosión original borró la cepa del Amo. El resto de los vampiros se evaporó en el momento de la inmolación. Desapareció. Ellos lo constataron en los días siguientes al aventurarse de regreso a tierra firme, cuando las aguas retrocedieron. Y luego, mediante la comprobación de exaltados mensajes a través de internet, que ahora ya funcionaba. Más que celebrarlo, la gente divagó en una neblina postraumática. La atmósfera aún estaba contaminada, y las horas de luz eran escasas. La superstición continuó y la oscuridad era aún más temida que antes. Los informes de vampiros esporádicos aparecían una y otra vez, pero con el paso del tiempo fueron atribuidos a la histeria colectiva.

Las cosas no volvieron a «la normalidad». De hecho, los isleños permanecieron varios meses en sus asentamientos, trabajando para recuperar sus propiedades en tierra firme, pero reacios a comprometerse todavía con las viejas costumbres. Lo que todos creían saber sobre la naturaleza, la historia y la biología se demostró que estaba equivocado, o al menos era incompleto. Y al cabo de dos años, habían llegado a aceptar una nueva realidad y un nuevo régimen. Las antiguas religiones habían sido desmanteladas; otras se habían reafirmado. Pero todo estaba sujeto a discusión. La incertidumbre era la nueva plaga.

Nora se contaba entre aquellos que necesitaban tiempo para asegurarse de que la vida, tal como había sido para ella en otro tiempo, volvería a prevalecer. Que no habría otras sorpresas desagradables aguardando a la vuelta de la esquina.

—¿Qué vamos a hacer? Tenemos que regresar a Nueva York en algún momento —le dijo Fet un día, planteando el tema con toda delicadeza.

—¿De veras? —replicó Nora—. No sé si quiero hacerlo todavía. —Le agarró la mano—. ¿Y tú?

Fet apretó la de ella y miró hacia el río. Dejaría que se tomara todo el tiempo que necesitara.

Nora y Fet no regresaron nunca. Aprovecharon la Ley de Reclamación de Propiedad Federal propuesta por el gobierno provisional y se trasladaron a una granja en el norte de Vermont, fuera de la zona muerta causada por la detonación de la bomba nuclear en el río San Lorenzo. No se casaron —ninguno de los dos sentía esa necesidad—, pero tuvieron dos hijos, un niño llamado

Ephraim y una niña llamada Mariela, en honor a la madre de Nora. Fet publicó las anotaciones sobre el *Occido lumen* en internet, que ya funcionaba correctamente, y procuró conservar su anonimato. Pero cuando su veracidad fue cuestionada, se embarcó en el Proyecto Setrakian, editando y publicando la totalidad de los escritos y las fuentes del viejo profesor en la red, y dando libertad de acceso a todo aquel que estuviera interesado. Fet centró su proyecto de vida en rastrear la influencia de los Ancianos a lo largo de la historia humana. Quería saber los errores colectivos que habíamos cometido y se dedicó a evitar que se repitieran.

Durante un tiempo hubo disturbios y se habló de adelantar procesos penales para identificar y sancionar a los culpables de violaciones de los derechos humanos bajo la sombra del Holocausto. Los guardias y los simpatizantes eran identificados y linchados ocasionalmente, e incluso se habló de asesinatos por venganza, pero, al final, surgieron más voces tolerantes para responder a la pregunta de quién había sido el responsable de aquel estado de cosas. Todos lo fuimos. Y poco a poco, a pesar de todo nuestro rencor y los fantasmas que cargaban con el lastre de nuestro pasado, la gente aprendió a coexistir en paz una vez más.

A su debido tiempo, otros afirmaron haber eliminado a los *strigoi*. Un biólogo divulgó su supuesto hallazgo de una vacuna en el sistema de agua potable, los miembros de algunas pandillas —exhibiendo toda clase de trofeos— reclamaron para sí la autoría de la muerte del Amo, y, en el giro más insospechado, un creciente grupo de escépticos comenzó a negar la existencia del virus. Atribuyeron la epidemia a una conspiración gigantesca del nuevo orden mundial, alegando que todo lo sucedido era un golpe de Estado preparado. Decepcionado, pero sin ninguna amargura, Fet reabrió su negocio de exterminador. Las ratas volvieron, proliferando una vez más; otro desafío al que había que hacer frente. Él no era de los que creían en la perfección o en los finales felices: aquel era el mundo que ellos habían salvado, con ratas y todo. Pero un puñado de partidarios convirtió a Vasiliy Fet en un héroe de culto, y aunque él se sentía incómodo con cualquier tipo de fama, terminó aceptándolo, y agradeció lo que tenía.

Todas las noches, mientras dormía a su pequeño Ephraim, Nora le acariciaba el cabello y pensaba en su homónimo y en su hijo, y se preguntaba qué final habrían tenido. Durante los primeros años, ella se preguntaba con frecuencia cómo habría sido su vida con Eph si la cepa vampírica no se hubiera extendido nunca. A veces lloraba en silencio, y en esas ocasiones, Fet sabía que era mejor no indagar. Ésa era una parte de Nora que él no compartía —que él no compartiría nunca—, y le dejaba espacio para que se lamentara a solas. Pero a medida que el niño creció, siendo muy semejante a su padre y sin que nada recordara al que le había dado su nombre, la realidad de los días eliminó las circunstancias del pasado, y el tiempo siguió su curso inalterable. Para Nora, la muerte ya no era uno de sus temores, porque ella había vencido su opción más maligna.

Llevaba consigo aquella marca en la frente: la cicatriz del disparo de Barnes. La consideraba como un símbolo de lo cerca que estuvo de sufrir un destino peor que la muerte, aunque en los últimos años se había transformado en un símbolo de esperanza para ella. Ahora, mientras Nora contemplaba la cara de su bebé —sin cicatrices y llena de paz—, una gran serenidad inundó su espíritu, y de repente recordó las palabras de su madre: «Mirando hacia atrás tu propia vida, verás que el amor es la respuesta a todo».

Cuánta razón tenía.

Los autores agradecen al doctor Seth Richardson, de la Universidad de Chicago, su asesoramiento sobre cultura mesopotámica y tradición bíblica.

Suma de Letras es un sello editorial del Grupo Santillana

www.sumadeletras.com/mx

Argentina
Avda. Leandro N. Alem, 720
C 1001 AAP Buenos Aires
Tel. (54 114) 119 50 00
Fax (54 114) 912 74 40

Bolivia
Calacoto, calle 13, 8078
La Paz
Tel. (591 2) 279 22 78
Fax (591 2) 277 10 56

Chile
Dr. Aníbal Ariztía, 1444
Providencia
Santiago de Chile
Tel. (56 2) 384 30 00
Fax (56 2) 384 30 60

Colombia
Carrera 11 A, n.º 98-50. Oficina 501
Bogotá. Colombia
Tel. (57 1) 705 77 77
Fax (57 1) 236 93 82

Costa Rica
La Uruca
Del Edificio de Aviación Civil 200 m al Oeste
San José de Costa Rica
Tel. (506) 22 20 42 42 y 25 20 05 05
Fax (506) 22 20 13 20

Ecuador
Avda. Eloy Alfaro, 33-3470 y Avda. 6 de
Diciembre
Quito
Tel. (593 2) 244 66 56 y 244 21 54
Fax (593 2) 244 87 91

El Salvador
Siemens, 51
Zona Industrial Santa Elena
Antiguo Cuscatlan - La Libertad
Tel. (503) 2 505 89 y 2 289 89 20
Fax (503) 2 278 60 66

España
Torrelaguna, 60
28043 Madrid
Tel. (34 91) 744 90 60
Fax (34 91) 744 92 24

Estados Unidos
2023 N.W 84th Avenue
Doral, FL 33122
Tel. (1 305) 591 95 22 y 591 22 32
Fax (1 305) 591 74 73

Guatemala
26 Avda. 2-20
Zona 14
Guatemala C.A.
Tel. (502) 24 29 43 00
Fax (502) 24 29 43 03

Honduras
Colonia Tepeyac Contigua a Banco Cuscatlan
Boulevard Juan Pablo, frente al Templo
Adventista 7º Día, Casa 1626
Tegucigalpa
Tel. (504) 239 98 84

México
Avda. Río Mixcoac, 274
Colonia Acacias
03240 Benito Juárez
México D.F.
Tel. (52 5) 554 20 75 30
Fax (52 5) 556 01 10 67

Panamá
Vía Transísmica, Urb. Industrial Orillac,
Calle Segunda, local 9
Ciudad de Panamá
Tel. (507) 261 29 95

Paraguay
Avda. Venezuela, 276,
entre Mariscal López y España
Asunción
Tel./fax (595 21) 213 294 y 214 983

Perú
Avda. Primavera, 2160
Surco
Lima 33
Tel. (51 1) 313 40 00
Fax. (51 1) 313 40 01

Puerto Rico
Avda. Roosevelt, 1506
Guaynabo 00968
Puerto Rico
Tel. (1 787) 781 98 00
Fax (1 787) 782 61 49

República Dominicana
Juan Sánchez Ramírez, 9
Gazcue
Santo Domingo R.D.
Tel. (1809) 682 13 82 y 221 08 70
Fax (1809) 689 10 22

Uruguay
Juan Manuel Blanes, 1132
11200 Montevideo
Tel. (598 2) 402 73 42 y 402 72 71
Fax (598 2) 401 51 86

Venezuela
Avda. Rómulo Gallegos
Edificio Zulia, 1º - Sector Monte Cristo
Boleita Norte
Caracas
Tel. (58 212) 235 30 33
Fax (58 212) 239 10 51

Este libro se terminó de imprimir en diciembre de 2011
en Quad/Graphics Querétaro, S. A. de C. V.,
Fracc. Agro Industrial La Cruz El Marqués
Querétaro, México.